# L'OMBRE DE SETHOS

Elizabeth Peters, de son vrai nom Barbara Mertz, s'est passionnée dès son jeune âge pour l'archéologie, avec une prédilection pour l'Égypte ancienne. Titulaire d'un doctorat en égyptologie de l'Université de Chicago, elle a sillonné tous les sites antiques, d'Abou Simbel au Delta du Nil. Spécialiste reconnue dans sa discipline, elle est l'auteur de plusieurs manuels universitaires de référence.

Mais cette égyptomane éclairée est doublée d'une romancière de talent qui a entrepris de faire revivre les « grandes heures » de l'égyptologie au tournant du siècle, lorsque l'Angleterre victorienne s'enthousiasmait pour les découvertes de Petrie ou de Maspero. D'où l'idée de recourir au mode d'expression le plus populaire, le roman policier, pour faire découvrir ce monde fascinant. C'est ainsi que devait naître, il y a quelque dix ans aux États-Unis, un inoubliable trio romanesque qui allait conquérir des millions de lecteurs dans plus de douze langues : l'indomptable Amelia Peabody, son mari, le savant et coléreux Emerson, et leur imprévisible rejeton, Ramsès, à la fois charmant, génial et facétieux, tout droit sorti d'une nouvelle de Saki...

En 1986, Elizabeth Peters a reçu l'une des distinctions les plus importantes du roman policier : le « Anthony Grandmaster Award ». Elle a également publié d'autres romans sous le pseudonyme de Barbara Michaels. Aujourd'hui, son fan-club, « Les Amis d'Elizabeth Peters », est présent dans quarante-quatre pays. Elle vit actuellement dans le Maryland.

*Paru dans Le Livre de Poche :*

Le Mystère du sarcophage
La Malédiction des pharaons
Le Secret d'Amon-Râ
Un crocodile sur un banc de sable
La Onzième Plaie d'Égypte

ELIZABETH PETERS

# *L'Ombre de Sethos*

TRADUCTION PAR JEAN-BERNARD PIAT

LE LIVRE DE POCHE

*Titre original :*

LION IN THE VALLEY


La version française du présent ouvrage a été mise au point
par Maurice-Bernard Endrèbe.

*Au Dr Ann King*
*Alias mon amie Penny*
*Avec toute mon affection et tout mon respect*

*« Seigneur de la peur, à l'illustre renommée,*
*Au cœur de toutes les terres.*
*Inspirant une sainte terreur, auréolé de gloire,*
*Tel Seth sur sa montagne...*
*Tel un lion sauvage dans une vallée de chèvres ! »*

# AVANT-PROPOS

Pour ce quatrième volume des mémoires d'Amelia Peabody Emerson (Mme Radcliffe Emerson), l'auteur juge encore une fois utile d'expliquer certaines anomalies et obscurités du texte. Mme Emerson n'a pas consigné avec toute la précision voulue les dates des entrées de son journal. Apparemment elle prenait le fascicule en cours et griffonnait à la va-vite tant qu'elle n'était pas dérangée. Cependant, à certains indices contenus dans le présent volume, celui-ci concerne probablement des événements de la saison 1895-1896. (Les égyptologues ont tendance à utiliser cette méthode de datation, puisque l'« année » archéologique va de la fin de l'automne au début du printemps, le climat de l'Egypte rendant les fouilles estivales extrêmement difficiles.)

Comme l'auteur a déjà eu l'occasion de le souligner, les noms de la plupart des personnes impliquées ont été changés, afin d'épargner les sentiments de leurs descendants. Le lecteur averti reconnaîtra le nom de certains archéologues connus, qui apparaissent seulement de manière périphérique. Mme Emerson semble avoir été assez précise dans la description de leurs activités ; on commettrait toutefois une lourde erreur en présumant qu'elle a fait preuve de la même précision lorsqu'elle rapportait leurs conversations avec elle. En effet, à l'instar de son distingué mari, elle avait fortement tendance à attribuer à d'autres personnes des opinions qui lui appartenaient en propre.

Une autre obscurité de l'*Urtext* (si l'auteur peut se permettre d'appeler ainsi les journaux eux-mêmes) vient du fait qu'à un moment donné Mme Emerson a décidé de le corriger en vue d'une éventuelle publication. Attendu qu'elle a fait preuve de la même imprécision dans sa révision que pour la datation, le résultat est parfois un curieux mélange de styles journalistique et romanesque.

En d'autres termes, aucune des singularités du présent volume n'est à mettre au compte de l'auteur. Il a fait de son mieux et suggère que les plaintes, critiques et autres récriminations, soient adressées aux héritiers du Professeur et de Madame Emerson, mais pas à lui.

# CHAPITRE 1

— Ma chère Peabody, déclara Emerson, reprenez-moi si je me trompe, mais j'ai comme l'impression que l'insatiable appétit de vivre qui vous caractérise si bien vous fait quelque peu défaut, tout particulièrement en une occasion pareille. Depuis l'heureux jour qui nous a unis, jamais nuage n'est venu troubler le ciel limpide de la félicité conjugale. Et ce fait remarquable provient, je n'en doute point, de la parfaite communion qui est la nôtre. Confiez-vous, je vous en implore, à l'homme fortuné qui a pour mission de vous soutenir et de vous protéger, et dont le plus grand bonheur est de partager le vôtre.

Emerson avait certainement dû préparer cette harangue. Personne ne parle ainsi au cours d'une conversation ordinaire.

Je savais pourtant que ce discours solennel ne rendait pas justice à l'amour sincère qui l'avait inspiré. Mon cher Emerson et moi-même sentons et pensons à l'unisson depuis le jour où nous nous sommes rencontrés au Musée Egyptien de Boulaq. (A vrai dire, notre première rencontre fut des plus houleuses. J'étais simple touriste à l'époque, et c'était mon premier voyage au pays des pharaons. Et pourtant, à peine avais-je posé le pied sur ce sol de légende que s'était allumée dans ma poitrine la flamme ardente de la ferveur égyptologique, flamme qui devait bientôt devenir passion dévorante. Je ne me doutais guère, ce jour-là au musée, alors que je me défendais bec et ongles contre les critiques injustifiées dont me bombardait ce fascinant inconnu, que nous nous reverrions bientôt, dans des conditions encore plus romanesques : dans un tombeau abandonné d'El Armana. Le cadre, à tout le moins, était romanesque. Mais Emerson, lui, n'avait rien de romanesque, je dois l'avouer. Toutefois, j'eus la subtile intuition que, sous les remarques caustiques et les regards noirs, son cœur ne battait que pour moi. Et cela devait se révéler exact.)

Sa tendre sollicitude ne le trompait pas. Un sombre pressentiment venait en effet assombrir la joie dont j'aurais dû normalement être envahie en un moment pareil. Nous nous tenions sur le pont du navire à bord duquel nous avions traversé la vaste Méditerranée sans traîner. La brise soufflant sur les eaux bleues nous ébouriffait les cheveux et plaquait nos vêtements. Devant, nous apercevions la côte égyptienne, sur laquelle nous allions poser le pied avant la fin de la journée. Nous étions sur le point d'entamer une nouvelle saison de fouilles archéologiques, encore une autre après toutes celles que nous avions déjà effectuées ensemble. Nous allions bientôt explorer les couloirs étouffants, infestés de chauves-souris, d'une pyramide, la chambre funéraire boueuse et inondée d'une autre — spectacles qui, en temps ordinaire, m'eussent fait frémir de plaisir anticipé. Combien de femmes — notamment en cette dernière décennie du XIXe siècle — avaient autant de raisons que moi de se réjouir ?

Emerson — qui préfère se faire appeler par son nom de famille, car il trouve « Radcliffe » affecté et efféminé (selon ses propres termes) — m'a choisie non seulement pour épouse, mais aussi comme partenaire à part égale dans la profession que nous avons tous deux le plaisir d'honorer. Emerson est le plus grand égyptologue que la terre ait porté. Je suis certaine qu'il sera vénéré au titre de « Père des Fouilles Scientifiques » aussi longtemps que la civilisation subsistera sur cette planète tourmentée. Et mon nom — celui d'Amelia Peabody Emerson — sera sauvegardé à côté du sien.

Pardonnez-moi cet enthousiasme, cher lecteur. Evoquer les hautes qualités d'Emerson ne manque jamais de susciter chez moi l'émotion. De surcroît, ses qualités ne se limitent pas au domaine de l'intellect. Je confesse sans vergogne que ses attributs physiques ne furent pas le moindre des éléments qui me décidèrent à accepter sa demande en mariage. De ses cheveux noirs comme jais couronnant son large front à sa fossette (qu'il préfère appeler son petit creux) au menton, il est l'archétype de la virilité et de la beauté.

De même, Emerson semble apprécier mon physique. Sincèrement, je n'ai jamais compris cette attitude. Je n'ai pas un type de beauté que j'admire. Des traits moins accusés, des yeux d'une teinte plus douce et plus pâle, une silhouette plus élancée et moins proéminente dans la région au-dessus de la taille, des boucles d'or resplendissantes et non pas toutes noires — voilà mon idéal de beauté féminine. Heureusement pour moi, Emerson ne partage pas cet avis.

Sa grande main brune était posée à côté de la mienne sur le bastingage. Ce n'est pas la main d'un *gentleman* ; mais, pour moi, les callosités et les cicatrices qui recouvrent ces deux mains vigoureuses et bronzées lui font honneur. Je me souvins des circonstances où elles avaient manié armes et outils au cours de son travail ; et il me revint aussi à l'esprit d'autres circonstances au cours desquelles elles avaient su faire preuve d'une délicatesse de toucher qui avait fait naître les plus exquises sensations.

Emerson possède nombre de qualités admirables, mais la patience n'en fait pas partie. Perdue dans mes songes, je ne répondis pas tout de suite à sa question. Il me saisit par les épaules et me tourna vers lui. Ses yeux bleus étincelaient comme des saphirs, ses lèvres se retroussèrent sur ses dents blanches, et sa fossette se mit à frémir, menaçante.

— Pourquoi diable ne me répondez-vous pas ? cria-t-il. Comment pouvez-vous rester indifférente à une telle supplique ? Qu'avez-vous donc, Peabody ? Je veux bien être pendu si je comprends quelque chose aux femmes. Vous devriez être à genoux pour remercier le Ciel — et me remercier, moi, par la même occasion — du bonheur qui vous attend. Il n'a pas été facile, voyez-vous, de persuader Morgan de nous laisser fouiller ce site ; il y a fallu tout le tact subtil dont je suis capable. Personne à part moi n'aurait pu réussir. Personne à part moi n'aurait été prêt à tenter la chose. Et comment me récompensez-vous ? En soupirant et en broyant du noir !

Il eût été aussitôt évident pour toute personne au fait des circonstances auxquelles il faisait allusion qu'Emerson s'abandonnait derechef à l'une de ses touchantes habitudes : l'aveuglement sur lui-même. M. de Morgan, le directeur du Service des Antiquités, nous avait certes autorisés à fouiller le site archéologique sur lequel il avait lui-même travaillé l'année précédente, lequel site s'était avéré fécond en découvertes remarquables. Toutefois le tact subtil d'Emerson — qualité qui n'existe que dans son imagination — n'y était pour rien. J'ignorais au juste ce qui avait amené M. de Morgan à changer d'avis. Ou, pour être plus précise, j'avais certains soupçons que je préférais ne pas évoquer. Je passai tout naturellement de ces soupçons au prétexte que j'invoquai alors pour expliquer mon humeur sombre.

— Je suis dans tous mes états au sujet de Ramsès, Emerson. Voir notre fils se conduire si mal, alors que j'avais espéré que nous pourrions faire cette traversée sans incident... Je me demande combien de garçons de huit ans ont été menacés par le capitaine d'un navire de commerce britannique d'être punis de la « cale humide » ?

— Le capitaine bluffait, il exagérait à la manière des marins, repartit Emerson impatiemment. Il n'oserait pas faire une chose pareille. Ne vous inquiétez pas pour Ramsès, Peabody. Il fait continuellement ce genre de chose, et vous devriez y être habituée.

— Ce genre de chose, Emerson ? Ramsès a fait un certain nombre de choses inqualifiables, mais à ma connaissance c'est la première fois qu'il a fomenté une mutinerie.

— Balivernes ! Tout cela parce que quelques marins ignares ont mal interprété ses laïus sur ce Marx...

— Il n'avait aucune raison de donner un cours à l'équipage, ni de se trouver dans leurs quartiers, du reste. Ils lui ont fait boire de l'alcool, Emerson, je le sais. Même Ramsès n'aurait pas répondu au capitaine en termes pareils s'il n'avait pas été pris de boisson.

J'eus l'impression qu'Emerson voulait protester, mais comme manifestement il était de mon avis, il resta coi.

— Ce qui est encore plus incompréhensible, poursuivis-je, c'est la raison pour laquelle les hommes d'équipage supportent la présence de Ramsès, et — plus étonnant — partagent avec lui leur « grog » chéri, je crois que c'est le mot. Quel plaisir peuvent-ils trouver à sa compagnie ?

— L'un d'eux m'a dit qu'ils aimaient l'entendre parler. « Quel bagout il a, c'moutard », voilà ses termes exacts.

Ses lèvres s'ourlèrent d'un sourire malgré qu'il en eût. Les lèvres d'Emerson figurent parmi ses caractéristiques physiques les plus admirables, ciselées et souples, bien pleines et pourtant d'une grande délicatesse. Je sentis mes lèvres esquisser à leur tour un sourire. Ce marin inculte avait mis dans le mille, comme qui dirait.

— Oubliez Ramsès, fit Emerson. J'insiste, Amelia, pour que vous me disiez ce qui vous tourmente.

En dépit de son sourire, il était fâché contre moi ; le fait qu'il utilisât mon prénom l'indiquait assez. « Peabody », mon nom de jeune fille, est celui qu'il utilise dans les moments de bonne entente conjugale ou professionnelle. Avec un soupir, je cédai.

— Un étrange pressentiment s'est emparé de moi, Emerson.

Emerson plissa les yeux.

— Vraiment, Amelia ?

— Je suis seulement surprise que vous ne le partagiez pas.

— En effet, je ne le partage pas. Pour le moment, les impressions les plus agréables s'offrent à moi. Pas un nuage...

— Vous avez exprimé votre opinion, Emerson. Et si vous me permettez, cette métaphore-là...

— Critiqueriez-vous mes tournures rhétoriques, Amelia ?

— Si vous devez vous formaliser de tout ce que je dis, Emerson, je ne peux me confier à vous. Je ne voulais pas assombrir votre bonheur par mes soucis. Etes-vous certain de vouloir que je vous en fasse part ?

La tête penchée de côté, Emerson réfléchit.

— Non, répondit-il.

— Vous voulez dire que vous n'êtes pas certain, ou bien...

— Je veux dire que je ne veux pas que vous m'en fassiez part. Je ne veux pas entendre parler de vos pressentiments...

— Mais vous m'avez demandé...

— J'ai changé d'avis.

— Vous sentez donc quelque chose...

— Seulement depuis cet instant, rétorqua Emerson avec hargne. Bon sang, Peabody...

— Comme c'est étrange. Je croyais dur comme fer que nous étions en parfaite communion.

L'expression qu'arbora le beau visage d'Emerson aurait pu faire croire à un observateur que ce n'était pas une parfaite communion mais une fureur prête à éclater qui fronçait ses sourcils et noircissait son regard. Vu que j'avais moi-même quelques doutes sur la question, je me hâtai de satisfaire la curiosité qu'il avait exprimée quelques minutes plus tôt.

— Naturellement je me fais une joie du travail de cette saison. Vous connaissez mon enthousiasme pour les pyramides, et l'on ne pourrait guère trouver de plus beaux spécimens qu'à Dahchoûr. J'attends avec une impatience toute particulière de fouiller la chambre funéraire de la Pyramide Noire dans des circonstances plus propices que celles de notre première visite. Il n'est guère facile de faire appel à son sens critique lorsque l'on vient d'être plongé en pleine obscurité dans un puits souterrain inondé et qu'on est abandonné là pour y périr.

Emerson m'avait lâché les épaules et faisait de nouveau face au bastingage. Ses yeux fixaient l'horizon.

— Nous devons attendre que la saison soit plus avancée pour explorer la Pyramide Noire et que l'inondation ait atteint son niveau le plus bas. Si la chambre est toujours inondée, peut-être qu'une pompe...

— J'ai également réfléchi à ce problème, mon cher Emerson. Toutefois, là n'est pas la question pour le moment.

— Une pompe hydraulique, munie d'un tuyau...

— Avez-vous oublié, Emerson, les circonstances dans lesquelles nous avons découvert pour la première fois l'intérieur de la Pyramide Noire ?

— Je n'ai pas encore atteint l'âge où l'on souffre de pertes de mémoire, répliqua Emerson avec emportement. Et je n'ai pas oublié non plus votre réaction quand j'ai exprimé mon intention de mourir dans vos bras. J'avoue que j'avais compté sur un peu plus d'enthousiasme.

— Vous ne m'avez pas comprise, Emerson. Comme je l'ai dit sur le moment, j'aurais été heureuse que cela se produise au cas où nous n'aurions pu échapper à une destinée inéluctable. Je n'ai pas douté un seul instant, mon chéri, que vous trouveriez un moyen de nous sortir de là. Et je ne me suis pas trompée.

Je me rapprochai et m'appuyai contre son épaule.

— Ma foi, fit Emerson avec brusquerie. Nous nous en sommes sortis, n'est-ce pas ? Bien que, sans Ramsès...

— Ne parlons pas de Ramsès ni des circonstances dans lesquelles nous avons réussi à nous en sortir. Vous savez ce qui me tracasse, Emerson, car je suis sûre que la chose vous tourmente tout comme moi. Je n'oublierai jamais notre dernière rencontre avec le scélérat qui a failli causer notre perte. Je vois encore son sourire narquois, j'entends encore ses paroles méprisantes. « Nous allons donc nous dire adieu. Je ne pense pas que nous nous reverrons. »

Les mains d'Emerson serrèrent le bastingage avec une telle force que les tendons en saillirent comme du *whipcord*. Toutefois, devant son mutisme, je poursuivis :

— Et je n'oublierai pas non plus le vœu que j'ai formulé alors. « Nous nous reverrons, n'ayez crainte, car je me fais un point d'honneur de vous pourchasser et de mettre un terme à vos agissements criminels. »

Les mains d'Emerson se détendirent.

— Peut-être avez-vous pensé cela à l'époque, Amelia, observa-t-il d'une voix grincheuse, mais vous ne l'avez assurément pas formulé avant que ce jeune freluquet du *Daily Yell* ne vous interviewe en juillet dernier. Vous m'avez délibérément trompé quant à cette interview, Amelia. Vous ne m'aviez jamais dit que vous aviez invité O'Connell chez moi. Vous l'avez fait entrer et sortir en cachette, et vous avez donné l'ordre à mes propres domestiques de ne pas m'en parler...

— J'essayais seulement de vous épargner, mon chéri, sachant à quel point M. O'Connell vous est antipathique. Après tout, vous lui avez un jour fait descendre l'escalier à coups de pied...

— Jamais de la vie ! s'exclama Emerson, qui en était sincèrement persuadé. Mais j'en aurais été capable, si je l'avais surpris dans mon salon à sourire niaisement et à lorgner ma femme tout en s'apprêtant à faire imprimer un tas de mensonges sur mon compte.

Sa version des faits était des plus embarrassantes. Et, de surcroît, inexacte.

— Là, Emerson, je ne partage pas votre avis. Je suis certaine que l'un de nous a lancé ce défi à la tête du Maître criminel. C'est peut-être vous qui l'avez lancé. Au cours de l'interview, il se peut que j'aie passé sous silence certaines des initiatives de Ramsès, car je trouve fort critiquable de donner aux enfants une trop haute opinion d'eux-mêmes. L'article était parfaitement juste à tous les autres points de vue, et, en ce qui me concerne, il ne m'a nullement embarrassée. Enfin quoi, ne puis-je faire l'éloge du courage et de la force de mon mari, ne puis-je le féliciter de m'avoir soustraite à une mort certaine ?

— Euh...Mmm, fit Emerson. Ma foi, Peabody...

— Ecoutez-moi bien, Emerson : nous reverrons ce scélérat. Il a réussi à nous échapper, mais nous avons fait échouer son complot et nous l'avons privé de son trésor mal acquis. Il n'est pas homme à accepter la défaite sans tenter de se venger.

— Comment pouvez-vous affirmer cela ? Vous ne savez rien de cet individu, pas même sa nationalité.

— C'est un Anglais, Emerson. J'en suis convaincue.

— Il parlait arabe avec autant de facilité que l'anglais, observa Emerson. Et vous n'avez jamais vu son visage sans qu'il ne soit recouvert de tous ces poils. Je n'ai jamais vu de ma vie une barbe pareille ! Le reconnaîtriez-vous sans barbe ?

— Bien sûr.

Emerson me passa le bras autour des épaules et m'attira à lui.

— Certes, Peabody, j'avoue que rien ne me ferait plus grand plaisir que de coller à cette ordure un coup de poing dans la figure, et s'il se mêle de nos affaires, je m'occuperai de lui comme il le mérite. Mais je n'ai pas l'intention d'aller au-devant des ennuis. J'ai mieux à faire. Promettez-moi, Peabody, que vous vous garderez de toute initiative.

— Oh, naturellement, mon cher Emerson.

— Promettez-le.

— Je vous promets que je n'irai pas au-devant des ennuis.

— Ma chère Peabody !

Emerson m'enlaça tendrement, sans se soucier des marins qui nous regardaient.

J'avais bien l'intention de tenir ma promesse. Pourquoi aller au-devant des ennuis quand les ennuis ne peuvent manquer de venir à votre rencontre ?

Après avoir débarqué à Alexandrie, nous prîmes le train pour Le Caire. Le voyage dure un peu plus de quatre heures, et la plupart des voyageurs le trouvent d'ordinaire quelque peu fastidieux, vu que l'on traverse les plaines alluviales monotones du Delta. Aux yeux exercés de l'archéologue, toutefois, chaque monticule indique la présence d'une cité enfouie. Ramsès et Emerson ne cessaient de discuter de l'identification de ces sites. Je m'abstins de prendre part à la discussion, car je ne vois pas l'intérêt de débattre de questions sur lesquelles si peu de faits sont connus. Comme je le leur dis, seules les fouilles établissent la vérité.

Ce fut seulement à quelques kilomètres de notre destination qu'apparut la vision impressionnante des pyramides de Gizeh dans le lointain, encadrées par les collines basses de Libye. C'était toujours à ce moment-là, et non sur le quai noir de monde d'Alexandrie, que j'avais vraiment l'impression d'être arrivée en Egypte.

Emerson m'adressa un sourire de communion muette avant de tourner de nouveau son regard vers le merveilleux spectacle. Il avait consenti avec force jurons à endosser son nouveau costume gris, et il était vraiment magnifique — bien que, je dois l'avouer, le splendide physique d'Emerson soit à son avantage quand il est vêtu de sa tenue de travail : pantalon miteux, chemise froissée au col ouvert, manches retroussées dénudant ses avant-bras musclés. Il ne portait pas de chapeau parce qu'Emerson refuse invariablement de porter un chapeau même lorsqu'il travaille sous un soleil de plomb, et vaincre ce préjugé chez lui dépasse mes capacités de persuasion (qui ne sont pourtant pas négligeables).

Son élégance était quelque peu éclipsée par le majestueux félin moucheté qui était juché sur son genou. Bastet regardait par la fenêtre du train avec autant d'intérêt qu'Emerson, et je me demandai si elle comprenait qu'elle avait retrouvé son pays natal. Ramsès aurait prétendu que oui, car il surestime l'intelligence de la créature. C'est la compagne de tous ses instants depuis qu'elle est entrée dans notre famille voilà plusieurs années. C'est maintenant une voyageuse expérimentée, étant donné que Ramsès tient à l'emmener partout où il va. Je dois dire qu'elle est beaucoup plus facile que son jeune maître.

Ramsès — ah, Ramsès ! Ma plume éloquente faiblit quand je tente d'évoquer en quelques mots la personnalité complexe de mon fils de huit ans, mon enfant unique. Certains Egyptiens superstitieux ont carrément prétendu que ce n'était nullement un enfant, mais un djinn qui avait élu domicile dans le frêle corps de Ramsès. Il y a de bons djinns et de mauvais djinns (ces derniers s'appellent couramment des éfrits), car cette catégorie d'êtres mythologiques, espèce intermédiaire entre les hommes et les anges, est moralement neutre à l'origine. Je n'avais pas cherché à savoir à laquelle des deux sous-catégories Ramsès avait la réputation d'appartenir.

Ramsès était sale et débraillé, bien entendu. Ramsès est toujours sale et débraillé. Il est attiré par la saleté comme un crocodile par l'eau. Lorsqu'il était monté dans le train, il était relativement propre. Environ une heure après notre départ d'Alexandrie, je regardai autour de moi et ne le vis pas dans notre compartiment. Cela ne me surprit pas, car Ramsès a le don surnaturel de disparaître quand l'envie l'en prend. C'est un talent particulièrement déconcertant chez un garçon qui traverse d'ordinaire une pièce de manière fort maladroite, en grande partie à cause de sa propension à entreprendre des tâches au-dessus de ses capacités.

A la demande pressante d'Emerson, je partis à la recherche du garçonnet et le trouvai dans une voiture de troisième classe, accroupi par terre. Il parlait avec animation à une femme dont la tenue légère et impudique ne laissa aucun doute dans mon esprit quant à sa profession. Je ramenai Ramsès à notre compartiment, et le fis asseoir près de la fenêtre pour qu'il ne m'échappe pas une nouvelle fois.

Lui aussi se tourna pour admirer les pyramides. Je ne voyais que son col dégoûtant et l'amas de boucles noires compactes qui orne sa tête. Mais je savais que son expression sombre ne trahissait presque aucune émotion. Ramsès arbore généralement un visage impassible. Il a un nez assez proéminent, et le menton à l'avenant. Son teint n'a rien de britannique et l'on pourrait aisément le prendre pour un jeune Egyptien. C'est à cause de cette ressemblance et de ses manières altières qu'Emerson eut l'idée de lui donner le surnom de Ramsès. (Car le lecteur sait — sans que j'aie besoin de le lui expliquer, je l'espère —, que je n'aurais jamais accepté de faire baptiser un nouveau-né britannique d'un nom aussi saugrenu.)

Comme les têtes de Ramsès et d'Emerson, ainsi que le chat, me bouchaient la vue, je me laissai aller en arrière et me détendis, sans quitter des yeux la nuque de mon fils.

A mon habitude, j'avais réservé des chambres au *Shepheard's*. Emerson se plaignit amèrement de descendre là. Vu qu'il se plaint chaque année, je n'y prêtai aucune attention. Plusieurs des hôtels plus récents sont tout aussi confortables, mais outre qu'il offre tous les agréments qu'est en droit d'attendre une personne raffinée, le *Shepheard's* a l'avantage d'être le rendez-vous de la haute société du Caire. Les raisons que j'ai de préférer cet hôtel sont les raisons mêmes pour lesquelles Emerson s'en plaint. Il préférerait de loin loger dans le quartier indigène, où il pourrait jouir du sympathique manque d'hygiène qui caractérise les hôtels et les pensions de catégorie inférieure. (Par instinct, les hommes sont des animaux malpropres. Emerson est l'un des rares qui aient le courage d'exprimer ses sentiments à haute voix.) Certes, je peux « vivre à la dure » avec le meilleur d'entre eux, mais je ne vois aucune raison de refuser le bien-être quand on peut en disposer. Je tenais à me reposer quelques jours de l'inconfort de la traversée au milieu de la foule des passagers avant de me rendre dans le désert.

Attitude des plus raisonnables — tout le monde en conviendra, je n'en doute pas. Quand Emerson prétend que je descends au *Shepheard's* pour apprendre les derniers potins, ce n'est de sa part qu'une petite plaisanterie.

J'ai entendu dire qu'il était difficile de trouver de la place au *Shepheard's* lorsque la saison battait son plein, mais je n'ai jamais eu le moindre mal. Bien sûr nous sommes de vieux clients appréciés. La rumeur selon laquelle M. Baehler, le directeur, serait terrorisé par Emerson et craindrait de lui refuser quoi que ce soit est, bien entendu, ridicule. M. Baehler est un monsieur robuste, de haute stature, et je suis certaine qu'il ne se laisserait jamais intimider de cette manière-là.

Il attendait sur la terrasse, prêt à nous recevoir — et, naturellement, à accueillir les autres clients qui étaient arrivés par le train d'Alexandrie. Sa splendide tête aux cheveux argentés dépassait au milieu de la foule. Comme nous nous apprêtions à mettre pied à terre, une autre voiture s'arrêta derrière nous. Celle-ci n'aurait pu manquer d'attirer notre attention, ne serait-ce qu'en raison de l'effet qu'elle produisit sur les clients assis aux tables de la terrasse. Tout le monde se raidit en quelque sorte, et toutes les têtes se tournèrent vers les nouveaux venus. Tous retinrent leur souffle un instant, puis se remirent à converser, chuchotant et sifflant entre leurs dents.

La voiture découverte était tirée par deux chevaux

gris, parfaitement assortis. Des plumets écarlates ornaient leur harnais. Ils agitaient leurs belles têtes et caracolaient tels des coursiers aristocratiques, ce qu'ils étaient manifestement.

Le cocher sauta à bas de son siège et tendit les rênes au palefrenier qui avait été juché derrière. Le premier était grand et maigre, aussi souple qu'une panthère vêtue d'une tenue de cheval et chaussée de bottes cirées. Ses cheveux noirs donnaient l'impression d'avoir été passés au cirage eux aussi ; quant à sa fine moustache noire, elle aurait pu être dessinée à l'encre de Chine. Le monocle qu'il portait à l'œil droit, étincelant au soleil, jeta un éclair aveuglant.

— Saperlipopette, c'est ce scélérat de Kalenischeff ! s'exclama Emerson.

Emerson n'a pas la réputation de s'exprimer d'une voix douce. Toutes les têtes se tournèrent vers nous, dont celle de Kalenischeff. Son sourire cynique se crispa, mais il se reprit presque aussitôt et se détourna pour aider sa passagère à mettre pied à terre.

Des bijoux brillaient à son cou et à ses poignets menus. Sa robe de soie gris-vert était à la dernière mode de Paris, dotée de manches bouffantes dont la circonférence était supérieure à celle de sa fine taille. Un énorme foulard de gaze blanche était agrafé à la robe à l'aide d'une broche de diamants et d'émeraudes. Son ombrelle s'harmonisait avec sa robe. J'entrevis dessous un charmant minois rieur, dont les joues et les lèvres étaient plus éclatantes que ne l'avait voulu la Nature.

Le couple fringant gravit majestueusement l'escalier et pénétra dans l'hôtel.

— Ma foi ! fis-je. Je me demande qui...

— Peu importe, dit Emerson en me prenant fermement par le bras.

Nous avions nos chambres habituelles au troisième étage. Elles donnaient sur le Jardin de l'Ezbekeya. Après avoir défait nos valises et nous être changés, nous descendîmes prendre le thé sur la terrasse. Emerson ronchonna moins qu'à l'accoutumée à la perspective de sacrifier à ce qu'il appelle « un rituel social absurde », car nous avions tous soif après le long voyage en train dans la poussière.

Le thé sur la terrasse du *Shepheard's* est assurément une activité appréciée des touristes, mais même de vieux habitués tels que nous ne se lassent jamais du spectacle animé de la vie égyptienne dans la rue Ibrahim Pacha. Les environs de l'hôtel voient pulluler des hordes de mendiants, de marchands, d'âniers et de cochers, rivalisant tous pour proposer leurs services aux clients de l'hôtel. Une fois que nous nous fûmes assis et eûmes commandé, je sortis une liste de ma poche et la lus à Ramsès. C'était la liste des choses qu'il lui était interdit de faire. D'après ce que je me rappelle, elle commençait par « Ne parle pas aux âniers, » et elle se terminait par « Ne répète aucun des mots que tu as appris auprès des âniers l'année dernière ». Ramsès parle arabe couramment et connaît malheureusement des mots très familiers.

Nous vîmes un certain nombre de connaissances entrer dans l'hôtel et en sortir, mais personne ne vint nous parler, et il n'y avait personne avec qui nous souhaitions parler. Pas un seul égyptologue dans le lot, comme le formula Emerson. J'étais sur le point de proposer que nous regagnions nos chambres quand un autre juron, échappant à mon mari si direct, me fit comprendre qu'approchait quelqu'un qui avait encouru sa désapprobation. Me tournant, j'avisai Kalenischeff.

Il arborait son sourire figé, tel un masque.

— Bonjour, Madame... Professeur... maître Ramsès. Bienvenue pour votre retour au Caire. Puis-je...

— Non, lança Emerson, arrachant des mains de Kalenischeff la chaise qu'il avait saisie. Comment osez-vous adresser la parole à madame Emerson ? Votre seule présence est une insulte à l'adresse de toute femme respectable.

— Voyons, Emerson. (Je levai mon ombrelle pour indiquer une autre chaise. Kalenischeff tressaillit. Il se rappelait sans doute certain jour où j'avais été forcée de piquer son anatomie de la pointe de cette ombrelle afin de protéger mes membres inférieurs d'un assaut grossier. Je poursuivis :) Ecoutons ce qu'il veut nous dire.

— Je ne vous retiendrai pas bien longtemps. (Kalenischeff décida finalement de ne pas s'asseoir. Il baissa la voix.) J'aimerais conclure un accord avec vous. Un marché...

— Quoi ? s'écria Emerson. Un marché ? Je ne conclus pas d'accord avec des assassins, des voleurs...

— Chut, Emerson, l'implorai-je. (Les occupants des tables voisines ne faisaient même plus mine de se montrer bien élevés et tendaient l'oreille ostensiblement.) Ecoutez-le jusqu'au bout.

Kalenischeff affichait toujours son sourire imperturbable, mais des gouttes de transpiration perlèrent sur son front.

— Je connais l'opinion que vous avez de moi, siffla-t-il. Pas de marché, alors, seulement une promesse de ma part. Je suis sur le point de quitter Le Caire — de quitter l'Egypte, en réalité. Donnez-moi seulement quelques jours pour boucler mes affaires, laissez-moi tranquille, et je jure que vous ne me verrez plus jamais ni n'entendrez plus jamais parler de moi.

— Où allez-vous ? m'enquis-je par curiosité.

— Cela ne vous regarde pas, madame Emerson.

— Il vous faudra fuir au bout de la terre pour échapper au long bras de votre ancien maître, observai-je d'un air lourd de sous-entendus.

Le visage maigre de l'homme pâlit très nettement.

— Pourquoi parlez-vous de... Qu'est-ce qui vous fait penser...

— Allons, allons, Kalenischeff. Ce n'est que trop évident. Quelque chose, ou quelqu'un, vous a fait suffisamment peur pour vous pousser à prendre la fuite. De qui d'autre pourrait-il s'agir sinon de ce génie du crime, de ce diabolique Maître criminel ? Nous n'avons pas pu prouver que vous faisiez partie de sa bande ; mais nous savions que c'était le cas. Si vous avez l'intention de trahir cet individu, qui voit tout et qui sait tout, vous feriez mieux de vous jeter dans les bras de la police — ou mieux, dans nos bras. Je parle au figuré, bien entendu.

— Vous vous trompez, marmotta Kalenischeff. Vous vous trompez lourdement. Jamais je ne... Je n'ai jamais eu partie liée avec...

Emerson fronça les sourcils et, grondant sourdement, ce qui était plus menaçant que des cris — Kalenischeff le savait bien —, il dit :

— C'est vous qui vous trompez, espèce de crapule. Vos protestations d'innocence ne me convainquent pas le moins du monde. La prochaine fois que vous lui parlerez, dites à votre maître de m'éviter. Cela s'applique également à vous. Je ne veux aucun rapport avec l'un ou l'autre d'entre vous, mais si vous vous mêlez de mes affaires, je vous écraserai comme un cafard. Me suis-je bien fait comprendre ?

Ce n'était pas du tout ainsi que je comptais m'y prendre.

— Pensez à ce que vous faites, Kalenischeff, intervins-je vivement. Confiez-vous à nous et laissez-nous vous sauver. Vous prenez un risque terrible rien qu'en nous parlant. Les espions de votre maître redouté sont partout. Si l'un d'eux vous voyait...

Ma méthode n'eut pas plus de succès que celle d'Emerson. Kalenischeff en pâlit d'horreur.

— Vous avez raison, marmonna-t-il.

Et, sans prévenir, sans ajouter un mot, il se dirigea d'un pas chancelant vers la porte de l'hôtel.

— Ha ! fit Emerson d'une voix satisfaite. Bravo, Peabody ! Nous voilà débarrassés de cet individu.

— Ce n'était pas mon intention. Emerson, nous ne pouvons laisser s'échapper cette canaille. Nous ne pouvons lui permettre de tromper cette jeune femme qui est manifestement sa dernière victime !

Emerson me saisit le bras comme je m'apprêtais à me lever et il me rassit sur ma chaise avec une telle force que j'en eus le souffle coupé. Tandis que je me dégageais, la voiture aux deux chevaux gris assortis s'arrêta devant le perron et la jeune demoiselle apparut sur la terrasse. Kalenischeff se hâta de la faire monter dans la voiture. Les badauds eurent le plaisir d'entrevoir une bottine délicate à boutons et un éclair de jupons en dentelle lorsque la demoiselle monta sur le marchepied. Kalenischeff sauta à la place du cocher, arracha le fouet des mains du palefrenier, et le fit claquer. Les chevaux partirent au grand galop, comme d'un *starting-gate*. Les piétons et les colporteurs s'écartèrent. Un vieux marchand de fruits fut un peu lent. Il sauva sa vieille carcasse en évitant la voiture d'un pas chancelant, mais ses oranges et ses melons roulèrent partout.

Je secouai la tête en voyant Ramsès s'apprêter à se lever.

— Mais, Maman, j'espérais pouvoir aider ce vieux monsieur. Comme vous le voyez, ses oranges...

— Je ne mets pas en doute la pureté de tes intentions, Ramsès. Elles sont à ton honneur, mais cela finit régulièrement par une catastrophe, non seulement pour toi mais pour l'objet de ta sollicitude.

— Mais, Maman, c'bonhomme là-bas...

Son geste désignait l'un des badauds déguenillés, qui était venu en aide au marchand — homme robuste et de grande taille, vêtu d'une djellaba en haillons et coiffé d'un turban safran. Il avait ramassé trois oranges et les avait lancées en l'air avec l'adresse d'un bon jongleur. A l'instant où je l'aperçus, il se détourna. Deux oranges tombèrent juste aux pieds du marchand qui se lamentait, et l'autre disparut, probablement dans les plis de la djellaba dégoûtante du jongleur.

— Tu te relâches de nouveau, dis-je sévèrement à Ramsès. Combien de fois t'ai-je dit que je ne tolérais pas ta mauvaise prononciation ?

— De nombreuses fois, Maman. Je suis désolé de ne pas vous donner satisfaction dans ce domaine, mais, comme vous l'avez peut-être remarqué, j'ai tendance à m'oublier lorsque je suis sous l'effet d'une forte émotion ou quand je suis pris par surprise, comme dans...

— Très bien, très bien. Fais-y plus attention à l'avenir.

Le marchand avait mis fin à ses lamentations en reconnaissant Emerson, penché par-dessus la balustrade.

— C'est Emerson Effendi, s'écria-t-il. Ô, Maître des Imprécations, regardez ce qu'ils ont fait à un pauvre vieillard ! Ils m'ont ruiné. Mes femmes vont mourir de faim, mes enfants vont se retrouver à la rue, ma vieille mère...

— Sans parler de ta très, très vieille grand-mère, enchérit Emerson en un arabe des plus familiers. (L'adjectif qu'il utilisa comportait un sous-entendu qui fit éclater de rire tous ceux qui écoutaient.)

Emerson sourit. Il aime beaucoup que l'on apprécie ses traits d'esprit. Jetant une poignée de pièces sur le plateau du marchand, il poursuivit :

— Achète une nouvelle *gibbeh* (robe) à ton arrière-grand-mère, pour que son commerce soit florissant.

Des rires gras ponctuèrent derechef cette remarque déplacée. Emerson alla se rasseoir. Croisant mon regard et se composant à la hâte un visage sérieux, il s'exclama :

— Je vous avais bien dit que nous n'aurions pas dû venir ici, Amelia. Comment un hôtel respectable peut-il laisser entrer un criminel tel que Kalenischeff ? J'ai bien envie de partir tout de suite. Baehler ! Herr Baehler !

On dit qu'un bon hôtelier a un sixième sens qui l'avertit des ennuis imminents. Les mauvaises langues disent aussi que Baehler craint les ennuis de la part d'Emerson et qu'il est tout le temps sur le qui-vive. Quoi qu'il en soit, le directeur apparut comme par enchantement et se dirigea vers notre table.

— Vous m'avez appelé, Professeur ? murmura-t-il.

— Pourquoi chuchotez-vous ? s'enquit Emerson avec curiosité.

— Herr Baehler essaie, par son exemple, de vous persuader de baisser le ton, expliquai-je.

Baehler me gratifia d'un regard de reconnaissance, Emerson d'un coup d'œil furieux.

— Qu'est-ce que vous sous-entendez, Peabody ? Je n'élève jamais la voix. J'aimerais savoir, Herr Baehler, comment vous pouvez tolérer dans votre hôtel pareille canaille. C'est une honte.

— Vous voulez parler du prince Kalenischeff ?

— Prince ? Ha ! explosa Emerson. Il n'a aucun droit à ce titre, ni à celui d'archéologue. C'est un voleur et un gredin, il appartient à cette bande de pilleurs d'antiquités que Mme Emerson et moi-même avons démasqués l'année dernière...

— Je vous en prie, Professeur, coupa Baehler en se tordant les mains. On vous regarde, on vous entend...

— Eh bien, je veux qu'on m'entende, déclara Emerson. C'est la fonction de la parole, Baehler : être entendu.

— Il n'empêche, intervins-je, Herr Baehler a raison. Vous et moi savons que cet individu est coupable, mais nous n'avons pas pu découvrir de preuves formelles. Nous ne pouvons attendre de Herr Baehler qu'il l'expulse sur nos présomptions. Ce que j'aimerais savoir, c'est l'identité de la pauvre jeune femme qui l'accompagnait. Elle avait l'air d'être très jeune. Sa mère est vraiment insensée de la laisser paraître en public en compagnie d'un tel homme !

Baehler hésita. A son front serein et à son demi-sourire avenant, on aurait pu croire qu'il était indifférent. Mais je savais qu'il mourait d'envie de se confier à une personne compatissante et compréhensive.

— La demoiselle est orpheline, commença-t-il prudemment. Vous avez peut-être entendu parler d'elle. C'est l'une de vos compatriotes — une certaine Miss Debenham, l'honorable Miss Debenham, pour être précis. Son père était le baron Picadilly, et c'est sa seule héritière.

— Une héritière, répétai-je d'un ton lourd de sous-entendus.

Emerson poussa un grognement.

— Cela explique pourquoi Kalenischeff est intéressé. Non, Baehler, nous ne connaissons pas cette jeune personne. Quant à nous, nous ne nous intéressons pas aux aristocrates sans cervelle. Je ne veux plus entendre parler de cette Miss Devonshire, si c'est là son nom. Mme Emerson ne veut plus entendre parler d'elle non plus. Mme Emerson n'a pas de temps à consacrer à ces gens-là.

— Chut, Emerson. M. Baehler sait que je ne me mêle jamais des affaires des autres. Mais dans ce cas précis je m'y sens tenue, sachant ce que je sais de la vraie personnalité de Kalenischeff. Cette jeune femme devrait être mise en garde. Si je peux être d'une aide quelconque...

Baehler n'attendait que l'occasion de s'exprimer.

— J'avoue, madame Emerson, que la situation est... euh... délicate. Miss Debenham est arrivée au Caire sans personne pour l'accompagner, pas même de domestique. Elle s'est presque aussitôt mise à fréquenter le prince, et leur comportement est devenu un scandale éhonté. J'ai beau hésiter à offenser un membre de l'aristocratie britannique, je serai peut-être contraint de prier Miss Debenham de quitter l'hôtel.

Je baissai la voix moi aussi :

— Voulez-vous dire qu'ils... qu'ils sont...

Baehler se pencha en avant.

— Je vous demande pardon, madame Emerson, je n'entends pas ce que vous dites.

— Cela vaut peut-être mieux ainsi.

Je jetai un coup d'œil à Ramsès qui me renvoya un regard aussi inexpressif que celui d'une chouette, preuve qu'il écoutait la conversation avec un intense intérêt. J'avais abandonné depuis longtemps l'espoir de croire que Ramsès ignorait des choses auxquelles ne devrait pas s'intéresser un garçonnet de huit ans, mais je m'efforçai du moins de sauver les apparences de la bienséance.

— Emerson, fis-je, emmenez Ramsès là-haut et lavez-le.

— Il n'a pas besoin de se laver, objecta Emerson.

— Il a toujours besoin de se laver. Vous savez que nous dînons à la *Mena House* ce soir, pour admirer la pleine lune au-dessus des pyramides. J'aimerais partir de bonne heure.

— Oh, très bien. (Emerson se leva.) N'allez pas imaginer que j'ignore ce que vous projetez, Peabody. Prenez garde à vous.

Après leur départ, je me tournai de nouveau vers Baehler.

— Parlez sincèrement, mon ami. Kalenischeff partage-t-il la chambre de Miss Debenham ? Vous ne pouvez pas me choquer.

Mais moi, j'avais choqué Baehler.

— Madame Emerson, comment pouvez-vous supposer que je laisserais faire une chose pareille dans mon hôtel ? Le prince a sa propre chambre, à quelque distance de celle de Miss Debenham.

Je me permis un petit sourire ironique, que Baehler feignit de ne pas voir.

— Quoi qu'il en soit, je ne peux regarder avec indifférence une créature de Dieu courir à sa perte, d'autant plus que cette créature appartient à mon sexe opprimé. Nous autres femmes sommes constamment abusées par les hommes — je ne parle pas de mon mari bien entendu —, et nous avons l'obligation morale de nous entraider. Je vais parler à Miss Debenham.

M. Baehler parut avoir changé d'avis. Les hommes sont coutumiers du fait : ils sont toujours en train de demander quelque chose, et puis ils décident qu'après tout ils n'en veulent plus.

— Je ne suis pas sûr... commença-t-il.

— Mais moi, j'en suis sûre. (Je souris et le piquai de mon ombrelle.) N'ayez crainte, Herr Baehler. J'aborderai le sujet avec la plus grande délicatesse. Je ferai simplement remarquer que Kalenischeff est un mufle, un voleur, et peut-être un assassin. J'imagine que cela convaincra Miss Debenham.

Les lèvres de Baehler tremblèrent.

— Vous êtes décidée ? Rien de ce que je pourrais dire ne saurait vous dissuader ?

— Rien, l'assurai-je.

Baehler s'éloigna en secouant la tête, et je finis mon thé, ce qui ne me prit guère de temps, car Ramsès avait mangé tous les sandwiches.

Lorsque je revins à nos chambres, prête à aider Emerson à s'habiller, opération qui dure parfois bien longtemps sans raison à cause de son extrême réticence à endosser un habit de soirée, je découvris à mon grand dépit que lui et Ramsès étaient partis. Ainsi que la chatte. Je n'arrivais pas à comprendre comment ils avaient pu m'échapper. Ils avaient dû s'esquiver discrètement par l'entrée de derrière.

Ils restèrent absents plus d'une heure. La veste et le col d'Emerson étaient déboutonnés et Bastet, la chatte, juchée sur son épaule, grignotait d'un air indifférent les extrémités de son foulard dénoué. Les boucles emmêlées de Ramsès étaient grises de poussière et ses bottes laissaient par terre des marques vertes.

— Vous êtes allés au souk des teinturiers et des corroyeurs, m'écriai-je. Mais pourquoi donc, au nom du Ciel ?

— Ramsès avait envie d'un fez, expliqua Emerson tout en se baissant pour que la chatte puisse sauter sur le lit.

— Où est-il ?

Ramsès regarda autour de lui comme s'il s'était attendu à ce que le couvre-chef en question se fût déplacé de lui-même et fût arrivé avant lui.

— Apparemment il s'est égaré, finit-il par déclarer.

Cherchant mes mots, je lâchai :

— Lavez-vous.

— Oui, Maman.

Suivi de la chatte, Ramsès alla dans sa chambre,

qui était contiguë à la nôtre. S'ensuivirent des bruits d'éclaboussures, accompagnés du fredonnement sans queue ni tête dont Ramsès égaye ses ablutions. Profitant du bruit, je m'adressai à mon mari :

— Eh bien, Emerson ?

— Eh bien, Peabody, il faut nous dépêcher. Je n'avais pas l'intention de rester si longtemps au souk, mais vous savez comment se passent ces négociations, à deviser, à boire du café, à échanger des compliments...

Il ôta sa veste et sa chemise en parlant, puis les jeta vaguement en direction du lit. Je ramassai chaque article tombé par terre et l'accrochai à une patère.

— Je sais. J'avais l'intention de passer la journée de demain à faire cela précisément.

— A présent, c'est inutile. (Emerson se tourna vers le lavabo.) Je me suis occupé de tout. Nous pouvons partir pour Dahchoûr en début de matinée.

— Demain matin ?

Emerson s'ébroua et crachotta comme un grand chien.

— Ah, comme c'est rafraîchissant. Ce sera merveilleux de se retrouver dans le désert, n'est-ce pas, Peabody ? Le sable et les étoiles, la paix et la tranquillité, la solitude, rien pour nous déranger, saperlotte...

J'étais extrêmement fâchée contre lui, mais l'amusement tempéra mon agacement. Emerson est aussi transparent qu'un enfant. Et puis, j'étais troublée par l'ondulation de ses muscles dorsaux. Je ramassai la serviette et l'aidai à se sécher.

— Je vois très bien ce que vous manigancez, Emerson. Vous voulez m'éloigner du Caire. Bien entendu, je partage votre enthousiasme pour le sable et les étoiles, la solitude, etc. Mais je dois m'occuper de beaucoup de choses avant de...

— Absolument pas, Peabody. Abdullah et nos hommes sont restés à Dahchoûr tout l'été. Nous avions décidé qu'il était préférable de ne pas laisser le site sans surveillance, si vous vous rappelez. Je suis sûr qu'à présent ils ont trouvé une maison comme il faut, qu'ils nous l'ont préparée, et qu'ils y ont transporté les affaires que nous avons laissées à Dronkeh au printemps dernier.

— Abdullah n'a pas la même conception que moi des maisons comme il faut. J'aurai besoin...

— Vous pourrez vous procurer tout ce que vous aurez besoin une fois que vous serez sûre de ce que vous avez besoin.

Il avait un peu de mal à articuler et sa phrase ne brillait pas par la qualité de la syntaxe, d'ordinaire fort correcte chez lui. Je vis qu'il m'observait dans la glace avec une expression que je connaissais bien.

— Faut-il que je me rase, Peabody ?

— Bien entendu, Emerson. Votre barbe est épaisse et...

Il se retourna et me prit dans ses bras, me serrant contre lui en même temps que la serviette. Sa joue frôla la mienne.

— Faut-il que je me rase ? répéta-t-il d'une voix rauque.

— Emerson, commençai-je, mais je ne pus poursuivre pour des raisons qui apparaîtront évidentes à n'importe quel lecteur sensible.

Vu que toute intelligence normalement constituée s'embrouille quelque peu dans les circonstances qui prévalurent alors, j'ignore combien il s'écoula de temps avant de sentir à la nuque un désagréable picotement. Je me dégageai des bras d'Emerson, me retournai et aperçus Ramsès debout sur le seuil de la porte. La chatte était dans ses bras et tous deux nous regardaient fixement sans vergogne.

— Ramsès, m'exclamai-je quelque peu essoufflée. Tu souris ?

— Mon expression était une expression de sympathie et d'approbation, protesta Ramsès. Cela me plaît de vous voir, vous et Papa, vous livrer à des démonstrations de cette nature. Je n'arrive pas encore à expliquer pourquoi il en est ainsi, mais je me demande si cela ne révèle pas un besoin profondément ancré de...

— Ramsès ! (Emerson avait retrouvé son souffle.) Retourne dans ta chambre sur-le-champ. Et ferme la porte.

Ramsès disparut aussitôt, sans même dire « Oui, Papa ». Mais l'humeur n'y était plus. Toussant avec embarras, Emerson tendit la main vers son bol à raser.

— Il faut que nous trouvions à Ramsès un garde du corps, déclara-t-il. Ou plutôt, disons, un compagnon, un accompagnateur...

— Le premier terme était bien choisi, observai-je en tentant de démêler mes cheveux ébouriffés. (La chose était vaine, car les mèches adhéraient à mes doigts sous l'effet de l'électricité statique, due sans doute à la chaleur sèche. Je m'assis devant la coiffeuse afin de me coiffer en vue de la soirée.)

— Je tenais à emmener un domestique avec nous, repris-je. Mais vous vous y êtes opposé.

— Nous ne pouvions guère demander à ce pauvre John d'abandonner sa nouvelle épouse, se défendit Emerson en battant prestement le savon pour le transformer en mousse. Lorsque nous arriverons à Dahchoûr, Selim pourra assumer les fonctions qu'il avait la saison dernière.

— Selim s'est révélé parfaitement inefficace, Emerson. Je n'ai rien dit, car je n'aurais voulu vexer ce pauvre garçon pour rien au monde, mais il a été incapable d'empêcher Ramsès de faire ce qu'il voulait. A vrai dire, il est devenu le complice des méfaits de Ramsès au lieu d'être son garde.

« Ce qu'il lui faut en réalité, poursuivis-je, c'est un précepteur. Ses études ont été pour le moins incomplètes. Il sait traduire les hiéroglyphes égyptiens aussi facilement que la plupart des enfants de son âge savent lire l'anglais, mais il n'a que de très vagues notions de sciences, et absolument aucune sur l'histoire de sa grande nation.

— Il connaît bien la zoologie, Peabody. Il passe son temps à recueillir des animaux perdus.

— La physique, l'astronomie...

Emerson renâcla si fort que de la mousse fut projetée sur la glace. Il l'essuya à l'aide de son bras.

— Quelle importance de savoir si la terre tourne autour du soleil ou vice versa ? C'est une information sans conséquence.

— Il me semble, Emerson, que ce sentiment a été exprimé par quelqu'un d'autre.

— Sans doute. C'est l'opinion de toute personne qui raisonne. Peu importent les études de Ramsès, Peabody. Il saura toujours se débrouiller.

Il retomba dans le mutisme lorsqu'il passa la lame étincelante sur sa joue. J'avais beau ne pas être convaincue, je m'abstins de tout autre commentaire, de peur de provoquer un accident grave. Une fois qu'il eut achevé la délicate opération, je crus pouvoir aborder sans danger une autre doléance.

— Nous partons donc dans la matinée ?

— Si cela vous convient, ma chérie.

— Cela ne me convient pas du tout. Il y a plusieurs choses que je voulais terminer...

Emerson fit volte-face, brandissant son rasoir.

— Comme de vous mêler des affaires de cette Miss Devonshire ?

— Debenham, Emerson. La demoiselle s'appelle Debenham. Je comptais lui glisser quelques mots aimables, lui donner les conseils que sa mère lui donnerait si elle était toujours vivante. Il faudra simplement que j'en trouve l'occasion ce soir, voilà tout.

— Malédiction, fit Emerson.

— Dépêchez-vous, Emerson. *Mena House* va être bondée. Les pyramides au clair de lune attirent beaucoup de monde. Non, enchaînai-je en enroulant mes tresses en un joli chignon. Je voulais parler de courses. Je suis sûre que vous n'avez acheté aucun des articles dont j'ai besoin.

— Si, parfaitement. J'ai même acheté tout un tas de

ces satanés remèdes que vous infligez continuellement à tout le monde. De l'ipecacuana, de la rhubarbe, du calomel, des emplâtres pour les ampoules...

— Vous n'avez pas trouvé de calices, je suppose ?

— De calices... Peabody. Je n'ai rien dit quand vous vous êtes mis en tête de jouer au médecin, mais je me verrai obligé de protester si vous commencez à administrer les sacrements. Non seulement cela heurte mes principes — car je considère cette pratique comme la plus grossière des superstitions — mais la chose ne peut que vous attirer des ennuis de la part des autorités de l'Eglise d'Angleterre.

— Je suppose que vous plaisantez, Emerson. Vous savez très bien pourquoi je veux ces calices. C'est pour remplacer ceux que le Maître criminel a volés à l'église de Dronkeh l'année dernière. L'affliction du pauvre cheik El Beled m'a émue. Comme nous ne pouvons lui restituer les originaux, je souhaite lui en apporter d'autres. Je présume que vous n'en avez même pas cherché.

— Les antiquités religieuses coptes ne sont pas faciles à trouver, même dans les bazars du Caire, rétorqua Emerson. De toute façon, cela serait une perte de temps ridicule. Pourquoi n'avez-vous pas simplement acheté un nécessaire de toilette dans un bazar à quatre sous ?

Je ne relevai pas cette remarque grossière, étant habituée aux opinions religieuses peu orthodoxes d'Emerson. Toutefois, quand il tendit la main vers son pantalon, je me sentis tenue d'émettre une objection.

— Pas ce pantalon, Emerson. Je vous ai préparé votre tenue de soirée. Un costume de tweed est...

— La seule tenue idoine pour escalader la Grande Pyramide, Peabody. Vous ne voulez quand même pas que j'abîme mon unique tenue de soirée, n'est-ce pas ?

— Escalader la pyramide ? Dans le noir ?

— C'est la pleine lune, comme vous savez. Il y aura suffisamment de lumière, je vous assure, et la vue du sommet de la Pyramide de Khéops est une expérience à ne pas manquer. Je voulais vous faire plaisir, ma chérie, mais si vous préférez vous habiller en grand tralala comme cette jeune femme aujourd'hui... Ma parole, elle ressemblait à s'y méprendre à un pigeon grosse-gorge, et je m'attendais à la voir s'envoler.

Ayant reconnu la pertinence de son argument, je me mis à préparer l'un de mes costumes de travail, ensemble distingué constitué d'un pantalon de tweed pourpre et d'une veste à carreaux blancs et bleu lavande, accompagné d'une ombrelle assortie. Je sors rarement sans ombrelle. C'est l'un des objets les plus utiles que l'on puisse posséder, en toutes sortes d'occasions, et je savais que je serais heureuse de m'en servir comme d'une canne ce soir, car le terrain autour des pyramides est très inégal. Cependant, je me sentis obligée de contester le jugement que venait de porter Emerson sur la robe de Miss Debenham.

— Comme tous les hommes, Emerson, vous n'avez aucun sens de l'élégance. J'admets que la robe était un peu excentrique, mais elle était charmante. Il faut que je demande à Miss Debenham...

Emerson me coupa la parole en plaquant ses lèvres fermement sur les miennes. Puis il les écarta pour murmurer :

— Vous n'avez nul besoin d'atours aussi artificiels, Peabody. Vous ne m'avez jamais paru plus charmante qu'avec votre pantalon et votre chemisier de travail, un coup de soleil sur le nez et les cheveux s'échappant de votre filet. Non, permettez-moi de reformuler cela. Vous êtes encore plus charmante quand vous ne portez pas...

Je plaçai la main sur sa bouche pour l'empêcher d'achever sa phrase, car je sentais de nouveau le picotement précédant l'arrivée de Ramsès. Et de fait, j'entendis la voix familière :

— Puis-je entrer, Papa ?

— Oui, entre, répondis-je en m'écartant d'Emerson.

— Je voulais vous demander, Maman, quelle tenue je devais mettre, reprit Ramsès.

— Je voulais que tu portes ton costume de velours noir.

Le visage de Ramsès, qui ne trahissait presque jamais la moindre expression, s'assombrit très nettement. Porter le costume de velours noir est l'une des rares choses qui le poussent à la rébellion ouverte. Je ne parviens pas à comprendre pourquoi mon fils est si intransigeant sur ce point. Avec son joli col de dentelle et sa chemise à jabot, c'est un costume qui convient parfaitement à un garçon de son âge. (Toutefois, je dois l'avouer, il siérait encore mieux à son profil aquilin et à ses boucles noires, si son teint était plus typiquement anglais.)

Je fus forcée de céder cette fois-là, car les dégâts occasionnés sur le velours noir par une escalade de la pyramide auraient rendu le costume hors d'usage. Une expression soucieuse traversa le visage de Ramsès lorsque j'exprimai cette opinion, mais il ne proposa pas malgré tout, comme je l'avais à demi espéré, de porter le costume.

## CHAPITRE 2

*Mena House*, au pied du plateau de Gizeh, n'était ouvert que depuis quelques années, mais son emplacement exceptionnel en avait fait l'un des hôtels les plus appréciés des environs du Caire. Il avait été conçu comme un vieux manoir anglais à l'extérieur, mais le style oriental régnait à l'intérieur. Un entrelacs de lumières douces, suspendues tout en haut du plafond en forme de dôme, créait une atmosphère de mystère et de magie dans la salle à manger. M. et Mme Locke, les propriétaires, avaient acheté un certain nombre de beaux moucharabiehs anciens qui contribuaient largement au charme de la salle.

Nous étions les seuls clients à ne pas porter de tenue de soirée, et beaucoup de gens nous dévisagèrent grossièrement lorsque M. Locke en personne nous accompagna jusqu'à notre table.

— Sacrebleu, fit remarquer Emerson, qu'ont donc tous ces gens à nous dévisager ainsi ? Je me demande où sont passées les bonnes manières d'autrefois. On dirait que notre allure a quelque chose de spécial.

— Vous et Mme Emerson êtes très connus, observa M. Locke avec tact. Les gens dévisagent toujours les célébrités.

— Ha, fit Emerson. Vous avez sans doute raison, Locke. Mais il n'empêche que c'est impoli.

J'avais espéré rencontrer quelques-uns de nos amis

archéologues, mais je ne vis aucune de nos connaissances. Ce fut seulement alors que j'étais en train d'examiner le menu afin de choisir un dessert pour Ramsès que j'entendis une voix timide murmurer mon nom. Je levai les yeux et vis un visage familier qui me souriait. C'était le jeune Howard Carter. Il accepta avec plaisir mon invitation à s'asseoir pour prendre le café avec nous. Après avoir salué Ramsès et présenté ses respects à Emerson, il expliqua qu'il était venu au Caire pour affaires et avait profité de l'occasion pour faire une escapade à Gizeh, car il souhaitait admirer le clair de lune au-dessus des pyramides.

— Ne dites rien au professeur Naville, ajouta-t-il avec son sourire affable. Je suis censé travailler.

— Etes-vous toujours à Thèbes avec Naville ? m'enquis-je. Je croyais que les fouilles du temple d'Hatasou étaient terminées.

— Les fouilles, oui. Mais nous avons encore pas mal de relevés et de restaurations à effectuer.

— Je veux bien le croire, intervint Emerson. Lorsque Naville a terminé des fouilles, seul un médium pourrait s'y retrouver.

— J'ai l'impression d'entendre parler mon vieux maître Petrie, observa Carter en souriant.

A en juger par le dépit sur le visage d'Emerson, je constatai qu'il avait oublié la querelle entre Naville et Petrie. Emerson n'avait trop su quel parti prendre. (Il n'est pas dans sa nature de rester neutre.) Il partageait la piètre opinion que Petrie avait des compétences de Naville, mais cela lui faisait mal au cœur de tomber d'accord avec son principal rival. Il se contint, fronçant les sourcils, tandis que le jeune Anglais continuait à pérorer gaiement.

— Petrie est un merveilleux professeur, et j'éprouverai toujours pour lui de la reconnaissance, mais il est trop dur avec M. Naville. Les méthodes de ce dernier sont parfois un peu sommaires...

Emerson fut incapable de se retenir plus longtemps.

— Sommaires ! s'écria-t-il. Est-il vrai qu'il a utilisé

la vieille carrière comme décharge ? Ma foi, c'est un vrai couil... euh, crétin alors, car il y a sans aucun doute des tombeaux dans cette carrière, qu'il a dû ensevelir sous des tombereaux de saletés...

M. Carter jugea préférable de changer de sujet, décision dont je lui sus gré.

— Félicitations d'avoir obtenu le firman pour Dahchoûr, dit-il. On ne parlait que de ça dans le petit monde des archéologues quand Morgan vous l'a accordé. Petrie s'est perdu en conjectures pour savoir comment vous y étiez parvenu. Il a essayé plusieurs fois d'obtenir Dahchoûr, mais sans succès.

J'évitai soigneusement de regarder Ramsès. Emerson se caressa le menton et sourit d'un air fat.

— Il fallait seulement faire preuve d'un peu de tact, mon garçon. Petrie est un gars formidable par certains côtés, mais il n'a pas de tact. Il est à Saqqarah cette année ?

— Quibell, son assistant, s'y trouve. Il recopie les inscriptions portées sur les tombeaux, répondit Carter. (Il me sourit.) Il y a plusieurs jeunes demoiselles dans son équipe cette année. Il vous faudra partager vos lauriers avec d'autres membres de votre aimable sexe, madame Emerson. Les femmes montrent enfin de quoi elles sont capables.

— Bravo, m'exclamai-je avec enthousiasme. Ou, pour parler plus correctement, *brave* !

— Tout à fait, approuva Carter. Quant à Petrie, il a poursuivi jusqu'à Karnak, où les autres le rejoindront plus tard. Je l'ai vu avant de partir, et je suis sûr qu'il vous aurait transmis son bon souvenir s'il avait su que j'aurais le plaisir de vous rencontrer.

Cette déclaration polie sonnait si faux qu'elle ne parvint même pas à convaincre celui qui venait de l'énoncer. Il se hâta de poursuivre :

— Ainsi que M. Cyrus Vandergelt — un autre de nos voisins. Il parle souvent de vous, Professeur, et de Mme Emerson.

— Je n'en doute pas, dit Emerson, en me décochant

un regard suspicieux. La galanterie typiquement américaine — sans subtilité excessive mais sincère — de M. Vandergelt envers les membres du sexe opposé (opposé au sien, s'entend) a toujours agacé Emerson. Il soupçonne tous les hommes qui me font un compliment d'avoir des vues sur moi. Je ne peux lui ôter cette idée de la tête, laquelle possède, je le reconnais, un côté qui n'est pas déplaisant.

— Vous devriez peut-être envisager de travailler pour M. Vandergelt, Howard, suggérai-je. C'est un client généreux.

— Il m'a effectivement sollicité, reconnut Carter. Mais je n'ai guère envie de travailler pour un riche dilettante, malgré tout son intérêt pour l'égyptologie. Ces gens-là veulent seulement découvrir des trésors et des tombeaux secrets.

Nous proposâmes à Carter de se joindre à nous pour l'escalade de la pyramide, mais il déclina l'invitation, prétendant qu'il avait du travail à faire avant d'aller se coucher. Nous lui souhaitâmes donc bonne nuit. Puis nous quittâmes les agréables jardins de *Mena House* et gravîmes la côte qui montait vers les pyramides.

Les mots me manquent pour rendre toute la majesté du spectacle. La sphère rebondie de la pleine lune brillait au firmament, évoquant les disques d'or battu qui couronnaient jadis les reines de cette antique terre. Le paysage était illuminé de son éclat, qui argentait les grandioses pyramides et jetait des ombres sur les traits énigmatiques du Sphinx, de sorte que celui-ci semblait sourire cyniquement des créatures humaines insignifiantes qui évoluaient à ses pieds. L'étendue de sable était aussi blanche que de la neige fraîche, seulement zébrée d'ombres ténébreuses qui signalaient une tombe violée ou un tombeau enseveli.

Malheureusement ce magnifique spectacle était gâté par la présence d'insectes humains vociférant. Des silhouettes crapahutant et les vives lueurs de torches constellaient les versants pâles de la Grande Pyramide. La nuit résonnait des cris de voyageurs qui auraient dû garder un silence respectueux devant de telles merveilles. La voix d'un visiteur aux puissantes cordes vocales couvrit les autres : « Hé, Mabel, r'garde-moi ! »

La réponse (hypothétique) de Mabel se perdit peut-être dans la nuit, mais on entendit un éclat de rire méprisant non loin de nous. Une voiture avait fait halte — la même voiture découverte que j'avais vue quitter le *Shepheard's* tout à l'heure. Miss Debenham portait à présent une robe de satin blanc. Ses bras nus et sa gorge décolletée luisaient comme de l'ivoire au clair de lune, et à l'instant où elle se tourna pour s'adresser à son compagnon, des diamants étincelèrent dans ses cheveux noirs comme l'ébène. Kalenischeff était digne d'une composition en noir et blanc. Le ruban de quelque décoration (sans doute apocryphe), barrant le devant de sa chemise, était décoloré par le clair de lune et ressemblait à une barre de bâtardise.

Instinctivement je partis dans leur direction, mais avant que j'eusse fait quelques pas, Kalenischeff fouetta les chevaux et la voiture continua son chemin sur la route poussiéreuse qui menait au sommet du plateau.

— Imbéciles, dit Emerson. Je regrette que nous soyons venus, Peabody. J'aurais dû me douter que tous les touristes ignares du Caire se retrouveraient ici ce soir. Faisons-nous l'escalade ou revenons-nous à l'hôtel ?

— Autant continuer maintenant que nous sommes ici, répondis-je. Ramsès, tu ne nous quittes pas. Pas question de t'éloigner de moi d'un pas.

Les soi-disant guides, les marchands d'antiquités et des mendiants de tout acabit étaient au grand complet. Ils se précipitèrent vers nous pour nous offrir leur aide et des scarabées d'origine douteuse. La proportion habituelle est de trois aides pour un touriste — deux tirent d'en haut et l'autre pousse par en dessous. L'opération est délicate et tout à fait inutile, vu que seuls quelques-uns des blocs de pierre, semblables à des marches, dépassent un mètre de hauteur.

L'assaut prit fin dès que le cheik responsable de la horde reconnut Emerson, qu'il accueillit par les mots *« Essalâmu 'aleikum »*, généralement réservés par les musulmans à d'autres membres de leur foi. Emerson répondit dans la même veine, mais déclina l'offre du cheik Abu, qui lui proposait des hommes pour l'aider à escalader la pyramide. Lui-même était tout à fait capable de me donner un coup de main chaque fois que c'était nécessaire, mais nous engageâmes deux hommes pour hisser Ramsès de marche en marche, cette solution étant rendue souhaitable en raison de ses petites jambes.

Après un été paresseux passé à ne pas faire grand-chose sinon de l'équitation, du jardinage, de la randonnée et de la bicyclette, je n'étais pas au mieux de ma forme physique, et je fus heureuse qu'Emerson me prêtât main-forte de temps en temps. Bien que, de plus bas, le versant m'eût apparu noir de monde, le chemin n'était en fait guère fréquenté. Nous dépassâmes un ou deux groupes, dont plusieurs avaient fait halte pour se reposer. J'entendais parfois la voix de Ramsès, qui, hors d'haleine, poursuivait une interminable conversation avec ses guides.

Le pyramidion et les assises supérieures du monument avaient disparu, laissant au sommet un plateau carré de quelque neuf mètres. Sur les blocs éparpillés ici et là, plusieurs des touristes qui avaient réussi à monter étaient affalés dans diverses positions. Les évitant spontanément, nous nous dirigeâmes vers l'un des côtés.

J'avais déjà escaladé la pyramide, mais jamais de nuit. La vue, spectaculaire à tout moment, est absolument magique au clair de lune. A l'est, le Nil luisait comme un ruban de cristal sombre par-delà les prairies calmes, où se détachaient sur le ciel les silhouettes noires des palmiers. Bien plus loin étincelait la myriade des lumières du Caire. Mais c'est vers le sud que se tournaient nos yeux, afin d'apercevoir, derrière l'étendue neigeuse des sables silencieux, les vestiges des antiques nécropoles de Memphis, la puissante capitale de jadis. C'était là que devait se dérouler notre saison — deux minuscules pointes de pierre pâle, marquant l'emplacement des pyramides de Dahchoûr.

J'éprouvais une telle émotion que je fus incapable de parler, d'autant plus que j'étais à bout de souffle — car le bras d'Emerson me serrait fermement. Nous restions debout sans bouger, muets, ensorcelés par la magie de la nuit.

Je perdis toute notion du temps devant ce spectacle. Il s'écoula peut-être dix secondes ou dix minutes avant que je ne pousse un long soupir. Je me tournai pour parler à Ramsès.

Il avait disparu.

Ma première réaction fut de douter du témoignage de mes sens. Ramsès est passé maître dans l'art de se perdre, mais il ne semblait guère possible qu'il ait pu disparaître d'une petite plate-forme à cent trente-cinq mètres de hauteur comme par enchantement. Emerson s'avisa de sa disparition au même moment et fut incapable — ou, plus probablement, n'eut aucune envie — de réprimer un cri d'alarme.

— Peabody ! Où est Ramsès ?

— Il doit être quelque part par là, commençai-je.

— Je croyais qu'il était sous votre surveillance. Oh, bon sang ! (Il rejeta la tête en arrière et cria à tue-tête :) Ramsès ! Ramsès ! Où es-tu ?

Lorsqu'il est prononcé avec des accents aussi péremptoires, le nom de Ramsès ne manque jamais d'attirer l'attention, tout particulièrement en Egypte. Personne n'imagine que nous sommes en train d'appeler un petit Anglais désobéissant, mais on pense que nous invoquons le fantôme du plus célèbre des pharaons égyptiens. L'une des dames, bien en chair, en tomba du bloc où elle était assise, et plusieurs autres se levèrent d'un bond en poussant des cris apeurés et scandalisés.

Emerson se mit à courir d'un bout à l'autre de la plate-forme, regardant derrière les blocs de pierre et les jupes des dames, au grand dam des personnes concernées.

Un monsieur eut l'obligeance de s'approcher de moi et de nous offrir son aide. C'était un Américain corpulent, aux joues rondes, à la moustache blanche en bataille et aux cheveux de la même couleur, comme je m'en aperçus lorsqu'il ôta prestement son chapeau.

— Je ne comprends pas bien ce que vous cherchez, madame, déclara-t-il poliment. Mais si Caleb T. Clausheimer peut vous être d'une quelconque aide...

— Ce que je cherche, monsieur, c'est un petit garçon.

— Un petit garçon du nom de Ramsès ? Saperlipopette, madame, voilà un curieux nom pour un gosse ! J'ai l'impression d'avoir vu ici un garçon il y a un moment...

Je le remerciai distraitement et me hâtai d'aller rejoindre Emerson, qui regardait avec attention par-dessus le bord de la plate-forme.

— Il est tombé, Peabody. Malédiction ! Malédiction ! Je ne me le pardonnerai jamais. J'aurais dû l'attacher à moi avec une corde comme je le fais d'ordinaire. J'aurais dû...

— Emerson, calmez-vous. C'est impossible qu'il soit tombé. Il n'y a pas d'à-pic. Nous l'aurions entendu rebondir de degré en degré, et même Ramsès aurait sûrement poussé un cri en s'apercevant qu'il tombait. Non, il est redescendu de lui-même, Dieu seul sait pourquoi. Je lui ai strictement interdit de nous quitter...

Emerson se précipita vers le côté nord de la plate-forme et scruta cette face de la pyramide. Elle était plongée dans l'obscurité, mais les yeux d'Emerson, aussi perçants que ceux d'un aigle, étaient de surcroît aiguisés par le désespoir de l'amour paternel. Il poussa un hurlement rauque.

— Hé, Peabody ! Là-bas, vous voyez ? Aux deux tiers de la descente, sur la gauche. Ne seraient-ce pas les guides de Ramsès ? Et ne trouvez-vous pas que l'un d'eux a l'air étrangement bossu ?

Je ne parvenais à distinguer que l'éclat des grandes robes blanches portées par les Egyptiens. On aurait dit une flaque de clair de lune glissant le long des pierres polies par les ans. Il y avait assurément un groupe de gens là-bas — combien, je n'aurais su dire —, et c'étaient les seuls randonneurs de ce côté-là de la pyramide, étant donné que les autres préféraient, naturellement, les versants éclairés.

— Je ne distingue pas de qui il s'agit, Emerson, et je n'arrive pas à savoir...

Mais je m'adressais à l'air ambiant. Emerson avait sauté par-dessus le bord et dévalait l'escalier géant comme un possédé. Je me hâtai aussitôt de le rejoindre, à une allure plus modérée.

Quand je me retrouvai en bas, ensablée jusqu'aux chevilles, Emerson avait disparu. Je me consolai en me disant que son corps était également invisible, et que je pouvais donc en conclure qu'il était parvenu jusqu'en bas sans encombre.

Le lecteur aura peut-être l'impression que j'étais plus inquiète du sort de mon époux que de celui de mon fils et héritier. C'était effectivement le cas. Il y avait longtemps que je ne me faisais plus de souci au sujet de Ramsès, non par manque d'amour (mes sentiments pour mon fils étaient ceux de n'importe quelle mère d'un enfant de huit ans), mais parce que mon aptitude à me tourmenter s'était émoussée. A l'âge de cinq ans déjà, Ramsès avait connu plus de mauvais pas que la plupart des gens en connaissent jamais au cours d'une longue vie, et j'avais dépensé à son endroit plus d'énergie nerveuse que la plupart des mères n'en dépensent pour une famille de douze enfants. Je n'avais plus d'énergie à donner. En outre — et pourtant j'aurais honte de confesser une tendance aussi irrationnelle ailleurs que dans les pages de mon journal —, j'ai acquis une confiance presque superstitieuse en la capacité de Ramsès non seulement à survivre à des catastrophes vraiment horribles, mais à s'en sortir sans dommage et sans se laisser démonter.

Ne sachant pas quelle direction Emerson avait prise, je partis vers l'angle nord-est de la pyramide. Il n'y avait personne alentour. Les touristes comme les guides préfèrent les zones éclairées. J'avais presque atteint l'angle lorsqu'un cri, faible mais portant bien, résonna dans la nuit. : « Ra-a-amsès ! »

« Zut, me dis-je, il est parti de l'autre côté. » Au lieu de faire demi-tour, je continuai le même chemin, car nous finirions immanquablement par nous rencontrer, et nous aurions ainsi fait le tour (si l'on peut appliquer ce mot à un édifice dont la base forme un carré parfait) de la pyramide.

Les pyramides de Gizeh ne sont que les tombeaux antiques les plus remarquables dont est parsemée la surface du plateau. Le sable autour de moi était ridé et strié par des trace des constructions souterraines. Il fallut me faufiler prudemment de peur de tomber dans une chambre funéraire ouverte ou de trébucher sur un bloc de pierre éboulé, aussi avançai-je assez lentement. Tandis que j'évoquais en esprit ce que j'allais dire à Ramsès lorsque je le trouverais — ce dont je ne doutais pas —, j'entendis les éclats d'une altercation. Au début, je ne pus savoir d'où venaient les coups sourds, les grognements et les cris étouffés, car des bruits semblables s'entendent de loin dans l'air limpide du désert. Ce ne fut qu'en regardant derrière moi que j'aperçus un éclair de djellabas. Les silhouettes paraissaient battre en retraite prestement, et elles disparurent bientôt derrière l'une des plus petites pyramides — satellites de la Grande Pyramide à côté de laquelle elles se situent.

Je partis à leur poursuite, brandissant mon ombrelle. Je craignais toutefois d'avoir peu de chances de rattraper les guides, s'il s'agissait bien d'eux. Et il n'était pas du tout certain non plus que Ramsès se trouvât avec eux. Cependant, l'hypothèse la plus plausible était que, pour des raisons seulement connues de lui, il avait persuadé les hommes de le ramener au pied de la pyramide dans Dieu sait quel dessein. Ramsès a toujours une raison pour faire ce qu'il fait, mais elle échappe souvent aux personnes rationnelles.

J'avais du mal à avancer à force de trébucher, car j'étais encore dans l'ombre et ne distinguais pas les contours des objets disséminés ici et là. En me relevant après une chute, je découvris un spectacle à la fois alarmant, étonnant, et pourtant rassurant d'une certaine façon. La silhouette vêtue d'une djellaba blanche non loin de moi me fit l'effet d'un spectre sous cette lumière surnaturelle, mais je compris qu'il devait s'agir de l'un des guides. Il tenait dans ses bras, serré contre sa poitrine, un petit corps plus sombre. Les membres de ce dernier s'agitaient en tous sens et mes oreilles perçurent la voix inimitable de Ramsès, exigeant, avec sa prolixité coutumière, d'être déposé par terre.

Grâce à la rapidité d'esprit fulgurante dont je me targue, je révisai ma théorie première quant à la raison pour laquelle Ramsès ne m'avait pas obéi. Il m'apparaissait maintenant clairement qu'il était retenu contre son gré. Peut-être était-ce le cas depuis le début — cela dit, je n'arrivais pas à comprendre comment les guides avaient enlevé Ramsès, sans que réagissent ni ce dernier ni les touristes. Cependant, c'était une question qui attendrait qu'on y réfléchisse ultérieurement. Délivrer Ramsès était la priorité, et je m'y appliquai aussitôt. Je me relevai et me ruai en avant.

L'homme qui tenait Ramsès fut, je présume, frappé de terreur en m'apercevant. Cloué sur place, il ne fit aucune tentative pour s'enfuir. De toutes mes forces, je lui assenai un coup d'ombrelle sur la tête.

Le ravisseur poussa un cri d'angoisse et porta vivement les mains à sa tête, lâchant Ramsès, qui tomba le visage dans le sable. M'avisant que les plis du turban avaient amorti l'effet du coup que j'avais voulu lui porter, je modifiai ma prise sur le manche de l'ombrelle et j'enfonçai le bout en acier dans le ventre du bonhomme. Il bascula en arrière. Comme je m'approchais rapidement pour lui administrer le coup de grâce, deux petites mains me saisirent par la cheville et me firent chanceler. Je dus prestement prendre l'ombrelle par l'autre bout et la diriger contre un affleurement de roche pour éviter de tomber.

Je me tournai vers Ramsès avec un cri de reproche.

— Le diable t'emporte, Ramsès, que fais-tu ? Cette canaille t'a enlevé ! Du moins, je l'espère pour toi, car si tu es parti avec lui de ton plein gré...

— J'essayais de vous empêcher de faire quelque chose que vous auriez certainement regretté, Maman, expliqua Ramsès. (Il s'interrompit pour cracher une bouchée de sable avant de poursuivre :) C'bonhomme...

— Surveille ta prononciation, Ramsès.

Son adversaire avait apparemment perdu connaissance, car il ne bougeait plus du tout. Je le surveillai de près, ombrelle brandie. Ramsès poursuivit son explication.

— Oui, Maman. Cet homme n'est pas mon ravisseur, mais mon sauveur. C'est lui qui m'a arraché des mains de ceux qui m'ont entraîné jusqu'au pied de la pyramide. J'ajouterai qu'il a risqué sa vie, car mes deux agresseurs étaient armés, l'un du long couteau qu'on appelle ici un *sikkineh*, et l'autre...

— Peu importe tout cela. Mmmm... Es-tu certain que... Mais je suppose que tu n'as guère pu te tromper. Pourquoi te débattais-tu alors ? Je ne me serais pas précipitée de la sorte si je n'avais cru que tu étais en danger, car j'ai vraiment eu l'impression que tu essayais d'échapper aux mains d'un ravisseur...

— Je voulais qu'il me dépose par terre, expliqua Ramsès.

— Je vois. Ma foi, cela tient debout. (Je m'interrompis pour examiner de plus près l'homme allongé. Je distinguais à peine ses traits dans le noir, mais mes narines perçurent une étrange odeur, douce et écœurante. Je reculai instinctivement, dégoûtée.) De l'opium ! Cet individu est opiomane !

— On peut légitimement tirer cette conclusion, acquiesça Ramsès doctement. Est-il mort ?

— Absolument pas.

— J'en suis heureux, observa Ramsès. Car ç'aurait été une bien piètre récompense pour le service qu'il m'a rendu. Et puis, ses habitudes personnelles ne nous regardent pas, surtout vu...

— Tais-toi un moment, Ramsès. J'entends ton père qui approche. Il marche vraiment d'un bon pas ! Appelle-le, s'il te plaît, sinon il va continuer à tourner sans fin autour de la pyramide.

Ramsès obéit. Les lointaines lamentations d'Emerson, répétant le nom de Ramsès avec des accents déchirants, devenaient de plus en plus pathétiques. Ramsès appela de nouveau. Tous deux rivalisèrent alors de vociférations jusqu'à ce qu'Emerson fasse brusquement son apparition et se jette au cou de son fils. J'entendis Ramsès souffler comme un bœuf à l'instant où son père le serrait dans ses bras. Sachant qu'Emerson serait incapable de tenir un discours cohérent avant quelques instants, je reportai mon attention sur le sauveur présumé de Ramsès.

L'odeur écœurante de l'opium assaillit de nouveau mes narines comme je me penchais au-dessus de lui, mais je surmontai ma répugnance et tendis la main pour lui ôter son turban. Je voulais m'assurer avec plus de précision de l'étendue des dégâts dont j'étais responsable. A l'instant où ma main s'approchait de sa tête, l'homme sursauta convulsivement, se couvrant le visage de ses bras.

- *Mâtekhâfsh, habîb*, fis-je d'un ton rassurant. Ne craignez rien. Je vous ai frappé par erreur. L'enfant m'a dit que vous aviez été courageux.

Au début, il n'y eut pas de réponse. Puis, de sous les plis effilochés du turban, sortit une voix étouffée.

— Laissez-moi partir, *sitt*. Je n'ai rien fait. Je ne demande rien, je veux seulement qu'on me laisse tranquille.

— *Wallahi-el âzîm*, par Dieu tout-puissant, je ne

vous veux pas de mal. Je veux même vous récompenser. Venez sous la lumière pour que je voie si vous êtes blessé. (L'homme resta immobile et je poursuivis d'un ton impatient :) Venez, vous ne craignez rien avec nous. Voici le grand, le fameux Emerson Effendi, Maître des Imprécations, et je suis son épouse, qu'on appelle parfois la *Sitt Hakim*.

— Je vous connais, *sitt*, répondit-il.

— Alors pourquoi restez-vous recroquevillé ainsi ? Si vous connaissez mon nom, vous savez ce qu'il signifie. J'ai quelques connaissances de médecine...

Comme j'aurais pu m'y attendre, cette déclaration attira l'attention d'Emerson, qui manque rarement une occasion de se gausser de mes compétences médicales. Cependant, cette fois-ci il s'abstint de ses commentaires caustiques habituels. Ramsès avait manifestement rendu compte de la situation, et la reconnaissance l'emportait sur l'ironie. Tirant par le bras l'homme à terre, il le remit debout vigoureusement et commença à lui malaxer la main.

— Que la bénédiction d'un père soit avec vous, commença-t-il en arabe d'une voix sonore, mais avant qu'il allât plus loin, le sauveur l'interrompit en tombant à genoux, tête basse.

— Inutile de vous agenouiller, mon brave, lui dit Emerson aimablement.

— Je ne crois pas, Papa, qu'il vous présente ses respects, je crois qu'il est en train de s'évanouir, expliqua calmement Ramsès. Comme je vous l'ai dit, l'un des hommes avait un couteau, du type connu sous le nom de...

— Seigneur, coupa Emerson, quelque peu surpris, je pense que tu as raison, Ramsès. Oui, cette substance collante sur ses doigts semble être du sang.

— Comme vous le tenez, Emerson, autant l'amener sous la lumière, suggérai-je. Mais si vous pouviez le tenir d'une main moins ferme, afin de ne pas exercer de pression sur la blessure qu'il doit avoir...

— Mmmm, oui, bien sûr, ma chérie... dit Emerson

en prenant l'homme par les épaules. (Et, le soulevant de ses bras vigoureux, il le tira sur le sable jusqu'à ce que les brillants rayons de la lune illuminent son corps.)

Une foule de badauds s'étaient rassemblés. Ceux qui n'étaient pas arabes parmi eux se détournèrent bien vite, dégoûtés, en constatant que l'objet de l'attention n'était qu'un mendiant en haillons. Les Egyptiens reconnurent Emerson et s'accroupirent en cercle aussitôt pour voir ce qui allait se passer, car, comme l'un d'eux le confia à un ami : « Le Maître des Imprécations est un grand magicien. Il va peut-être ramener à la vie cet homme mort. »

Plusieurs des badauds tenaient à la main des torches et des lanternes. Parmi eux se trouvait le cheik Abu, qui se précipita vers Emerson en poussant des exclamations de soulagement et de reconnaissance.

— Votre fils vous a été rendu. Qu'Allah soit loué !

— Oui, parfaitement, repartit Emerson. Mais ce n'est pas grâce aux guides que vous nous avez donnés. Ecoutez, Abu...

— Il y a plus urgent, Emerson, l'interrompis-je. Abu, veuillez approcher la lanterne. Et prêtez-moi votre couteau.

A la lueur jaune de la lanterne, les taches noires comme de l'encre sur la manche de l'homme prirent un éclat sinistre. Je m'emparai du couteau d'Abu et me préparai à découper le tissu. La foule, qui ne ressemblait à rien d'autre qu'à une ribambelle de sacs à linge tombés pêle-mêle de l'arrière d'une charrette, s'approcha doucement, et le même commentateur observa :

— C'est la *Sitt Hakim*. Elle va sans doute couper le bras de cet homme.

Ce à quoi son compagnon s'empressa de faire écho :

— Penche-toi en arrière pour que je voie mieux.

Le couteau avait entaillé la partie extérieure du bras, quasiment du poignet jusqu'au coude. Heureusement il n'avait atteint aucun des principaux muscles ni des vaisseaux sanguins, mais le liquide vital coulait encore.

Je tentai de panser mon patient de mon mieux. Ce dernier restait immobile, les yeux clos. Je me demandai toutefois s'il n'avait pas repris connaissance, et ce soupçon fut confirmé quand, alors que je tentais une nouvelle fois de lui ôter son turban, ma main fut repoussée.

Je réitérai mes propos rassurants, ajoutant :

— Il faut que j'examine votre tête, mon ami, afin de savoir d'où vous souffrez... Bon sang, repris-je en anglais, comment dit-on « commotion » en arabe ?

— Je ne sais pas si un tel mot existe, mais je ne le connais pas, répondit Ramsès en s'accroupissant à côté de moi avec la même souplesse dont font preuve les Arabes lorsqu'ils prennent cette posture délicate. Mais vous n'avez pas besoin de faire appel à vos connaissances d'arabe, Maman. Ce gentleman est anglais.

— La courtoisie est une qualité que je loue toujours, Ramsès, dis-je. Mais le terme de « gentleman », quand on l'applique à un individu certes honnête, mais qui ne paie guère de mine... Qu'as-tu dit ? Anglais ?

— Indiscutablement, assura Ramsès. Je m'en suis douté hier, lorsque je l'ai vu jongler avec les oranges que le marchand de fruits avait laissées tomber. Il y a certaines caractéristiques du visage et du corps qu'on rencontre seulement dans la sous-catégorie raciale des Celtes, et la barbe de plusieurs jours qu'il arbore, quoique l'absence prolongée d'ablutions l'ait brunie, avait une teinte rousse. Si vous entretenez le moindre doute, Maman, quant à mes compétences anatomiques ou quant à la précision de mes observations, laissez-moi ajouter que j'ai entendu ses lèvres distinctement prononcer, au moment où l'un de ses agresseurs l'attaquait, l'expression « Bon Dieu ».

L'expression fut répétée, tout aussi distinctement, par les mêmes lèvres. Les yeux clos s'ouvrirent brusquement. Les iris étaient d'un bleu éclatant — pas du bleu saphir des yeux d'Emerson, mais de la teinte turquoise si souvent utilisée pour les anciens bijoux égyptiens.

Je m'assis sur les talons.

— Ridicule, commentai-je. Tu trouves de hautes pommettes et des yeux bleus parmi les tribus berbères du Nord. Splendide race d'hommes, authentiques fils du désert. Dommage de rencontrer l'un d'eux dans un tel état de délabrement...

— Mais il serait encore plus dommage de rencontrer dans cet état un membre de la race supérieure britannique, n'est-ce pas ? (Les mots, dans le plus pur des anglais, étaient sortis de la bouche de l'homme à terre. Ses lèvres se tordirent en un sourire sardonique, et il poursuivit :) J'ai le regret de vous décevoir, madame. Je vous remercie de vos attentions. Et je vous supplie de me laisser retourner en paix à mon ruisseau.

Il tenta de se lever, mais retomba, tournant de l'œil. Je profitai de son état pour lui ôter son turban dégoûtant et la *libdeh* (casquette) de feutre brun qu'il portait en dessous. Rien d'étonnant à ce qu'il ait résisté à mes tentatives pour les lui enlever ! J'ai rencontré des Berbères aux yeux bleus ou gris, mais jamais un aux cheveux de ce roux doré si particulier, caractéristique des peuples septentrionaux. Des cheveux argentés se mêlaient aux dorés. Pourtant, en examinant son visage bruni par le soleil et rendu encore plus foncé par une couche de crasse (comme l'avait dit Ramsès), je me rendis compte qu'il s'agissait d'un jeune homme. Quelle terrible tragédie avait fait grisonner ses cheveux prématurément ? Ou bien était-ce le résultat d'une vie dissipée et de l'usage des stupéfiants ?

Mes réflexions furent grossièrement interrompues par Emerson, qui avait fini de discuter avec Abu et paraissait d'excellente humeur. Cela arrive souvent à Emerson après qu'il a réprimandé quelqu'un.

— Ainsi donc, le héros de Ramsès est un Anglais ? Ou plutôt un Ecossais, je pense. Il ne vous pardonnerait pas cette erreur, Ramsès. (Il se pencha au-dessus du jeune homme.) Vous feriez mieux de revenir à l'hôtel avec nous, mon ami.

Le gentleman — car ce devait en être un, vu son

accent distingué — nous considéra d'un œil mauvais et impartial.

— Si vous voulez me récompenser de mes prétendus services, vous pouvez vous en acquitter en me laissant la liberté de faire ce que je veux.

— Je souscris entièrement à votre désir de tranquillité et d'indépendance, repartit Emerson. Je ne souhaite pas vous récompenser ; je souhaite vous proposer un emploi.

— Quoi ?

La stupéfaction adoucit la mine renfrognée du jeune homme et lui donna un air ingénu. J'eus aussitôt envie de l'aider. Ce qu'il lui fallait, c'était la sollicitude ferme et compatissante d'une femme, et j'étais sur le point de le dire quand Emerson me décocha un coup de coude si brutal que j'en fus déséquilibrée — rester accroupie n'est pas une posture que je garde facilement —, et je basculai doucement sur le côté. Tandis que j'essayais de me redresser, Emerson poursuivit :

— Je cherche un homme musclé et de confiance, pour s'occuper de mon fils. Je m'appelle Emerson, et cette dame...

— Je sais qui vous êtes, monsieur.

— Alors, vous savez peut-être aussi que Mme Emerson est mon associée sur le plan professionnel autant que mon épouse. (Levez-vous, Amelia, vous n'avez vraiment pas du tout l'air... professionnelle à vous tortiller par terre comme un cafard les pattes en l'air.) Elle n'a pas le temps de consacrer à Ramsès toute l'attention qu'il nécessite...

— Je veux bien croire que maître Ramsès nécessite beaucoup d'attention, à en juger par les événements de ce soir, commenta-t-il avec un léger sourire.

— Il ne faut pas juger d'après les événements de... (Emerson s'interrompit.) Euh... quoi qu'il en soit, nous partons demain matin pour Dahchoûr, afin de commencer nos fouilles. Vous nous rendriez service si vous acceptiez cet emploi, pour lequel vous avez déjà fait preuve des plus grandes dispositions.

Je crois bien que la surprise du jeune homme devant cette offre fut à peine moindre que la mienne. Il répondit par un éclat de rire sardonique.

— Vous avez perdu la tête, Professeur. Seriez-vous prêt à confier votre fils à un renégat, un mendiant, un fumeur d'opium, un mangeur de haschisch ?

— Sur ce point... commençai-je. (Mais je laissai la phrase inachevée, car je vis pointer le coude d'Emerson, et mon équilibre était toujours précaire.)

— Tant que vous vous abstiendrez de consommer de la drogue pendant votre service, vos habitudes ne me regardent pas, dit Emerson.

— Ma foi... pourquoi pas ? Ce serait une nouvelle expérience en tout cas.

— Retournons alors à l'hôtel, dis-je en me levant.

— Je ne viens pas avec vous, déclara le jeune homme avec fermeté.

— Pourquoi donc, au nom du Ciel ?

— Parce que je ne veux pas, répondit-il avec humeur.

— Vous avez le choix entre vous rendre au *Shepheard's* ou bien aller au diable, lâcha sèchement Emerson, dont la patience était à bout. Dois-je comprendre que vous refusez mon offre, monsieur...

— Appelez-moi Nemo.

Emerson haussa les sourcils. Avant qu'il pût faire de commentaire, le jeune homme poursuivit :

— Je ne refuse pas. Mais je dois régler certaines affaires personnelles avant de quitter Le Caire. Je serai demain à l'hôtel. A quelle heure ?

— Sept heures du matin.

— Sept heures, répéta Nemo. A demain, Professeur.

Dédaignant la main que je lui tendais pour l'aider, il se releva et s'éloigna sans un regard en arrière.

Nous retournâmes à notre voiture, qui nous attendait. Plusieurs autres équipages attendaient également. Celui qu'avait conduit Kalenischeff n'était pas parmi eux. Une fois que notre véhicule se fut ébranlé, Emerson demanda :

— Eh bien, Peabody ?

— Eh bien, Emerson ?

— J'attends vos remarques à propos de notre nouveau domestique. Je suis étonné que vous ne m'ayez pas encore donné votre avis.

— Ma foi, je trouve vraiment que c'est une excellente idée. Je l'aurais moi-même suggérée si vous ne m'aviez devancée.

— Ah, bien, commenta Emerson.

— Nous avons le devoir, poursuivis-je, d'aider nos congénères infortunés, tout particulièrement ceux de notre propre pays. Je suis sûre que ce jeune homme a connu quelque cruelle déconvenue — en amour, très probablement — qui l'a réduit à l'état dans lequel il se trouve actuellement. J'espère que vous ne me jugerez pas présomptueuse si j'affirme que mes conseils et mon expérience se sont souvent avérés bénéfiques dans des cas semblables.

— Bah, fit Emerson. Mes raisons sont moins altruistes, Amelia. Je veux simplement quelqu'un pour surveiller Ramsès lorsque nous sommes... lorsque nous sommes occupés ailleurs. Je sais très bien que je perdrais mon temps si je vous demandais de ne pas tenter de réformer ce jeune homme, mais je vous implore de ne pas l'horripiler à tel point qu'il veuille quitter notre service. Voilà tout ce que j'ai à dire sur le sujet, et vous n'avez nul besoin de faire de commentaires. Eh bien, Ramsès, tu gardes le silence, contrairement à ton habitude. Qu'en penses-tu ?

Ramsès s'éclaircit la gorge.

— Merci, Papa. J'attendais que quelqu'un me demande mon avis, car après tout je suis le premier intéressé. Outre le fait que je n'éprouve nullement le besoin d'avoir un chaperon d'un sexe ou de l'autre...

— Tu aurais eu certainement besoin de quelqu'un ou de quelque chose ce soir, l'interrompis-je sur un ton réprobateur. Comment as-tu pu être assez négligent pour te laisser enlever pratiquement sous notre nez ?

Ramsès ouvrit la bouche pour répondre. Emerson,

connaissant aussi bien que moi la propension de notre fils à pérorer sans nécessité, répondit pour lui.

— D'après ce que j'ai pu établir, en interrogeant Ramsès lui-même ainsi qu'Abu, l'affaire a été rondement menée. Ce ne sont pas les guides initialement assignés à Ramsès qui l'ont enlevé. Abu les a questionnés lorsque j'ai signalé la disparition de Ramsès, et ils lui ont répondu qu'ils avaient été congédiés par un monsieur américain qui a prétendu faire partie de notre groupe. Un énorme bakchich a levé les quelques doutes qu'ils pouvaient avoir, et ils ne tenaient pas non plus à discuter les ordres d'un effendi.

— Mais voilà un élément nouveau tout à fait surprenant, Emerson, m'exclamai-je. J'avais pensé qu'il ne s'agissait que d'une simple, d'une vulgaire tentative pour nous extorquer de l'argent, ou peut-être d'un stratagème de Kalenischeff pour nous empêcher de le déranger pendant qu'il mettait à exécution le plan diabolique qui l'occupe actuellement — quel qu'il soit.

— Rien de tout cela n'est probable, Peabody. Kalenischeff n'oserait pas me jeter des bâtons dans les roues. Pas à *moi*.

Il serra les dents comme s'il avait mordu dans la veine jugulaire de Kalenischeff, et je fus bien forcée d'admettre que son raisonnement était convaincant.

— En ce cas, de qui pouvait-il s'agir ? Qui pouvait vouloir s'en prendre à Ramsès, ou à... Bon sang, Emerson !

Emerson leva la main.

— Je vous en prie, Peabody. Ne le dites pas.

— De qui d'autre pourrait-il s'agir ? m'écriai-je. De qui d'autre sinon de ce génie du crime, du Maître criminel ?

Je ne vois pas l'intérêt de reproduire la conversation qui s'ensuivit. Les propos d'Emerson étaient totalement incohérents, et il ne me laissait pas finir une phrase. Je suppose que Ramsès a tenté de placer ses commentaires, vu que c'est habituel chez lui, mais il n'y parvint pas. Emerson fulminait toujours quand la voiture fit halte devant l'hôtel. Je mis un terme à la discussion, car il eût été vulgaire de continuer à nous apostropher en traversant le hall.

Le garçon d'étage en faction dans le couloir devant nos chambres nous informa qu'un certain nombre de paquets avaient été livrés durant notre absence. Emerson hocha la tête et jeta une pièce au bonhomme.

— Ce sont sans doute les marchandises que j'ai commandées cet après-midi, observa-t-il. Voilà quand même une chose qui aura bien marché aujourd'hui.

Les paquets furent empilés dans un coin. Sur le sommet de la pile trônait Bastet, la chatte, raide et sur le qui-vive, comme si elle eût monté la garde. De fait, elle nous servait de gardienne, car elle terrorisait les domestiques de l'hôtel. Sa ressemblance avec les chats de chasse représentés sur les antiques peintures des tombeaux et son attachement quasi canin à son jeune maître avaient convaincu ces individus superstitieux que ce n'était pas une chatte ordinaire.

Elle et Ramsès se retrouvèrent avec force démonstrations d'affection, mais lorsqu'il lui offrit les morceaux de poulet qu'il avait apportés, elle refusa le festin poliment, mais fermement.

— Curieux, observa Ramsès. Très curieux.

Je ne pus qu'acquiescer. En temps ordinaire la chatte raffolait du poulet.

— Y aurait-il par hasard quelque chose dans les aliments ? fis-je avec inquiétude. Y aurait-il du poison, ou bien une drogue ?

— S'il y avait eu quoi que ce soit, nous serions tous en train de nous tordre de douleur ou dans un état comateux à l'heure qu'il est, lança Emerson avec humeur. J'ai eu mon compte de mélodrames pour ce soir, Amelia. Je n'en peux plus. Ramsès, va te coucher. Amelia...

— Oui. Il faut que Ramsès aille se coucher tout de suite, car nous devons partir de bonne heure. Après ce qui s'est passé ce soir, Ramsès, tu ferais bien de laisser ta porte ouverte.

Emerson tourna vers moi un regard de reproche.

— Ma chère Peabody... commença-t-il.

— On ne peut faire autrement, Emerson.

— Bah, fit Emerson. Oui, très bien. Il faut dormir profondément ce soir, Ramsès, après ta mésaventure. Très profondément. Si d'aventure tu te réveillais et que tu entendes... euh... que tu entendes quoi que ce soit, n'y prête pas attention.

— Quoi que ce soit, Papa ?

— Oui, mon garçon. Euh... Papa s'en occupera, quoi qu'il arrive.

— Oui, Papa. Mais si je vous entendais, vous ou Maman, appeler à l'aide...

Cette innocente question fit rougir Emerson comme un potache. La chose m'amusa, mais je préférai ne pas m'en mêler. Comme on dit, il avait tendu des verges pour se faire fouetter. Et c'était à lui de s'en sortir.

— Papa t'expliquera, dis-je. Il faut que je sorte un instant. Je dois régler une affaire.

Les joues bronzées d'Emerson passèrent du rouge écarlate de l'embarras au rouge cramoisi de la méfiance.

— Quelle affaire ? questionna-t-il impérieusement.

— Je serai de retour dans un instant.

— Peabody, je vous interdis formellement... (Mon expression prouva à Emerson que ce n'était pas la bonne façon de s'y prendre.) Je vous demande de ne pas vous mêler d'affaires qui ne vous regardent pas. Il est tard. Vous ne pouvez pas réveiller les gens au milieu de la nuit pour les chapitrer sur leur vie privée.

— J'avais l'intention de parler à Miss Debenham demain, Emerson. C'est vous qui avez décidé de quitter Le Caire immédiatement. Et j'ajouterai que vous avez pris cette décision sans avoir eu la courtoisie de me consulter. Voilà ce qui me contraint à agir ainsi.

Je m'esquivai avant qu'il puisse répondre.

Le garçon d'étage posté devant la suite de Miss

Debenham m'informa qu'elle n'était pas encore rentrée. Je descendis donc et partis à sa recherche dans le hall et sur la terrasse. Il n'était pas aussi tard que je le croyais. Notre soirée avait été si fertile en incidents intéressants qu'elle me paraissait avoir duré plus longtemps que ce n'avait été le cas. La terrasse grouillait de clients en train de siroter des rafraîchissements et d'observer les jongleurs et les charmeurs de serpents qui se produisaient dans la rue, mais Miss Debenham ne se trouvait pas parmi eux. Je crus entrevoir un éclair de tissu safran parmi les artistes, mais en regardant pardessus la balustrade, je ne vis pas la moindre trace du renégat anglais. J'en conclus que mes yeux m'avaient trompée. Les turbans safran ont beau être rares, cet individu n'était quand même pas le seul à en porter un.

C'est avec un sentiment de profonde frustration que je résolus finalement d'abandonner mes recherches pour le moment. Il était impossible de savoir quand le couple reviendrait, ni même s'il reviendrait ce soir-là. Kalenischeff m'avait dit une fois, au cours de l'entrevue grossière à laquelle j'ai déjà fait allusion, qu'il avait un pied-à-terre au Caire. Il y avait peut-être emmené la jeune fille.

Cette pensée me renforça dans ma résolution d'avertir Miss Debenham des dangers moraux et spirituels qui la menaçaient. J'étais également décidée à avoir un brin de causette avec Kalenischeff. J'étais sûre qu'un bon dosage de persuasion et d'intimidation le convaincrait de se confier à moi, et les événements de ce soir m'imposaient d'en apprendre le plus possible sur le mystérieux individu qui était le patron de Kalenischeff. J'avais quitté l'Egypte l'année précédente avec la ferme intention de livrer ce mécréant à la justice. Sa tentative d'enlèvement de Ramsès prouvait sans l'ombre d'un doute qu'il était également résolu à se venger de moi et de ma famille. Il ne s'agissait plus d'une question de justice, mais de légitime défense. Je ne parvenais pas à comprendre pourquoi la chose échappait à Emerson.

Je me rendis au salon d'écriture, où je rédigeai deux lettres. La première, adressée à Kalenischeff, était brève. Je sollicitais seulement le plaisir d'un entretien dès que possible, ajoutant qu'il était inutile qu'il refuse de me recevoir, car je tenais absolument à le voir. La lettre à Miss Debenham me prit plus longtemps, car il fallait que je me présente et décline mes qualités pour justifier ma hardiesse à lui écrire. Je brossai rapidement un historique de la lamentable carrière de Kalenischeff, assurai Miss Debenham de mon désir (et de celui d'Emerson) de l'aider, et je terminai par une fervente et émouvante exhortation à revoir sa conduite et cesser de descendre la pente qui ne pouvait la mener qu'à la honte et au chagrin.

Après avoir remis les lettres au garçon d'étage, je regagnai ma propre chambre avec la satisfaction du devoir accompli. J'avais fait tout ce qui était en mon pouvoir ; je ne pouvais faire plus ; pas pour le moment, en tout cas.

Emerson avait laissé une veilleuse allumée. Nous avions pris cette habitude, attendu que nous étions fréquemment dérangés par des cambrioleurs et des assassins. Il était au lit. La régularité factice de sa respiration indiquait qu'il était éveillé, bien qu'il feignît le contraire. Il resta sans bouger ni souffler mot même lorsque je me glissai dans le lit conjugal. J'en conclus qu'il m'en voulait. Parfait, me dis-je. Ramsès devait être à l'affût du moindre bruit en provenance de notre chambre.

Si Miss Debenham retournait malgré tout à l'hôtel et lisait ma lettre, elle tenterait sans doute de me parler dans la matinée. Je l'avais informée de l'heure de notre départ. Il restait donc encore une chance de pouvoir la raisonner, et tandis que le sommeil me frôlait de ses sombres ailes, je me promis la satisfaction d'un entretien profitable le lendemain matin.

Hélas, il devait en être autrement. Nous fûmes réveillés à l'aube par les hurlements des domestiques de l'hôtel. Le garçon d'étage avait découvert le corps de Kalenischeff étendu sur le lit de Miss Debenham, au milieu d'un amas de draps sanglants. Kalenischeff avait été poignardé en plein cœur. Miss Debenham avait disparu de la chambre, et de l'hôtel.

# CHAPITRE 3

Le soleil était presque au zénith quand nous montâmes dans le train pour Dahchoûr. Emerson grommelait tel un volcan sur le point de faire éruption, mais, comme j'avais pris soin de le faire remarquer, il ne pouvait guère me reprocher le retard que nous avions pris. Tous les clients avaient été retardés par le remue-ménage, et la police nous avait interrogés parmi beaucoup d'autres.

— Vous n'aviez nul besoin de vous porter volontaire pour être interrogée par la police, insista Emerson. Interroger les clients était une perte de temps, vu que l'assassin a sans doute quitté l'hôtel bien avant la découverte du corps.

— Si vous entendez par là Miss Debenham, Emerson, ce n'est pas elle qui a commis le crime. J'ai estimé qu'il était de mon devoir d'expliquer cela à l'inspecteur de police chargé de l'enquête.

— Elle a disparu, Peabody. Si elle est innocente, pourquoi a-t-elle pris la fuite ?

— Emerson, comment pouvez-vous être aussi obtus ? Elle n'a pas pris la fuite, elle a été enlevée par la même personne ou par les mêmes personnes qui ont assassiné Kalenischeff.

Emerson se cala plus confortablement sur le siège de cuir craquelé du wagon. On apercevait les pyramides sur la droite, mais pour une fois Emerson n'avait pas l'esprit à l'archéologie. Il feint l'agacement quand il est interrompu par des incidents d'ordre criminel, incidents qui ont souvent jalonné nos fouilles, mais mon intuition d'épouse m'assure qu'il flaire les pistes comme n'importe quel limier. C'était la première occasion que nous avions de discuter du meurtre. Je voyais bien, à l'éclat de ses yeux d'un bleu vif, qu'il était aussi intéressé que moi.

— Si votre théorie est juste, Peabody, cela signifie que Kalenischeff a été tué en tentant de défendre sa bien-aimée. Ce rôle héroïque n'est pas un rôle dont je l'aurais cru capable.

— C'est une difficulté, admis-je. C'était tout sauf un héros.

— Mais il participait peut-être à une conspiration dirigée contre la demoiselle, intervint Ramsès, assis près de la fenêtre à côté d'Emerson. A supposer que dans cette optique l'objet de cette conspiration fût une extorsion de fonds par un moyen ou par un autre, Kalenischeff avait peut-être décidé de trahir ses complices en épousant la demoiselle au lieu de se conformer au plan initial. Il aurait été ainsi à la tête de sa fortune, alors que...

— J'étais sur le point d'émettre cette théorie, Ramsès, fis-je sévèrement. Regarde par la fenêtre. Voici la Pyramide à degrés de Saqqarah.

— Je regarde, repartit Ramsès. Quant à Bastet, elle semble elle aussi apprécier la belle vue, mais je vous assure que cela ne m'empêche pas de participer avec vous à...

— Miss Debenham a dû être enlevée, insistai-je. Aucune Anglaise bien élevée ne s'enfuirait...

— Sa conduite fait apparaître assez clairement qu'elle n'a pas été correctement élevée, trancha Emerson.

Je me gardai de relever et poursuivis :

— Elle serait restée, prête à faire face courageusement aux conséquences. Et je crois pouvoir affirmer sans crainte, Emerson, qu'elle serait venue me voir.

Elle avait reçu ma lettre, qui a été retrouvée, ouverte, sur sa coiffeuse.

— Cela ne parle pas en faveur de la demoiselle, assena Emerson, têtu. Cela prouve qu'elle est bien retournée dans sa chambre hier soir. Elle était donc sur les lieux du crime, Peabody, et elle en a disparu. D'après la police, elle a également changé de vêtements.

— Mais la police ignore quels vêtements manquent dans sa garde-robe. Elle a peut-être été emmenée alors qu'elle était encore habillée pour la nuit. Quelle horreur !

— Dans les couloirs de l'hôtel, par l'escalier, puis dans la rue ? ironisa Emerson avec un rire déplaisant. Non, Amelia. Même votre cher Maître...

Il s'interrompit, serrant les dents et me jetant des regards mauvais.

— Vous l'avez enfin dit, m'exclamai-je. Je ne voulais pas vous adresser d'injustes reproches, Emerson, mais vous me forcez à être brutale. Vous êtes décidé à accuser cette pauvre Miss Debenham d'un crime qu'elle n'a pas commis parce que vous refusez, Dieu sait pourquoi, de voir la vérité en face. Comment pouvez-vous être aussi obstiné, après vous être vous-même frotté à cet homme...

— Je vous préviens, Peabody... lança Emerson avec hargne.

— Qui nous a attaqués et harcelés à Mazghunah l'année dernière ? Qui a transformé cette bande de pilleurs de tombes égyptiens, ramassis d'amateurs inefficaces, en une association de malfaiteurs professionnels ? Qui est un maître du déguisement, comme nous l'avons constaté lorsqu'il s'est fait passer pour le père Girgis, prêtre de l'église de Mazghunah ? Qui, Emerson ?

Emerson, soufflant furieusement par le nez, ne répondit pas.

— Le Maître criminel, fit Ramsès d'une voix flûtée.

Emerson tourna vers son fils un regard terrible. Sans se laisser démonter, Ramsès poursuivit :

— Je n'apprécie pas plus que vous cette appellation ambiguë, Papa, mais je suis forcé de convenir avec Maman qu'aucun terme plus approprié ne vient à l'esprit. Nous avons de bonnes raisons de soupçonner que le prince Kalenischeff s'était disputé avec son maître. Sa décision de quitter soudain l'Egypte en secret le laisse supposer. Et, comme Maman, j'ai tendance à croire que ce mystérieux personnage est l'instigateur de la tentative d'enlèvement sur ma personne hier soir. L'esprit criminel est fascinant à étudier. Il se peut que cet individu nourrisse du ressentiment à mon égard parce que je l'ai empêché — avec votre aide, bien entendu — de voler le trésor de Dahchoûr.

Emerson reconnut la vraisemblance de cette affirmation en proférant un « bon sang » étouffé. Il n'en dit pas davantage, parce que je fus la première à reprendre la parole.

— Ramsès a raison, Emerson. Les guides qui étaient avec lui ont dit qu'ils avaient été congédiés par un monsieur américain. Il y avait un certain nombre de touristes au sommet de la pyramide hier soir. En fait... En fait, j'ai peut-être parlé à cet homme ! Il ne pouvait s'agir que d'un complice du Maître criminel !

— Et pourquoi pas du Maître criminel en personne ?

Emerson avait essayé d'user d'un ton sarcastique, mais il était à demi convaincu par ma logique irréfutable, et le doute perçait dans sa voix.

— Parce que le Maître criminel attendait au pied de la pyramide ! Et je connais son identité. Nous pensions qu'il pouvait s'agir d'un Anglais...

— Oh, voyons, Amelia, c'est aller vraiment trop loin, même pour vous, cria Emerson. L'homme qui a délivré Ramsès ? Pourquoi aurait-il fait enlever Ramsès pour le délivrer ensuite ?

— N'oubliez pas que c'est mon intervention qui a sauvé Ramsès. C'est ma première impression qui devait être la bonne : il l'enlevait. Une fois capturé par moi, il a trouvé un subterfuge pour se tirer d'embarras avec toute l'ingéniosité qu'on peut attendre d'un homme aussi astucieux. Et la preuve, Emerson..., la preuve, c'est qu'il ne s'est pas présenté ce matin, comme il l'avait promis.

Le fait que Nemo ne se fût pas présenté au rendez-vous ajoutait encore à la mauvaise humeur d'Emerson. Il a l'habitude que les gens fassent ce qu'il leur dit de faire.

— Il s'est alarmé de la présence de la police, je pense. Un homme avec son passé...

— Mon cher Emerson, dis-je aimablement. Chercher à rationaliser de façon aussi téméraire est indigne de vous. Tous les faits conduisent à la même conclusion : la mienne.

Emerson resta coi. Ce fut Ramsès qui s'éclaircit la gorge avant de déclarer :

— Excusez-moi, mais ce n'est pas tout à fait exact. Plusieurs faits viennent contredire votre hypothèse, et l'un d'eux, je le crains, est irréfutable.

Emerson regarda son fils avec espoir.

— Et de quoi s'agit-il, mon garçon ? Quelque chose que tu auras observé lorsque tu étais seul avec le jeune homme ?

— Non, Papa. Vous et Maman avez pu également l'observer. Je ne parle pas de la lutte de M. Nemo avec les hommes qui m'enlevaient. Cela pouvait être une mise en scène — même si peu d'acteurs auraient pu la rendre aussi véridique —, car je vois plusieurs raisons pour lesquelles le Maître criminel aurait pu se livrer à une telle mise en scène, afin de...

— Ramsès, l'interrompis-je.

— Oui, Maman. Le fait qui démolit votre théorie, par ailleurs intéressante, c'est que les caractéristiques physiques de mon sauveur sont différentes de celles du soi-disant père Girgis.

— Il est passé maître dans l'art du déguisement, Ramsès, lui rappelai-je. La barbe et la perruque noires qu'il portait étaient fausses...

— Mais pas ses yeux noirs, rétorqua Ramsès. Nous

avons amplement eu l'occasion d'observer leur couleur, n'est-ce pas ? Les yeux de l'Anglais — ou, comme Papa l'a dit, de l'Ecossais — sont bleus.

Le coup était cruel. Je tentai de riposter.

— Les exploits des maîtres criminels surpassent souvent ceux des savants. Une méthode pour modifier la teinte des yeux...

— N'existe, je le crains, que dans l'imagination des romanciers, repartit Ramsès. J'ai quelque peu étudié la question, Maman, et je ne connais aucune méthode pour se teindre l'iris.

Emerson se mit à rire.

— Voilà un coup qui porte, Peabody... Qui porte assurément ! Comment allez-vous vous en sortir ?

Je ne daignai pas répondre. J'avais beau admettre m'être fourvoyée sur un petit point en particulier, je ne voyais pas en quoi ce que disait Ramsès remettait en cause la question essentielle. La pauvre jeune Anglaise était innocente. Et si le renégat anglais n'était pas le Maître criminel en personne, c'était sûrement l'un de ses lieutenants. J'avais la conviction qu'il était impliqué dans l'enlèvement de Ramsès, et que nous ne le reverrions jamais.

Il n'y a pas de gare de chemin de fer à Dahchoûr, qui est à égale distance de Medrashein et de Mazghunah. Plutôt que de faire transporter nos nombreux bagages à dos d'âne depuis l'une ou l'autre de ces localités, Emerson avait demandé que le train s'arrêtât quelques instants à l'endroit le plus proche du site. Je suppose que cette faveur n'aurait pas été accordée à quelqu'un d'autre, mais la réputation d'Emerson est si grande et ses pouvoirs de persuasion, tout particulièrement ceux de son organe vocal, sont si impérieux que le conducteur du train obtempéra et que les employés refusèrent de prêter l'oreille aux doléances des autres voyageurs.

Un groupe de nos fidèles manœuvres nous attendaient. Cela faisait cinq heures qu'ils étaient là car nous n'avions pu leur faire savoir que nous avions manqué le premier train. Ils n'étaient nullement contrariés du retard, ni inquiets. Quand nous les aperçûmes, ils étaient vautrés à l'ombre, en train de fumer et de cancaner. Le tempérament arabe accepte les contretemps avec un haussement d'épaules et une allusion murmurée à la volonté d'Allah. Cette attitude exaspère les Européens et les Américains (surtout ces derniers), qui se plaignent de ce que le mot le plus fréquemment utilisé en arabe soit *bokra* (demain). Emerson dit que l'attitude égyptienne est beaucoup plus intelligente que notre agitation et notre inquiétude permanentes. Cela dit, bien qu'il ait peut-être raison, il est le premier à sortir de ses gonds quand ses plans sont contrariés.

Quoi qu'il en soit, dès que le train ralentit, ces hommes courageux se levèrent, et lorsque l'un d'eux vit Emerson descendre du wagon, tous se mirent à gesticuler follement pour nous souhaiter la bienvenue. Se distinguait parmi eux, tant par sa stature que par son port digne, le raïs, Abdullah, notre compétent contremaître depuis des saisons. Il donna aussitôt à Emerson une accolade fraternelle, les plis volumineux de sa djellaba tourbillonnant autour de mon mari comme une brusque tempête de neige. Emerson endura ce geste stoïquement, puis envoya les autres hommes chercher nos bagages.

J'écoutai les salutations respectueuses et affectueuses d'Abdullah d'une oreille assez distraite, car, à ma grande stupéfaction, se tenait devant moi l'homme qui se faisait appeler Nemo.

Il n'essaya pas de se cacher. Il était à l'écart des autres hommes, bras croisés sur le devant de sa djellaba en loques. Il était nu-tête, et le soleil de midi enflammait ses cheveux d'un roux doré.

Les yeux d'Abdullah suivirent la direction de mon regard.

— J'espère que je n'ai pas commis d'erreur en lui permettant de rester là, *sitt*. Il est habillé comme le dernier des mendiants, mais il dit qu'Emerson l'a engagé, et quand nous avons constaté que c'était un Inglizi...

— Oui, bien sûr, Abdullah.

Voilà donc pourquoi l'individu avait quitté son déguisement. Autrement, nos hommes fidèles l'auraient chassé.

Nemo se dirigea vers moi.

— Mes respects, madame Emerson. Ou bien dois-je dire mes hommages ? Je ne sais plus trop les usages.

Cet homme avait le toupet de se montrer sarcastique. Sa voix traînante, son accent cultivé, l'inclination courtoise de la tête (vu qu'il n'avait pas de chapeau à ôter) étaient très comme il faut. Il s'était même rasé. Je dois reconnaître que son allure m'aurait prédisposée en sa faveur si je n'avais pas eu de raisons de le soupçonner de la plus abominable duplicité. Pas étonnant que je l'eusse pris pour un Berbère. Ses hautes pommettes, son nez de faucon, son large front et ses lèvres fines étaient caractéristiques de cette race.

— Comment va votre bras ? m'enquis-je.

— Je vous prie de ne pas en parler. (La mine renfrognée qui accompagna ce refus poli de répondre transformait la requête en exigence.)

— Je suis obligée de vous en parler afin de savoir si vous êtes en état d'assurer le travail pour lequel nous vous avons engagé, déclarai-je. Lors de mes expéditions, je ne peux permettre à quiconque de souffrir d'une maladie que je suis en mesure de soulager. Cela s'applique aussi aux ânes. Abdullah...

— Oui, *sitt*, dit Abdullah d'un ton résigné. Les ânes ont été lavés.

— Parfait. Vous voyez, monsieur Nemo, je prends autant soin de vous que d'un âne — animal auquel vous ressemblez par bien des côtés. Si vous n'êtes pas prêt à accepter cela, vous pouvez vous en aller.

Une étincelle d'émotion — amusement ou colère ? — brilla au fond des yeux de Nemo bleus comme la mer. Ils n'étaient pas troubles ; apparemment, il ne s'était pas drogué dernièrement.

— Très bien, madame Emerson. Je vais vous prouver mon aptitude à remplir mes fonctions, et je pense que je ferais mieux de commencer tout de suite. Le jeune Ramsès risque de se retrouver écrasé par cette caisse, qui est trop lourde pour lui.

Ce disant, Nemo s'éloigna. Sa démarche tranquille était trompeuse. Il franchit la distance d'un pas très rapide, arrivant sur les lieux juste à temps pour soulever la caisse sous laquelle Ramsès ployait lentement.

— Eh bien, Abdullah, qu'en pensez-vous ?

J'avais la plus grande considération pour Abdullah, que je connaissais depuis de nombreuses années. C'était un homme splendide, presque aussi grand qu'Emerson, et bien que ses cheveux et sa barbe fussent blancs comme neige, il avait la force d'un homme deux fois moins âgé. Lui et ses collègues avaient été formés par Emerson aux méthodes de fouilles dans les règles, si bien que beaucoup d'entre eux étaient plus qualifiés que la majorité des archéologues européens. Ils étaient très demandés par d'autres archéologues, mais leur loyauté envers Emerson — et, je pense pouvoir le dire, envers moi — l'emportait. J'aurais été prête à mettre ma vie entre les mains d'Abdullah. Emerson lui confiait ses fouilles, ce qui était une aussi grande marque de confiance. A vrai dire, la seule faiblesse d'Abdullah (outre sa ribambelle d'épouses), c'était une profonde superstition, dont il ne pouvait se défaire. Il croyait toujours aux éfrits et aux démons. Et pourtant, à maintes et maintes reprises, il nous avait vu déchirer le voile de terreurs prétendument surnaturelles pour démasquer les gredins banalement humains qui se cachaient derrière le mystère.

Abdullah se targuait aussi de l'impassibilité de son expression. Cette caractéristique paraissait plus marquée que d'habitude ce jour-là. Ses fines lèvres bien dessinées remuèrent à peine quand il répondit avec raideur :

— Ce que j'en pense, honorée *sitt* ? Je ne me permettrais pas de penser, sauf si vous-même ou bien Emerson me l'ordonnait.

Je comprenais la raison de sa mauvaise humeur.

— Ce n'est pas parce que nous n'étions pas satisfaits de votre fils Selim que nous avons engagé l'Inglizi pour veiller sur Ramsès, l'assurai-je. Comme tous vos congénères, Selim est trop précieux pour ne servir que de gouvernante. D'autre part, nous espérions faire œuvre charitable en aidant cet Anglais.

Le visage de marbre d'Abdullah se détendit.

— Ah, je comprends, *sitt*. La charité plaît à Allah, et votre cœur généreux est bien connu. Mais, *sitt*, savez-vous que cet homme est un fumeur d'opium ?

— J'ai l'intention de lui faire perdre cette déplorable habitude, Abdullah.

— Ah, fit de nouveau Abdullah en caressant sa barbe de soie. Ce n'est pas facile de faire ça. Mais s'il existe quelqu'un qui puisse dompter un homme, c'est bien vous, *Sitt Hakim*.

— Merci, Abdullah. Voudriez-vous tout expliquer à Selim, je vous prie, afin qu'il ne soit pas déçu ?

— Déçu ? répéta Abdullah pensivement. Non, *sitt*, je ne pense pas que Selim sera déçu.

— Bien. Ce que je voulais vous demander, Abdullah, c'était si l'Anglais vous paraissait familier. Réfléchissez bien, Abdullah. L'avez-vous déjà vu ?

Abdullah n'eut pas besoin de réfléchir.

— Non, *sitt*. Jamais.

Je repensai aux événements d'un passé qui n'était pas si lointain, et je m'avisai qu'Abdullah n'avait pas assisté à l'apothéose finale du Maître criminel, car il avait été drogué assez tôt dès le début des opérations et avait donc dormi au cours du dénouement palpitant. Cependant, il avait vu à plusieurs reprises le Maître criminel lorsque ce dernier s'était fait passer pour le père Girgis.

— En êtes-vous certain, Abdullah ? Vous souvenez-vous du prêtre de Dronkeh ?

— Oui, comment pourrais-je l'oublier ? Il...

La bouche d'Abdullah resta ouverte. Ses yeux, imitant sa bouche, s'agrandirent ; ses pupilles sombres s'étrécirent. Puis ses épaules se contractèrent convulsivement et des sons étranglés sortirent d'entre ses lèvres entrouvertes. Un simple observateur aurait pu croire à une réaction d'amusement ; mais, bien entendu, je savais à quoi m'en tenir.

Je m'empressai de le rassurer.

— Vous n'avez pas de raison de vous alarmer, Abdullah. J'ai l'affaire bien en main. Je suis contente que vous ayez été assez malin pour percer à jour le déguisement du gredin...

— Non, *sitt*, non. (Abdullah se ressaisit.) Vous vous trompez, *sitt*. Une légère quinte de toux... la poussière dans ma gorge... Peut-être mes oreilles m'ont-elles trompé, ou peut-être mon cerveau âgé n'a-t-il pas compris ce que vous vouliez dire. Voulez-vous dire que cet Inglizi est le... le même homme que le... le...

— Vous feriez mieux de me laisser vous administrer un remède contre votre mal de gorge, dis-je. Vos oreilles ne vous ont pas trompé, Abdullah, et votre cerveau fonctionne aussi bien que possible. Mieux que le cerveau de certaine personne qui devrait être plus avisée. Je ne donne pas de noms, Abdullah.

— Non, *sitt*, bien sûr que non. Mais, *sitt*, c'est impossible. Ce n'est pas le même homme.

— L'énorme barbe noire et les longs cheveux noirs étaient postiches...

— Le prêtre avait des yeux noirs, *sitt*. Les yeux de cet homme sont bleus.

Pourquoi m'en étais-je remis à Abdullah ? Après tout, ce n'était qu'un homme.

— Je n'ai pas le temps d'expliquer, dis-je. Contentez-vous de surveiller cet individu, Abdullah. Il vaut mieux l'avoir sous les yeux, au lieu de le voir comploter en secret contre nous dans le désert. Mais ne vous fiez pas à lui.

— J'entends et je vous obéirai, dit Abdullah, en contractant ses lèvres convulsivement.

— J'ai la confiance la plus aveugle en vous, Abdullah. Mais je ne peux plus supporter de rester ainsi à bavarder. Nous devons nous mettre en route.

Les ânes avaient été chargés, mais il fallut que je salue chacun des hommes individuellement, sinon ils auraient été vexés. C'étaient tous de vieux amis, et la plupart étaient des fils d'Abdullah — j'ai déjà parlé de son goût prononcé pour la procréation. Selim était le plus jeune de ses rejetons. C'était un garçon de quinze ans, aux traits presque grecs. Je le félicitai de son mariage récent, car il fallait respecter les convenances, même si je déplore cette horrible coutume orientale consistant à exposer garçons et filles aux périls de la vie matrimoniale à des âges aussi tendres. Puis je lui expliquai, comme je l'avais expliqué à son père, pourquoi nous avions trouvé quelqu'un d'autre pour s'occuper de Ramsès.

Selim m'assura qu'il n'était nullement contrarié d'être remplacé, et je dois dire qu'il dissimula fort bien sa déception. Il m'aida à monter et marcha à côté de moi comme nous nous mettions en route, riant et parlant joyeusement de John, notre valet de pied, qui nous avait accompagnés l'année précédente. John avait acquis une grande popularité auprès des hommes, et Selim fut ravi d'apprendre que son ami avait également pris femme depuis lors.

Notre petite caravane prit le chemin de l'ouest. Les champs n'étaient plus inondés, mais l'eau avait déposé sa couche annuelle de boue fertile et les pousses vertes des nouvelles récoltes contrastaient avec la terre noire. Notre route longeait l'une des digues surplombant les champs, et se dirigeait vers le village de Menyat Dahchoûr, situé à la frontière bien tranchée entre les terres cultivées et les sables du désert.

Comme d'habitude, Emerson était en tête, juché sur un âne minuscule. S'il avait tendu les jambes et posé les pieds par terre, l'âne aurait pu carrément passer entre, mais Emerson, en de telles occasions, s'imagine monté sur un fougueux destrier en train de mener ses troupes à la bataille. Pour rien au monde je n'aurais voulu gâcher son innocent plaisir en lui faisant remarquer qu'un homme d'environ un mètre quatre-vingts a l'air ridicule juché sur un âne.

Ramsès cheminait derrière nous sur son âne, en pleine conversation avec Nemo, qui avait refusé une monture et marchait à côté du garçon, ses longues enjambées se modelant sans peine sur le pas lourd de l'âne. Je me demandais de quoi ils pouvaient bien parler. Quoiqu'il n'y eût rien d'étonnant à ce que Ramsès fût en train de parler...

Mais mon attention ne fut pas retenue longtemps par ceux qui m'entouraient, car mes regards furent attirés par la splendeur du spectacle au loin. Les deux pyramides de pierre de Dahchoûr se profilaient à l'horizon. L'éclat du soleil de midi était reflété par le revêtement de calcaire de leurs versants, et elles brillaient comme si elles eussent été recouvertes d'argent. Elles figurent parmi les plus anciens édifices funéraires de l'Egypte, antérieurs même aux majestueux tombeaux de Gizeh. La plus grande des deux pyramides n'est dépassée en hauteur que par la Grande Pyramide. Les fouilles de M. de Morgan ont prouvé qu'elle fut construite par le roi Snéfrou de la IVe Dynastie. (Ce dont Emerson et moi-même nous doutions depuis toujours, bien entendu.)

Le nom du bâtisseur de la seconde pyramide de pierre était encore inconnu. C'était l'un des mystères que nous espérions résoudre cette saison-là. Mais seulement l'un des mystères — car ce second édifice de pierre possède un certain nombre de caractéristiques que l'on ne rencontre pas dans d'autres pyramides. La plus remarquable est sa forme. Une brusque modification de l'inclinaison de la pente — d'environ cinquante-quatre degrés dans la partie inférieure à quarante-deux degrés cinquante-neuf minutes pour la partie supérieure (si je me rappelle bien) — lui a valu le nom de « Pyramide Rhomboïdale ». Pourquoi cette anomalie ? Et, encore plus passionnant par ce que cela impliquait, qu'est-ce qui était à l'origine des vents étranges soufflant parfois dans les couloirs intérieurs sombres et étouffants ?

Je raffole tout particulièrement de l'intérieur des pyramides. L'impressionnante obscurité, le silence, l'absence d'air, le battement des ailes de chauves-souris, tout cela a quelque chose d'étrange et de fascinant. Certes, je m'étais promis bien des heures délicieuses à explorer l'intérieur de la Pyramide Rhomboïdale, afin de rechercher la source de ces vents mystérieux et intermittents, mais je savais que je ne devais guère attendre d'aide de la part d'Emerson. Il comprend ma passion pour les pyramides, mais ne la partage pas, et il a toujours fait fi de la théorie selon laquelle il y aurait des ouvertures et des chambres cachées à l'intérieur de la Pyramide Rhomboïdale, bien que j'eusse moi-même senti ces vents étranges. « Des chauves-souris, Peabody. Des douzaines de chauves-souris qui agitent leurs ailes parcheminées et éteignent votre chandelle. Je ne vous reproche pas votre imagination, ma chérie, car c'est justement l'un de vos charmes, mais... »

C'est une perte de temps de parler à Emerson quand il s'est forgé une opinion sur quelque sujet égyptologique, mais j'espérais *in petto* qu'il constaterait le phénomène par lui-même — dussé-je le retenir prisonnier à l'intérieur jusqu'à ce que la chose se produise.

Ce qui l'intéressait avant tout, cette saison-là, c'était d'identifier l'occupant de la Pyramide Rhomboïdale. Les chambres funéraires de la VI^e^ Dynastie sont couvertes de textes identifiant leur occupant, mais aussi étrange que cela puisse paraître, aucun des tombeaux plus anciens ne porte la moindre inscription à l'intérieur ou à l'extérieur. On ne peut apprendre le nom des rois auxquels elles appartiennent que grâce aux édifices qui constituent avec elles un ensemble, temples et tombeaux annexes, murs d'enceinte et chaussées.

(En révisant ces journaux en vue d'une éventuelle publication, j'ai ajouté quelques paragraphes pour l'édification des lecteurs qui ne partagent pas mes connaissances d'experte. Mon but, c'est l'édification, non la distraction, comme ce devrait être le but de tout lecteur intelligent. Je n'ai pas l'intention de satisfaire les nombreuses demandes que j'ai déjà reçues, me priant d'autoriser la publication de mes journaux personnels de mon vivant. Mais mon éminent respect pour la science exige que les informations intéressantes et utiles que contiennent ces pages soient un jour dévoilées au monde. Souhaitant épargner à mes héritiers la tâche pénible d'une révision — et désirant aussi me rendre justice, ce que personne d'autre ne peut faire aussi bien que moi —, j'ai entrepris quelques modestes modifications.)

Notre chemin passait devant le village, dont nous distinguions les petites maisons au toit plat et la mosquée à minaret entre les palmiers et les tamaris. Je me demandai quel genre de maison nous avait trouvée Abdullah. Je ne m'attendais à rien de bien fameux. Lors de ma première rencontre avec Emerson, celui-ci avait élu domicile dans un tombeau, et l'expérience m'a appris que les membres du sexe masculin ont des critères très particuliers quant au confort et à l'hygiène. J'aurais aimé pouvoir retourner à notre quartier général de la saison précédente. Le monastère abandonné s'était révélé être une résidence spacieuse et confortable, une fois que je l'eus transformé selon mes exigences. Mais bien que Mazghunah fût seulement à quelques kilomètres vers le sud, c'eût été une perte de temps précieux d'aller là-bas tous les jours et d'y transporter notre matériel.

Malgré la modestie de mes espoirs, j'eus un très net mouvement de découragement quand nous atteignîmes notre destination. Notre résidence se trouvait en lisière du village, côté ouest, au plus près du désert. Un mur de pisé entourait une cour de terre battue. A l'intérieur de l'enceinte il y avait plusieurs constructions. Certaines n'étaient que des huttes à une pièce ou des remises. L'une était une maison, pour utiliser le mot dans une acception assez vague. Elle était en brique crue recouverte de torchis, comme l'on en voit partout, et elle était de plain-pied. Sur le toit plat j'avisai diverses formes, peut-être des paravents pourris. On avait tenté de réparer les murs croulants tant bien que mal, et cela récemment ; les grossières plaques de torchis étaient encore humides.

Abdullah m'avait devancée. Lorsque je mis pied à terre, il était en grande conversation avec Emerson, et il fit semblant de ne pas me voir avant que je lui donne une tape sur l'épaule.

— Ah, *sitt*, vous voici s'exclama-t-il comme s'il avait cru que j'aurais pu me perdre en chemin. C'est une belle maison, voyez-vous. J'ai fait balayer toutes les pièces.

Je me gardai de lui adresser des reproches. Il avait fait de son mieux, à son sens.

Je m'y étais attendue. Retroussant mes manches, littéralement, je mis tout le monde au travail. On alla chercher de l'eau au puits — sa proximité était un point en faveur de l'emplacement — et quelques-uns de nos hommes commencèrent de préparer du torchis, tandis que d'autres aspergeaient de désinfectant l'intérieur de la maison. (La poudre de Keating est, d'après mon expérience, l'un des plus efficaces.) La maison comportait quatre petites pièces. Après un coup d'œil jeté sur les hautes et étroites fenêtres ainsi que sur les sols crasseux, je décidai qu'Emerson et moi dormirions sur le toit. Les débris que j'avais aperçus étaient les vestiges de paravents tressés ; lorsqu'ils seraient remplacés, la surface plane servirait de chambre supplémentaire, comme c'était souvent le cas. J'assignai deux des chambres de la maison à Ramsès et à M. Nemo. Le sourire dédaigneux de ce dernier disparut quand je lui tendis un balai.

A la fin de la journée l'endroit était devenu habitable. Un petit tour au marché du village nous avait permis de nous procurer les paravents pour le toit et quelques autres fournitures. Au cours de la journée nous eûmes un flot permanent de visiteurs venus nous

« offrir » des denrées alimentaires — œufs, lait, pain, poulets — que nous étions censés payer, bien entendu. A la tombée de la nuit, je donnai l'ordre que l'on fermât les solides portails de bois. Naturellement nous étions des objets de curiosité pour les villageois, mais nous ne pouvions les laisser entrer et sortir, surtout si nous avions la chance de découvrir des antiquités de valeur.

Grâce à notre situation à l'ouest du village, nous avions de notre seuil une vue splendide sur les pyramides, et lorsque nous nous assîmes pour le dîner, nous les vîmes se détacher sur le fond d'un de ces magnifiques couchers de soleil qui font la réputation de la région. Nous dînâmes dehors. Bien que l'odeur des ânes fût assez pénétrante, elle était préférable à l'odeur encore plus pénétrante de la poudre à récurer, dont l'intérieur de la maison était imprégné.

Nemo avait accepté notre invitation à dîner, non pas tant parce qu'il appréciait notre compagnie que parce que les hommes lui avaient fait comprendre qu'ils n'appréciaient pas la sienne. Il refusa une chaise et s'accroupit par terre après avoir ramené sous lui sa djellaba sale. Il mangea avec les doigts, puis essuya la graisse sur ses jupes. J'étais sûre qu'il faisait ça pour m'agacer, aussi me gardai-je de dire quoi que ce soit.

La conversation ne fut guère animée au début. Emerson était préoccupé par le travail du lendemain. Nemo était décidé à ne pas se montrer aimable, et moi-même étais un peu lasse. Mais Ramsès n'est jamais fatigué de parler, et le monologue est sa forme de discours préférée. D'abord il nous mit au courant des faits et gestes des hommes. Nous apprîmes tout sur le mariage de Selim, le divorce d'Abdullah, les jumeaux de Yusuf et la chèvre à trois têtes qui était née dans un village voisin. (De tels prodiges ne se produisent que dans un village *voisin*, et ne sont connus que par des témoignages *sûrs* émanant de gens que, comme par hasard, personne ne connaît personnellement.)

Passant de l'anecdote au général, Ramsès nous

résuma alors le rapport d'Abdullah sur l'été à Dahchoûr. Quoique d'ordinaire je n'encourage pas Ramsès à parler, cette fois-ci, je ne l'interrompis pas, vu que les impératifs des travaux domestiques m'avaient empêchée d'entendre cela tout de suite. Nous avions craint des ennuis sur le site de nos fouilles. Durant la saison précédente, une bande de voleurs professionnels, sous la direction de cet être désespéré et énigmatique que j'ai déjà mentionné, avait essayé de piller les tombeaux autour des pyramides. Nous avions fait échouer leur lâche tentative, mais j'avais eu peur qu'ils ne la renouvellent en notre absence, et puis il fallait compter avec les amateurs du village — si tant est qu'on puisse parler d'amateur pour un pilleur de tombes en Egypte. Les fellahs pratiquent cela depuis des générations, sinon depuis le temps des pharaons, et beaucoup d'entre eux sont plus doués pour dénicher des tombeaux cachés que les archéologues professionnels. D'une effrayante pauvreté, et n'éprouvant nul orgueil national après des siècles d'occupation turque, ils ne voient aucune raison de ne pas profiter des richesses de leurs ancêtres.

Cependant, d'après Abdullah, il n'y avait pas de traces de fouilles illicites. Lui et ses fils avaient gardé le site à tour de rôle, faisant la navette entre celui-ci et leur village au sud du Caire.

Tandis que Ramsès continuait à pérorer sans interruption, je remarquai que Nemo écoutait avec un intérêt que la vie privée des hommes n'avait pas suscité chez lui. J'interrompis la logorrhée de Ramsès.

— Vous paraissez intrigué, monsieur Nemo. Vous ne saviez pas que l'on pillait les tombeaux en Egypte ?

— Difficile de ne pas avoir entendu parler de cette pratique si l'on vit quelque temps au Caire, répondit-il doucereusement. Tous les marchands d'antiquités de la ville vendent de tels articles.

— Avez-vous déjà été tenté de vous livrer à ce trafic ?

Nemo sourit avec insolence.

— Fouiller demande des efforts, madame Emerson. Je suis contre l'effort physique. La contrefaçon, en revanche... Il y a un bonhomme dans le Shâria' Kâmel qui fabrique de fausses antiquités, et j'ai vendu mon lot de faux scarabées à des touristes naïfs.

Le mot de « scarabée » avait tiré Emerson de ses méditations. Au lieu d'exprimer son indignation en entendant des propos aussi révoltants, il se mit à ricaner.

— N'essayez pas de tapisser le site d'antiquités apocryphes, Nemo. Vous ne me feriez pas prendre des vessies pour des lanternes.

— Cela ne me viendrait pas à l'esprit, Professeur.

— Je l'espère bien. Euh... A propos du site, je crois que je vais aller faire un petit tour pour me remettre en mémoire le... euh... site. Voulez-vous m'accompagner, Peabody ?

J'étais très tentée pour plusieurs raisons, et tout particulièrement à cause du sourire plein de sous-entendus d'Emerson. Le globe argenté de la lune apparaîtrait bientôt au-dessus des collines libyennes, et comme notre poète national Shakespeare l'a si bien dit, « une nuit pareille à celle-ci » était faite pour les épanchements affectueux. Cependant je savais qu'il ne fallait pas accepter. Ramsès aurait envie de venir avec nous, et je n'avais aucun prétexte pour lui refuser cela, vu qu'il était encore tôt. Mais dans ce cas, il n'y avait pas de raison pour que nous allions faire une promenade. (A supposer que mon Lecteur ou ma Lectrice suive le fil de mes pensées, ce dont je ne doute pas, pourvu qu'il ou qu'elle ait une sensibilité un tant soit peu romanesque.) Naturellement, je ne pouvais faire part de mon raisonnement à haute voix, et je me rabattis sur un prétexte parfaitement plausible.

— Comment pouvez-vous proposer une chose pareille, Emerson, alors que nous avons encore des heures de travail devant nous ? Il y a des caisses à déballer, vos notes à classer, mon armoire à pharmacie à ranger...

— Bon sang, fit Emerson. Oh, très bien, je suppose que vous n'avez pas besoin de moi...

— J'aurais certainement besoin de...

— En ce cas, je vais juste y faire un saut. Ramsès ?

— Merci, Papa. J'espérais que vous me le proposeriez et en fait j'avais décidé de vous demander la permission de vous accompagner, si vous ne jugiez pas utile...

— Je juge utile, coupa Emerson. Alors, viens.

Nemo se leva.

— Inutile de venir, précisa Emerson aimablement. Je peux surveiller Ramsès.

— J'aimerais beaucoup mieux... commença Nemo.

— J'ai besoin de votre aide, intervins-je.

— Mais, Professeur...

— Non, jeune homme. Je n'ai pas besoin de vous, alors que Mme Emerson a besoin de vous. Le devoir avant le plaisir, vous savez, le devoir avant le plaisir.

Nemo se laissa retomber lourdement, la mine renfrognée. J'attendis le départ d'Emerson et de Ramsès avant de parler.

— Je crois que je vais prendre un whisky, fis-je pensivement. Voudriez-vous me tenir compagnie, monsieur Nemo ?

Nemo me regarda, bouche bée.

— Je vous demande pardon, madame ?

— Vous trouverez la bouteille et les verres sur la table au salon. Si vous voulez bien aller les chercher...

Il obtempéra et m'observa avec curiosité comme je remplissais les verres.

— A Sa Majesté, annonçai-je en levant mon verre. Que Dieu la bénisse.

— Euh... oui... bien sûr, renchérit M. Nemo en levant le sien.

Un opiomane n'a généralement pas très bon appétit. Nemo avait mangé très peu et l'alcool fit effet très vite. Comme je l'avais espéré, le rituel familier, tant apprécié de tous les loyaux Anglais (et Anglaises), opéra aussi un effet apaisant. Nemo s'assit sur une chaise au lieu de s'accroupir.

— C'est le premier whisky que je prends depuis... depuis des mois.

— Je crois beaucoup aux effets curatifs du bon whisky, expliquai-je. Tout particulièrement dans les cas de fatigue et de troubles nerveux. Bien entendu, je ne saurais approuver une dépendance excessive, mais aucune personne raisonnable ne pourrait condamner un usage modéré et civilisé. Comparé à l'opium, par exemple...

Nemo s'affaissa en avant, tête basse.

— Je le savais, marmonna-t-il. Epargnez-moi le sermon, s'il vous plaît, madame Emerson. Vous perdez votre temps et me faites perdre le mien.

— Il nous reste encore à discuter des conditions de votre emploi, monsieur Nemo. Vous n'imaginez quand même pas que je vais vous permettre de vous droguer d'une quelconque manière lorsque vous assurez votre service. Surveiller Ramsès requiert toute la vigilance et l'énergie dont un homme est capable.

La tête échevelée du jeune homme s'inclina encore plus.

— Deux choses dont je ne suis plus capable.

— Balivernes. Vous avez été parfaitement vigilant l'autre soir, et vous savez faire preuve d'énergie quand il le faut. Je ne vous demande pas de renoncer définitivement à votre dégoûtante habitude, monsieur Nemo, mais seulement de vous en abstenir lorsque vous êtes responsable de Ramsès. Est-ce trop vous demander ?

Nemo ne répondit pas, mais je crus voir son corps se raidir. Je poursuivis d'une voix persuasive :

— Je vous accorde un jour de liberté par semaine. C'est beaucoup trop généreux, mais la générosité est une de mes vertus préférées. Plongez-vous ce jour-là dans un état léthargique dégradant, si vous le devez, mais restez vigilant le reste du temps. Je serai toujours heureuse de vous offrir une quantité raisonnable de whisky chaque fois que...

Je m'interrompis parce que ses épaules voûtées étaient parcourues de convulsions et que des sanglots étouffés sortaient de sa bouche. J'avais touché quelque point sensible ; j'avais fait jaillir quelque étincelle enfouie d'énergie. Il n'était pas tombé aussi bas que je l'avais craint. Il pouvait peut-être encore être sauvé, échapper non seulement à sa révoltante habitude, mais aussi aux filets méprisables du Maître criminel. Quel triomphe ce serait !

Nemo se redressa et releva la tête. Les rayons du soleil couchant accusaient violemment ses traits et faisaient étinceler les larmes qui coulaient sur ses joues.

— Madame Emerson...

Mais il ne put contenir son émotion. Sa voix s'étrangla, et sa poitrine se souleva sous l'effet de soupirs incoercibles.

— Je comprends, monsieur Nemo. N'en dites pas plus. Ou bien, dites seulement que vous essaierez.

Il hocha la tête sans souffler mot.

— Voudriez-vous un autre whisky ? m'enquis-je en tendant la main vers la bouteille.

Ce geste aimable fut la goutte d'eau qui fit déborder le vase. Avec un cri étranglé, le jeune homme se leva et courut se réfugier dans la maison.

Je pris un autre petit whisky. Je sentais que je le méritais. L'entretien s'était beaucoup mieux passé que je ne m'y étais attendu. En jugeant le jeune homme, j'avais oublié de prendre en compte les habitudes bien connues des maîtres criminels. Ils capturent riches et pauvres, coupables et innocents, dans les fils enchevêtrés de leurs toiles malfaisantes (comme je l'ai dit une fois, de façon assez heureuse, à mon avis). Dans le cas du jeune M. Nemo, quelque escapade relativement innocente l'avait peut-être exposé à un chantage et avait permis au M.C. (si l'on me permet d'utiliser ce sigle bien commode) de le prendre dans ses rets. Peut-être aspirait-il (M. Nemo) à secouer son joug et à retrouver la société convenable.

Perdue dans des pensées aussi délicieuses, je restai

là à rêver jusqu'à ce que la soudaine nuit égyptienne éclipse le soleil mourant et que la lune baigne la cour de sa lueur crépusculaire. De la lumière et des rires sortaient de la hutte où nos hommes avaient élu domicile. Je me levai à contrecœur afin de retourner aux occupations dont j'avais parlé.

J'avais sélectionné la plus grande des deux pièces en façade pour servir de salon et de bureau. Nous y avions installé nos chaises pliantes et notre petit poêle, et quelques carpettes orientales ajoutaient une note colorée. Mais il restait encore une demi-douzaine de caisses à déballer. Je me mis en devoir de ranger mes fournitures médicales, car je savais que les premières lueurs de l'aube amèneraient devant notre porte leur lot pathétique de malades. Les médecins, *a fortiori* les hôpitaux, sont presque inconnus en dehors des grandes villes, et les villageois supposent naïvement que tous les Européens sont médecins. Certes, dans mon cas, leurs espoirs ne sont pas déçus.

Ramsès et Emerson finirent par rentrer. Tous deux voulurent me parler du site. Je coupai court à leurs élucubrations enthousiastes, car elles étaient incompréhensibles, et j'envoyai Ramsès se coucher. Bastet, la chatte, ne paraissait pas disposée à le suivre, mais lorsque Ramsès s'empara d'elle sur la malle qu'elle était en train de renifler, elle n'opposa pas de résistance.

— Vous avez encore bu, je vois, Peabody, commenta Emerson en inspectant le fond de mon verre de whisky. Combien de fois vous ai-je mise en garde contre les dangers du démon de la boisson ?

— Vous voulez plaisanter, Emerson. C'était une expérience en réalité, et qui a parfaitement réussi. M. Nemo était officier et il a été renvoyé de l'armée ! Il était naguère au service de Sa Majesté...

— Doucement, Peabody, s'il vous plaît. Qu'avez-vous fait ? Vous l'avez soûlé et lui avez tiré les vers du nez ?

J'expliquai. Emerson était d'excellente humeur.

Pour une fois, il m'écouta sans m'interrompre. Puis il demanda :

— Vous avez deviné toute la carrière militaire de M. Nemo rien qu'en entendant sa réponse à votre toast ?

— Non, non, ce n'était que la preuve finale. Tout va dans le même sens, Emerson... Le maintien du jeune homme, ses manières, sa façon de parler.

— Ma foi, vous avez peut-être raison, Peabody. Je commençais moi-même à me poser des questions.

— Ha ! m'exclamai-je.

Emerson sourit.

— Je sais, je sais, je prétends toujours avoir anticipé vos déductions... Et vous faites la même chose avec moi, Peabody, admettez-le. Mais cette fois-ci je n'essaie pas de vous le faire accroire. C'est la conclusion la plus évidente. Des cas semblables ne sont pas rares, malheureusement. Et ce n'est pas étonnant ! Prenez un jeune homme sans expérience du monde, lâchez-le sur une terre étrangère pleine de tentations exotiques, farcissez-lui la tête de sornettes quant à sa supériorité sur des races d'hommes inférieurs — et sur toutes les femmes ! —, mettez-le à l'écart de tout le monde en dehors des membres de son propre sexe et de sa classe sociale...

Il continua ainsi quelque temps. Je le laissai exprimer tout ce qu'il avait sur le cœur — pour le moment. C'est là l'une des principales sources d'agacement d'Emerson, et le sujet reviendrait certainement sur le tapis, comme cela s'était déjà souvent produit. Il s'est opposé à ce que Ramsès aille à l'école, et je ne peux en l'occurrence que partager son avis. Tout système éducatif séparant les sexes et refusant aux femmes des chances égales sur le plan intellectuel est manifestement un mauvais système.

Emerson finit par se calmer. Il se secoua et épongea son front en sueur.

— Quoi qu'il en soit, Peabody, je suis heureux de voir que vous avez renoncé à vos idées absurdes quant aux maîtres... euh.. aux liens de M. Nemo avec le milieu criminel.

Je souris pour moi-même, mais ne répondis pas. Emerson aime autant que moi nos petites discussions. Ce sont, si je puis utiliser une métaphore frappante, le poivre dans le potage du mariage. Cependant, je sentis qu'Emerson avait eu une soirée suffisamment remplie. J'avais envie d'en finir et d'aller me coucher.

Ses pensées avaient suivi la même pente. Au bout d'un moment, il déclara :

— J'ai trouvé une petite anfractuosité très agréable dans la roche, Peabody. Avec un bout de toile pour toit et un soupçon de balayage assorti de récurage, puisque vous autres femmes semblez trouver ça nécessaire, elle constituerait une chambre à coucher des plus accueillantes.

— Pour qui, Emerson ?

J'avais le dos tourné, mais j'entendis le craquement de sa chaise et le pas éléphantesque d'Emerson s'efforçant de marcher sur la pointe des pieds. Ses bras se coulèrent autour de ma taille.

— A votre avis, Peabody ?

Je sentis une caresse chaude et moite dans mon cou, juste sous l'oreille. J'avais certes envie qu'Emerson poursuive ce préambule prometteur, mais je me forçai à faire preuve de fermeté.

— Chaque chose en son temps, Emerson. J'ai deux autres caisses à déballer.

— Attendez demain matin.

— Elles contiennent peut-être des articles dont nous aurons besoin dès demain matin. Je n'ai pas encore trouvé la théière... Cessez, Emerson. Je ne peux pas me concentrer quand vous... Oh, Emerson ! Voyons, Emerson...

Plus rien ne fut dit durant quelque temps. Enfin, un son insistant, comme celui d'une lime grattant sur du bois, me parvint aux oreilles. Emerson l'entendit également. Son étreinte se relâcha et je tentai, sans y réussir vraiment, de mettre de l'ordre dans ma tenue froissée, avant de me tourner vers la porte. Il n'y avait personne, mais j'étais certaine que Ramsès nous avait observés. Le ronronnement de sa compagne féline l'avait trahi, le forçant à battre en retraite précipitamment.

Il me parut inutile de poursuivre notre affaire, ou Ramsès. En silence je m'apprêtai à reprendre les tâches que les démonstrations affectueuses d'Emerson avaient interrompues. Comme il en a parfois l'habitude, Emerson reporta son agacement, causé par ce contretemps, non sur le coupable, mais sur l'objet le plus proche : en l'occurrence, moi.

— Il vous a fallu un sacré temps pour déballer, grommela-t-il.

— Si vous aviez condescendu à rester pour m'aider, j'en aurais fini.

— En ce cas pourquoi ne l'avez-vous pas dit ? Ça, c'est bien les femmes ! Elles s'attendent toujours à ce que les hommes lisent dans leurs pensées...

— L'intelligence la plus fruste l'aurait compris...

— Et puis elles geignent et se plaignent quand...

— Elles geignent ? Voyez-vous ça ! Quand m'avez-vous entendue...

— J'admets que le mot est mal choisi. Crier serait plus...

— Comment pouvez-vous...

— Comment, vous, pouvez-vous...

Essoufflés tous deux, nous dûmes marquer une pause pour reprendre de l'oxygène. Puis Emerson dit gaiement :

— Vous aviez parfaitement raison, Peabody. Je me souviens de ce paquet et il contient bien une nouvelle théière, que j'ai achetée au souk. Je crois me rappeler que la théière de la saison dernière s'est retrouvée toute cabossée quand je l'ai utilisée pour tuer un cobra.

— Bravo d'y avoir pensé, Emerson. Je dois avouer que l'incident du cobra m'était sorti de l'esprit. Qu'y a-t-il dans ce dernier paquet ?

— Aucune idée. Il contient peut-être certaines des

affaires que nous avons laissé le soin à Abdullah d'empaqueter et de rapporter de Mazghunah.

Il avait sorti son couteau de poche et coupait les cordons noués autour du paquet contenant la théière. Les marchands du bazar ne connaissent que deux façons de faire des paquets — soit ils n'utilisent pas le moindre bout de ficelle, si bien que le paquet se défait durant le transport ; soit ils utilisent tout un tas de grosses cordes même si le paquet doit être transporté sur quelques mètres. Le paquet que j'inspectais appartenait à la seconde catégorie, et je dus emprunter le couteau d'Emerson pour le défaire.

Il sortit la théière, ainsi que des pots et des casseroles, puis se tourna pour les poser sur la table.

— Emerson, fis-je. Regardez un peu.

En un éclair, Emerson fut à mes côtés. Il connaît toutes les intonations de ma voix, et cette fois-ci elle avait tremblé en prononçant ces quelques mots banals. J'éprouvais un sentiment indéfinissable...

— Qu'est-ce qu'il y a, Peabody ?

Il regarda dans la boîte. J'avais repoussé la couche de paille sur le dessus. Les bords incurvés du récipient à l'intérieur luisaient d'un doux éclat à la lumière de la lampe.

Emerson tendit la main pour s'en emparer. Poussant un hurlement, je lui saisis le bras et m'y agrippai.

— Non, Emerson ! Faites attention !

— Mais bon sang, Peabody, ce n'est qu'un vieux pot. Un pot en... (Il cessa de respirer.) argent ?

— Ce n'est pas tant le récipient en soi qui m'inquiète, mais ce qui peut se cacher sous la paille. Un scorpion, un serpent, une araignée venimeuse... Où sont vos gants ? Les gros gants de travail ?

Chose étonnante, ils se trouvaient là où ils étaient censés être, dans la poche de sa veste. Je commençai de les enfiler, mais il me les prit des mains, et fit la chose lui-même. Je tremblai d'appréhension jusqu'à ce qu'il eût retiré de la boîte le dernier objet. Il le retourna alors, répandant par terre la paille qui avait servi à envelopper les objets.

— Pas d'araignées, pas de serpents, observa-t-il en repoussant la paille de sa botte. Manifestement vous possédez des informations qui me font défaut, Peabody. Voudriez-vous m'expliquer pourquoi vous craigniez qu'on nous ait expédié des bêtes venimeuses, et comment vous vous êtes procuré ce qui semble être des récipients anciens de... des récipients anciens... Non. Non ! Je n'y crois pas. Ne me dites pas...

— Apparemment, je n'ai pas besoin de vous le dire, répliquai-je. (En temps normal, je tolère les petites sautes d'humeur d'Emerson, car elles servent à soulager un excès de bile. Mais la situation présente était trop grave pour tolérer une comédie. Un sentiment non pas de peur mais de terreur religieuse, comme en présence de quelque chose qui me dépassait, s'empara de tout mon être.) Ce sont en effet les calices de l'église de Sitt Miriam à Dronkeh. Volés par ce gredin, ce scélérat, ce maître achevé du mal, ce génie du crime...

J'attendis qu'il m'empêchât de prononcer les mots qu'il savait que j'allais prononcer, mais il était incapable de parler. Le visage en feu, les yeux exorbités, il continuait à me dévisager en silence, et je conclus :

— ... nul autre que... que le Maître criminel !

## CHAPITRE 4

Emerson n'avait jamais vu ces fameux calices, puisque tout ce qui est religion établie lui inspire une aversion instinctive et qu'il refuse d'entrer dans une église, mosquée ou synagogue. Il fut forcé de me croire sur parole, mais même s'il avait osé douter de ce que j'affirmais, il aurait été contraint d'admettre cette conclusion. Les calices volés à l'église de Dronkeh étaient de précieuses antiquités, chargées de siècles. On ne devait pas en voir traîner beaucoup de semblables, comme le dit crûment Emerson, l'air sombre.

— Mais pourquoi les rendre ? insista-t-il. (Puis son visage s'éclaira.) Attendez... attendez, Peabody, j'y suis. Le voleur, ce n'est pas votre fichu Maître criminel, mais un amateur qui a cédé à une soudaine tentation, espérant que le Maître criminel serait accusé du vol. Il s'est repenti, et les a rendus.

— A nous ? Si c'était le cas, Emerson, le voleur pris de remords aurait rendu les objets à l'église. Non, c'est un défi lancé par notre vieil adversaire, Emerson, ce ne peut être que ça.

— Peabody, je déteste l'habitude que vous avez de sélectionner une théorie parmi une multitude d'autres et de proclamer haut et fort que c'est la seule possible. Mon explication est tout aussi plausible que la vôtre.

Après plus ample discussion, Emerson dut convenir que le paquet avait dû se trouver parmi ceux que nous avions emportés du Caire. La façon impeccable dont il avait été emballé l'aurait fait immédiatement remarquer parmi les affaires qu'Abdullah avait fait transporter depuis Mazghunah, car pour Abdullah empaqueter consistait à tout fourrer dans un sac qu'il jetait sur le dos d'un âne.

Nous tombâmes également d'accord pour dire qu'il était on ne peut plus facile à quelqu'un de glisser le paquet parmi ceux qu'Emerson avait fait venir du bazar. L'une des fonctions du garçon d'étage était de recevoir les livraisons et de les déposer dans notre chambre. Et il n'y avait aucune raison pour qu'il eût prêté spécialement attention à tel ou tel paquet en particulier.

— Très juste, fis-je pensivement. Et pourtant, Emerson, ce paquet me fait une drôle d'impression. Je ne peux pas dire comment je le sais, mais je suis convaincue que le Maître criminel l'a livré lui-même. Que nous avons été épiés toute cette journée-là, que notre départ de l'hôtel a été observé, que, si nous avions été là, nous aurions vu un homme se balader tranquillement dans le couloir, le paquet à la main, échapper à la vigilance du garçon d'étage — qui, comme vous le savez, est profondément endormi la plupart du temps —, pénétrer dans notre chambre, déposer le paquet parmi les autres, attendre pour jouir de notre déconfiture et de notre ahurissement...

— C'est votre intuition qui vous inspire tout cela, je présume, dit Emerson avec un ricanement à demi convaincu.

— Autre chose que l'intuition. Je ne peux pas vous dire de quoi il s'agit... Ah, j'y suis ! (Je ramassai l'emballage jeté par terre et le retournai entre mes mains. Oui, c'était bien là, ce n'était pas le fruit de mon imagination : une tache de gras ou de graisse apparemment, aussi large que la paume de ma main. Je la portai à mes narines et reniflai.) Je le savais ! m'écriai-je, triomphante. Tenez, Emerson, sentez vous-même.

Emerson recula comme je lui mettais le papier sous le nez.

— Bon sang, Amelia...

— Sentez. Juste là, cette tache de graisse. Eh bien ?

— Ma foi, c'est de la graisse animale, marmotta Emerson. De mouton ou de poulet. Et alors, qu'en déduire ? Les gens d'ici n'ont pas l'habitude de se servir de couteaux ni de fourchettes, ils mangent avec leurs doigts et...

Puis il changea d'expression, et je compris que son intelligence, égale à la mienne, était parvenue à la même conclusion. Je savais aussi qu'il était trop têtu pour l'admettre.

— De la graisse de poulet, dis-je. Rien d'étonnant à ce que Bastet ait refusé la viande que Ramsès avait rapportée de *Mena House*. Elle s'était gavée de poulet. Emerson, ce gredin, ce remarquable, cet astucieux scélérat, a séduit notre chatte !

Emerson ne contesta pas ma déduction. Il s'en moqua, s'en gaussa, la railla. Il continua même après que nous nous fûmes retirés pour la nuit. Nos matelas avaient été placés côte à côte sur le toit. La brise fraîche, le doux clair de lune, l'exquise mais indescriptible senteur du désert — voire l'odeur du crottin des ânes, montant de la cour en contrebas — auraient dû tout particulièrement favoriser les tendres épanchements conjugaux. Et cependant, pour pratiquement la première fois depuis notre mariage, les démonstrations d'Emerson ne furent pas à la hauteur de l'occasion. Il en fut ridiculement affecté.

— Je m'attends tout le temps à voir surgir la tête de Ramsès au-dessus du paravent, grogna-t-il. Je n'arrive pas à me concentrer, Amelia. Demain soir nous irons dans l'anfractuosité. Ramsès n'aura rien à craindre ici, avec Nemo dans la pièce d'à côté et nos hommes qui gardent l'enclos.

— Malgré toute mon envie de dormir là où vous dites, Emerson, je ne crois pas que cela serait prudent.

Pas après cette nouvelle preuve de la perversité et des terribles pouvoirs du Maître criminel. Nous sommes à peine en Egypte depuis trois jours, et il nous a déjà provoqués deux fois. Nous devons faire attention, Emerson, très attention. La tentative d'enlèvement dont a été victime Ramsès était-elle censée réussir, ou bien était-ce seulement une démonstration de ce que cet homme est capable de faire s'il le veut ? Et après ça, si vous vous rappelez, M. Nemo s'est retrouvé parmi nous.

Au beau milieu de ce discours, Emerson avait tiré la couverture sur sa tête. Bien qu'il fît semblant de ronfler, je savais qu'il m'écoutait toujours, car la partie de son corps qui touchait le mien était raide comme du bois.

— Etait-ce l'intention du Maître criminel ? poursuivis-je pensivement. Faire entrer un complice dans notre intimité ? Quant au retour des calices, c'est une autre énigme. Pourquoi a-t-il abandonné son butin ? Je vous dis, Emerson, les subtiles machinations de ce grand esprit criminel...

Emerson se redressa en poussant un rugissement qui résonna dans la nuit tranquille. En écho s'entendit l'étrange toussotement d'une hyène rôdant dans le désert.

— Chut, Emerson, l'implorai-je. Vous allez réveiller tout le village... sans parler de Ramsès. Qu'est-ce qui vous prend, que diable ? Je parlais du Maître criminel...

— J'ai entendu. (Emerson baissa la voix. La couverture était tombée, dénudant son corps jusqu'à la taille et dévoilant du mien plus qu'il n'était convenable. Hypnotisée par les muscles saillants de la large poitrine d'Emerson qui essayait de reprendre souffle, je ne la remis pas en place. Emerson poursuivit, sifflant entre ses dents :) Comment pouvez-vous continuer à parler de ce... de cette créature en un moment pareil ? Et en de tels termes de... de respect, ou presque ? Bon sang, Amelia, à vous entendre on pourrait croire que je suis incapable de me mesurer à cette canaille ? Crénom ! Si vous croyez que je ne suis pas assez homme...

— Mon cher Emerson...

— Taisez-vous, Peabody. Si vous avez des doutes sur ma force d'âme, je vais vous prouver que vous avez tort.

Ce qu'il fit, avec une telle détermination et un tel zèle que lorsque, plus tard, il me demanda ce que je pensais de la situation, je fus en mesure de répondre avec une totale sincérité que ses arguments avaient été parfaitement convaincants.

Je me réveillai à l'aube, comme c'est mon habitude en Egypte, quelles que soient les distractions de la nuit. Notre perchoir m'offrait une vue incomparable sur l'admirable lever de soleil et je demeurai allongée quelque temps, plongée dans la béatitude d'un demi-sommeil, regardant le ciel qui s'embrasait à l'est de douces lueurs dorées et roses. La respiration régulière d'Emerson faisait voleter les cheveux sur mon front. Au bout d'un moment, un vague malaise vint troubler l'agréable torpeur de mon esprit, et je relevai la tête. Par chance je ne soulevai aucune autre partie de mon corps, car la première chose que je vis fut la tête de Ramsès, apparemment détachée du reste de sa personne, et qui me regardait avec solennité. L'apparition était des plus étranges, et j'en fus presque saisie, puis je compris que tout sauf sa tête était caché par l'escalier menant au toit.

— Qu'est-ce que tu fais là ? chuchotai-je.

— Je suis venu voir si vous et Papa étiez réveillés. Comme c'est le cas, je vous ai apporté une tasse de thé. J'ai essayé de monter deux tasses, mais malheureusement j'en ai laissé tomber une, l'escalier étant extrêmement pentu et mon...

Je plaçai un doigt sur ses lèvres et lui montrai Emerson, qui s'agitait nerveusement.

Le cou et les épaules étroites de Ramsès émergèrent de l'escalier, et je vis qu'il tenait en effet une tasse à la main. Restait à voir si elle contenait vraiment du thé. J'en doutais fortement. Je commençai de me redresser, puis me rappelai que, vu l'extrême lassitude qui avait suivi la conclusion de ma discussion avec Emerson, j'avais négligé quelque chose.

Je renvoyai Ramsès et cherchai mes vêtements à tâtons. Les enfiler sous la couverture sans réveiller Emerson n'était pas facile. Lorsque j'eus terminé, j'étais de l'avis d'Emerson : nous ferions aussi bien de nous installer là où il disait. Ramsès était encore plus gênant quand il n'était pas là que quand il était là, étant donné qu'on ne sait jamais à quel moment il peut faire une apparition.

Il y avait à peu près le huitième d'une tasse de thé au fond de la tasse. Le reste avait été répandu dans l'escalier, comme je le découvris en commençant à le descendre.

Toutefois, c'était une aimable intention, et je remerciai Ramsès que je trouvai occupé à faire des toasts sur le poêle.

— Où est M. Nemo ? m'enquis-je.

— Dehors. Je lui ai proposé de lui préparer une légère collation, mais il m'a dit qu'il ne voulait pas de fichu thé ni de fichus toasts, et...

Je sortis, laissant Ramsès continuer à pérorer. Nemo était accroupi sur le banc. Il avait remis son turban dégoûtant et ressemblait de nouveau à un Egyptien de la plus basse extraction. Je n'aurais jamais pu le confondre avec l'un de nos hommes, car ceux-ci se targuent de l'élégance de leur mise, et savent se montrer aussi soigneux que les circonstances le leur permettent. Ils avaient fini leur repas du matin et l'on voyait tourbillonner autour du feu de camp les djellabas à rayures bleues et blanches. Abdullah, qui avait l'air d'un noble patriarche de la Bible avec sa djellaba préférée blanche comme neige, me salua et je lui répondis de même, ajoutant qu'Emerson serait bientôt prêt à partir pour le site.

Nemo n'avait ni bougé ni parlé.

— Vous feriez mieux de manger quelque chose, lui conseillai-je.

— Je vais bien comme ça.

J'aurais volontiers poursuivi la discussion, mais une main m'agrippa et me fit rentrer dans la maison. C'était Emerson, en grande tenue et plein d'allant. Dans l'autre main il tenait un bout de pain brûlé, qu'il était en train de mâchonner.

— Laissez-le tranquille, dit-il après avoir avalé le bout de pain peu ragoûtant avec une grimace. Il regrette manifestement l'accord passé avec nous et lutte contre le désir de succomber à la tentation de la drogue. Il faut qu'il livre combat tout seul.

— Si c'est le cas, Emerson, il a d'autant plus besoin de se nourrir. L'opium et le haschisch, lorsqu'on en abuse...

— Il n'en a pas abusé. (Emerson me tendit la fourchette à rôtir. Je saisis la fourchette, saisissant par la même occasion ce qu'il voulait. Tandis que je préparais un nouveau toast, Emerson poursuivit :) En fait, je suis sûr qu'il n'est dépendant ni de l'opium ni du haschisch. Il s'y adonne, tout comme certains hommes boivent plus que de raison, afin d'oublier ses malheurs, et aussi parce que la drogue semble être aux yeux des jeunes sots une façon romantique d'échapper à la réalité. Son état de santé prouve qu'il ne s'y adonne pas depuis longtemps ni souvent. Sinon, son visage serait d'une pâleur de plomb caractéristique, son corps serait d'une maigreur squelettique, il serait léthargique et fuirait l'effort physique. Tout effort physique de quelque nature qu'il soit, ajouta-t-il avec un sourire entendu.

— Mmmm, fis-je. Ma foi, je ne sais trop, Emerson, mais en tout cas il n'a pas reculé devant l'effort le soir où il a délivré Ramsès.

— Il était sans doute sous l'emprise de l'opium à ce moment-là, expliqua calmement Emerson. Consommé avec modération, l'opium joue le rôle de stimulant.

— Vous paraissez en savoir beaucoup sur le sujet. (Je jetai un coup d'œil autour de moi et constatai avec soulagement que Ramsès s'était éclipsé.) Emerson... Avez-vous déjà...

— Oh oui. Uniquement à titre expérimental, précisa-t-il. Je n'en apprécie ni les sensations ni les effets secondaires. Lorsqu'il est utilisé avec modération, cependant, l'opium ne semble pas plus nocif que le tabac ou l'alcool.

— Je crois avoir entendu dire que c'était le cas, et puis également que ceux qui risquaient le plus souvent de devenir dépendants étaient des individus de faible volonté, qui pourraient tout aussi bien devenir alcooliques, qui n'ont pas la moindre moralité et s'adonnent fréquemment à d'autres turpitudes.

Emerson avait dévoré les toasts aussi rapidement que je les lui avais servis. Il éclusa alors sa troisième tasse de thé et se leva d'un bond de sa chaise.

— Je ne voudrais pas critiquer, Peabody, mais vous faites sacrément durer le petit déjeuner. Nous avons du travail, vous savez.

A la demande d'Emerson, Abdullah avait déjà engagé le nombre nécessaire d'ouvriers. Emerson déteste cette tâche, comme il abhorre toutes les tâches qui l'empêchent de se livrer aux fouilles proprement dites. Lorsque nous ouvrîmes les grandes portes, nous vîmes un imposant attroupement qui nous attendait patiemment. Les hommes étaient accroupis par terre. Certains d'entre eux avaient travaillé pour nous l'année précédente. Leurs robes et leurs turbans indigo foncé, signe distinctif des coptes, contrastaient fortement avec la tenue aux rayures bleues et blanches délavées des musulmans. Tout autour du groupe d'adultes, les enfants couraient en tous sens avec la splendide énergie de la jeunesse, jouant et poussant des cris d'une voix suraiguë.

Pendant qu'Emerson accueillait et passait en revue les hommes sélectionnés par Abdullah, je disposai mes fournitures médicales sur une table pliante et dispensai mes soins aux malades qui attendaient ma visite. Je donnai du sulfate de cuivre contre l'ophtalmie omniprésente et de l'ipecacuana contre les maladies intestinales. Emerson en eut terminé avant moi et se mit à faire les cent pas, attendant que j'aie fini, sans, malgré tout, se plaindre du retard. Car sous ses abords bourrus Emerson cache le cœur le plus tendre du monde et ne reste jamais insensible aux souffrances des moins fortunés. Dès que le dernier patient fut parti, cependant, il me saisit par la main et prit la direction du site, criant aux hommes de le suivre.

— Cela donne l'impression d'être général, n'est-ce pas, Peabody ? commenta-t-il, d'excellente humeur.

Je jetai un coup d'œil derrière moi sur le ramassis qui se traînait à notre suite.

— J'ai plutôt l'impression d'être à la tête d'une croisade insensée. Où est Nemo ?

— Sur les talons de Ramsès, répondit Emerson en souriant. Je pense que notre garçon aura plus de mal à le semer ou à le corrompre que Selim. Je compte bien abattre beaucoup de travail utile cette saison-ci, Peabody. Sans être interrompu, Peabody !

Je savais que le pauvre cher homme se faisait des illusions, mais je lui épargnai mes doutes. Il était difficile d'évoquer des idées de meurtre, d'enlèvement et d'agression par une telle matinée. L'air était frais, et la pureté de l'atmosphère aiguisait tous les sens. Les sons portaient plus loin, la vision semblait plus perçante, et la peau picotait au moindre contact. J'inspirai l'air salubre à grandes goulées, et bien qu'Emerson marchât d'un pas vif, je n'avais aucun mal à le suivre.

Nos pas étaient accompagnés du cliquetis musical du matériel accroché à ma ceinture. J'estime tous ces objets essentiels lors de nos fouilles : allumettes dans une boîte étanche, petites flasques d'eau et de brandy, nécessaire d'écriture, couteau de poche, etc. Emerson n'aime guère que je transporte tous ces objets, car il se plaint de ce que leurs bords tranchants gênent les embrassements impulsifs auxquels il a coutume de se livrer. Mais en au moins une occasion ma « châtelaine », comme je l'appelle en plaisantant, avait servi à nous sauver la vie. Il n'avait pas changé d'avis, mais il le garda pour lui-même cette fois-ci.

Depuis ma première saison en Egypte, où je me suis parfois trouvée gênée, voire dangereusement entravée, par les absurdes tenues que la mode impose aux formes féminines qui n'en peuvent mais, je ne cesse de raffiner et d'améliorer mon costume de travail. Les grands couturiers de Paris ont beau n'avoir jamais reconnu leur dette envers mes innovations — et ne la reconnaîtront sans doute jamais, car l'envie caractérise ces gens-là —, je suis convaincue que mes idées audacieuses ont influencé des créateurs tels que Worth et Lanvin. L'année précédente j'avais trouvé un ensemble, qu'on appelle une robe de cycliste, comportant beaucoup de mes inventions, et qui était à la dernière mode de Paris. Je m'étais donc fait confectionner plusieurs versions de ce costume, non pas dans la veloutine brune du modèle original, bien peu pratique, mais en serge et en légère flanelle. Les couleurs plus sombres qui conviennent mieux en Angleterre et en Europe, s'harmonisant aux teintes naturelles de la vilaine boue française et de la bonne vieille poussière anglaise, ne sont pas appropriées en Egypte. Aussi m'étais-je permis des teintes gaies, sur lesquelles ne se voient ni le sable ni la poussière. Pour fêter notre premier jour, j'avais endossé la tenue la plus gaie de ma garde-robe. Le large pantalon turc, serré aux genoux, était si ample que, quand je restais bien droite sans bouger, la séparation n'était plus apparente. De solides bottes et des guêtres complétaient la partie inférieure de ma tenue. Je portais une courte veste croisée boutonnée sur un chemisier blanc assorti d'un col et d'une cravate. Une large ceinture de cuir, munie des accessoires dont j'ai parlé plus haut (et bien sûr d'un pistolet dans son étui de cuir), soutenait le pantalon. Le tissu était cramoisi, la couleur préférée d'Emerson. Certes, d'aucuns auraient pu trouver la couleur un peu voyante pour une expédition archéologique, mais j'estimais que cela ajoutait une touche colorée.

Bien que je ne me sois jamais beaucoup souciée de mon apparence, je dois sincèrement reconnaître que mon moral est au plus haut quand je sais que je suis à mon avantage. J'estime qu'il n'y a pas de mal à cela. C'est faire preuve d'un légitime amour-propre, sans lequel personne, ni homme ni femme, ne saurait accomplir de grandes choses. Ce matin j'avais conscience d'être à mon avantage. Si j'y ajoutais la joie que je me faisais de la fouille des pyramides, la pâle lumière dorée de la matinée, la présence de l'homme qui était à mes côtés et m'entraînait précipitamment dans son enthousiasme, je savais qu'il n'y avait point au monde de femme plus heureuse que moi.

Je compris que je ne pourrais pas pénétrer à l'intérieur de la pyramide ce jour-là. En fait, ce plaisir serait une distraction de mes heures de loisir et non pas un travail, car Emerson avait décidé de commencer par les vestiges des structures annexes longeant le monument principal.

Il y avait vraiment l'embarras du choix. Au nord se trouvait un amoncellement de pierres, jadis un tombeau de la même forme, mais nettement plus petit. Nous nous attendions aussi à trouver à côté de la pyramide les vestiges du temple funéraire. Depuis ce bâtiment une longue chaussée surmontée d'un toit avait autrefois traversé le désert jusqu'au bord des terres cultivées. De surcroît, la terre tout autour du tombeau royal abritait les sépultures de courtisans et de membres de la famille, tout comme les chrétiens voulaient jadis que leurs tombes fussent placées près du tombeau d'un saint célèbre, dans l'espoir, peut-on supposer, que la sainteté de son corps imprégnerait les moins dignes. La superstition, hélas, est une faiblesse humaine élémentaire, et qui ne concerne pas que les païens.

Faisant halte au sommet d'une crête, Emerson plaça les mains en visière et contempla le paysage. La brise ébouriffait ses cheveux bruns et plaquait sa chemise en flanelle contre sa poitrine musclée. Un frisson de plaisir (essentiellement) esthétique me parcourut comme je le regardais.

— Eh bien, Peabody, par quoi attaque-t-on ? s'enquit-il.

— Je suis sûre que vous avez déjà décidé, répondis-je. Nous avons interminablement discuté de cette question, sans tomber d'accord, et je sais que vous agirez à votre guise quoi que je dise.

— Peabody, je vous ai expliqué à maintes reprises les raisons que j'avais de remettre à plus tard les fouilles de la petite pyramide annexe. Je suppose, vu votre goût prononcé, qu'une petite pyramide est préférable à pas de pyramide du tout, mais je crois que nous ferions mieux de rechercher les tombeaux privés et le temple.

Avant que je ne puisse répondre, une voix haut perchée intervint avec insistance :

— Si je peux me permettre de donner mon avis, je proposerais de commencer par la chaussée. Cette ligne traversant le désert, et que l'on discerne facilement depuis cette petite hauteur, en marque certainement le tracé d'origine, et si nous la suivions juqu'au...

Emerson et moi-même parlâmes au même instant.

— Oui, oui, mon garçon, dit Emerson.

— Ramsès, tais-toi, dis-je.

M. Nemo se mit à rire.

— Est-ce ainsi que les choses se passent ?

Heureuse de le voir d'humeur plus enjouée, je lui demandai :

— Et quel est votre avis, monsieur Nemo ?

Nemo se gratta le flanc. Ce geste éveilla mes pires soupçons ; je me promis de m'occuper de lui comme je m'occupais des ânes, dès que nous serions de retour à la maison ce soir-là. Il lui fallait également une tenue plus adéquate.

— Vous ne pouvez attendre de ma part une réponse sensée, madame Emerson, répondit-il. Je ne connais rien à l'archéologie. Comme tous les ignorants, j'aimerais vous voir dégoter des bijoux et de l'or. Je crois que le mieux dans ce cas serait de fouiller dans les tombeaux privés à proximité.

Je lançai à Emerson un coup d'œil entendu, ou, du moins, j'essayai de le faire. Il ne me regardait pas.

— Vous êtes trop modeste, monsieur Nemo, dis-je. Votre remarque révèle une plus grande connaissance de l'archéologie que vous ne le prétendez.

— Oh, j'ai appris tout cela auprès de maître Ramsès ici présent, repartit Nemo calmement. En marchant il m'a fait un cours sur les principes des fouilles. Eh bien, Professeur et madame Emerson... Qu'avez-vous décidé ? Que peut faire un simple novice pour vous aider ? Je peux manier une pioche ou une pelle avec les hommes.

Emerson caressa sa fossette au menton, comme c'est son habitude quand il est perdu dans ses pensées. Il finit par déclarer d'un ton péremptoire :

— Ramsès, toi et Abdullah pouvez commencer par la chaussée. Cessez tout de suite si vous rencontrez de la pierre ou de la brique. Il faut que je fasse un relevé préliminaire avant que nous ne déplacions le moindre objet, mais comme vous avez plusieurs tonnes de sable à remuer, je devrais avoir fini avant vous.

Ramsès fronça les sourcils.

— Il est inutile qu'Abdullah supervise le travail avec moi, Papa, puisque je suis tout à fait capable de le faire moi-même, et qu'il vaudrait mieux l'employer à...

— Tais-toi, Ramsès, dis-je.

— Oui, oui, mon garçon, dit Emerson. (Il ajouta :) Nemo, allez avec Ramsès. Il vous expliquera ce qu'il faut faire.

— Je n'en doute pas, observa-t-il.

Nous nous dispersâmes, nous rendant chacun à notre poste. Quant à moi, j'étais censée aider Emerson pour le relevé. Certes, Morgan avait déjà pratiqué un relevé, mais Emerson n'avait pas la moindre confiance dans les capacités du Directeur du Service des Antiquités. « Ces Français ne savent même pas compter correctement, Peabody. Pas étonnant, avec leur ridicule système métrique. »

Tout se passa sans anicroches. Comme je l'ai dit, Abdullah était tout aussi capable que la plupart des archéologues confirmés, et lorsque je levai les yeux de mon propre travail, je vis les hommes creuser avec une telle ardeur qu'ils étaient enveloppés d'un fin nuage de poussière. Une ribambelle d'enfants faisaient en courant la navette entre les hommes et la décharge éloignée, où ils vidaient leurs paniers avant de revenir les remplir derechef.

Nous nous arrêtâmes pour nous reposer et nous restaurer quelque peu à neuf heures trente. Nous étions sur le point de reprendre le travail quand l'un des hommes cria en tendant le doigt. Quelqu'un approchait. Le nouveau venu était européen, à en juger par sa tenue, et il venait à pied du désert, depuis le nord.

— Malédiction, lâcha Emerson, qui déteste être interrompu dans son travail par des visites. Occupez-vous de lui, Peabody, grogna-t-il en saisissant son théodolite. Je me suis promis que cette saison je ne souffrirais pas d'être constamment dérangé par des touristes oisifs.

— Il n'a pas l'air d'un touriste, dis-je. Sa démarche est plutôt incertaine, vous ne trouvez pas, Emerson ? Je me demande s'il n'est pas pris de boisson.

— Mmmm, fit Emerson. En réalité, il me dit quelque chose. Qui est-ce, Peabody ?

Le visage, dont les traits devenaient de plus en plus reconnaissables à mesure que l'homme approchait, était décidément un visage que j'avais déjà vu, mais j'étais incapable de mettre un nom dessus. C'était un jeune homme à l'air avenant, de taille moyenne, au physique maigre et nerveux. Le seul élément singulier chez lui, c'était son teint bizarre, entre le grisâtre et le verdâtre.

Il nous salua par notre nom, puis ajouta d'une voix hésitante :

— Nous nous sommes rencontrés l'année dernière au Caire. Je m'appelle Quibell.

— Bien sûr, fis-je. Voulez-vous vous joindre à nous, monsieur Quibell ? Je n'ai à vous proposer que des œufs durs et des toasts froids...

— Non, merci. (Quibell frissonna et ses joues verdirent encore un peu plus.) Pardonnez-moi si j'en viens tout de suite à la raison pour laquelle je vous dérange...

— Cela serait très aimable, dit Emerson. Je croyais que vous étiez avec Petrie cette année.

— En effet.

— Mais Petrie est à Thèbes.

— Il a commencé à Saqqarah, et il a laissé plusieurs d'entre nous finir de répertorier les tombeaux privés, expliqua Quibell. Quand j'ai appris que vous étiez à Dahchoûr, j'ai pris la liberté de vous demander un service. Je connais la réputation de médecin de Mme Emerson...

— Ha, fit Emerson.

— Je vous demande pardon, Professeur ?

— Rien, dit ce dernier.

— Oh. Je croyais que vous aviez dit... Bref, pour parler sans fard, nous sommes tous assez patraques en ce moment, et j'ai pensé que je pourrais sans doute demander un remède à Mme Emerson. Ce qu'il me faut, à mon avis, c'est une bonne dose d'ipacanana.

— D'*ipecacuana*, le corrigeai-je.

— Oh, oui... bien sûr. Merci, madame Emerson.

— De quoi souffrez-vous au juste ? s'enquit Emerson.

Il devait soupçonner la vérité. Le ravissement qui commençait à gagner son visage n'était vraiment pas à son honneur.

— C'est évident, Emerson, expliquai-je. Le dégoût de M. Quibell pour la nourriture et son teint caractéristique indiquent un trouble digestif.

— Une intoxication alimentaire ! s'exclama Emerson, étouffant de rire. C'est une intoxication alimentaire, n'est-ce pas, Quibell ? Les gens qui travaillent avec Petrie souffrent toujours d'intoxication alimentaire. Il ouvre une boîte de conserve, en mange la moitié, la laisse traîner dans quelque tombeau malsain, et il s'attend à ce que les membres de son équipe la finissent... Ha, ha, ha !

— Emerson, je vous en prie, m'écriai-je, indignée. Vous devriez avoir honte. En présence de ce pauvre M. Quibell, vert comme un pois à la suite d'une indigestion...

— Des petits pois, fit Emerson la bouche grande ouverte. Oui, je sais que Petrie apprécie tout spécialement les petits pois en boîte. Très bon, Peabody.

Quibell prit loyalement la défense de son chef.

— Ce n'est pas la faute du professeur Petrie. Vous savez qu'il travaille sans beaucoup de moyens pécuniaires et il n'a jamais eu le moindre trouble lui-même...

— Non, cet homme digère comme un chameau, acquiesça Emerson, s'efforçant de se calmer. Je vous demande pardon, Quibell. Rire était extrêmement déplacé. Mais les excentricités de Petrie sont une source de grand amusement pour un gars simple et direct comme moi.

Les larges yeux de Quibell passèrent d'Emerson, nu-tête sous le soleil de plomb, à moi, puis à Ramsès, qui donnait à Bastet sa leçon quotidienne. « Au pied, s'il te plaît, » lui ordonnait-il, et la chatte se mit à le suivre aussitôt.

Mais, comme je l'ai déjà dit, en dépit de ses manières abruptes, Emerson a le meilleur des cœurs. Après que Selim eut rapporté la bouteille d'ipecacuana, ainsi que quelques autres remèdes jugés utiles, Emerson dit à Quibell de revenir nous voir s'il avait besoin de quoi que ce soit, et tint absolument à lui prêter un âne et une escorte pour le retour.

— Pour Petrie, dix kilomètres à pied, ce n'est rien, observa-t-il en donnant au jeune homme une claque dans le dos avec tant d'amicale vigueur qu'il en chancela. Pour moi non plus, bien sûr. Je fais ça tout le temps. Mais dans votre état de faiblesse... Etes-vous sûr que vous ne voulez pas vous reposer un peu avant de repartir ? Mme Emerson serait ravie de vous mettre au lit et de vous soigner.

— Merci, Professeur, mais je dois revenir tout de suite. Je ne suis pas le seul malade, et les autres attendent d'être soulagés.

— N'ai-je pas entendu dire qu'il y avait une jeune demoiselle avec le professeur Petrie cette année ? demandai-je.

Les joues de M. Quibell s'empourprèrent. L'adjonction de rose au vert d'origine produisit une teinte des plus singulières, sorte de puce marbré.

— Il y a trois demoiselles en fait, répondit-il. Ma sœur et... euh... deux autres. C'est principalement en raison de sa... de leur présence que je suis venu.

Quibell s'éloigna, accompagné par l'un de nos hommes. Il avait l'air décidément mal en point, et une fois qu'il eut disparu, je dis à Emerson :

— Je devrais peut-être aller à Saqqarah. Quand je pense à ces jeunes demoiselles toutes seules et malades...

— Ne faites pas la mouche du coche, Amelia, observa mon tendre époux.

Apparemment et en réalité, la visite de M. Quibell était l'un de ces incidents banals dont est émaillée la vie de gens dans notre situation. Pourtant elle eut des conséquences des plus dramatiques, et Quibell lui-même, qui en provoqua innocemment certaines à son insu, aurait été aussi surpris que nous autres de ce qui s'ensuivit.

Ces conséquences ne se manifestèrent qu'en fin d'après-midi. Emerson était plus décidé que jamais à ce que nous campions près de la pyramide au lieu de rester dans la maison. Ses arguments étaient convaincants, et j'étais retournée sur le site avec lui afin d'inspecter l'anfractuosité qu'il avait repérée.

En Haute Egypte, là où le fleuve a creusé un profond

sillon dans le plateau calcaire, de nombreux tombeaux sont creusés à flanc de colline. Bien nettoyées et balayées, ces chambres vides constituent d'admirables logements. Je parle évidemment des chambres supérieures des tombeaux, de celles qui servaient de chapelles. Car les chambres funéraires proprement dites se trouvent très enfoncées dans les collines, parfois au fond de puits profonds. Ici au nord, la plupart des tombeaux sont du type connu sous le nom de mastabas, d'après les bancs de pierre dont les formes sont imitées par les superstructures de ces tombeaux. Lorsque celles-ci ont subsisté, elles ont pu être transformées en lieux d'habitation fort agréables, mais jusqu'ici nous n'avions rien trouvé de tel. Le trou qu'avait découvert Emerson n'était que cela : un vilain trou dans le sol.

Toutefois, je pris plaisir à me promener dans la plaine stérile en donnant la main à Emerson. Mon humeur enjouée fut seulement un peu tempérée par l'insistance d'Emerson qui ne cessait de répéter qu'il nous fallait seulement un bout de toile à tendre pardessus son fichu trou. Il nous fallait des tentes à tout le moins, et j'étais bien décidée à avoir des tentes. Si je ne pouvais me procurer le matériel nécessaire à Menyat Dahchoûr, il faudrait tout simplement que je fasse le voyage jusqu'au Caire.

Nous avions escaladé une crête afin d'avoir une plus belle vue, et peut-être aussi pour distinguer à la faveur des ombres qui s'allongeaient quelque élément remarquable du paysage qui n'eût pas été visible sous les rayons directs du soleil. Comme toujours, mes yeux furent attirés vers l'ouest, là où les flancs des pyramides se profilant contre le coucher de soleil avaient viré au brun foncé. Rien ne bougeait dans cette plaine vide, et l'on n'entendait pas le moindre bruit à l'exception de nos voix, dont le volume avait fortement monté, je le crains, au cours de notre discussion à propos des tentes. Lorsque nous cessâmes de parler, ce n'était pas parce que nous avions trouvé un compromis, mais parce que nous avions compris que nous n'en trouverions pas. Le silence qui suivit fut tellement oppressant que ce fut un véritable saisissement de l'entendre rompu par le son d'une voix humaine.

Nous nous tournâmes comme un seul homme (si je puis dire) et nous aperçûmes, debout sans bouger sur le sol plat au pied du monticule, la silhouette d'une femme. Les ombres gris-bleu estompaient ses traits, et l'espace d'un instant de surprise, je crus voir mon propre reflet dans un miroir poussiéreux. La masse sombre des cheveux dénoués était de la même teinte que les miens ; les bottes montantes et l'ample pantalon ressemblaient aux miens ; la forme même du corps, s'évasant au-dessus et en dessous de la ceinture serrée à la taille, était celle de mon corps.

Je me rappelai la vieille légende du *Doppelgänger*, ce double mystérieux dont l'apparition annonce l'approche de la mort, et je dois avouer qu'un frisson de terreur passagère me glaça les sangs. Emerson fut pareillement affecté. « Oh, bon sang », prononcé à voix basse, révéla la profondeur de son émotion, et son bras me serra contre lui, comme s'il eût défié la Grande Faucheuse en personne de m'arracher à lui.

La femme en contrebas frémit comme une mare d'eau ténébreuse dans laquelle on jette une pierre. Elle chancela, s'affaissa lentement vers l'avant et demeura allongée, immobile.

L'envoûtement cessa. Ce n'était pas un esprit que j'avais vu, mais une femme bien vivante — vivante, du moins, jusqu'à cet instant. Mais comment elle était venue ici, et pourquoi, étaient des mystères presque aussi insondables que le mystère ultime de la vie et de la mort.

Je dégringolai la pente, Emerson sur mes talons, et m'agenouillai à côté de la forme étendue. Le costume de la femme était assurément semblable au mien, mais il n'y avait pas d'autre ressemblance, en dehors de la couleur de ses cheveux. Malgré sa pâleur mortelle, elle avait manifestement quelques années de moins que moi. Une paire de lunettes cerclées d'or avait été déplacée dans sa chute. Les cils qui assombrissaient ses joues terreuses étaient longs et bouclés.

— C'en est trop, crénom, déclara solennellement Emerson. Vous savez, Amelia, que je suis le plus tolérant et le plus charitable des hommes. Je suis tout prêt à tendre la main aux malheureux, mais deux dans la même journée, c'est abuser de ma bonne nature. Euh... Elle n'est pas morte, j'espère ?

— Elle paraît évanouie, répondis-je. Soulevez-lui les pieds, Emerson, si vous le voulez bien.

Emerson enserra de sa grosse main brune les fines chevilles de la jeune fille et les souleva avec tant de bonne volonté que ses membres formaient un parfait angle droit avec son corps. Je rectifiai cette légère erreur, débouchai ma bouteille d'eau et aspergeai le visage de la jeune fille.

— Elle ne bouge pas, dit Emerson, le tremblement de sa voix virile trahissant le côté tendre de sa nature, que peu de gens en dehors de moi ont le privilège de connaître. Etes-vous sûre...

— Parfaitement. Son pouls est fort et régulier. Vous pouvez lui lâcher les pieds à présent, Emerson... Non, non, ne les laissez pas tomber, abaissez-les doucement.

Une fois son inquiétude apaisée, Emerson retrouva ses manières naturelles.

— C'est vraiment inqualifiable de la part de Petrie, grommela-t-il. Peu lui importe que ses subordonnés tombent comme des mouches, oh ça non : il sait qu'ils se précipiteront chez nous pour déranger *notre* travail. Il faudra que je lui dise ma façon de penser la prochaine fois que je le verrai. Manquer d'égards à ce point-là, être infernal à ce...

— Vous croyez que c'est l'une des assistantes de Petrie ? l'interrompis-je.

— Mais enfin, de qui d'autre pourrait-il s'agir ? Quibell a dit que les jeunes demoiselles étaient malades. Cette jeune fille a dû changer d'avis et décider de ne plus travailler avec ce fou de Petrie. Cela montre qu'elle a de la jugeote. Pourquoi ne se réveille-t-elle pas ?

— Je crois qu'elle est en train de reprendre connaissance, dis-je. (En réalité, j'étais certaine que la jeune fille avait repris connaissance depuis un certain temps, et j'avais ma petite idée sur la raison pour laquelle elle l'avait dissimulé.)

— Bien.

Emerson scruta le visage de la jeune fille, respirant si anxieusement que les lunettes de cette dernière en étaient tout embuées. Je les avais remises en place après lui avoir aspergé le visage, mais je me demandais bien ce qu'elle pouvait voir à travers, car elles semblaient faites de simple verre à carreau.

— Naturellement, je suis heureuse d'aider toute personne malade, dis-je en regardant les battements de cils et les petits mouvements de lèvres qui indiquaient qu'elle reprenait connaissance. (Elle faisait cela vraiment très bien ; elle avait dû faire pas mal de théâtre amateur.) Mais j'espère qu'elle ne compte pas rester avec nous. Le professeur Petrie imaginerait sans doute que nous avons délibérément débauché l'une de ses assistantes.

— Depuis quand est-ce que je me soucie des opinions absurdes de Petrie ? Il pense de moi pis que pendre quoi que je fasse. C'est elle qui décidera, bien sûr, mais une paire de bras supplémentaires serait la bienvenue. Et vous apprécieriez d'avoir la présence d'une autre femme.

Le ridicule de sa remarque me fit glousser.

— Je ne suis guère du genre à avoir besoin d'une compagne, Emerson. J'ai suffisamment à faire comme ça.

— Non, Amelia, non. Votre cerveau en ébullition cherche continuellement à s'employer. Voilà pourquoi vous vous mêlez d'enquêtes policières et concoctez des théories insensées à propos de maîtres..., à propos de conspirations criminelles. Peut-être que, si vous aviez une jeune femme à former en archéologie, vous ne seriez pas aussi encline à pourchasser des meurtriers. Bon sang, je n'ai jamais vu quelqu'un mettre aussi longtemps à reprendre connaissance après un évanouissement. Faut-il que je lui gifle les joues ou les mains ?

Cela ne tomba point dans l'oreille d'une sourde. Ayant senti avec quelle vigueur Emerson l'avait empoignée, elle eut la sagesse de s'épargner une... légère tape sur le visage. Elle ouvrit les yeux.

— Où suis-je ? s'enquit-elle avec un déplorable manque d'originalité.

— Tout simplement là où vous espériez être, s'exclama Emerson. Avec moi et Mme Emerson, Mademoiselle... Comment vous appelez-vous ?

J'attendais avec grand intérêt la réponse de la jeune femme. Laquelle ne tarda point. Sa brève hésitation serait passée inaperçue de quelqu'un n'ayant pas lieu d'en soupçonner les raisons.

— Marshall. Enid Marshall.

Emerson s'assit sur un rocher et la regarda, le visage radieux.

— Eh bien, Miss Marshall, vous avez pris une sage décision en quittant Petrie. C'est un assez bon savant — j'en ai connu de plus mauvais —, mais aucune personne sensée ne saurait vivre comme il le fait. Toutefois, vous n'avez guère été raisonnable, me semble-t-il, de venir à pied de Saqqarah dans votre état.

— Mon... mon état ? souffla la jeune fille.

— Peu importe, poursuivit Emerson. Mme Emerson vous fera avaler des doses de soufre et d'ipecacuana, et vous serez rétablie en un rien de temps. Je vais vous porter jusqu'à notre maison...

— Non, merci. Je peux très bien marcher.

Avec mon aide, Enid — pour l'appeler par le nom qu'elle avait choisi — se mit debout. Elle avait l'air un peu hébétée, et cela n'avait rien d'étonnant. Emerson l'avait cataloguée, l'avait étiquetée, et avait explicité les motivations de la jeune fille avec une telle conviction que même une femme ne cherchant pas à dissimuler sa véritable identité aurait pu se demander qui elle était vraiment...

Moi, bien entendu, je savais de qui il s'agissait. Emerson s'était laissé abuser, non seulement parce qu'il était ravi de jouer un tour à M. Petrie, mais aussi en raison de l'incapacité pitoyable de la gent masculine à voir plus loin qu'une robe à fanfreluches et qu'une touche de rouge à lèvres. Les yeux foncés qui avaient pétillé de rire étaient maintenant craintifs et sans éclat ; les traits délicats étaient tirés et livides ; mais c'étaient indubitablement ceux de la demoiselle anglaise disparue, Miss Debenham.

# CHAPITRE 5

L'enthousiasme d'Emerson retomba rapidement quand il s'avisa que l'arrivée de sa nouvelle assistante nous empêcherait de dormir dans son trou, comme il le souhaitait.

— Hors de question, Emerson, décrétai-je devant ses récriminations. Miss Marshall doit absolument passer la nuit avec nous, quoi qu'elle décide de faire demain, et de toute évidence nous ne pouvons la laisser seule sous le même toit qu'un jeune homme. Vous savez, mon chéri, que personne ne méprise ces absurdes conventions sociales plus que moi, mais certaines convenances doivent malgré tout être respectées.

— Mmm, fit Emerson. Mais, Amelia, Ramsès sera à la maison.

— Et nous aussi, nous y serons, Emerson. Je vous promets, ajoutai-je en lui souriant par-dessus la tête inclinée de la jeune fille, que dès demain matin je prendrai des dispositions pour que nous ne passions pas d'autre nuit dans la maison.

— Mmm, fit Emerson, mais avec plus d'enjouement que la première fois.

La jeune femme ne souffla mot. Elle marchait entre nous, tête baissée, mais d'un pas ferme et régulier. Je ne pouvais que louer sa présence d'esprit. Elle devait forcément se demander quel statut précis elle était censée avoir, mais elle avait le bon sens de se taire et de ne rien dire qui puisse remettre en cause la supposition d'Emerson.

Emerson a une nature impétueuse. Ses sautes d'humeur sont brèves, et dès qu'elles sont terminées, il voit aussitôt le bon côté des choses. Ce fut le cas en l'occurrence.

— Ma parole, Peabody, je suis content de cette situation, déclara-t-il. Si jamais Nemo ne fait pas l'affaire, nous disposons d'une solution de rechange. Miss Marshall nous donnera sans doute volontiers un coup de main pour Ramsès. Les choses s'arrangent décidément très bien.

— Tout à fait d'accord, Emerson. Très bien. (Afin de me procurer des tentes, je serais obligée de me rendre au Caire. J'aurais alors la possibilité de mener mon enquête sur le meurtre de Kalenischeff. C'était là mon intention depuis le début, mais j'avais maintenant un prétexte valable.) Vraiment très bien, répétai-je.

La nuit était presque tombée lorsque nous atteignîmes l'enclos. Les hommes s'étaient tous retirés dans leur hutte. Malgré leur degré d'instruction, aucun d'entre eux ne reste dehors dans l'obscurité s'il peut l'éviter, car, comme tout Egyptien le sait, c'est la nuit que les démons sortent en force. Nous trouvâmes seul au salon Ramsès, à qui son inséparable féline tenait compagnie. Il avait écrit à la table, mais il était clair qu'il nous avait entendus arriver, parce qu'il repoussa son nécessaire d'écriture quand nous entrâmes et se leva sans la moindre surprise.

— Bonsoir, Maman. Bonsoir, Papa. Bonsoir, mademoiselle...

— Où est M. Nemo ? questionnai-je.

— Il était là il y a un moment. Je suppose qu'il est allé dans sa chambre. (Ramsès s'avança, main tendue.) Nous n'avons pas le plaisir de nous connaître, me semble-t-il. Permettez-moi de me présenter. Je suis M. Walter Peabody Emerson.

— Plus familièrement connu sous le nom de

Ramsès, dit Emerson en riant. Voici Miss Marshall, mon garçon. C'est une archéologue émérite, et tu devras donc la traiter avec respect.

— Pas vraiment émérite, Professeur, s'empressa de préciser la jeune femme. Je ne suis qu'une néophyte. Voici donc votre fils. Quel beau petit bonhomme !

Elle prit la main de Ramsès. Une moue exprima ce que Ramsès pensait de la description de Miss Marshall. Sentant mon regard fixé sur lui, il garda son opinion pour lui.

— J'ignorais que vous possédiez des titres universitaires, mademoiselle, dit-il. Puis-je vous demander au sein de quelles institutions savantes vous avez étudié ?

— Non, tu ne peux pas, intervins-je. Voudriez-vous allumer le réchaud, Emerson ? Je suis sûre que Miss Marshall aimerait une tasse de thé. Pendant que l'eau bout, je vais la conduire à sa chambre.

— Je suis désolée de vous donner autant de mal, commença la fausse mademoiselle Marshall.

Elle s'interrompit en poussant un hurlement et fit un bond en arrière. Bastet, qui avait enroulé ses formes sinueuses autour de la cheville de la jeune fille, émit un miaulement réprobateur et colla sa tête de fourrure contre une bottine éraflée.

— Ce n'est que la chatte de Ramsès, dis-je.

— Bastet, expliqua Ramsès. Elle paraît s'être prise d'affection pour vous, mademoiselle. C'est rare, et à mon avis vous devriez être flattée de l'attention qu'elle vous prodigue, car les animaux, comme il est bien connu, ont un sixième sens qui leur donne...

— Tais-toi, Ramsès, dis-je. (La jeune fille avait porté une main tremblante à son front, et je pris la liberté de lui passer le bras autour de la taille pour la soutenir.) Miss Marshall est épuisée et n'a rien à faire de tes théories saugrenues. Passons dans la pièce d'à côté, ma chère. Quand vous verrez l'endroit où vous allez loger, vous ne vous excuserez pas de nous avoir dérangés, je vous assure.

Seul un rideau séparait la petite chambre adjacente

du salon, et jusqu'à présent le mobilier n'en était constitué que de quelques caisses vides. J'aidai la demoiselle à gagner l'une d'elles et à s'asseoir.

— Vous ne serez pas aussi bien installée qu'au salon, fis-je à voix basse. Mais j'ai bien vu que vos nerfs étaient près de lâcher, et j'ai pensé que vous préféreriez être seule.

— C'est très aimable à vous. Mais je ne veux pas vous arracher à votre famille...

— Oh, je n'ai pas l'intention de vous quitter. (Je m'assis sur une autre caisse.) Il y a un certain nombre de choses dont nous devons discuter sans tarder, si vous comptez poursuivre cette mise en scène...

La chambre n'était éclairée que par le clair de lune. La jeune fille était terrée dans l'ombre, mais j'entendis distinctement son hoquet de surprise. Elle s'efforça courageusement de se reprendre.

— Que voulez-vous dire, madame Emerson ?

— Mon mari, bien que ce soit la personne la plus intelligente que je connaisse, est singulièrement naïf pour certaines choses, déclarai-je. Mais vous ne pensez certainement pas pouvoir m'en faire accroire, n'est-ce pas... Miss Debenham ?

L'espace de quelques instants, le silence ne fut même pas rompu par le son de sa respiration. Puis un long soupir se fit entendre.

— Je savais bien que je ne pourrais jamais continuer à tromper mon monde, madame Emerson. J'espérais seulement quelques jours de répit, afin de décider si je devais en appeler à votre compassion ou reprendre la fuite. Lorsque le professeur m'a confondue avec quelqu'un d'autre, j'ai eu l'impression que le Destin approuvait ma tentative.

Sa voix était lasse, mais calme, sans plus aucune trace des prémices d'hystérie que j'avais pu y déceler tout à l'heure. Manifestement c'était l'effort pour nous abuser qui l'avait perturbée. Son soulagement, quand elle vit qu'elle pouvait parler à cœur ouvert, me prouvait que c'était foncièrement quelqu'un d'honorable.

— Donc vous avez lu ma lettre, dis-je.

— Oui. Je dois reconnaître, madame Emerson, que ma première réaction, lorsque je l'ai lue, a été la colère. Je suis très impétueuse et têtue. J'ai été gâtée par des parents qui m'adoraient et qui n'ont rien fait pour corriger mes défauts de caractère. J'ai du mal à supporter les critiques, et je cherche trop à n'en faire qu'à ma tête. C'est un grave défaut...

— Les uns diront « impétueuse », les autres « décidée ». La force de caractère n'est pas un défaut. Vous donnez l'impression de citer quelqu'un, Miss Debenham... — non, excusez-moi, il faut que je m'habitue à vous appeler Miss Marshall.

— Ainsi... ainsi vous me permettez de continuer ma comédie ? Vous êtes disposée à laisser votre mari dans l'erreur ?

— Oh, pour ce qui est de cela, je ne chercherai jamais à duper délibérément Emerson. S'il décide de se duper lui-même, ce serait un grossier manque de tact de ma part de corriger son erreur, d'autant plus que sur le moment il pourrait être amené à agir ou à s'exprimer de manière inconsidérée, ce qu'il regretterait par la suite. Cela dit, malgré le plaisir que j'aurais à discuter des complexités de la vie conjugale, sujet sur lequel j'ai des opinions bien tranchées, il ne faut pas que nous restions ici trop longtemps, sinon même mon cher Emerson commencera à se demander pourquoi nous restons assises dans le noir. Quant à Ramsès... Je vous mettrai en garde contre Ramsès en temps voulu. D'abord il est essentiel que vous me racontiez, aussi brièvement mais précisément que possible, ce qui s'est passé la nuit du meurtre.

— J'ai dîné avec le prince Kalenischeff, répondit tranquillement la jeune fille. Nous sommes allés admirer le clair de lune sur les pyramides...

— Je vous ai vus là-bas. Et après ?

— Nous sommes retournés à l'hôtel. Le prince m'a souhaité bonne nuit à la porte de ma chambre...

— Vous ne l'avez pas invité à entrer ?

— Je présume que je mérite cela, observa-t-elle au bout d'un moment. Non, madame Emerson, je ne l'ai pas invité à entrer.

— Continuez, je vous prie. Et soyez succincte.

— Le garçon d'étage m'avait donné votre lettre. Je l'ai lue en me brossant les cheveux et, comme je l'ai dit, j'étais en colère...

— Je vous permets de ne pas faire mention de vos états d'âme sauf si ceux-ci ont un rapport avec les événements de cette nuit-là.

— Merci. J'ai posé la lettre. Je me suis apprêtée pour la nuit. Je me suis couchée. Je me suis endormie. Bien plus tard, quelque chose m'a réveillée. Peut-être était-ce le bruit d'une porte qui s'ouvrait, ou des bruits de pas. Une silhouette sombre est apparue dans mon champ de vision. J'ai reconnu le prince. Il s'est approché lentement du lit. Je suis sortie du lit. Je suis tombée par terre. J'ai perdu connaissance. Lorsque je suis revenue à moi, les premières lueurs de l'aube éclairaient la fenêtre et j'ai aperçu le prince étendu sur le lit, mort. Je suis allée à ma garde-robe. J'ai pris...

— Un moment, je vous prie. Je vous ai dit d'être succincte, je sais bien, mais c'est aller un peu vite. Revenons au moment où vous vous êtes réveillée au milieu de la nuit. Comment vous sentiez-vous ? L'esprit clair, ou bien anormalement faible et somnolente ?

— J'ai eu à peine la force de rouler à bas du lit, et de m'écarter du prince. Comment l'avez-vous deviné ?

— Je pense que vous étiez droguée, bien sûr. Avez-vous mangé ou bu quelque chose avant de vous coucher ?

— J'ai bu de l'eau de la bouteille sur la table de nuit. L'air sec donne tellement soif...

— Je m'en doutais. Ces satanées bouteilles d'eau ! On pourrait croire qu'elles ont été spécialement inventées pour aider les cambrioleurs et les assassins. Quelque bienveillant ange gardien vous a réveillée à temps... Mais cela n'aurait guère eu d'importance, car vous n'avez pas couru un seul instant ce genre de danger.

« Kalenischeff a été attiré dans votre chambre par un message émanant prétendument de vous. Il vous avait fait des avances ? Non, inutile de répondre, j'en suis certaine. C'était un homme vaniteux, qui avait une incroyable opinion de sa séduction auprès du sexe opposé. Il n'a pas dû se méfier d'une demande de rendez-vous.

« L'assassin l'attendait. Heureusement pour vous, vous vous êtes réveillée peu de temps et incomplètement, ce qui vous a évité l'horreur de voir Kalenischeff assassiné sous vos yeux. Et si vous aviez assisté au meurtre, l'assassin aurait jugé nécessaire de se débarrasser de vous également. Soit vous êtes particulièrement résistante aux narcotiques, soit vous n'avez pas bu suffisamment d'eau. Votre ange gardien, toujours de service, vous a réveillée une nouvelle fois avant que vous ne soyez censée vous réveiller. Si tout s'était passé comme prévu, vous auriez été découverte en présence du cadavre de votre amant présumé, et vous vous seriez retrouvée en état d'arrestation. En fait, vous avez eu le temps de vous habiller et de sortir discrètement de l'hôtel. Le garçon d'étage avait été acheté pour qu'il quitte son poste, peut-être par Kalenischeff lui-même. C'était le petit matin, et pour peu que vous évitiez les salons de l'hôtel, peu de gens risquaient de vous voir, ou de reconnaître la frivole, l'élégante Miss Debenham avec la tenue que vous portez en ce moment. Vous vous êtes alors cachée — peu importe où, vous pourrez me le dire plus tard — et, vous rappelant ma proposition d'aide, vous avez décidé de partir à ma recherche. Je vous félicite de votre présence d'esprit, Miss Marshall. Peu de femmes auraient eu la force de caractère suffisante pour se comporter avec autant de bon sens après un choc aussi épouvantable. Merci. Vous m'avez fort bien raconté votre histoire.

— Mais... mais...

— Chut. Nous n'avons plus le temps de continuer.

Je ne me trompais pas. Un bruit derrière le rideau précéda seulement de quelques secondes l'entrée de Ramsès.

— Papa m'envoie vous dire que l'eau est prête. Il souhaite également savoir ce que vous... — je n'utilise pas son terme, car c'est un mot que vous m'avez formellement interdit d'utiliser —, ce que vous faites ici sans chaise, sans table et sans lampe. J'avoue que ma propre curiosité sur ce point...

— Ne sera sans doute jamais satisfaite, conclus-je en me levant. (Je m'étais permis cette petite plaisanterie, vu que j'étais d'excellente humeur. Tout se déroulait à merveille.) Nous venons, Ramsès.

La jeune fille me prit la main.

— Mais, madame Emerson, chuchota-t-elle. Que dois-je faire ? vous me croyez...

— Oui.

— Comment pouvez-vous me faire confiance ? Vous ne me connaissez même pas !

— C'est très simple, murmurai-je. Je sais qui est le vrai meurtrier.

— Quoi ?

Son cri avait porté. Ramsès se retourna. A contre-jour, sa silhouette se profilait dans l'encadrement de la porte. Ses membres grêles, sa tignasse et son cou tendu par la curiosité, le faisaient très exactement ressembler à un vautour géant.

— Plus tard, sifflai-je.

Et j'accompagnai Miss Marshall jusqu'à la chaise qu'Emerson lui avait avancée et jusqu'à la tasse de thé bouilli qu'il lui avait préparée. Les talents, certes polyvalents, d'Emerson ne vont pas jusqu'à l'art culinaire.

Modifier les dispositions pour notre couchage fut plus complexe que je n'aurais cru. Je ne pouvais envoyer Ramsès dormir sur le toit : il risquait de décider de descendre le long du mur et d'aller faire une de ses courses habituelles. Ramsès désobéit rarement à un ordre formel, mais il a un don diabolique pour trouver une faille dans mes ordres.

Emerson et moi ne pouvions pas dormir sur le toit en laissant la jeune femme et le jeune homme en bas. Emerson trouva que je faisais preuve d'une pruderie qui ne me ressemblait pas, et il ne se priva point pour me l'expliquer en long et en large. Je me dispensai de lui exposer mes véritables raisons, vu qu'elles l'auraient encore plus agacé. Grâce à un jeu fortuit de circonstances, Miss Marshall avait échappé au Maître criminel. Je ne pouvais guère la laisser à la merci d'un homme que je soupçonnais fortement d'être le lieutenant du Maître criminel.

Faire dormir Miss Marshall sur le toit soulevait la même difficulté. La seule solution, c'était qu'Emerson et moi disposions nos matelas dans le salon, qui était adjacent à la petite chambre que j'avais attribuée à Miss Marshall. Personne ne pouvait l'atteindre sans enjamber nos corps étendus, car l'unique porte donnait sur le salon, et la fenêtre était trop étroite pour laisser entrer qui que ce fût.

Toute cette mise en place occasionna beaucoup de bruit. Emerson est trop bien élevé pour jurer en présence d'une dame, mais il donna libre cours à ses sentiments en poussant force interjections bien sonores, ponctuées de « Crénom ! ». Je tenais avant tout à installer Enid le plus vite possible, car elle était manifestement sur le point de s'effondrer, réaction normale quand on trouve refuge après des heures de tension nerveuse et de fatigue physique. Je pus lui fournir sans peine un lit de camp, des couvertures, une lampe et un nécessaire de toilette rudimentaire (car je ne pars jamais en expédition sans le matériel idoine). Cela fait, et une fois Enid bordée dans son lit, je m'avisai alors seulement que je n'avais pas encore vu M. Nemo. Toute personne un peu curieuse serait venue voir ce qui se passait. Je me dirigeai vers sa chambre, mais je savais déjà ce que j'allais y découvrir.

La porte en bois grossière n'avait pas de serrure,

mais Nemo avait essayé de se barricader à l'aide de la malle qui lui servait de table. Les gens sous-estiment souvent ma force physique. Je ne mesure qu'un mètre cinquante-deux et je suis plutôt mince (à peu près partout), mais je me maintiens en forme. Lorsque j'appuyai l'épaule contre la porte, je n'eus aucun mal à pousser la malle vide pour entrer.

Nemo était allongé sur le côté, face à la porte. Un doux sourire flottait sur ses lèvres. La flamme de la minuscule lampe sur le sol devant lui se reflétait dans ses yeux fixes.

Il avait avec lui son infâme instrument de destruction. Je me reprochai d'avoir négligé de fouiller ses affaires, mais en fait Nemo ne m'avait pas paru en avoir. Toutefois, il lui aurait été facile de cacher la pipe et l'opium dans les plis de sa djellaba. Je les trouvai presque aussitôt. Après avoir sombré dans la béatitude de la drogue, il n'avait pas songé à les cacher de nouveau. La pipe était près de lui, tombée de sa main molle. J'avisai juste à côté une petite boîte en fer à demi remplie d'une substance foncée et sirupeuse, ainsi qu'une fine cuillère en métal, utilisée pour prendre une petite quantité d'opium. On tient ensuite la cuillère d'opium au-dessus d'une flamme jusqu'à ce que la substance soit cuite et réduite de volume, après quoi on l'introduit dans le fourneau de la pipe.

Je savais qu'il était vain de tenter de parler à Nemo. Il était loin de moi, errant dans des champs d'illusion. Je ramassai la boîte d'opium, la pipe et la cuillère en métal ; je soufflai la lampe, et je partis discrètement.

Le reste de la nuit se déroula sans incident. Emerson ronfla. Il ronfle rarement. Quand c'est le cas, c'est d'ordinaire qu'il le fait exprès.

Je me réveillai à l'aube, toute pleine de mon inépuisable énergie ordinaire. Il y avait du pain sur la planche aujourd'hui, et je m'en faisais une joie, tout comme un lutteur se réjouit à la perspective de mesurer sa force contre un adversaire digne de lui. Je vaquai tranquillement à mes tâches matinales, essayant de ne pas réveiller Emerson, car je pensais que ce serait une bonne idée que son petit déjeuner soit prêt quand il se réveillerait. Sa patience serait suffisamment mise à l'épreuve dans les prochaines heures.

L'absence d'un plancher en bois était gênante, car elle permettait de s'approcher sans être entendu. Mon sixième sens aiguisé, cependant, m'avertit que quelqu'un m'observait. M'attendant à voir mon fils omniprésent, je levai les yeux en fronçant les sourcils et vis à la place le visage de M. Nemo qui jetait un coup d'œil prudent par le rideau que nous avions installé pour avoir un soupçon d'intimité.

Il inspecta la pièce d'un angle à l'autre, comme s'il s'était attendu à voir des monstres guettant leur proie.

— Voudriez-vous me rejoindre dehors, madame Emerson ? chuchota-t-il.

Il me devançait. Une longue et sérieuse conversation avec M. Nemo figurait sur ma liste de choses à faire dans la journée. Je fus seulement surprise qu'il ne tentât point d'échapper à la réprimande qu'il devait escompter. Mais peut-être, au lieu d'implorer mon pardon, avait-il l'intention de passer à l'offensive et d'exiger la restitution de son abominable matériel de toxicomane. Son expression grave et ses lèvres serrées indiquaient davantage la détermination que le repentir.

Une fois dehors, il me fit signe de le suivre du côté nord de la maison, d'où nous ne pouvions être vus depuis la porte d'entrée. Puis il se tourna vers moi.

— Madame Emerson, je quitte votre service.

Il ne s'était pas rasé ce matin, il n'avait ni peigné ni brossé ses mèches dorées en bataille. (A vrai dire, il n'avait à ma connaissance ni peigne ni brosse.) La drogue avait eu pour effet de lui rétrécir les pupilles et de lui creuser les joues. Mais malgré les mois de déchéance, il restait encore quelque chose du splendide jeune Anglais (ou Ecossais) qu'il avait été. Rasé et brossé, vêtu d'un costume convenable, il aurait fait tourner la tête à n'importe quelle femme.

— Non, monsieur Nemo, c'est hors de question, répliquai-je.

Il fit une grimace.

— Et comment comptez-vous m'en empêcher ?

— Par la force, si nécessaire. (Je m'appuyai contre le mur et croisai les bras.) Il me suffit de pousser un cri pour faire accourir dix hommes vigoureux qui ont juré d'obéir au moindre de mes ordres. Je ne compte pas Emerson, car, bien que sa force et son dévouement excèdent ceux de tous les autres, il est assez désorienté quand on le tire de son sommeil brusquement, et vous pourriez fort bien lui échapper avant qu'il ne retrouve ses esprits. Je doute, cependant, que vous parveniez à vous débarrasser d'Abdullah et de ses fils. Non, poursuivis-je calmement, comme il faisait un pas vers moi les poings serrés, n'essayez pas de m'intimider, car je sais que vous êtes incapable de porter la main sur une femme.

« Vous ne quitterez pas mon service, monsieur Nemo. Enfin quoi ? Imaginez-vous qu'ayant commencé de labourer le champ je puisse abandonner le sillon ? J'ai juré de vous sauver, et je vous sauverai, avec ou sans votre coopération. Je souscris pleinement au droit de tout Anglais, ou de toute Anglaise — du reste, de tout homme ou de toute femme de quelque nation que ce soit... Qu'est-ce que je voulais dire ?

Le froncement de sourcils de Nemo avait fait place à un regard inexpressif, presque imbécile.

— Je n'en ai pas la moindre idée, marmonna-t-il.

— Ah oui. Je crois fermement au droit de l'individu de solliciter et de quitter un emploi chaque fois qu'il le veut. Toute restriction de ce choix est une forme d'esclavage, et la liberté est le droit inaliénable de l'humanité. Cependant, dans le cas présent votre droit à la liberté doit être négligé temporairement au profit d'un bien supérieur.

« Cela posé, monsieur Nemo, je vais passer au point suivant. Faites bien attention, je vous prie. Ma détermination à vous tirer du ruisseau a été renforcée hier soir quand je vous ai trouvé sous l'emprise de l'herbe du démon. Ce n'est pas ce que vous croyez, poursuivis-je plus doucement car il avait détourné la tête, le rouge de la honte ayant empourpré ses joues mal rasées. Cette découverte m'a prouvé que je m'étais trompée sur un autre point, plus important. Je ne me trompe pas souvent. J'avais une excuse en l'occurrence, car les circonstances étaient extrêmement suspectes.

« Je savais fort bien que celui dont je vous soupçonnais d'être le complice n'aurait jamais choisi comme homme de confiance quelqu'un dont la loyauté et l'efficacité risquaient d'être compromises par l'opium. Vous m'aviez dit que vous étiez opiomane, mais en réalité je ne vous avais jamais vu vous adonner à votre vice. Cela forme un parfait syllogisme, voyez-vous. Vous êtes opiomane, comme je suis bien placée pour le savoir. Le Maître criminel ne veut pas de toxicomane parmi ses fidèles. (J'émets cette hypothèse parce que seul un imbécile commettrait cette erreur, et le Maître criminel n'est pas un imbécile.) Donc, vous n'êtes pas...

— Le... quoi ? balbutia Nemo.

— Le Maître criminel. Ce mystérieux individu qui dirige le trafic de fausses antiquités en Egypte. Ne me dites pas que durant votre séjour dans les bas-fonds du Caire vous n'avez jamais entendu parler de lui.

— Un criminel professionnel ne se confie pas à un mendiant doublé d'un opiomane, repartit Nemo pensivement. Mais ce que vous dites est vrai : il existe bien un tel homme. J'ai entendu des rumeurs à son sujet. C'était.. euh... le nom que vous avez utilisé qui m'a surpris. Je ne l'ai en tout cas jamais entendu appelé comme ça.

— Il a donc un nom ? Quel est-il ?

— Il n'a pas de nom, mais seulement une kyrielle de surnoms. Ceux qui sont à sa solde l'appellent le Maître, je crois. D'autres, moins proches de lui, le connaissent sous le nom de Sethos.

— Sethos ! Curieux nom. Vous ne savez rien de plus ?

Nemo secoua la tête.

— Les hommes qui travaillent pour le Maître sont la crème des criminels. Etre choisi par lui est une marque d'honneur. Même ceux qui sont à sa solde sont terrorisés par lui. On dit que, quand il veut punir un traître, sa revanche ne se fait pas attendre et qu'elle est atroce.

— Fascinant, m'exclamai-je. Je vous suis profondément reconnaissante de m'avoir donné ces renseignements, monsieur Nemo. Veuillez me pardonner de vous avoir soupçonné. Certes, il apparaît maintenant que je vous faisais un compliment !

Nemo ne me rendit pas mon sourire.

— Vous ne me devez pas d'excuses. Ce que vous m'avez dit ne change rien, madame Emerson. Vous avez raison, je ne toucherais pas à un seul de vos cheveux, et vos hommes me maîtriseraient facilement. Mais il faudra que vous m'attachiez ou que vous m'emprisonniez pour me forcer à rester ici. Je dois partir, et je partirai.

— Je comprends, monsieur Nemo. Je sais ce qui vous a amené à prendre cette décision. C'est l'arrivée de la jeune demoiselle.

Les joues tannées de Nemo pâlirent.

— Vous... vous...

— En regardant par la fenêtre hier soir, vous l'avez vue, poursuivis-je. Splendide spécimen de jeune fille anglaise, avec la grâce et le charme qui ne peuvent trouver leur plus parfaite expression que sur le sol de notre nation privilégiée. La voir a dû vous rappeler votre honte et ce que vous avez perdu.

Nemo porta à son front une main tremblante.

— Vous êtes une sorcière, madame Emerson !

— Non, monsieur Nemo, seulement une femme, au cœur de femme. Nos capacités intellectuelles, n'en doutez pas, sont absolument égales à celles du sexe dit fort, mais nous avons une plus grande connaissance du cœur humain. C'est à cause d'une femme que vous en êtes arrivé là, n'est-ce pas ?

Une voix étouffée provenant de la maison interrompit la conversation en cet instant palpitant. Je sortis ma montre de ma poche et y jetai un coup d'œil.

— Le temps passe, monsieur Nemo. Je dois vaquer à mes occupations. Nous discuterons de votre situation ultérieurement. Jusque-là je compte que vous restiez là. La jeune demoiselle gardera la chambre aujourd'hui. Vous n'aurez pas l'occasion de la rencontrer avant que je ne vous aie redonné un peu plus fière allure et que je n'aie trouvé une histoire à lui raconter. Ai-je votre parole de ne pas vous en aller ?

— Vous me demandez ma parole ? s'étonna Nemo, incrédule. Alors que je ne l'ai pas tenue ?

— Ce n'est pas vrai. Vous aviez dit que vous tenteriez de ne pas succomber. (Un autre cri, plus courroucé, sortant de l'intérieur de la maison, me rappela à mes devoirs.) Il faut que je parte. Je vais au Caire aujourd'hui. Je vous verrai ce soir.

Nemo haussa les épaules.

— A ce soir, alors. Après...

— Il suffit. Oui, Emerson, je suis là. Je viens.

Je me hâtai de rentrer dans la maison.

Lorsque je me mis en route, peu de temps après le déjeuner, c'était avec la conscience sereine d'avoir réglé toutes les tâches prioritaires. Enid devait feindre la faiblesse et garder la chambre. Nous n'osions courir le risque qu'elle trahisse son ignorance de l'archéologie, ce qui ne manquerait pas de se produire dans les cinq minutes si elle se montrait sur le site. On avait pris les mesures de M. Nemo pour lui confectionner un costume et il avait été envoyé surveiller les fouilles de la chaussée avec Ramsès. Emerson avait été apaisé, nourri, et encouragé par ma promesse solennelle que notre lit serait placé cette nuit sous la voûte céleste et éclairé par les étoiles du désert. (Certes, un toit de toile s'interposerait entre nous et la voûte céleste, l'éclat des étoiles, etc., mais Emerson est particulièrement sensible aux expressions poétiques de cette nature. Et je dois avouer que je fus singulièrement stimulée par les images ainsi évoquées.)

J'avais envoyé Abdullah louer un cheval auprès du maire du village. C'était la plus belle monture du voisinage, charmante petite jument brune, à laquelle, disait-on, le cheik tenait comme à la prunelle de ses yeux. Il est certain que cela était corroboré par le prix demandé, ainsi que par sa robe brillante et la confiance avec laquelle elle m'accueillit. Je tombai moi aussi amoureuse d'elle. Sa bonne humeur répondait à la mienne. Lorsqu'elle se mit à galoper, je ne fis rien pour la retenir, mais m'abandonnai au contraire aux joies de la vitesse. J'avais l'impression d'être l'un des héros d'Anthony Hope ou de Rider Haggard, partant porter secours à l'héroïne. (Leurs héroïnes, pauvres petites, ne font éternellement que se tordre les mains, attendant d'être secourues.)

Il me sembla voir presque aussitôt les premiers monuments de Saqqarah. Quelques spécimens énergiques de la gent touristique étaient déjà là, car après Gizeh, Saqqarah est l'excursion qui a le plus de succès dans la région du Caire. L'un des guides m'indiqua où travaillaient les archéologues, et je fus ravie de voir M. Quibell sur pied, carnet de notes à la main, en train de recopier des inscriptions. Après l'avoir chapitré sur le danger d'une station prolongée au soleil à la suite de son indisposition, je demandai des nouvelles des demoiselles.

Quibell répondit, en m'assurant de sa gratitude, qu'elles se remettaient toutes grâce à moi. Ils comptaient finir leur travail à Saqqarah dans un jour ou deux, après quoi ils rejoindraient M. Petrie à Thèbes. Miss Pirie l'avait instamment prié de me transmettre ses remerciements, s'il avait la chance de me voir avant leur départ. (Une fois encore, la rougeur du jeune homme, quand il mentionna le nom de la jeune fille, me convainquit qu'elle ne le porterait pas longtemps, s'il parvenait à ses fins.)

Je fus soulagée d'apprendre leur départ imminent, et satisfaite d'avoir eu la prévoyance de passer recevoir les remerciements de Quibell, car sinon il aurait pu se sentir obligé de nous rendre visite de nouveau, ce qui aurait été une catastrophe pour Enid. Je proposai, par devoir, d'examiner les demoiselles. Quibell m'assura, avec une sincérité touchante, que ce n'était pas la peine. Vu que j'avais un long trajet devant moi, je me gardai d'insister.

Nous nous séparâmes avec force amabilités, et je continuai vers le nord en direction de Gizeh. Je laissai mon cheval à *Mena House* et louai une voiture pour aller au Caire. Après avoir fait mes courses, j'arrivai au *Shepheard's*, à temps pour un déjeuner tardif, à mon avis bien mérité.

Cela dit, cette pause dans ma journée chargée n'avait pas pour seul objet de me sustenter et de me détendre — non, pas du tout. Il me restait encore à faire le principal au Caire, et il me fallait d'abord savoir ce que le public informé savait du meurtre. C'est pourquoi, avant même de commander mon repas, je priai le serveur de demander à M. Baehler de venir me voir, à sa convenance, bien entendu.

La salle à manger se remplit rapidement et je m'amusai à observer les touristes. Il y en avait un assortiment varié — savants allemands corpulents, officiers anglais élégants, Américaines à la voix suraiguë et jeunes filles gloussant sous la garde de mamans à l'œil vif. A une table voisine étaient assis un groupe de jeunes Anglais. A en juger par le nombre de « Monsieur le vicomte » qui émaillaient leur conversation, il n'était pas difficile de déduire que le jeune homme pâle, à l'air efféminé, à qui les autres s'adressaient avec déférence était membre de l'aristocratie. Leur tenue était un bizarre mélange de belle confection anglaise et de costumes du cru — un *sudeyree* ou gilet de soie à rayures, assorti d'une culotte de cheval, ou bien encore un *aba* brodé d'or par-dessus un costume de chasse en tweed. Ils n'avaient pas ôté leurs extravagants couvre-chefs — turbans de cachemire et châles de soie blanche, tarbouches à gland —, et quelques-uns fumaient le cigare, malgré la présence de dames.

J'eus honte d'être de la même nationalité, mais une fois qu'ils furent sortis en plastronnant, je me dis pour me consoler que les mauvaises manières ne sont pas l'apanage de tel ou tel pays. Peu après, une Américaine entra dans la salle à manger. Sa voix stridente et ses récriminations peu discrètes firent converger tous les regards vers elle. Elle était accompagnée d'une femme craintive, au physique ingrat, apparemment domestique ou dame de compagnie, ainsi que d'un jeune homme dont elle tenait le bras davantage comme une gardienne de prison que comme une frêle femme ayant besoin d'être soutenue. Elle était grande et corpulente. Quant à sa volumineuse robe noire et à ses voiles noirs, ils étaient complètement démodés. Son antique bonnet était orné de minuscules perles de jais. Et à chacun de ses pas pesants, elle en perdait une petite poignée, qui tombaient par terre comme du grésil.

A en juger par la célérité avec laquelle le maître d'hôtel s'approcha d'elle, je déduisis qu'elle devait être très riche ou très distinguée. Il fut mal récompensé de ses peines. La vieille dame refusa la première table qu'on lui proposa, en exigeant une autre plus près de la fenêtre — qui se trouvait être également plus près de moi. Puis elle critiqua la propreté de l'argenterie, la température de la salle, et la maladresse des serveurs, tout cela avec des intonations qui tenaient du gong. Croisant mon regard, elle cria : « Oui, vous êtes d'accord avec moi, n'est-ce pas, madame ? »

Je lui tournai le dos, puis m'appliquai à manger mon potage et à lire le livre que j'avais apporté — la nouvelle traduction du délicieux récit de Herr Erman, *La Vie dans l'Egypte ancienne.* Me baladant dans les champs d'orge en compagnie des paysans heureux, je fus vite tellement absorbée que M. Baehler dut me toucher l'épaule avant que je ne m'avise de sa présence.

Pour une fois la conversation avec cet homme agréable, qui connaissait d'ordinaire tous les cancans relatifs à la communauté étrangère du Caire, s'avéra stérile. Il n'en savait pas plus que moi — moins, en fait, car il m'informa que l'on ignorait où se trouvait Miss Debenham. Son fiancé était arrivé...

— Son *quoi* ? m'exclamai-je.

Je suis certaine que j'avais à peine élevé la voix, mais pour une raison ou pour une autre, toute conversation cessa dans la salle à manger à cet instant-là. « Comment, madame ? Qu'est-ce qu'il y a ? » cria l'Américaine âgée.

— Son promis, répondit doucement M. Baehler.

— Je sais ce que veut dire le mot, monsieur Baehler. (Je repris en main ma cuillère que j'avais laissée tomber sur la table sous l'effet de la surprise.) Je ne savais pas que Miss Debenham devait se marier.

— Moi non plus, avant qu'il ne vienne ici demander une chambre. Malheureusement, je n'ai pas pu lui donner satisfaction sans réservation. Il m'a expliqué que, pendant qu'il chassait au Soudan, il avait appris la triste nouvelle et qu'il était vite revenu retrouver la demoiselle.

— Pour apprendre qu'elle avait disparu. Il devait être dans tous ses états.

— Sans doute, observa Baehler, impassible.

— Mais c'est une curieuse histoire, vous ne trouvez pas ? D'abord il laisse sa fiancée se distraire au Caire pour aller s'amuser au Soudan. Puis il se précipite pour lui venir en aide — mais sûrement pas du Soudan. Il aurait fallu des semaines avant que la nouvelle ne parvienne à un camp isolé, et qu'il ne revienne.

Baehler parut mal à l'aise.

— Cela m'a frappé également, madame Emerson. Je suppose seulement que ce monsieur était sur le retour, ou bien qu'il était déjà arrivé au Caire, lorsqu'il a appris la nouvelle du meurtre.

— Mmm. Il faut que je lui parle. Où est-il descendu ?

— Je l'ai envoyé au *D'Angleterre*. Mais je ne saurais dire s'il a réussi à y trouver de la place. Et maintenant, madame Emerson, si vous voulez bien m'excuser...

— Miss Debenham n'est pas une meurtrière, Herr Baehler. Et j'ai l'intention de le prouver.

Baehler, qui s'était levé, prit la main que je lui tendais et la porta galamment à ses lèvres.

— Madame Emerson, si vous vous mettiez en tête de prouver que le soleil se lève à l'ouest, vous parviendriez sans nul doute à me convaincre. Je dois retourner à mes occupations à présent. Mes respects à votre distingué mari et à maître Ramsès...

Après son départ, je songeai à quelques questions que j'avais eu l'intention de poser, notamment quant au nom de l'homme qui se disait le fiancé de Miss Debenham. Toutefois, à la réflexion, je décidai qu'il valait mieux demander à Miss Debenham elle-même — et tâcher de comprendre également pourquoi elle m'avait abusée. Cette jeune demoiselle avait décidément beaucoup d'explications à fournir si elle voulait conserver mes bonnes dispositions à son égard.

Je saisis mes paquets, mon ombrelle et mon sac à main. Au moment où je partais, la vieille Américaine me cria : « Au revoir, madame. J'ai été ravie de parler avec vous. » Me rendant compte qu'elle était quelque peu sénile, je lui adressai un aimable sourire en agitant mon ombrelle.

Une fois dehors, je marchandai pour prendre une voiture. Je venais de monter dedans lorsque l'un des marchands m'accosta.

— Fleurs pour la dame, s'écria-t-il en me fourrant un bouquet entre les mains.

— Je ne veux pas de fleurs, fis-je en arabe.

— Elles sont pour vous, *sitt*, insista le bonhomme. Vous êtes la *Sitt Hakim*, femme d'Emerson Effendi ? Oui, oui, je vous connais. Un monsieur m'a chargé de vous remettre ces fleurs.

Le bouquet, charmant, était composé de boutons de

roses rouges et de mimosa odoriférant, agrémenté de feuilles vertes et attaché par un nœud de soie. Le marchand de fleurs s'inclina et s'éloigna sans même attendre le pourboire habituel. Aussi fus-je forcée de garder les fleurs, ce qui ne me coûta guère, car j'aime tout particulièrement les roses de cette couleur. Je me dis qu'elles devaient m'être offertes par M. Baehler — en témoignage d'amicale estime et pour se faire pardonner son départ un peu précipité. C'est le genre de geste dont est capable un gentleman raffiné d'une telle courtoisie.

La voiture m'emmena promptement à ma destination, le Bâtiment de l'Administration de la place Bab el-Khalk. Il y a encore peu, la gendarmerie du Caire avait été sous la bienveillante supervision d'un Inspecteur Général britannique. Seul avait changé le titre de l'administrateur, qui portait maintenant celui de Conseiller. Sir Eldon Gorst, que je connaissais personnellement, occupait ce poste. Mais lorsque je demandai à le voir, on me répondit qu'il n'était pas dans son bureau, et l'on m'aiguilla vers l'un des officiers à son service.

C'est avec un certain dépit que je me retrouvai en présence du major Ramsay, le moins intelligent et le moins compréhensif des subordonnés de Sir Eldon. La dernière fois que nous nous étions vus lors d'une réception au Consulat, j'avais profité de l'occasion pour rectifier certains de ses préjugés sur le chapitre des femmes, de leur place légitime dans la société, et des lois injustes qui les empêchent de tenir cette place. Je n'accuserais jamais un officier britannique de grossièreté, mais les réponses du major Ramsay l'avaient frôlée. Et vers la fin de la discussion, Emerson avait vaguement parlé de flanquer un coup de poing à quelqu'un. Ce n'était là que l'une des petites plaisanteries d'Emerson, mais le major Ramsay n'avait pas le sens de l'humour. Je fus désolée de voir, à en juger par la sécheresse de son accueil dénué de sourire, qu'il m'en voulait toujours.

J'expliquai la raison de ma visite. Ramsay me considéra d'un œil sévère.

— J'avais pensé que vous veniez corriger ou modifier la déclaration que vous avez faite initialement à l'officier de police chargé de l'enquête, madame Emerson. Vous savez sûrement que je ne peux pas discuter du déroulement d'une enquête policière avec un membre du grand public.

Je me calai plus confortablement sur la chaise dure et posai mon ombrelle sur les genoux.

— Oh, oui, major Ramsay, c'est une règle admirable en soi, mais elle ne s'applique pas à *moi*. On peut difficilement prétendre que le professeur Emerson et moi-même faisons partie du public, et encore moins du grand public.

— Vous... commença Ramsay.

— Je suis certaine qu'à présent vous êtes parvenu à la même conclusion que celle qui m'est apparue immédiatement, c'est-à-dire que Miss Debenham est innocente. Avez-vous d'autres suspects ?

Ramsay se mordit la lèvre. Son long visage mélancolique était incapable d'exprimer les subtiles modifications d'un processus de raisonnement (si tant est que lui-même fût capable de raisonner), mais je n'eus aucun mal à suivre le fil de ses pensées : cela lui déplaisait de me révéler quoi que ce fût de substantiel, mais il espérait qu'en le faisant il pourrait obtenir des informations.

Ce dernier motif triompha du premier. Pinçant les lèvres comme s'il eût goûté quelque chose de sur, il déclara :

— Nous recherchons un homme qui devrait nous aider dans notre enquête. Un Egyptien... un mendiant, en fait. Vous l'avez peut-être remarqué devant le *Shepheard's*.

Un désagréable pressentiment s'empara de moi. Naturellement je ne manifestai pas le moindre signe d'émotion, car mon visage ne révèle le cheminement de mon raisonnement que si je le décide.

— Un mendiant, répétai-je avec un sourire ironique. J'en ai bien vu des douzaines.

— Plus grand que la moyenne, solidement bâti, vêtu d'une djellaba bleu pâle et coiffé d'un turban safran.

— Je ne pense pas avoir vu un tel individu. Pourquoi le soupçonnez-vous ?

— Je n'ai pas dit que nous le soupçonnions, mais seulement que nous voulions l'interroger.

Et voilà, cher Lecteur, tout ce que je pus apprendre. Ramsay refusa catégoriquement de m'en dire plus.

Une fois dehors, je me trouvai dans un rare état d'indécision. Je fus tentée de rendre visite à Sir Evelyn Baring, le Consul général, afin de solliciter sa coopération, qu'il m'aurait sûrement accordée, vu que nous étions de vieux amis. Mais l'après-midi avançait, et j'avais perdu trop de temps avec cet imbécile de Ramsay. J'aurais apprécié le délicieux retour à cheval au clair de lune. Toutefois, je savais qu'Emerson serait fou de rage si je n'étais pas rentrée avant le coucher du soleil. Emerson est intrépide lorsque sa propre sécurité est en jeu, mais la simple pensée d'un éventuel danger me menaçant transforme le pauvre homme en gelée.

Tandis que je restais à réfléchir, j'entendis une voix prononcer mon nom sur un ton interrogatif. Je me retournai et me retrouvai nez à nez avec un inconnu. « Nez contre cravate » serait plus juste, car l'homme avait de vingt à vingt-cinq centimètres de plus que moi. Je reculai afin de mieux distinguer son visage, et je vis une figure mince au nez busqué sur un corps sec et nerveux, vêtu, assez étrangement pour le climat, d'une veste en tweed à cape. Des verres teintés protégeaient ses yeux du soleil éblouissant. Il tenait à la main une casquette de tweed assortie.

— Je suis madame Emerson, déclarai-je.

Ses fines lèvres esquissèrent un aimable sourire.

— Je vous ai reconnue grâce aux portraits qui ont paru à plusieurs reprises dans la presse. Toutefois, si je puis me permettre, ils ne vous rendaient pas justice.

— C'est rarement le cas des photographies de presse. J'ai peut-être également vu vos traits reproduits dans les journaux. Ils me paraissent familiers, monsieur...

— Gregson. Tobias Gregson. Oui. Ma photo a paru dans la presse populaire de temps en temps. Je suis détective privé — un célèbre détective privé, pour citer la même source.

— Ce doit être ça. Sur quelles affaires avez-vous enquêté, monsieur Gregson ?

— Beaucoup de mes affaires sont des plus secrètes. Ce sont souvent des scandales de famille délicats ou bien des négociations gouvernementales sensibles. Cependant, vous vous rappelez peut-être l'affaire de la Société des Mendiants Amateurs ? Ou l'affaire d'empoisonnement Camberwell ?

— Je vous avoue que non.

— Peu importe. Je ne veux pas vous retenir, madame Emerson. J'ai pris la liberté de vous accoster uniquement parce que je crois que vous êtes concernée par l'enquête qui m'occupe actuellement.

Je le regardai plus attentivement.

— Vous a-t-on demandé d'aider la police dans l'enquête sur le meurtre de Kalenischeff ?

Gregson eut un sourire méprisant.

— Je ne suis pas en bons termes avec la police officielle, madame Emerson. Jalousie professionnelle... Mais je ne veux pas en dire plus. Non, je me trouve pas hasard en Egypte pour une autre affaire — une affaire en corrélation, s'avère-t-il. L'affaire est assez intéressante.

— En effet. Il est probable que votre longue expérience des affaires criminelles vous a soufflé quelque idée de l'identité du coupable.

— De toute évidence il ne s'agit pas de Miss Debenham, dit calmement Gregson.

— De toute évidence. De qui, alors ?

Gregson regarda à droite et à gauche, puis baissa la voix.

— Je tente de découvrir où se trouve certain mendiant qu'on a vu rôder autour de l'hôtel la nuit du meurtre.

— Ah, fis-je sur un ton tout aussi mystérieux. Un homme grand et bien bâti, portant un turban jaune ?

— J'aurais dû me douter que la fameuse madame Emerson serait sur la même piste, dit Gregson avec un regard d'admiration respectueuse.

— Pas du tout. J'ai entendu parler de lui par le major Ramsay.

— Ramsay est un idiot. Il ignore ce que vous et moi savons, madame Emerson.

— C'est-à-dire, monsieur Gregson ?

— Que le mendiant n'est nullement un mendiant, mais un émissaire de ce génie du crime, ce maître de la tromperie...

— Quoi ? m'écria-je. Comment avez-vous entendu parler de *lui* ?

— J'ai mes méthodes, madame Emerson. Qu'il me suffise de dire que j'ai bien entendu parler de ce personnage énigmatique, que vous avez appelé dans une interview le Maître criminel. Je me suis fixé pour but de le capturer.

— Je me suis fixé le même but, monsieur Gregson.

— Il faut que nous parlions, madame Emerson.

— J'aimerais que vous rencontriez mon mari, monsieur Gregson.

— Je... je vous demande pardon ?

Je souris et lui expliquai cet apparent coq-à-l'âne.

— Je ne change pas de sujet, monsieur Gregson. Emerson et moi sommes des partenaires à égalité, lors de nos enquêtes criminelles comme pour nos activités professionnelles et conjugales. Peut-être parviendrez-vous à le convaincre, alors que j'en ai été moi-même incapable, que la capture du Maître criminel est de la plus haute importance.

— Je vois. Je serai bien sûr honoré de faire la connaissance du professeur Emerson.

— Je dois vous quitter à présent, sinon ce même

professeur Emerson va se précipiter au Caire à ma recherche. Etes-vous descendu au *Shepheard's*, monsieur Gregson ?

— Non, mais si vous remettez une lettre au concierge, elle me parviendra.

— Nous sommes à Dahchoûr, au cas où vous voudriez nous rendre visite.

Je lui tendis la main en geste d'adieu, mais lorsque je voulus la reprendre, il la garda.

— Ne partez pas si vite, madame Emerson, je vous en prie. Ne puis-je vous offrir une tasse de thé ou une limonade ?

C'était une proposition tentante, car je mourais d'envie d'apprendre tout ce que je pouvais de ce remarquable individu. Tandis que j'hésitais, mes regards furent attirés par quelque chose qui me fit douter du témoignage de mes propres yeux. Je me dégageai de la chaude poignée de main de M. Gregson et partis en courant. Mais ma proie enfourcha un cheval et s'éloigna au galop avant que je ne puisse lui parler. Je jetai un coup d'œil rapide dans les rues et ruelles avoisinantes. Quand je revins, M. Gregson avait également disparu. Ma voiture attendait. J'ordonnai au cocher de me conduire à *Mena House*.

Je n'avais pas bien vu le cavalier, mais l'une de ses caractéristiques physiques était reconnaissable entre toutes : ses cheveux ondulés d'un roux doré qui brillaient au soleil comme un casque de cuivre. Je n'aurais pas été surprise — bien que j'en eusse été profondément attristée — de découvrir que Nemo n'eût pas tenu parole. Ce n'était après tout qu'un faible homme. Mais s'il n'était qu'un faible homme, un mendiant, un opiomane — que faisait-il devant le commissariat de police, vêtu d'un costume anglais de la plus belle coupe ?

## CHAPITRE 6

Malgré tous les efforts de ma noble monture, les étoiles commencèrent à consteller le velours bleu du ciel avant que je n'arrive à Dahchoûr. La faible lueur suivant le coucher du soleil nimbait les pans inclinés des pyramides d'une mystérieuse lumière rose, mais le désert était plongé dans l'obscurité du crépuscule. Bien avant de distinguer sa silhouette, j'entendis la voix bien-aimée.

— Peabody, Peabody, est-ce vous ? Répondez-moi, bon sang !

Je fis prendre le galop à mon cheval. Emerson vint en courant à ma rencontre, et je me retrouvai bientôt tendrement enlacée.

— Pourquoi diable êtes-vous si en retard ? me lança-t-il. J'étais sur le point d'envoyer une escouade à votre recherche.

— Je vous en prie, Emerson. Si vous devez crier, attendez que vos lèvres se soient éloignées de mon oreille.

Emerson marmonna quelque chose d'inintelligible dans l'orifice en question. La petite jument finit par solliciter poliment les attentions qu'elle méritait bien en me taquinant de ses naseaux velouteux, et je suggérai à Emerson qu'il valait mieux fêter nos retrouvailles en un lieu et un moment plus propices.

— Oui, tout à fait d'accord, acquiesça Emerson.

Venez voir le nouvel endroit où nous allons dormir, Peabody.

— Les tentes ont donc été livrées ? J'ai tout particulièrement recommandé à Ali de les faire livrer sur-le-champ.

— Je ne sais pas s'il les a fait livrer sur-le-champ, mais elles sont arrivées il y a quelques heures. J'ai demandé à Nemo de monter notre tente...

— Nemo !

— Oui, et il s'en est fort bien tiré, ma foi. Qu'en pensez-vous ?

D'après ce que je pus voir dans l'obscurité, les supports semblaient correctement montés. J'acceptai l'invitation pressante d'Emerson à en inspecter l'intérieur, et ce fut seulement après un intermède assez prolongé et en tout point satisfaisant que je pus me préoccuper d'une question que j'avais voulu élucider dès mon arrivée. Emerson écarta galamment le rabat de la tente pour me laisser passer, et nous nous dirigeâmes main dans la main vers la maison.

— Quand Nemo est-il parti, Emerson ? demandai-je.

— Mais il n'a pas bougé d'ici, Peabody, à moins qu'il n'ait détalé au cours de la dernière demi-heure. Je l'ai laissé avec Ramsès... Qu'avez-vous dit, Peabody ?

— J'ai seulement poussé une petite exclamation, car j'ai craint un instant de trébucher contre une pierre.

— Oh, fit Emerson. De quoi parlions-nous ?

— J'étais sur le point de dire que vous auriez dû demander à M. Nemo de monter les deux tentes.

— Amelia, je n'ai pas l'intention que Ramsès dorme sous une tente.

— Ce n'est pas pour Ramsès, c'est pour Miss Marshall.

— Oh, nom d'un chien, Amelia, pourquoi diable...

— Je vous l'ai dit, Emerson. Ce n'est pas convenable...

Il m'interrompit, bien entendu. Nous poursuivîmes notre discussion tout en nous dirigeant vers la maison.

Une fois tirée l'inévitable conclusion, Emerson se secoua et dit calmement :

— Je suis content que vous soyez de retour, ma chère Peabody. La maison n'est plus la même sans vous. J'espère seulement que je n'ai pas fait d'erreur en prenant cette jeune femme dans mon équipe. Me croirez-vous si je vous dis qu'elle a gardé la chambre toute la journée ? J'ai bien peur qu'elle ne soit pas capable de faire ce travail. Je crains qu'elle ne soit souffreteuse. L'air de la nuit est mauvais pour les personnes maladives...

— L'air de la nuit est justement ce qu'il lui faut pour achever son rétablissement. Je vous promets qu'elle sera prête à travailler demain.

— Mmmm, fit Emerson.

Avant notre départ d'Angleterre, Ramsès m'avait informée qu'il avait décidé d'écrire une grammaire égyptienne d'initiation, les livres disponibles étant à son sens extrêmement médiocres. Je partageais son point de vue, mais je l'aurais de toute façon encouragé à entreprendre cette tâche, car j'espérais que cela l'empêcherait de faire des bêtises. Je fus satisfaite, ce soir-là, de le trouver en train de griffonner fébrilement. Bastet, assise sur la table, servait de presse-papiers.

— Où est M. Nemo ? m'enquis-je après que nous nous fûmes salués.

— Dans sa chambre. Je suppose, ajouta Ramsès en reprenant le stylo qu'il avait posé lorsque j'étais entrée, qu'il est en train de fumer de l'opium. Je lui ai demandé si je pouvais participer, mais il...

— Ramsès ! m'exclamai-je. Je t'interdis de prendre de l'opium !

— Je ne me rappelle pas que vous me l'ayez interdit, Maman.

— Tu as raison. J'ai oublié de le faire. Considère que je te l'interdis maintenant. Mais qu'est-ce qui a bien pu te mettre une telle idée en tête ?

Ramsès me fixa de ses grands yeux sérieux.

— C'est une question d'expérimentation scientifique, Maman. Un savant ne doit pas s'en remettre à la description des résultats. S'il veut les évaluer parfaitement, il doit d'abord se familiariser directement avec...

— Peu importe. J'aurais mieux fait de m'abstenir de te poser la question. Ramsès, si tu... Je t'interdis formellement... Oh, nom d'un chien, je n'ai pas le temps de contrer tes arguments machiavéliques. Il faut que j'aille voir ce que devient Miss Marshall. Mais je t'en prie, garde à l'esprit... Emerson, je vous laisse parler à Ramsès.

« Ecouter Ramsès » eût été plus approprié. Le garçon se lança dans un long discours, où le faible « Mais, mon garçon... » d'Emerson fut balayé comme un bout de papier pris dans un tourbillon. Du moins j'avais l'assurance que, tant que durerait la discussion, je pourrais parler à Enid sans être entendue.

Elle était étendue sur le lit de camp quand j'entrai, visage tourné contre le mur. Mais lorsqu'elle vit qui c'était, elle se leva d'un bond avec l'énergie et la grâce d'une tigresse.

— Je deviens folle d'ennui, siffla-t-elle. Je préférerais la prison à cette solitude, à cette attente, et à cet abominable enfant qui entre sans prévenir pour me poser des questions sur les monuments funéraires de la IVe Dynastie...

— J'espère que vous n'avez pas tenté d'y répondre ?

— Comment l'aurais-je pu ? Je n'ai pas compris un mot sur dix. (Au bout d'un moment, la fureur disparut de son visage, Enid s'effondra sur le matelas fin, et son visage se chiffonna comme celui d'une enfant apeurée.) Pardonnez-moi, madame Emerson. Je vous dois tant... Mais l'inaction et l'ignorance de ce qui se passe me tourmentent affreusement.

— Cela me ferait le même effet. Votre inaction va prendre fin. Demain vous viendrez avec nous sur le site des fouilles. N'ayez pas peur de trahir votre ignorance. Vous passerez pour mon assistante, et je ferai en sorte que vous ne vous trouviez pas en diffculté. Si Emerson vous pose une question à laquelle vous ne savez pas répondre, dites simplement : « M. Petrie pense que... » Vous n'irez pas plus loin. Soit Emerson vous interrompra, soit il vous plantera là, furieux. Si Ramsès vous interroge — ce qu'il fera certainement —, vous n'aurez qu'à lui demander ce qu'il en pense, *lui*. Le seul problème sera alors de le faire taire. Avez-vous une question ?

— Une question ? J'en ai des centaines. (Ses yeux étincelèrent.) Vous êtes allée au Caire aujourd'hui. Que s'est-il passé ? Est-ce que la police...

— La police est idiote. Il faut que vous restiez ici jusqu'à ce que j'aie résolu l'affaire afin que vous puissiez reprendre la place qui vous est due.

— Vous avez dit que vous connaissiez...

— J'ai dit que je savais qui était le meurtrier de Kalenischeff. Je n'ai dit que la vérité, Miss Marshall. Le seul ennui, c'est que je ne sais pas de qui il... Non, je vais formuler cela autrement. Je sais qui c'est, mais j'ignore... Nom d'un chien, c'est plus compliqué que je ne pensais. Le meurtrier est le chef d'un réseau criminel dont Kalenischeff était membre. Vous me suivez jusqu'ici ? Bien. Malheureusement, quoique j'aie rencontré l'individu en question, je ne connais pas sa véritable identité. C'est un maître du déguisement.

Enid me jeta un regard dubitatif.

— Est-ce que je vous comprends bien, madame Emerson ? Voulez-vous dire que le meurtrier est une sorte de Maître criminel ?

— Parfait, m'écriai-je. J'applaudis votre intelligence, Miss Marshall. Je savais depuis le début que vous et moi nous entendrions.

— Merci, madame. Pardonnez-moi si je ne parais guère rassérénée par ce que vous m'apprenez. D'après ce que j'ai entendu dire sur les maîtres criminels, ce sont des génies du crime qu'il n'est guère facile de traduire en justice.

— Exact. Cependant, vous pouvez être sûre que ce

génie du crime sera traduit en justice et que c'est *moi* qui le livrerai à la justice. Mais il se peut que cela prenne un peu de temps ; aussi devez-vous être patiente. Voici quelques affaires personnelles que j'ai achetées pour vous au Caire. (Je lui tendis le paquet.) Pardonnez-moi la piètre qualité des vêtements. C'est du prêt-à-porter des plus quelconques, mais je ne pouvais décemment pas aller chercher vos bagages au *Shepheard's*.

— Vous êtes très aimable, murmura-t-elle, la tête inclinée vers le paquet.

— Je vous en prie. J'ai la facture et vous me rembourserez dès que vous le pourrez.

Enid leva la tête en souriant, la larme à l'œil, comme dit le poète. Tout d'un coup elle jeta les bras autour de mon cou et enfouit la tête contre mon épaule.

— Je commence à présent à comprendre pourquoi les gens parlent de vous comme ils le font, soufflat-elle. Ma propre mère n'aurait pu faire davantage pour moi.

Mon cœur fut conquis par la jeune fille, mais je savais qu'une manifestation ostensible de sympathie ferait couler le flot de larmes qu'elle tentait vaillamment de contenir. Aussi m'efforçai-je de sauver la situation grâce à l'une de mes petites plaisanteries. Lui tapotant la main, j'observai avec un sourire :

— Je doute que même votre chère mère eût pu vous être aussi utile dans les circonstances présentes. Une dame bien élevée comme elle n'aurait pas eu ma connaissance approfondie des criminels endurcis et de leurs habitudes. Allons, allons, ma chère, reprenez courage. J'ai une question à vous poser. Pourquoi ne m'avez-vous pas dit que vous étiez fiancée ?

Elle releva la tête, affichant une expression ahurie.

— Mais je ne le suis pas. Qui donc vous a dit ça ?

— M. Baehler, le directeur du *Shepheard's*. Votre fiancé est au Caire, brûlant de vous aider.

— Je ne parviens pas à comprendre.... Oh, oh, Ciel. Ce doit être Ronald. J'aurais dû m'en douter !

— Vous me devez une explication, ma chère enfant. Qui dia... Qui est Ronald ?

— L'honorable Ronald Fraser. Nous avons grandi ensemble, Ronald et moi, et... (Elle referma la bouche et garda un instant le silence, cherchant sans doute la meilleure façon d'expliquer. Puis elle reprit lentement :) Ronald est mon petit-cousin — le seul parent que j'aie à présent. C'est tout ce qu'il est pour moi.

— Pourquoi se dit-il votre fiancé, alors ? Ou bien M. Baehler a-t-il mal compris ?

Enid secoua la tête.

— Il m'a demandé de l'épouser. J'ai refusé. Mais il a pu imaginer que j'avais changé d'avis, ça lui ressemblerait tout à fait. Il a l'habitude de croire ce qu'il a envie de croire.

— Ah, je vois. Merci de votre confiance, Miss Marshall. Et maintenant je pense que vous devriez passer la robe que je vous ai apportée afin de venir prendre avec nous une tasse de thé et parler un peu. Ensuite nous nous retirerons dans nos tentes. Vous ai-je dit que vous dormiriez sous une tente ce soir ? Je suis sûre que cela vous plaira. Bien plus agréable que cette pièce sans aération.

Lorsque je retournai au salon, Emerson était encore en train de décrire à Ramsès les horreurs de l'accoutumance à l'opium. Il ne semblait pas avoir beaucoup progressé.

— Puis-je dire, Papa, observa Ramsès, que la description poignante que vous venez de me faire est assez classique ? Toutefois, vous me permettrez d'observer que je ne risque absolument pas de succomber aux tentations que vous avez évoquées si éloquemment, attendu que la léthargie mentale n'est pas l'une de mes...

Accablé, Emerson me décocha un regard implorant.

— Ramsès, déclarai-je, je t'interdis, en quelque circonstance que ce soit, de fumer, manger ou boire de l'opium sous quelque forme que ce soit.

— Oui, Maman, dit Ramsès avec résignation.

Là-dessus, j'allai rendre visite à M. Nemo. Je ne m'attendais pas à le trouver en train de s'adonner à l'occupation qui attirait tant Ramsès, vu que sa réserve d'opium était en ma possession et qu'il ne devait pas avoir d'argent pour en racheter. Je le trouvai dans un état normal, et de fort méchante humeur. Il leva les yeux du livre qu'il tenait et darda sur moi un regard mauvais.

— Je suis heureuse de voir que vous vous cultivez, monsieur Nemo, dis-je, encourageante.

Il jeta le livre.

— Je ne cherche pas à me cultiver. Je n'avais pas le choix. Vous n'avez rien d'autre à lire en dehors de livres sur l'égyptologie ?

— Vous auriez dû demander à Ramsès. Il a apporté plusieurs de ses romans policiers préférés. Quel goût déplorable... C'est étonnant chez un enfant de son érudition. Peu importe cela pour le moment. J'ai une tâche à vous confier. Comme la lune est encore brillante, verriez-vous assez pour monter l'autre tente ? J'ai l'intention que la demoiselle dorme dessous cette nuit.

— Je serais prêt à travailler dans l'obscurité totale si cela pouvait la faire partir, répondit Nemo avec humeur. Que fait-elle ici ? Combien de temps va-t-elle rester ?

— Elle est archéologue, monsieur Nemo. Elle est venue nous aider pour les fouilles.

— C'est ce qu'elle vous a dit ? fit Nemo en riant d'une voix éraillée. Elle vous a raconté des histoires, madame Emerson. A vous ! Incroyable ! Elle ne connaît rien à l'archéologie.

— Vous connaissez cette jeune femme ?

Nemo détourna les yeux.

— Je l'ai vue au Caire... C'est la jeune fille de bonne famille typique, futile et creuse. Tout le monde savait qui elle était. Tout le monde l'a vue avec ce méprisable.. ce sale...

— Attention à votre langage, monsieur Nemo.

— Je n'avais pas l'intention de finir ma phrase. Je

m'en moque... Je me moque de tout. Je veux seulement qu'on me laisse tranquille. Vous m'avez pris mon opium, n'est-ce pas ? Je ne vous le reproche pas, vous en aviez parfaitement le droit. Mais dès que j'aurai de l'argent en poche, j'en rachèterai. Je ne peux avoir confiance en moi. Vous ne pouvez pas avoir confiance en moi. Laissez-moi retourner au ruisseau d'où vous m'avez tiré.

Je ne me laissai pas émouvoir par cette supplique, et pourtant je savais qu'elle venait du cœur. Les jeunes se prennent tellement au sérieux, les pauvres, et ils ont tendance à s'exprimer de manière si théâtrale.

Je m'assis sur le lit de camp à côté de lui.

— Monsieur Nemo, vous avez de plus gros ennuis que vous ne croyez. Si vous retournez à votre ruisseau, vous en serez délogé sur-le-champ — par la police. Ignorez-vous sincèrement que ce vil..., que Kalenischeff a été assassiné dans la nuit d'avant-hier, et que vous êtes l'un des premiers suspects ?

La réaction de Nemo balaya définitivement les soupçons que je pouvais entretenir à son endroit. Il se pouvait que son expression d'ébahissement abject fût feinte, mais l'afflux de sang qui empourpra ses joues hagardes était un symptôme qui dépassait l'art du plus accompli des comédiens.

— Je sais que vous ne l'avez pas tué, repris-je. Je vais vous faire une confidence, monsieur Nemo. Je vais vous révéler un secret que ne partagent ni mon mari ni — du moins je l'espère — mon fils, quoiqu'on ne puisse jamais avoir de certitude avec Ramsès.

M. Nemo fit un gros effort sur lui-même pour se ressaisir.

— Je suis profondément honoré, madame. Me dire quelque chose qu'ignore même le professeur...

— Je n'ai vraiment pas le choix, monsieur Nemo, vu que vous le savez déjà — l'identité de la jeune fille. L'homme assassiné a été retrouvé dans la chambre de la demoiselle. Heureusement pour elle, elle s'est enfuie avant que la police ne l'appréhende, mais elle est également suspecte. J'ai des raisons de croire qu'elle court peut-être même un plus grand danger d'un autre côté. En attendant que je retrouve le véritable meurtrier, elle doit rester cachée, incognito. Certes, ses relations avec Kalenischeff étaient imprudentes, mais je suis convaincue que c'est tout. Elle a besoin de votre aide, elle ne mérite pas votre mépris. Eh bien ?

— Je suis éberlué, s'exclama Nemo. Je ne savais rien de tout ça ! J'étais bien à l'hôtel ce soir-là. J'ai suivi... enfin, j'ai suivi mes penchants... Mais j'avais la ferme intention de me rendre à mon rendez-vous le lendemain matin. Cependant, au... au bout d'un moment, j'ai encore changé d'avis. Cela n'est pas rare chez les toxicomanes, vous savez. Il me paraissait absurde d'attendre là des heures, et j'avais dans l'idée de faire preuve d'indépendance en me rendant tout seul à Dahchoûr... Mais si je racontais cette histoire à la police...

— Elle paraîtrait fort suspecte, l'assurai-je.

— Je le suppose. (Nemo écarta de son front une mèche de cheveux d'un roux éclatant.) Pourtant la chose m'a paru sensée sur le moment. Je vous jure, madame Emerson, que je n'ai pas tué cette canaille ! Et comment pourrait-on soupçonner qu'elle... une jeune fille comme ça..., enfin quoi, elle serait incapable de marcher sur un scarabée, et à plus forte raison d'assassiner un homme de sang-froid !

— Vos exclamations incohérentes prouvent que vous avez bon cœur, mais ne nous avancent guère par ailleurs, dis-je en me levant. Nous avons pour tâche de capturer le vrai meurtrier de Kalenischeff, ce qui vous lavera, vous et Miss Debenham, de tout soupçon. C'est le génie du crime dont nous parlions tout à l'heure — l'homme connu sous le nom de Sethos. Vous me suivez ?

— Tout à fait ! (Il serra les poings, et ses yeux étincelèrent.) Je suis prêt à tout — au danger, à la mort...

— Je n'ai pas l'intention d'aller aussi loin. D'abord

je veux que vous montiez la tente pour Miss Marshall, comme elle se fait appeler.

M. Nemo hésita.

— Je n'ose pas quitter ma chambre, marmotta-t-il. Je ne veux pas qu'elle me voie. Dans cet état...

— Alors je vous conseille de prendre discrètement l'escalier qui conduit au toit, puis de vous laisser glisser jusqu'au sol. Cela ne devrait pas présenter de difficulté pour un jeune homme en bonne santé. Une fois que nous aurons quitté la maison, vous pourrez revenir sans crainte. Rappelez-vous, je compte sur vous pour surveiller Ramsès ce soir. Je doute que nos adversaires osent pénétrer dans l'enclos, mais Ramsès peut très bien se mettre en tête de partir en exploration en l'absence de son papa et de sa maman. Je vous ai apporté un costume. Prenez un bain, rasez-vous, brossez-vous les cheveux (les accessoires nécessaires sont dans ce paquet). Je veux que demain vous ayez l'air d'un gentleman anglais.

Quand je le quittai, il avait l'air d'un fieffé imbécile, comme aurait pu dire Emerson. (Certes, ce dernier aurait sans doute utilisé une expression plus verte.) J'ai remarqué que les gens étaient souvent ébahis par ma rapidité d'esprit. Cependant, j'étais certaine qu'il ferait ce que je lui avais demandé. En le priant d'aider par galanterie une dame en détresse, j'avais touché la corde la plus sensible du cœur d'un Anglais, et je ne doutais pas qu'il se montrât à la hauteur de la situation.

Enid attendit sagement d'entendre ma voix avant d'écarter le rideau et de nous rejoindre au salon. Emerson l'accueillit avec bonne humeur.

— Je suis content que vous soyez rétablie, Miss Marshall. Si vous sentez venir une rechute, prévenez aussitôt Mme Emerson pour qu'elle vous fasse ingurgiter des tombereaux d'ipecacuana. Dès demain matin nous commencerons à fouiller au pied de la pyramide. Peut-être pouvez-vous me dire...

Je jugeai sage d'intervenir.

— D'abord, Emerson, dites-moi si vous avez progressé aujourd'hui. Avez-vous trouvé des traces de la chaussée ?

Emerson fronça les sourcils.

— Rien que quelques briques. Je suis convaincu que la chaussée suivait autrefois ce tracé, mais les pillards du coin ont fait disparaître les moindres pierres. Continuer serait une perte de temps. En revanche, je vais attaquer la pyramide et travailler à partir de là. Je veux que Miss Marshall prenne en charge un groupe de manœuvres et...

Une expression consternée vint troubler le front serein de la jeune fille, et je volai derechef à son secours.

— Je crois qu'il vaudrait mieux qu'elle travaille avec moi pendant quelques jours, Emerson — qu'elle prenne le truc, si vous me permettez cette expression argotique. J'ai l'intention d'examiner la pyramide annexe. On devrait voir bien vite s'il reste quoi que ce soit dans la chambre funéraire. Si besoin est, nous pourrons embaucher quelques hommes de plus.

— Je ne sais trop, Peabody... commença Emerson.

Mais je n'entendis pas ses objections, car, du coin de l'œil, j'avais vu Ramsès refermer la bouche. Il avait d'ordinaire la bouche ouverte, soit pour parler soit pour tenter de parler. La compression soudaine de ses lèvres serait passée inaperçue d'un observateur inattentif, mais des années d'expérience m'avaient appris à tenir compte du moindre changement de ce visage impassible bien que juvénile. Je me promis de dire un mot à maître Ramsès. Il savait quelque chose sur la petite pyramide, peut-être à la suite des fouilles illicites qu'il avait menées à Dahchoûr l'année précédente.

— Eh bien, voilà qui est réglé, dit Emerson. Euh... il se fait tard, vous ne croyez pas ?

— Non, pas vraiment, répondis-je distraitement, car je songeais encore à la duplicité de mon fils. Où sont les autres choses que j'ai rapportées aujourd'hui ?

Emerson indiqua un tas d'affaires en boule dans l'angle de la pièce.

— Ma foi, soupirai-je, nous ferions bien de faire le tri. Il faut porter certaines affaires dans les tentes. J'ai également rapporté plusieurs petites choses dans les sacoches de selle. Où...

Je finis par les trouver sur le banc dehors. Abdullah les avait jetées là avant de rendre la jument à son propriétaire. Secouant la tête, je les portai à l'intérieur. Mon pauvre petit bouquet avait été écrasé par les mains négligentes d'Abdullah. Emerson le gratifia d'un coup d'œil comme je le mettais de côté.

— Vous vous achetez des bouquets, Amelia ?

— Non, pas du tout. Il s'agit d'un cadeau de la part d'un gentleman, répondis-je en plaisantant. (Ce n'est pas que je tenais à éveiller la jalousie d'Emerson, car de tels subterfuges sont indignes d'une épouse affectueuse. Cependant, titiller un peu la jalousie d'un mari ne lui fait jamais de mal.)

Emerson se borna à pousser un grognement.

— Baehler, je suppose. Ces Français...

— Il n'est pas français, Emerson. Il est suisse.

— C'est pareil.

— En réalité, je ne sais trop qui m'a aimablement offert ces fleurs. Elles m'ont été remises par un marchand au moment où je quittais l'hôtel. Les pauvres, elles étaient si jolies... Tenez, Emerson, sentez comme elles sentent bon.

Pour m'amuser je les brandis brusquement vers lui, si bien que le bas du visage d'Emerson disparut complètement sous les fleurs fanées. Emerson roula des yeux exorbités. Poussant un cri, il me frappa la main. Les fleurs tombèrent par terre, et il se mit à les piétiner vigoureusement.

Miss Marshall bondit de sa chaise et battit en retraite tout au fond de la pièce, les yeux écarquillés. Connaissant Emerson, je ne partageais pas son inquiétude, mais je trouvais la réaction de mon époux exagérée, et je n'hésitai pas à le lui dire.

— Emerson, M. Baehler voulait seulement faire un geste galant. Il faut vraiment que vous...

— Galant ? (Emerson me jeta un regard furieux, et sursautant d'horreur, je vis que sa joue brune était défigurée par une traînée de sang.) Un geste galant, ma parole ! s'écria-t-il. Dissimuler un insecte venimeux ou une vipère dans un bouquet ! (Il se remit à sauter sur les fleurs. Si un sol de terre battue pouvait résonner, celui-ci aurait résonné.) Lorsque ma figure — boum — noircira — boum — rappelez-vous — boum — que j'aurai donné ma vie — boum — pour vous !

— Emerson, mon cher Emerson ! (Je me précipitai vers lui et tentai de me saisir de lui.) Cessez de sauter. Cette folle agitation ne réussira qu'à faire circuler encore plus vite le poison dans vos veines !

— Mmmm, fit Emerson, s'immobilisant. Vous avez raison, Peabody.

Le cœur battant violemment, je lui tournai le visage vers la lumière. La blessure n'était qu'une égratignure, et elle avait déjà cessé de saigner. Inégale, peu profonde, elle ne ressemblait nullement à la morsure d'un reptile venimeux ni à une piqûre d'insecte. Pourtant ma tendre inquiétude ne fut parfaitement apaisée que lorsque j'entendis Ramsès observer calmement :

— En l'occurrence aucune bête n'est en cause, Papa. Je crois que c'est ce bout de métal qui vous a égratigné. Il paraît hautement improbable...

Emerson se jeta sur Ramsès.

— Lâche ça tout de suite, mon garçon !

Ramsès lui échappa avec la souplesse d'une anguille.

— Je suis sûr qu'il n'y a aucun danger, Papa. L'objet est — ou était, avant que vous ne le piétiniez —, une espèce de colifichet. La matière semble être de l'or.

L'or ! Que de fois au cours de l'histoire de l'humanité ce mot a-t-il retenti, suscitant les plus fortes passions ! Même nous, qui avons appris durant nos fouilles archéologiques que le plus petit morceau de poterie brisée peut être plus important que des trésors de joyaux, même nous, dis-je, sentîmes notre pouls s'accélérer.

Ramsès approcha le bout de métal de la lampe. Le reflet sensuel à sa surface prouvait qu'il avait raison.

— Je n'aime guère te voir tenir ça, mon garçon, dit Emerson, inquiet. Donne-le à Papa.

Ramsès obtempéra, tout en ajoutant :

— Vos craintes à mon endroit, Papa, sont, je vous l'assure, sans fondement. Les poisons mystérieux et inconnus de la science sont en effet rares. Je crois pouvoir affirmer sans risque qu'ils n'existent que dans l'imagination enfiévrée des romanciers. Même les substances les plus actives de la pharmacopée exigent des doses de plusieurs milligrammes pour causer la mort, et si vous voulez bien réfléchir un instant à la question, vous conviendrez qu'il serait impossible qu'un bout de métal de cette taille contienne assez de...

— Tu as exposé ton point de vue, Ramsès, intervins-je.

Emerson retourna entre les doigts le bout de métal tordu.

— Cela ressemble à une bague, déclara-t-il doucement.

— Je crois bien que vous avez raison, Emerson. Comme c'est étrange ! Attendez... Tournez-la de ce côté. J'ai aperçu quelque chose...

— Il y a quelques hiéroglyphes qui sont encore déchiffrables, reprit la voix suraiguë de mon exaspérant rejeton. Ils ont été gravés sur le chaton de la bague, qui avait la forme du cartouche servant à renfermer des noms royaux. Le hiéroglyphe alphabétique pour *n* était au fond ; au-dessus vous voyez la forme d'un dieu à tête d'animal, suivi de deux hiéroglyphes représentant des roseaux. Le nom est indubitablement celui de Sethos, soit du premier ou du deuxième pharaon du nom, et je penserais...

— Sethos ! m'écriai-je. Sapristi... Est-ce qu'il se peut... mais forcément ! Qu'il ose... qu'il fasse preuve d'une telle... d'une telle effronterie... qu'il... que...

Emerson me prit par les épaules et me secoua si vigoureusement que j'en perdis une ribambelle d'épingles à cheveux.

— Vous êtes hystérique, Peabody, cria-t-il. Calmez-vous, cessez de remuer et de crier ! De quoi parlez-vous ? Qui diable est Sethos ?

Je m'avisai qu'Emerson n'était pas présent quand M. Nemo m'avait parlé de ce pseudonyme. Dès que je pus le persuader de cesser de me secouer, je lui fournis l'explication. Cela produisit sur mon mari un effet effroyable. La déformation de ses traits normalement réguliers fut si épouvantable qu'Enid s'enfuit dans la nuit. Ramsès s'exclama :

— Un tel engorgement des vaisseaux sanguins peut être le signe avant-coureur d'une attaque, Maman. Si l'on jette de l'eau froide à la tête de Papa...

Je ne pus empêcher l'application de ce remède, car Ramsès joignit aussitôt le geste à la parole, et je dois reconnaître que cela eut un effet salutaire. Emerson crachota et jura, mais la rougeur de son teint s'atténua peu à peu et son intelligence aiguë triompha de sa colère. Il resta debout un moment sans parler, dégoulinant d'eau. Puis il demanda doucement :

— Nemo est sûr du nom ?

— Il est difficile qu'il l'ait inventé, Emerson. Il ne sait rien de l'égyptologie. Et quel nom pourrait être plus approprié ? Car Seth, comme nous le savons, était l'adversaire malfaisant du noble Osiris, et pourrait être considéré comme le Satan égyptien. Bien qu'il semble que, durant une période de l'histoire, il ait été suffisamment tenu en estime pour servir de patron à une maison royale. Le nom Sethos signifie « homme de Seth » ou « disciple de Seth ». Vous vous souvenez, j'en suis sûre, de l'inscription de Kadech à propos de Ramsès II, laquelle exalte le pharaon en comparant ses pouvoirs à ceux du dieu :

*« Seigneur de la peur, à l'illustre renommée,*
*Au cœur de toutes les terres.*
*Inspirant une sainte terreur, auréolé de gloire,*

*Tel Seth sur sa montagne...*
*Tel un lion sauvage dans une vallée de chèvres !* »

— Cette même comparaison convient admirablement au personnage énigmatique qui a pris le sobriquet de Sethos ! Rôdant à son gré parmi ses victimes impuissantes, comme le roi des animaux...

— Oui, oui, dit Emerson. Mais le nom a une autre signification qui paraît vous avoir échappé.

— Sethos I était le père de Ramsès II, couina notre fils du même nom.

Son père lui décocha un regard de pure inimitié — l'une des rares occasions où j'aie vu Emerson regarder son fils d'un œil désapprobateur.

— Mais qu'est-ce que ça vient faire là-dedans, bon sang ?

— Rien du tout, répondis-je. Où voulez-vous en venir, Emerson ?

— Avez-vous oublié, Peabody, que Seth était un dieu roux ?

Il ne pouvait y avoir aucun doute, même dans l'esprit sceptique de mon mari, que le bouquet et le bijou avaient été offerts par ce scélérat de Maître criminel. Seul ce dernier aurait eu l'idée de se moquer de moi en m'offrant l'un des antiques trésors qu'il avait dû voler dans un tombeau royal — car, je n'ai guère besoin de le préciser, des bagues en or ornées d'un cartouche royal ne se trouvent pas couramment.

Emerson et moi-même discutions encore du sujet, tout en marchant sur le sol argenté du désert en direction de la Pyramide Rhomboïdale. Miss Marhall suivait d'un pas traînant, encombrée comme nous d'accessoires de toilette, de couvertures... Me disant que la pauvrette ne devait plus rien comprendre, je demandai à Emerson de lui raconter brièvement notre rencontre avec le Maître criminel au cours de la saison précédente. Il refusa avec une virulence encore plus prononcée que lorsqu'on mentionnait d'ordinaire le nom de cet individu, aussi entrepris-je de la mettre au courant moi-même.

— Vous avez bien sûr entendu parler, Miss Marshall, du déplorable trafic d'antiquités illicites. Vu le grand nombre de tombes et de cités enfouies, le Service des Antiquités ne peut pas les surveiller toutes, d'autant plus que beaucoup d'emplacements sont inconnus. Des chercheurs de trésors néophytes, autochtones comme étrangers, attirés par le prix élevé qu'atteignent de telles antiquités, pratiquent des fouilles de leur côté, négligeant souvent de faire des relevés précis, essentiels si nous...

— Si elle le sait déjà, pourquoi lui en parlez-vous ? lança vivement Emerson. Ces faits sont connus de tous les écoliers, *a fortiori* d'une archéologue distinguée telle que Miss Marshall.

Je lâchai un petit rire.

— Parfaitement, Emerson. J'ai fait tant de fois ce laïus aux touristes et autres ignorants que je me suis oubliée. Quoi qu'il en soit, Miss Marshall, nous avons découvert que ce trafic illicite avait été multiplié par cent et nous en avons déduit qu'une sorte de génie du crime l'avait pris en main. Ces déductions ont été triomphalement confirmées quand nous avons rencontré le cerveau en personne. Nos investigations — je n'entrerai pas dans les détails pour le moment, bien qu'il y ait nombre d'incidents intéressants à raconter — lui ont mis des bâtons dans les roues. Il nous a fait enlever et emprisonner dans une pyramide, d'où nous nous sommes échappés de justesse pour pouvoir arrêter ce génie du crime...

— Somme toute, Amelia, intervint Emerson d'une voix pensive, je crois que je préfère encore le terme atroce de Maître criminel à celui de génie du crime.

— Très bien, Emerson, peu m'importe. Comme je vous le disais, Miss Marshall, nous avons dérobé à Sethos ce qu'il avait volé, mais malheureusement il a réussi à s'enfuir. Il est caché quelque part au sein de la pègre et, j'en suis sûre, brûle d'envie de se venger.

Les fleurs servaient à nous rappeler que ses yeux invisibles sont sur nous et que sa main invisible peut frapper à tout moment.

Miss Marshall poussa un long soupir ébahi.

— Vous me laissez sans voix, madame Emerson. Quel récit palpitant.

Je la remerciai et Emerson grogna :

— Le style oratoire de Mme Emerson est influencé, je le crains, par son goût pour les romans d'aventures de troisième ordre. Vous avez omis tous les détails importants, Amelia. L'intervention intrépide de Ramsès pour nous sauver...

— Je développerai une autre fois, Emerson. Nous voici arrivés à notre petit campement. J'espère, Miss Marshall, que vous serez bien installée.

Emerson retrouva un peu de bonne humeur quand il vit que la seconde tente, un peu plus petite, avait été plantée à quelque distance de la nôtre. « Hors de portée de voix » fut, je crois, son expression exacte. J'installai la jeune fille confortablement et retournai auprès de mon époux, qui s'était déjà retiré. L'intérieur de la tente était plongé dans l'obscurité, mais quand je demandai à Emerson de rallumer la lampe, il refusa en de tels termes que je résolus d'abandonner le sujet.

— Je n'y vois goutte, Emerson, dis-je en me dirigeant vers l'endroit où je présumais qu'il se trouvait.

— Je ne vous vois pas non plus, mais je vous entends tintinnabuler, fit la voix d'Emerson.

Une main se referma sur les plis de mon pantalon et m'attira vers le sol.

— Vous voyez ? reprit Emerson au bout d'un moment. Le sens de la vue n'est pas une nécessité pour l'activité que j'ai prévue pour ce soir. On pourrait même prétendre que c'est une gêne.

— Tout à fait, mon cher Emerson. Seulement, si vous n'y voyez pas d'inconvénient, je préférerais enlever moi-même le filet, les peignes et les épingles de mes cheveux. Vous venez de me mettre le doigt dans l'œil.

Lorsque tout cela ainsi que d'autres obstacles à l'union conjugale furent ôtés, Emerson m'attira dans ses bras vigoureux. Cherchant à entretenir les sensations d'intense affection qui commençaient à m'envahir, je dégageai discrètement l'une de mes mains afin de tirer sur nous une couverture. Une fois le soleil couché, les nuits du désert sont fraîches. Et puis, je n'avais pas fermé le rabat de la tente. Cependant, j'étais sûre que Miss Marsahll avait fermé le sien. Emerson lui avait répété au moins quatre fois qu'elle ne devait pas manquer de le faire, par crainte de l'air froid de la nuit.

Comme j'ai déjà eu l'occasion de le faire remarquer dans les pages de ce journal, je ne partage pas l'attitude prude de certaines personnes, qui s'érigent en gardiennes de la vertu, quant aux relations entre gens mariés. Je me rejouis — que dis-je, je me glorifie — de la profonde considération qu'Emerson et moi-même avons l'un pour l'autre. Le fait qu'Emerson soit attiré par mes appas physiques comme il l'est par mon caractère et mes qualités spirituelles doit être, à mon sens, une source de fierté plutôt que d'embarras.

Je dirai donc, honnêtement et sans réserve, que je perçus un subtil changement dans son comportement ce soir-là. Celui-ci était plus impétueux et en même temps étrangement hésitant. Cela peut sembler contradictoire. De fait, c'était contradictoire. Je ne peux l'expliquer. Je me borne à le constater.

Un peu plus tard, après que nous eûmes pris notre position pour dormir — Emerson allongé sur le dos bras croisés sur la poitrine telle une momie de pharaon égyptien, moi sur le côté la tête contre son épaule —, je l'entendis soupirer.

— Peabody.

— Oui, mon cher Emerson ?

— Il existe, si je ne m'abuse, une convention idiote que l'on appelle le langage des fleurs.

— Je crois que vous avez raison, Emerson.

— Que signifient des roses rouges dans le langage des fleurs, Peabody ?

— Je n'en ai pas la moindre idée, Emerson. Tout comme vous, je suis absolument indifférente aux conventions idiotes.

— Mais je crois pouvoir deviner, marmonna Emerson.

— Emerson, je n'arrive pas à comprendre pourquoi vous vous préoccupez d'une histoire aussi insignifiante alors que nous avons à discuter d'une foultitude de questions importantes. Il s'est passé plusieurs choses aujourd'hui dont je veux vous parler. J'ai rencontré un monsieur — quelqu'un de fort intéressant et séduisant...

Emerson roula sur lui-même et m'étreignit furieusement.

— Ne me parlez pas de messieurs intéressants, Peabody. Ne parlez pas du tout !

Et il se mit en devoir de me rendre la chose difficile, sinon impossible, même si j'en avais eu envie. Ce qui n'était pas le cas en cet instant précis.

— Que signifient ces yeux rouges dans le lointain, [illegible]

— [illegible] la grande Mer [illegible] Tout [illegible] absolument indifférente aux [illegible]

[illegible] pouvoir devenir, murmura [illegible]

— [illegible] pas à commencer [illegible]

[illegible]

## CHAPITRE 7

Une fois de retour à la maison le lendemain, nous trouvâmes un autre groupe de manœuvres potentiels attendant devant le portail. Ramsès s'avança d'un pas décidé vers Enid, laquelle s'enfuit dans sa chambre. Nemo était invisible. Mais j'avais entrevu un éclair de djellaba en loques sur le seuil de l'écurie pour les ânes. Je me dirigeai de ce côté-là.

Vu qu'une partie du toit manquait, je n'eus pas de mal à remarquer que Nemo n'avait obéi que partiellement à mes ordres. Il était rasé de près, et sentait le savon Pears ; ses cheveux étaient bien peignés et mouillés, mais plusieurs mèches, séchant, bouclaient sur son cou et son front. Il fallait que je pense à lui couper les cheveux.

Je lui demandai pourquoi il n'avait pas mis son nouveau costume. Au lieu de me répondre, il riposta par une autre question :

— Y a-t-il une raison m'interdisant de ne pas porter de tenue locale, madame Emerson ? J'y suis habitué maintenant, et je m'y sens beaucoup plus à l'aise.

— Vous pouvez porter tout ce qui vous chante, dans la mesure où c'est propre. Je ne tolère pas le manque de soin lors de mes expéditions. Est-ce là votre unique djellaba ? Ma foi, nous la laverons ce soir, et pendant qu'elle séchera, je vous couperai les cheveux.

M. Nemo fit une grimace comme un petit garçon à

qui l'on va donner un médicament, mais il avait appris qu'il était vain de discuter avec moi.

— Pourrais-je vous demander une paire de lunettes bleutées, madame Emerson ? Ce soleil éblouissant me fait mal aux yeux.

— N'essayez pas de me raconter des histoires, monsieur Nemo. Je sais pourquoi vous voulez des lunettes — vous en trouverez une paire dans la troisième boîte sur la deuxième étagère du salon. Vous avez honte que la jeune femme vous voie. Puéril, monsieur Nemo. Très puéril. Il faudra bien que vous la rencontriez tôt ou tard.

— Tant que je peux l'éviter... marmotta Nemo. Madame Emerson, toute cette peine que vous vous donnez pour me faire propre et me couper les cheveux est une perte de temps. Ne devrions-nous pas consacrer tous nos efforts à trouver le criminel dont vous avez parlé ? Nous aurions certainement davantage de chances de le débusquer au Caire. Je pourrais retourner dans les endroits que je connais, et...

— Non, non, monsieur Nemo. Vous ne savez absolument pas comment vous y prendre. Laissez-moi faire, et respectez mes ordres tacitement. Y a-t-il eu du grabuge hier soir ?

— Non, tout est resté tranquille. Mais cela semble vous décevoir, madame Emerson. Espériez-vous que votre fils soit de nouveau agressé ?

— Oui, je suis déçue ; en effet, j'espérais une agression — mais pas forcément contre Ramsès. Ne voyez-vous pas, monsieur Nemo, que nous n'avons aucun espoir de trouver l'homme que nous cherchons dans la foule grouillante du Caire ? Cet individu est passé maître dans l'art du déguisement. Ce pourrait être n'importe qui. Ce que nous avons de mieux à faire, c'est d'attendre qu'il se manifeste.

— Vous voulez dire qu'il va nous falloir attendre... indéfiniment ?

— Pas indéfiniment. Pas longtemps, à vrai dire. Tôt ou tard il nous rendra visite. Il a déjà montré qu'il s'intéressait à nous. Et j'ai quelques idées sur la façon d'attirer son attention. Non, ne me demandez pas lesquelles ; laissez-moi faire, c'est tout. A présent, il faut que je parte. Rappelez-vous : surveillez Ramsès.

— Avec tout le respect que je vous dois, madame Emerson, je ne vois pas pourquoi vous parlez de votre fils comme s'il s'agissait d'une espèce de monstre. Il me paraît être un gentil petit bonhomme — qui parle sans arrêt, certes, c'en est effrayant... Nom d'un chien, je ne crois pas avoir jamais entendu quiconque utiliser autant de mots polysyllabiques ! Mais à part ça, il me semble assez normal. Y a-t-il quelque chose que vous ne m'ayez pas dit ? Souffre-t-il — pardonnez-moi — de crises de folie héréditaire ?

— J'espère bien que ce n'est pas héréditaire, dis-je. Non, monsieur Nemo, Ramsès est tout à fait sain d'esprit — tranquillement, terriblement, sain d'esprit. Voilà pourquoi il est si dangereux. Laissez-moi vous brosser un rapide portrait... Non, je n'en ai pas le loisir. Même un rapide portrait prendrait trop de temps. Surveillez-le, voilà tout !

Lorsque nous partîmes pour le site un peu plus tard, Nemo se mêla aux manœuvres. Nous avions engagé une douzaine d'hommes supplémentaires ainsi qu'un nombre similaire de garçonnets munis de paniers, lesquels étaient censés travailler avec moi. Nous nous séparâmes : Emerson conduisit son équipe à la Pyramide Rhomboïdale, et moi je pris la direction de la petite pyramide.

Cet édifice était à quelque soixante mètres au sud de sa grande voisine et faisait manifestement partie du même complexe. On débattait encore de la fonction précise des pyramides annexes. Il y en a trois rattachées à la Grande Pyramide de Gizeh, et d'autres sur d'autres sites. Pour ma part, j'étais certaine qu'elles avaient été construites pour les principales épouses des rois reposant dans les grandes pyramides. Si je pouvais trouver un signe ou une inscription mentionnant le nom d'une dame de famille royale, je parviendrais à prouver ma thèse.

J'examinai la charmante petite ruine, tâchant de décider par où commencer. Je ne pouvais déterminer sa hauteur, car non seulement le sable s'était amoncelé tout autour de sa base, mais la disparition du revêtement de pierre, qui avait jadis recouvert la surface de la pyramide comme le glaçage d'un gâteau, l'avait amenée à s'affaisser telle une dame obèse après qu'elle a ôté son corset. La première chose à faire, c'était d'enlever le sable et de dégager les quatre côtés jusqu'au niveau du sol.

Enid se traînait à ma suite comme un chien craignant de perdre son maître. Tout en travaillant, je lui expliquai ce que je faisais et pourquoi.

— J'ai décidé de commencer par la face nord, car il y a plus de chances que la chapelle funéraire se trouve sur le côté le plus proche du monument principal. Ce creux vers l'ouest sera notre décharge. Nous devons éviter de recouvrir un autre tombeau éventuel, et je n'en vois pas trace de ce côté-là. Ici, sur ce plan, qui a été dressé et vérifié, j'indique la zone où nous fouillerons. Elle est délimitée par des carrés de trois mètres sur trois... Miss Marshall, vous ne faites pas attention. Vous allez vous trahir tôt ou tard si vous n'apprenez pas à émettre des appréciations comme un égyptologue.

— Pourquoi pas tout de suite, alors ? C'est sans espoir, madame Emerson. Peut-être ferais-je mieux de me livrer. A quoi suis-je utile ici ?

— « Jamais cœur pusillanime... n'a remporté quoi que ce soit », chère petite, déclarai-je en adaptant la citation aux besoins de la cause. Je suis surprise de vous voir abandonner si vite.

— Mais c'est sans espoir !

— Pas du tout. Kalenischeff — vous ai-je dit ceci ? — était membre de la bande du Maître criminel. Il a été assassiné, sinon de la main de cet homme, du moins sur son ordre. Tout ce qu'il nous reste à faire...

— Est de trouver cet homme — qui, d'après ce que vous m'avez dit vous-même, est passé maître dans l'art du déguisement et dont l'identité est inconnue même de vous — puis de le forcer à avouer ! Vous avez vos propres occupations, madame Emerson, votre mari, votre enfant, votre travail...

— Chère Miss Marshall, vous me sous-estimez si vous croyez que je suis incapable de mener de front deux activités, voire plus. Il est vrai que je me fais une joie de résoudre le mystère de la petite pyramide, mais cela ne signifie pas que je ne peux pas en même temps m'appliquer à résoudre un mystère d'une autre nature. J'ai plusieurs plans en tête...

— Quoi donc ?

C'était la deuxième fois que l'on me posait cette question, et je dus reconnaître que c'était une question judicieuse.

— Moins vous en saurez, moins vous courrez de risques, répondis-je. Faites-moi confiance.

— Mais, madame Emerson...

— Autant m'appeler Amelia. Les politesses sont absurdes en des circonstances pareilles.

— Je m'appelle Enid. C'est mon vrai prénom, ajouta-t-elle avec un sourire contrit. Lorsque j'ai choisi mon nom de guerre, j'ai pris le risque de garder mon vrai prénom. Il n'est pas facile de répondre instinctivement à un prénom qui ne vous est pas familier.

— Bien raisonné. Vous voyez, vous avez un don pour la tromperie qu'il vaudrait la peine de cultiver. Mais, je vous en prie, ne vous en servez pas quand vous me parlez de votre cousin.

Enid sursauta violemment.

— De qui ?

— De votre parent, Ronald — j'ai oublié son nom. Serait-il susceptible de nous aider dans notre enquête ?

— Ronald ! Je vous demande pardon, je ne pense jamais à lui comme à un cousin, le lien de parenté étant si ténu. Non, Ronald est la dernière personne sur laquelle je compterais en cas de difficultés. C'est un jeune homme aimable, un écervelé qui n'a jamais fait quoi que ce soit d'utile de sa vie, ni fait marcher ses méninges pour autre chose qu'additionner ses dettes de jeu.

— Il paraît fort antipathique.

— Non, dit Enid. Il est bel homme, il a des manières engageantes et ce peut être le compagnon le plus amusant du monde.

— Mais vous ne voulez pas que je lui dise où vous êtes, le rassurer quant à votre sécurité ?

— Ciel, non ! Je suis sûre que Ronald est inquiet à mon sujet — dans la mesure où il est capable de s'inquiéter pour qui que ce soit en dehors de lui-même. Mais je suis également certaine qu'il ne s'est pas dépêché pour revenir au Caire. Il est en Egypte depuis quelques semaines pour... pour affaires... Affaires qu'il a abandonnées pour aller chasser au Soudan.

Un changement indéfinissable mais certain dans sa voix et son expression me fit soupçonner qu'elle me cachait quelque chose. Comme le prouvèrent les événements ultérieurs, j'avais raison, mais je reconnais honnêtement — la franchise est une qualité à laquelle j'attache du prix, et mes erreurs de jugement sont si rares qu'elles valent la peine d'être mentionnées — que je me trompais quant à la cause de sa réticence. Les demoiselles injurient souvent un gentleman auquel elles s'intéressent de près. Je présumais que Miss Debenham était amoureuse de son cousin et avait honte de le reconnaître parce qu'elle le jugeait indigne de son affection.

Aussi la délicatesse m'empêcha-t-elle de pousser la question plus avant, et Enid me rendit la chose encore plus difficile en me rappelant que les hommes attendaient mon ordre pour commencer les fouilles.

Au bout de plusieurs heures nous nous arrêtâmes afin de nous rafraîchir. Assis devant nos tentes, nous nous restaurâmes, avec grand appétit, d'œufs, de thé et de pain frais en provenance du village. La découverte de quelques blocs de pierre taillée, indiquant la présence d'une sorte de construction, avait bonifié l'humeur d'Emerson.

Il fallut, bien entendu, que Ramsès donne son avis.

— A mon sens, Papa, nous avons trouvé des traces de deux périodes de construction distinctes. Etant donné que le culte de Snéfrou le Bon était populaire à l'époque ptolémaïque, il est probable...

— Ramsès, ton papa sait tout cela parfaitement, dis-je avec humeur.

— Je voulais seulement suggérer qu'il fallait faire très attention si l'on veut découvrir...

— Une fois encore, Ramsès, laisse-moi te rappeler qu'il n'y a pas aujourd'hui d'archéologue sur le terrain dont les compétences égalent celles de ton papa.

— Merci, ma chérie, dit Emerson, rayonnant. Vous amusez-vous bien avec votre pyramidion ?

— Oui, merci, Emerson.

Avant que je ne puisse reprendre souffle pour poursuivre, Ramsès demanda à Enid quel travail nous avions accompli jusque-là. Il n'avait peut-être que l'intention, louable, de la faire participer à la conversation. Mais j'en doutais.

Enid fit diversion en saisissant la chatte, qui lui reniflait les chevilles. Je fus surprise que cette créature aristocratique se permît cette liberté. Elle était en bons termes avec moi et avait une certaine tolérance affectueuse pour Emerson, mais Ramsès était la seule personne dont elle encourageait activement les caresses.

La diversion s'avéra efficace, car Ramsès posa alors des questions à Enid sur ses animaux de compagnie — ayant déduit, comme il l'expliqua longuement, qu'elle devait posséder un chat, car sinon elle ne connaîtrait pas les points précis où gratter. Lorsque Enid répondit qu'elle avait plusieurs chiens et une douzaine de chats, dont la plupart avaient été abandonnés par leurs cruels propriétaires, Ramsès arbora une expression d'approbation fort bienveillante. Assis jambes croisées à côté d'elle, sa tête bouclée penchée de côté et ses yeux noirs brillants d'intérêt, on aurait pu le prendre pour un petit garçon normal — tant qu'il n'ouvrait pas la bouche.

Tout à coup, Emerson se leva d'un bond, laissant tomber son pain beurré sur la carpette (côté beurré tourné vers le sol, bien sûr). Il plaça les mains en visière et regarda en direction du soleil levant.

— Ma parole, Amelia, j'ai l'impression que c'est un groupe de maudits touristes. Et ils viennent de notre côté.

— Ce n'est guère surprenant, Emerson, repartis-je tout en essayant d'ôter le beurre de la carpette, qui était un vieux boukhara.

— Vous savez que c'est là un des inconvénients de travailler à Dahchoûr. Certes, le site est moins populaire que Gizeh ou Saqqarah, mais il est mentionné dans les guides.

— Avez-vous jamais vu des dégaines aussi grotesques ? s'exclama Emerson. Des ombrelles vertes, des bouts de tissu autour de la tête...

Comparés à Emerson, ils avaient décidément l'air ridicules. Sans chapeau, bras nus et gorge bronzée dénudée, il s'harmonisait avec le paysage comme peu d'étrangers en Egypte y parviennent. Mais il faut dire qu'Emerson est un homme remarquable. Il n'a jamais souffert d'insolation ni de coup de soleil, ni même de catarrhe, bien qu'il refuse absolument de porter une ceinture de flanelle, seule prévention efficace contre cette affection courante, comme le savent tous les médecins.

La petite caravane s'approcha de nous. Aucun des cavaliers n'était habitué à monter un âne. Ils faisaient des bonds, tels des pantins au bout d'une ficelle. Emerson retroussa ses manches jusqu'aux épaules.

— Je m'en vais les chasser.

— Attendez, Emerson...

Mais c'était trop tard. Les longues jambes d'Emerson le rapprochaient rapidement de l'ennemi et il força celui-ci à faire halte en levant la main. Un monsieur corpulent tomba de son âne et fut remis sur ses pieds par deux âniers au large sourire. Une discussion animée s'ensuivit. Je ne distinguais pas ce qui se disait, en dehors d'un juron de temps à autre de la part d'Emerson, mais les gestes des participants ne laissaient guère de doute quant à leur état d'esprit.

— Cela me rappelle la tante Betsy dans le charmant roman de Dickens, observa Enid en gloussant.

— Comme tante Betsy, Emerson va l'emporter, dis-je en beurrant une autre tartine.

Et de fait, au bout d'un moment la caravane fit demi-tour, prenant la direction de la pyramide nord. Emerson revint, ragaillardi et réjoui par la rencontre. Nous retournâmes tous au travail, sauf Bastet, qui bâilla en regagnant nonchalamment la tente pour y faire un somme.

Je ne m'attendais pas que les découvertes de cette première journée fussent bien intéressantes : en effet, nous n'eûmes droit qu'aux habituels bouts de poterie et fragments d'objets funéraires. Toute la zone n'était qu'un vaste cimetière — cité des morts dont la population dépassait de loin celle de n'importe quelle métropole, ancienne ou moderne. J'indiquai à Enid comment procéder lorsqu'on découvre de tels objets, car nous recensions scrupuleusement tous les objets, même les plus banals.

Comme il y avait peu à faire pour m'occuper l'esprit, je pus m'efforcer en partie de trouver une réponse à la question que les gens ne cessaient de me poser. En effet, comment attirer l'attention du Maître criminel ? Pas plus que M. Nemo je n'avais envie de rester les bras croisés à attendre que ce monsieur se décide à agir. D'un point de vue tactique de même que psychologique, nous avions intérêt à prendre l'initiative et à encourager une attaque. Ce qu'il me fallait, c'était un trésor — un trésor caché de bijoux royaux comme celui qui avait suscité la convoitise du Maître criminel l'année précédente. Ramsès avait découvert semblable trésor caché à Dahchoûr. (En réalité, j'étais presque certaine qu'il en avait trouvé deux ; le trésor de la princesse Khnoumit, que M. de Morgan avait exhibé en grande pompe à la fin de la saison, avait peut-être été sa récompense pour nous avoir promis de nous confier le site. Je n'avais pas posé de questions à Ramsès à ce sujet, et je n'avais pas l'intention de le faire, car la confirmation de mes soupçons risquait de créer de délicats problèmes éthiques auxquels je n'étais pas disposée à faire face.)

Et je n'avais pas non plus l'intention, d'aller trouver mon fils pour lui demander de m'aider à dénicher des antiquités. J'avais même renoncé à l'idée de l'interroger sur la pyramide annexe. Je me proposais de mener mes fouilles selon les principes scientifiques les plus stricts — mais ce que je voulais avant tout, c'était en découvrir l'entrée. Je rêvais de me faufiler par cette entrée puis de partir à la recherche de la chambre funéraire, et cela ne m'aurait pas surprise le moins du monde d'apprendre que Ramsès savait précisément où elle se situait. Il avait un instinct diabolique pour ces choses-là. Toutefois, malgré mon intense désir de pénétrer dans la pyramide, celui de la trouver sans l'aide de Ramsès était encore plus grand ; et à mesure que la matinée passait, sans qu'apparût la moindre entrée, je commençais à croire que j'avais surestimé mon fils. Les hommes étaient encore en train d'évacuer du sable, et pas même Ramsès n'aurait pu découvrir une entrée cachée enfouie sous des tonnes de débris.

La pensée des pyramides avait accaparé toute mon attention. Je me mis à repenser à l'autre problème. En dehors d'un trésor, qu'est-ce qui pouvait attirer le Maître criminel ? Une réponse se présenta vite à mon esprit. Mais bien que j'eusse toute confiance en Ramsès pour se tirer des mauvais pas ordinaires, je jugeais injuste de l'utiliser comme appât pour capturer un meurtrier. Il y avait un autre moyen, tout aussi efficace et moins critiquable du point de vue de l'amour maternel.

Le soleil s'élevait, ainsi que la température. Occupée par mon travail et mes plans, je ne faisais pas attention à l'écoulement du temps ni à la chaleur. Jetant un coup d'œil à Enid, je m'aperçus qu'elle avait le feu aux joues et était en sueur.

— Vous feriez mieux de rejoindre Bastet dans la tente, dis-je en lui prenant des mains le carnet et le crayon. J'avais oublié que vous n'étiez pas habituée au soleil.

Courageusement elle m'assura qu'elle était prête à continuer son travail, mais je surmontai ses scrupules. Elle partit, et j'étais sur le point de reprendre mon travail quand j'aperçus un nuage de sable à l'horizon vers le nord. Encore un groupe de ces maudits touristes ! Mais ils venaient cette fois-ci de la direction de Saqqarah, et à cheval. Les visiteurs plus jeunes et plus aventureux préféraient venir de cette manière-là.

Lorsque je constatai que les cavaliers ne faisaient pas halte à la pyramide nord mais se dirigeaient droit sur nous, je laissai à Selim le soin de surveiller les manœuvres et me hâtai d'aller rejoindre Emerson. Il avait une fois délogé d'un tombeau une vieille petite dame qui s'était révélée être l'ex-Impératrice des Français. Il avait fallu un long moment avant que ne s'apaisât le scandale international qui en était résulté.

Emerson se retroussait les manches. Je me saisis de lui fermement et attendis la suite des événements. Je reconnus bientôt parmi les cavaliers les mêmes jeunes Anglais que j'avais vus la veille au *Shepheard's*.

Ils portaient toujours leurs vêtements orientaux dépareillés et saugrenus, achetés au bazar. Cependant, c'étaient des cavaliers hors pair — ce qui n'avait rien de surprenant chez des gens qui n'ont guère d'autres occupations dans la vie que le sport et les distractions oiseuses. Les fusils attachés à leurs selles ou qu'ils portaient en bandoulière étaient les modèles les plus récents et les plus chers.

Poussant des cris de joie et riant, ils s'arrêtèrent devant la tente, et le jeune homme en tête s'apprêta à mettre pied à terre. En m'apercevant, il s'immobilisa en plein mouvement, un pied encore dans l'étrier, l'autre en l'air au-dessus du dos du cheval. Lequel choisit cet instant précis pour retrousser les lèvres, et la ressemblance avec son cavalier, dont les dents étaient presque aussi proéminentes, était si grotesque que je dus réprimer un éclat de rire.

— Ma parole, c'est une dame ! s'exclama le jeune homme. Ecoutez, les amis. A votre avis, que diable fait-elle ici loin de tout ? Enchanté, madame.

Il ôta prestement son turban. Le geste n'apaisa guère Emerson.

— Surveillez votre langage, jeune homme, gronda-t-il. Mme Emerson n'est pas habituée à la vulgarité.

— Madame Emerson ? Alors vous devez être monsieur Emerson.

Le jeune homme sourit comme s'il eût été fier de cette brillante déduction.

— Professeur Emerson, corrigeai-je. Et vous, monsieur ?

L'un de ses compagnons s'empressa de le rejoindre.

— Permettez-moi de vous présenter sa grâce le vicomte Everly.

Emerson émit un grognement.

— Maintenant que vous l'avez présenté, vous pouvez le remmener. Ici, c'est une expédition archéologique, pas un club pour riches oisifs.

— Archéologique ! Vraiment ? Ma parole ! Dites donc, Professeur, vous pourriez nous faire visiter un peu ? Ou mieux, laisser votre épouse s'en charger, hein ? Faut toujours emmener une jolie femme quand on en trouve une, pas vrai, mon vieux ?

Il donna à Emerson une claque sur l'épaule et dévoila un tel râtelier que j'eus peur que toutes ses dents ne jaillissent de sa bouche.

Je n'entendis pas la réponse d'Emerson, ce qui valait mieux. J'avais entrevu quelque chose qui avait attiré mon attention et réveillé tous mes instincts de limier.

Un autre des compagnons du vicomte s'était approché. Lorsqu'il ôta son couvre-chef, un turban étonnamment large et haut, je crus que sa tête avait pris feu. Les traits sous les mèches cuivrées n'étaient pas moins surprenants. Il me fallut regarder plus attentivement pour me convaincre qu'ils n'étaient pas ceux de M. Nemo. Puis je m'aperçus que la ressemblance n'était pas, en fait, aussi flagrante que je l'avais supposé. C'était la couleur inhabituelle des cheveux des deux hommes qui induisait en erreur. Cet homme — sans doute la même personne que j'avais vue devant le Bâtiment de l'Administration — était plus frêle, plus doux, depuis ses traits délicatement taillés jusqu'à ses mains potelées et impeccablement soignées.

Sentant peser sur lui mon regard fixe, le jeune homme se dandina d'une botte sur l'autre et sourit d'un air gêné.

— Bonjour, madame.

Dans ma surprise j'avais oublié mes devoirs envers mon mari courroucé, mais heureusement Ramsès était intervenu à temps pour éviter au vicomte d'être malmené. Il avait fait mine d'admirer le cheval de ce dernier, car, lorsque je reportai mon attention sur les autres, j'eus le temps de voir Everly glousser sottement et de l'entendre dire :

— Oui, mon p'tit gars, il est splendide, c'est sûr. Tu veux l'essayer ?

— Ramsès, m'écriai-je. Je t'interdis formellement...

Mais Ramsès était déjà en selle, et s'il m'avait entendue, ce que je pense, il feignit le contraire.

Ramsès n'est pas mauvais cavalier, mais il paraissait tout petit juché sur ce grand étalon blanc. Emerson restait planté à le regarder d'un air idiot, souriant à demi de fierté, fronçant à demi les sourcils d'exaspération, tandis que notre fils faisait prendre le pas au cheval. Je lui saisis le bras.

— Emerson, arrêtez-le ! Ordonnez-lui de descendre.

— Ne vous faites pas de mauvais sang, madame, intervint le vicomte avec un autre gloussement imbécile. César est doux comme un agneau.

Nos hommes s'étaient rassemblés autour de nous

pour regarder. Ils souriaient fièrement, et Abdullah dit en arabe :

— Il ne lui arrivera rien, *sitt*. Il pourrait monter un lion s'il le voulait.

Il avait à peine fini de parler que j'entendis une détonation, pratiquement à mon oreille. L'étalon se cabra et partit telle une flèche. Ramsès se plaqua contre son dos comme une sangsue, mais je savais qu'il allait forcément tomber. Il avait les pieds à une bonne vingtaine de centimètres des étriers qui se balançaient, et ses bras n'avaient pas la force de tenir les rênes.

Assourdis par le bruit de la détonation, hébétés d'horreur, nous restâmes figés sur place quelques secondes. Emerson fut le premier à bouger. Je n'ai jamais vu un homme courir aussi vite. La tentative était louable, mais bien sûr totalement absurde, vu qu'un homme à pied ne peut espérer rattraper un cheval au galop.

Le vicomte réagit plus vite que je n'aurais cru.

— Ne vous inquiétez pas, madame, je vais sauver votre garçon ! s'écria-t-il avant de partir en courant vers les autres chevaux, qui se trouvaient à quelque distance de là, gardés par deux palefreniers. Avant qu'il ne parvienne à leur hauteur, cependant, un individu se rua sur lui, l'envoyant valdinguer. Le nouveau venu sauta sur la selle la plus proche. L'homme poussa un cri, le cheval hennit en retour, et ils filèrent, ne faisant plus qu'un. La djellaba du cavalier flottait derrière lui comme une grande aile.

Nos hommes partirent en courant derrière Emerson, criant et agitant les bras. Au bout de quelques instants de confusion, le vicomte et ses compagnons montèrent en selle et se lancèrent à leur poursuite au galop. Les deux palefreniers échangèrent un coup d'œil, haussèrent les épaules, et s'assirent par terre pour regarder.

Etait-ce par accident ou bien parce que Ramsès avait réussi à maîtriser quelque peu le cheval, mais ce dernier avait amorcé un large arc de cercle. Si cela avait été vraiment décidé par Ramsès, c'était une sérieuse erreur de sa part, car le coursier approchait rapidement de l'un des oueds qui coupaient le désert à l'ouest. Je ne voyais pas quelle en était la profondeur, mais il semblait bien faire trois mètres de largeur. Il se pouvait que le cheval fût capable de le franchir. Mais j'étais quasi certaine que Ramsès ne resterait pas en selle si c'était le cas...

Comme le Lecteur peut le supposer, j'étais loin d'être aussi calme et sereine que les réflexions ci-dessus pourraient le laisser croire. En réalité, « glacée d'horreur » serait l'expression relativement juste, quoique rebattue, qui pourrait rendre compte de mon état en cet instant. Toutefois, je ne pouvais absolument rien faire d'autre que regarder. Il y avait déjà suffisamment de gens courant et galopant follement tous azimuts.

Le vicomte avait dépassé ses hommes. En dépit de ses autres défauts — qui devaient être nombreux, j'en étais convaincue —, il montait à cheval comme un centaure. Il était cependant loin derrière le premier poursuivant, qui rattrapait rapidement le grand étalon et son petit cavalier. Naturellement, Emerson était très loin derrière, et les autres hommes le suivaient à distance les uns des autres, tels des coureurs.

Le cavalier inconnu — dont l'identité, toutefois, ne faisait pour moi pas l'ombre d'un doute, car ce ne pouvait être que Nemo — força soudain l'allure, passa devant le cheval en fuite et lui fit changer de direction, au bord même de l'oued. L'espace de quelques instants angoissants, les deux coursiers continuèrent de filer côte à côte. La monture de Nemo semblait galoper dans les airs, tant ses sabots étaient proches du bord friable du ravin. Puis la courageuse tentative du sauveur de Ramsès porta ses fruits. La monture de notre fils tourna, ralentit et finit par s'arrêter. Ramsès tomba à bas du cheval, ou fut attrapé au vol, je n'aurais su dire, car il se retrouva aussitôt enveloppé dans les plis virevoltants de la djellaba de Nemo. A cette distance il était difficile de dire si Nemo serrait dans ses bras le garçon en un geste frénétique de soulagement ou s'il le secouait violemment, animé d'un sentiment bien différent.

Les autres poursuivants étaient maintenant éparpillés de tous côtés, après s'être efforcés de suivre l'itinéraire fluctuant du cheval en fuite. C'était sans doute le puissant instinct paternel d'Emerson qui le fit arriver le premier sur les lieux, car personne n'aurait pu prédire où l'animal finirait par s'arrêter. Les autres convergèrent tous vers l'endroit en question, et peu de temps après les protagonistes du drame furent submergés par une foule de figurants hurlant à tue-tête, et ils disparurent derrière un tourbillon de robes à rayures bleues et blanches.

Ce fut seulement alors que je sentis la main qui m'agrippait l'épaule, quoiqu'elle serrât assez fort pour laisser (comme je m'en aperçus par la suite) des meurtrissures bien visibles. La main se relâcha et je me retournai juste à temps pour rattraper Enid, qui, avec un gémissement plaintif, s'évanouit.

Je traînai la jeune fille dans la tente et l'y laissai. Sa réaction s'expliquait par le drame qui avait failli avoir lieu, mais je savais qu'Emerson serait contrarié s'il découvrait la défaillance de la jeune fille. Il a une piètre opinion des femmes qui s'évanouissent.

Le vicomte et ses compagnons furent les premiers à revenir. La plupart gardèrent leurs distances, mais le vicomte prit son courage à deux mains pour m'affronter. Il eut toutefois la prudence de rester en selle lorsqu'il me présenta ses excuses en balbutiant.

Je l'interrompis.

— Je ne vous tiens pas pour entièrement responsable, vu que Ramsès a l'habitude de s'attirer des ennuis. Mais je crois que vous feriez mieux de vous éclipser avant le retour du professeur Emerson. Je décline toute responsabilité lorsqu'il est dans un état d'agitation intense, comme je présume qu'il doit l'être en ce moment.

Ces messieurs suivirent mon conseil. Ils battaient en retraite au moment où Emerson s'approcha d'un pas chancelant, serrant Ramsès contre sa poitrine. Quand ce dernier eut finalement convaincu son père qu'il était capable de tenir debout, Emerson se mit à courir après les cavaliers, jurant et leur ordonnant de revenir pour qu'ils se battent comme des hommes. M'attendant à une réaction semblable, je pus lui faire un croc-en-jambe, et une fois qu'il se fut remis debout et eut ôté le sable de son visage en sueur, il avait recouvré un certain calme.

— Ramsès n'a rien, dit-il catégoriquement, mais si cet idiot remet les pieds ici...

Je lui tendis ma gourde, car il était évident qu'il était gêné par du sable pour parler.

— Nous ferions peut-être bien d'en rester là pour aujourd'hui, suggérai-je. Il est midi passé, et tout le monde est fatigué après tout ce remue-ménage.

— Arrêter le travail ? (Emerson me dévisagea, éberlué.) Qu'est-ce que c'est que cette idée, Peabody ?

Nous reprîmes donc notre labeur. Les hommes s'y remirent avec un regain d'ardeur. J'entendis l'un d'eux dire à un autre qu'il aimait toujours travailler avec le Maître des Imprécations, car on était sûr de s'amuser. Bien sûr, nous cherchâmes Nemo afin de lui exprimer notre gratitude et notre admiration, mais il demeura introuvable. Vu qu'il portait sa tenue égyptienne et son turban, il ne lui était pas difficile de se fondre parmi nos quelque cinquante manœuvres. Et même après que nous eûmes regagné la maison à la fin de notre travail, je ne pus le retrouver. Inutile de préciser au Lecteur que je ne souhaitais pas uniquement le voir pour lui exprimer ma reconnaissance maternelle. J'avais un certain nombre de questions à poser à ce jeune homme, et cette fois-ci j'étais décidée à obtenir des réponses.

J'avais bien entendu expliqué à Ramsès que son comportement était absolument inexcusable. Il n'était pas entièrement responsable de l'incident, vu que le coup de feu accidentel avait effrayé le cheval. Mais si

Ramsès n'était pas monté en selle, il n'aurait couru aucun danger.

Chose étonnante, Ramsès ne tenta nullement de se défendre, mais écouta en silence, son visage étroit encore plus indéchiffrable qu'à l'accoutumée. A la fin de ma réprimande, je lui ordonnai d'aller dans sa chambre — ce qui n'était guère une punition, vu qu'il y passait d'ordinaire la partie la plus chaude de la journée à travailler à sa grammaire.

Emerson et moi-même n'avons jamais sacrifié à l'habitude paresseuse de la sieste, répandue en Orient. Il y a toujours beaucoup à faire lors d'une expédition archéologique, outre les fouilles proprement dites. Je savais qu'Emerson serait occupé cet après-midi, car, comme il le reconnaissait, la stratification des constructions en ruine au pied de la pyramide était extrêmement complexe. Il devrait classer et mettre au propre ses notes et ses croquis abondants.

Il était absorbé par ce travail, fronçant les sourcils et marmonnant, lorsque je résolus de mettre à exécution le plan que j'avais concocté ce matin-là.

Je trouvai Enid allongée sur son lit. Elle ne dormait pas. Ses grands yeux fixaient le plafond sans le voir, et elle ne tourna pas la tête quand j'entrai, après avoir toussé peu discrètement au lieu de frapper (puisque, comme le Lecteur s'en souvient peut-être, il n'y avait pas de porte où frapper).

Je connaissais la cause de sa léthargie comme de son désespoir, et je fus tentée de l'atténuer en l'assurant que j'allais passer à l'action. Mais je décidai que je ne pouvais prendre ce risque, car elle aurait pu essayer de me détourner de la marche à suivre que j'envisageais. La ruse était nécessaire, et bien que je déplore absolument tout ce qui écarte d'une attitude franche et directe, il y a des occasions où le bien moral doit céder le pas aux expédients.

— Je vous ai apporté quelque chose à lire, lui dis-je gaiement. J'espère que cela vous fera passer le temps plus efficacement que la *Geschichte des Alter-*

*tums* de Meyer. (Car c'était le volume qu'elle venait de poser.)

Une légère animation colora ses joues pâles, mais je crois que c'était davantage dû à la politesse qu'à un véritable intérêt. Elle prit les livres et en examina les titres avec curiosité.

— Mais dites donc, Amelia, fit-elle avec un petit rire, je n'aurais jamais soupçonné chez vous des goûts littéraires aussi déplorables.

— Seul le livre de M. Haggard est à moi, expliquai-je en prenant un siège à côté de la malle. L'autre appartient à Ramsès, qui possède une collection de ce que l'on appelle, je crois, des romans policiers.

— Ce sont des livres qui ont beaucoup de succès. Vous ne les appréciez pas ?

— Non, car à mon avis ils exigent du lecteur une crédulité grotesque.

J'étais contente de voir que notre petite discussion littéraire avait redonné un peu d'entrain à la jeune femme.

— Encore plus, demanda-t-elle l'œil pétillant, que les romans d'aventures de M. Haggard ? Je crois qu'il parle dans ses intrigues des mines de diamants perdues du roi Salomon, ou bien encore de belles femmes vieilles de milliers d'années...

— Vous vous trahissez, Enid. Vous ne connaîtriez pas aussi bien ces intrigues si vous n'aviez pas lu ces livres !

Son sourire s'évanouit.

— Je connais... je connaissais... quelqu'un qui prenait plaisir à en lire.

Son cousin Ronald ? Il ne m'avait pas fait l'impression d'être, d'après ce que j'avais entendu dire de lui, un homme intéressé par la lecture. J'eus envie de lui demander pourquoi ce souvenir la rendait si triste, mais je résolus de remettre les questions à plus tard, vu que j'avais bien peu de temps pour mettre mon plan à exécution.

— Les histoires de M. Haggard, expliquai-je, sont

de la fiction pure et ne prétendent pas être autre chose. Malgré toute la rationalité de l'esprit humain — et le mien est extrêmement rationnel —, il lui faut des périodes de repos, pendant lesquelles les vents aériens de l'imagination peuvent venir troubler les eaux calmes de la pensée pour favoriser ces rêveries plus douces et plus spirituelles sans lesquelles personne ne peut donner toute sa mesure... En revanche, ces fameux romans policiers prétendent mettre en valeur les qualités strictement intellectuelles du protagoniste. En fait, il n'en est rien. Car, dans les quelques romans que j'ai lus, le détective parvenait à ses conclusions, non en vertu de l'inexorable cheminement de son raisonnement, mais grâce à des conjectures hasardeuses qui ne se révélaient exactes que grâce à la construction de l'intrigue voulue par l'auteur.

Le murmure distrait d'Enid me prouva qu'elle ne m'écoutait plus. Et comme les livres n'avaient été que le prétexte de ma visite, je fus ravie de changer de sujet pour parler de quelque chose qui pouvait apparaître — comme je l'escomptais — encore plus frivole que la littérature, mais qui était, en réalité, à la base de mon plan.

Je commençai par lui dire à quel point j'admirais sa robe d'après-midi gris-vert, et par lui demander où elle l'avait dénichée. Emerson a pu dire un jour que parler de mode détourne toute femme de quelque sujet que ce soit, même de sa mort imminente. Sans souscrire à cette assertion excessive, je dois admettre qu'il y a là une part de vrai, et cela me fut prouvé par la réponse d'Enid. Nous discutâmes de maisons de mode, de tissus et du prix exorbitant de la confection des robes. Là-dessus je rentrai subtilement dans le vif du sujet.

— Le costume que vous portiez le jour où vous êtes arrivée m'a vraiment intriguée, déclarai-je.

— Oh, mais il est à la dernière mode, expliqua Enid. Cela s'appelle une tenue de cycliste. Vous n'en avez pas entendu parler ? Je le croyais, car votre propre tenue est de conception similaire, sinon de la même couleur.

— Oh oui, parfaitement. Je tâche de me tenir au courant des dernières modes, bien que l'aspect pratique soit dans mon cas un élément plus important que les considérations esthétiques. C'est cela qui m'a surprise — qu'une jeune élégante possède pareil vêtement dans sa garde-robe.

— Je ne suis pas aussi frivole que ma conduite récente pourrait vous amener à le croire, repartit Enid avec un sourire désabusé. J'estimais que des bottes et des jupes courtes seraient utiles pour explorer les ruines et descendre dans les tombeaux. Ce qui fut du reste le cas, mais pas comme je l'aurais cru. Lorsque je me suis réveillée de mon sommeil ou de mon évanouissement cet affreux matin, je n'eus qu'une idée : fuir. Je savais ce que disaient les gens ; je savais ce que penserait la police si l'on me trouvait avec le cadavre de mon amant présumé. Pour compliquer les choses, nous nous étions querellés la veille au soir, et plusieurs employés de l'hôtel auraient pu en témoigner.

J'avais pensé l'interroger sur les circonstances détaillées de sa fuite à un autre moment. Or voilà qu'elle se confiait à moi spontanément, sans que j'aie besoin de lui poser les questions précises que j'aurais crues nécessaires. Je n'aurais certes pas choisi ce moment-là, mais je craignais de perdre sa confiance si je l'interrompais. Aussi me préparai-je à écouter son histoire avec un degré d'intérêt que le Lecteur imaginera facilement.

Elle continua d'un ton absorbé, comme si elle se fût parlé à elle-même pour exorciser l'angoisse de cette terrible expérience en la revivant en mémoire.

— Je n'arrive pas à croire que j'aie pu agir aussi vite et aussi calmement. J'ai entendu dire que les chocs produisaient parfois cet effet. Je m'habillai, sélectionnant un costume adapté aux efforts physiques qu'il me faudrait affronter. Il avait en outre l'avantage que je ne l'avais jamais porté, aussi ne le reconnaîtrait-on pas.

Je quittai la chambre par le balcon devant ma fenêtre, et descendis grâce à une solide plante grimpante le long du mur. Quelques touristes s'étaient rassemblés devant l'hôtel, bien que ce fût à peine l'aube. Je louai une voiture et demandai à être conduite à *Mena House*, car quelques-uns allaient à Gizeh. Une fois arrivée à l'hôtel, je ressentis le contrecoup de ce qui s'était passé. Je tremblais, je ne me sentais pas bien, et je ne savais absolument pas quoi faire. Je n'ignorais point que je ne resterais pas longtemps incognito, car une femme seule allait s'attirer des questions, voire... pis.

« J'étais en train de prendre le petit déjeuner dans la salle à manger quand un monsieur m'a demandé si j'étais l'une des archéologues qui travaillaient dans la région. Cela m'a donné une idée, et je me suis souvenue de votre lettre. Je ne savais pas à qui faire appel, et j'ai décidé d'aller vous trouver. C'était une résolution désespérée...

— Nullement. C'était une décision sensée. Mais comment avez-vous réussi à passer inaperçue cette nuit-là et toute la journée du lendemain ?

— Ce ne fut pas facile. Car, comme vous le savez, les sites archéologiques sont infestés de guides, de mendiants et autres, qui vous suivent comme une nuée de mouches. Je me suis finalement rendu compte que les seules personnes qui passent inaperçues sont des femmes arabes de la plus basse condition. J'ai acheté une robe à l'une d'elles, je l'ai enfilée, cachée dans un tombeau vide, et je me suis mise en route. Personne ne me prêtait la moindre attention, et j'ai passé la nuit recroquevillée dans une anfractuosité de rocher, quelque part entre ici et Saqqarah. Je ne peux pas vous dire que j'aie bien dormi... Lorsque je suis arrivée ici le lendemain après-midi, j'étais au bord de l'évanouissement. Je n'ai eu que la force d'ôter mon déguisement et de le cacher, avec les menues affaires que j'avais emportées, avant de me manifester auprès de vous et du professeur.

— Ma foi, dis-je avec admiration, permettez-moi de vous assurer, Enid, que vous avez fait preuve d'une ténacité et d'une ingéniosité qui sont tout à votre honneur. Je suppose que la veste de votre costume de cycliste se trouve parmi les affaires que vous avez cachées ?

— Oui. J'avais toujours dans l'idée de me faire passer pour une archéologue. Quand, depuis ma cachette, je vous ai vue parler avec le professeur, j'ai essayé de copier ma tenue sur la vôtre. Or, comme vous ne portiez pas votre veste, j'ai enlevé la mienne. J'avais l'intention de vous induire en erreur vous aussi...

— Inutile de vous excuser, ma chère. J'aurais agi de même. Je ferais bien d'aller vous chercher vos affaires. Pouvez-vous me décrire l'endroit où vous les avez cachées ?

Ce qu'elle fit avec une telle précision que je fus assurée de retrouver l'endroit.

— Je voulais aller les chercher hier soir, poursuivit-elle. Mais lorsque j'ai passé la tête par l'ouverture de la tente, le désert était si froid, si mystérieux... Et j'ai entendu des bruits étranges, Amelia... De faibles cris, des gémissements...

— Des chacals, Enid, des chacals. Cependant, ajoutai-je pensivement, promettez-moi de ne pas quitter votre tente la nuit, quoi que vous entendiez.

Au moment de la quitter, j'emportai la jupe de sa tenue de cycliste, lui expliquant que j'allais la faire nettoyer et brosser. Emerson était toujours en train de dresser des plans avec opiniâtreté. Il y avait une grande éclaboussure d'encre sur le mur ; j'en déduisis qu'il avait rencontré un obstacle et l'avait surmonté, comme il le fait souvent, en jetant son stylo à travers la pièce.

— Persévérez, Emerson, lui dis-je pour l'encourager, persévérez, mon chéri.

Puis je montai l'escalier menant au toit.

A l'abri derrière le paravent j'enfilai la jupe-culotte d'Enid et ôtai ma ceinture munie de ses outils. Cela me coûtait beaucoup de la quitter, mais je savais qu'on ne pourrait me confondre avec une autre si je la gardais. Je mis des lunettes teintées et me coiffai d'un casque colonial. Je ne pouvais faire mieux pour parachever la ressemblance. Au lieu de passer par le salon, ce qui n'aurait manqué de m'attirer des questions de la part d'Emerson, je descendis du toit grâce aux trous et aux crevasses dans le mur.

Bien que le soleil baissât, le village somnolait encore dans la torpeur de la sieste. Je croisai négligemment les bras sur la poitrine — les mensurations de cette partie étant la différence la plus nette entre la silhouette d'Enid et la mienne —, et j'imitai sa démarche plus lente et chaloupée.

J'avais à peine parcouru cent mètres depuis l'enclos quand je sentis des yeux fixés sur moi. Rien ne bougeait sur la pente désertique qui s'étendait devant moi. Aucune créature vivante n'était visible, à part les éternels vautours qui tournoyaient en décrivant de lents cercles gracieux dans le ciel. Pourtant je savais que j'étais observée ; je le savais avec cet instinct sûr si bien décrit par M. Haggard et d'autres écrivains de fiction. C'est un sens qui se développe chez ceux qui sont souvent poursuivis par des ennemis. Et, assurément, personne n'a été plus poursuivi que moi.

Je continuai mon chemin à une allure régulière, mais mes cheveux me picotaient la nuque. (Emerson aurait sans doute prétendu que la sensation était due à la transpiration, et je reconnais que le casque était fichtrement chaud. Et pourtant, Emerson aurait eu tort.) Cette sensation d'yeux fixes rivés sur moi s'intensifia au point que je ne pus le supporter plus longtemps. Je fis volte-face.

Bastet, la chatte, s'assit et me regarda avec intérêt, l'œil aimable.

— Que fais-tu là ? m'enquis-je.

Naturellement, elle ne me répondit pas.

— Retourne à la maison tout de suite, repris-je.

Comme elle continuait à me dévisager, je répétai la question en arabe, ce sur quoi elle se remit à quatre pattes nonchalamment, se gratta l'oreille de sa patte de derrière, puis s'éloigna.

Le picotement à la nuque n'en cessa pas pour autant

alors que je reprenais mon chemin. J'eus beau scruter le paysage de mes yeux au regard acéré, tout en me tournant de temps à autre pour regarder derrière moi, je ne vis pas âme qui vive. Bastet ne me suivait plus ; ce n'étaient pas ses yeux que j'avais sentis fixés sur moi. Comme je l'avais dit à Emerson, j'étais certaine que Sethos nous avait épiés et continuait à nous épier constamment. J'étais également sûre qu'il frapperait à nouveau, qu'il avait choisi Enid comme bouc émissaire pour son crime odieux et qu'il tenterait de la livrer à la police. Ragaillardie par la confirmation de mes soupçons — sous la forme de ce picotement révélateur à la nuque —, je poursuivis mon chemin.

Je n'eus aucun mal à trouver l'endroit où Enid avait caché ses affaires. Elle ne les avait pas enfouies profondément, et en outre un pli de tissu noir dépassait du sable, telle une bannière.

Je déterrai le paquet, jetant des coups d'œil furtifs autour de moi comme j'imaginais que l'aurait fait Enid en pareilles circonstances, espérant que l'agresseur sur lequel je comptais passerait à l'action sans tarder. Il y avait nombre d'endroits à proximité où il aurait pu se dissimuler, car, comme je crois l'avoir déjà précisé, le plateau rocheux était strié d'innombrables rebords et crevasses.

Mais rien ne se produisit. Continuant à jouer mon rôle, je pris le ballot dans mes bras et retournai à la tente d'Enid, afin de l'examiner à loisir.

Le *tob* et le *burko* (voile pour le visage), noirs et fort usés, étaient de très mauvaise qualité. Ils avaient été portés souvent et continuellement, à en juger par l'odeur qui les imprégnait. Il faudrait les laver — les faire bouillir, en fait —, avant qu'ils puissent être réutilisés, mais je les gardai en réserve. On ne sait jamais quand un déguisement peut se révéler utile.

La grande robe était enroulée autour d'un petit sac à main tout plein d'un fouillis d'objets divers, manifestement pris au hasard dans la panique de cette affreuse matinée. Une petite boîte de poudre et un pot de rouge à lèvres, une brosse au manche en ivoire et un délicat mouchoir avaient pu, certes, déjà se trouver dans le sac. Quelques bijoux avaient été fourrés par là-dessus, dont une montre en or et un médaillon fait du même précieux métal, orné de perles. Mais ce qu'il y avait de plus intéressant, c'était une grosse liasse de billets. Le total s'élevait à plus de cinq cents livres.

On m'avait dit que la jeune fille était héritière, et les noms des couturiers qu'elle avait mentionnés confirmaient l'idée qu'elle devait disposer d'une grande fortune. Cela dit, il était étonnant qu'une jeune femme eût sur elle une somme pareille. Pensivement, je remis l'argent et la montre dans le sac. Il y avait chez cette jeune personne des abîmes insondés, qui étaient, ou n'étaient pas, en rapport avec la situation dans laquelle elle se trouvait en ce moment. Mais j'étais décidée à connaître les faits afin de me forger une opinion par moi-même. Aussi me permis-je une autre impolitesse. J'ouvris le médaillon.

C'est avec le sentiment de l'inéluctable que j'y découvris un visage familier. Le cadre du médaillon coupait le bas du menton, et la couleur des cheveux avait viré au gris terne. Mais je reconnus la couleur, comme je reconnus les traits.

Cette photographie était-elle celle de Nemo ou de l'autre homme qui lui ressemblait tant ? L'un d'eux, ou chacun des deux, était-il le cousin Ronald d'Enid ? Et si l'un d'eux était Ronald, lequel ? Et lequel, éventuellement, était Sethos ?

J'avoue que l'espace d'un moment les pensées se bousculèrent dans mon esprit. Mais fus-je détournée de mon but par cette révélation surprenante ? N'en croyez rien, Lecteur ! Je me passai le médaillon au cou. Je défroissai la veste d'Enid, qui était enroulée autour du sac. Elle était bien serrée contre ma poitrine — à vrai dire, je n'arrivais pas à la boutonner. Mais c'était très bien ainsi, car je voulais que le médaillon fût bien visible.

Après m'être postée sur un promontoire à quelque

distance des tentes, je me préparai à attendre. J'ignorais s'il se produirait quelque chose d'intéressant ce jour-là, mais tôt ou tard mes efforts porteraient forcément leurs fruits. Rien n'échappait à ce génie du crime inconnu. Il devait savoir qu'Enid se trouvait à Dahchoûr. Pas plus que moi, il n'avait dû être abusé par sa mise en scène. Tout vient à point à qui sait attendre, dit-on, et j'étais persuadée que je serais victime d'une agression, assortie d'un éventuel enlèvement.

Je me sentais horriblement nue sans ma ceinture ni mon ombrelle. Toutefois, la pression de mon pistolet, dans la poche du pantalon, était rassurante. Une fois, j'eus l'impression de voir quelque chose bouger derrière un rocher à quelque distance de là, et, prenant espoir, je tournai délibérément le dos au rocher. Mais personne ne s'approcha.

Je ne ressentis aucun ennui. Un esprit actif ne s'ennuie jamais, et j'avais ample matière à réflexion. Je songeai à l'emplacement possible de l'entrée de ma pyramide, à mon intention de laver la djellaba de Nemo (ainsi que Nemo) ce soir-là, mais aussi au moyen de mettre Enid à l'abri cette nuit-là. Je fus forcée d'admettre que mon plan initial — à savoir faire dormir Enid sous une tente près de la nôtre — n'était pas satisfaisant. J'avais oublié de prendre en compte le fait que mon devoir conjugal (lequel est aussi, je m'empresse de l'ajouter, un plaisir) détournerait mon attention à tel point que je serais incapable d'entendre, et encore moins de prévenir, une éventuelle agression contre Enid. Je finis par conclure qu'il valait mieux qu'Enid reste dans la maison cette nuit. Jouer les chaperons est certes important, mais ce souci devait en l'occurrence céder le pas à des considérations plus essentielles, telles que la survie d'Enid ainsi que la félicité conjugale d'Emerson et la mienne.

A mesure que déclinait le soleil à l'ouest, les changements de lumière sur les parois inclinées de la pyramide produisaient de fascinantes altérations esthétiques, et je me mis à méditer sur le monarque mort depuis longtemps, dont les restes momifiés avaient jadis reposé dans la chambre funéraire à présent désolée. Avec quelle pompe n'avait-il pas été transporté à son tombeau, de quels reflets d'or et de pierres précieuses son corps pétrifié n'avait-il pas resplendi ! Un enchaînement d'idées tout naturel me fit songer à un autre pharaon — celui dont le nom avait été adopté par cet homme terrible dont j'attendais les émissaires en cet instant même. Le tombeau du grand Sethos, pharaon d'Egypte, était situé loin au sud dans la Vallée des Rois de Thèbes. Il avait été découvert en 1817 et il faisait toujours partie des principaux attraits de la région. Les magnifiques sculptures et peintures de ce tombeau, parmi les plus splendides de tous les tombeaux royaux, suggèrent que le trésor funéraire de Sethos avait dû surpasser tous les autres. Hélas pour la vanité humaine ! Voici des milliers d'années, le monarque avait été dépouillé de ses trésors, et ses restes avaient été ignominieusement jetés dans un humble trou dans les collines, avec d'autres de ses pairs, afin de se voir épargner la destruction. Cette cache recelant des momies royales avait été découverte quelques années plus tôt, et la dépouille reposait maintenant au Caire, où je l'avais vue. Les traits ratatinés de Sethos conservaient toujours l'empreinte de la royauté et l'orgueil de sa race. C'était en son temps un meneur d'hommes et un homme d'une beauté remarquable — comme son fils Ramsès, lion dans une vallée de chèvres. Je me demandai si le Sethos d'aujourd'hui avait déjà contemplé les traits creusés mais nobles de son antique homonyme. Etait-ce cette momie qui lui avait soufflé l'idée de son nom de guerre ? L'idée n'était pas si saugrenue pour un homme qui avait déjà fait preuve d'imagination poétique et de grandes capacités intellectuelles. Malgré que j'en eusse, je me sentis une certaine parenté avec lui, car je possède moi aussi les mêmes qualités.

Les ombres qui s'allongeaient me rappelèrent que l'après-midi touchait à sa fin et qu'Emerson allait vouloir son thé. Je résolus d'attendre cinq minutes de plus et je me tournai vers le nord-est. J'aperçus les champs cultivés verts et les arbres qui dissimulaient à demi le minaret de la mosquée du village. Une légère fumée montant des feux pour le repas recouvrait le village telle une brume grise.

Un fracas d'éboulement derrière moi me fit lever d'un bond. Je me retournai et vis un nuage de poussière et de sable s'échapper de la base de la petite pyramide. Apparemment nos fouilles de cet après-midi avaient sapé la pierre friable, et une partie de la façade nord s'était effondrée.

Heureusement cela ne s'était pas produit pendant que nos hommes travaillaient en dessous. Ce fut ma première pensée. Mais juste après, je me sentis follement surexcitée. Il y avait quelque chose de visible sur la façade nord que je n'avais pas remarqué jusqu'ici — un carré d'ombre trop régulier pour ne pas être l'œuvre de l'homme. Cet accident fortuit avait-il dégagé l'entrée cachée ?

Oubliant ma mission de détective et mes responsabilités conjugales, je dévalai la pente avec empressement. Cette poussée de fièvre archéologique m'avait fait oublier pourquoi j'étais là. Un troupeau d'antilopes aurait pu foncer sur moi sans que je m'en aperçoive.

Mon agresseur fit beaucoup moins de bruit. Je ne m'avisai de sa présence que quand un bras nerveux comme du cuir tressé me souleva du sol. Une étoffe pliée, dégageant une odeur qui me fit tourner la tête, me fut appliquée sur la figure. Je tentai d'extraire mon pistolet de ma poche. Je le sentais contre moi, mais je ne pouvais atteindre cette fichue arme. J'en étais empêchée par la taille volumineuse de mon pantalon. Cependant, Amelia P. Emerson ne cesse le combat que dans un état comateux, et je continuai à fouiller dans des plis infinis de velours brun, alors que ma vision s'obscurcissait et que mes doigts s'engourdissaient.

## CHAPITRE 8

Il y eut soudain une violente culbute. Je me retrouvai à quatre pattes, hébétée, les yeux fixés sur ce qui me paraissait être une vingtaine ou une trentaine de pieds dansant avec vivacité autour de moi. Quelques inhalations salutaires d'ozone m'éclaircirent les idées. Les pieds se réduisirent à quatre.

Lorsque j'eus repris assez de forces pour pouvoir m'asseoir, les combattants étaient étroitement agrippés l'un à l'autre. Avec leurs djellabas virevoltantes ils avaient l'air grotesque de deux dames exécutant quelque rite social de courtoisie. Seule l'expression de douloureuse tension sur leurs visages trahissait l'acharnement de la lutte. L'un d'eux était Nemo. Il avait le turban de travers, et les rayons du soleil couchant faisaient briller sa tête nue. Quant à l'autre homme, je ne l'avais jamais vu. A son teint bistre, je déduisis qu'il devait s'agir d'un autochtone du sud de l'Egypte.

Dans un tourbillonnement d'étoffes, les deux hommes se séparèrent. Aucun des deux n'était armé. La main de l'Egyptien fit un geste si rapide qu'il en fut à peine perceptible. Nemo poussa un grognement et recula en chancelant, les mains appuyées contre son ventre. C'était un vilain coup, mais mon défenseur ne se laissa pas démonter. Se ressaisissant, il envoya son adversaire au sol en lui assenant un adroit uppercut à la mâchoire, puis se jeta sur lui.

La lutte était horrible. Si je tardais à y mettre fin, c'était seulement parce que les vapeurs de la drogue embrumaient encore mon esprit, et que j'essayais toujours de trouver ma poche. Lorsque j'y parvins, Nemo avait nettement besoin d'aide. Son agresseur lui serrait le cou à deux mains, et son visage virait au noir.

Dans le feu de l'action je m'oubliai, et lançai une expression que j'avais apprise auprès d'un ami américain : « Mains en l'air, vermine ! » J'ignore si le mécréant la comprit, mais le ton de ma voix suffit à attirer son attention. Il me jeta un coup d'œil et la vue du pistolet que je tenais à la main produisit l'effet désiré.

Il se leva lentement, abandonnant le corps prostré de Nemo. La fureur de la lutte avait quitté son visage, remplacée par une expression de résignation placide, aussi impassible que le masque de papier mâché d'une momie. Ses traits, pas plus que sa grande robe de coton décoloré, n'avaient quoi que ce fût de distinctif ; ils ressemblaient à ceux de milliers de ses compatriotes.

Nemo roula sur lui-même et se releva en titubant. Il soufflait comme un bœuf, contrairement à son adversaire, dont la poitrine se soulevait aussi imperceptiblement que celle d'un homme en prière. Le visage de Nemo était marqué de plaques blanches qui se transformeraient bientôt en bleus, et une tache de couleur vive sur sa manche me fit comprendre que la violence du combat avait rouvert sa blessure. Il s'approcha de moi avec précaution, décrivant un cercle pour sortir de la ligne de tir.

— Parfait, madame Emerson, parfait, souffla-t-il. Donnez-moi le pistolet maintenant.

— Pour risquer que le bonhomme s'échappe au moment où je vous passerais le pistolet ? Non, monsieur Nemo. Vous pouvez très bien douter de ma volonté de tirer sur un de mes semblables — et de mon aptitude à le toucher si je décidais de le faire —, mais je vous parie que lui n'a pas le moindre doute. (Me tournant vers l'homme :) Vous me reconnaissez maintenant, mon ami ? Vous avez commis une erreur. Je ne suis pas celle que vous pensiez, mais la *Sitt Hakim*, épouse du grand magicien Emerson, Maître des Imprécations, et pas moins impitoyable pour les malfaiteurs qu'Emerson en personne. Mon œil est aussi acéré que ceux des vautours au-dessus de nos têtes, et comme eux je guette mes proies.

Je m'étais bien sûr adressé à l'homme en arabe. C'est une langue qui se prête à une vaniteuse exaltation de soi, style que les Egyptiens apprécient fort. Ce petit discours s'avéra efficace. Dans la même langue, l'homme dit doucement :

— Je vous connais, *sitt*.

— Alors, vous savez que je n'hésiterais pas à me servir de cette arme — non pour vous tuer, mais seulement pour vous blesser. Je veux que vous viviez, mon ami... que vous viviez et que vous nous parliez. (Incapable de contenir mon émoi plus longtemps, j'ajoutai en anglais :) Sapristi, Nemo, comprenez-vous qui est cet homme ? C'est le premier des acolytes du Maître criminel que je réussis à capturer. Grâce à lui nous avons des chances de remonter jusqu'à son terrible maître. Approchez-vous de lui — avec précaution, s'il vous plaît —, et attachez-lui les bras à l'aide de votre turban. Votre blessure vous en empêche-t-elle ?

— Non, bien sûr que non, assura Nemo.

L'homme leva la main. Le geste était empreint d'une telle dignité que Nemo s'arrêta.

— J'ai failli à la mission que m'avait confiée mon maître, déclara l'homme tranquillement. Il n'y a qu'un seul sort pour ceux qui faillissent. Mais je n'ai pas honte d'avoir perdu contre la *Sitt Hakim*, qui n'est pas une simple femme, et a le cœur d'un homme, ainsi qu'on me l'a dit. Je vous salue, *sitt*.

Et il porta la main de sa poitrine à son front, puis à ses lèvres, selon le geste de respect de son peuple.

J'étais sur le point de répondre à ce gracieux compliment quand l'expression de l'homme se transforma horriblement. Ses lèvres se retroussèrent en un hideux rictus, ses yeux se révulsèrent au point qu'on ne vit plus que le blanc des globes. Il porta vivement les mains à sa gorge. Il tomba à la renverse et resta allongé, sans bouger.

Nemo se précipita vers lui.

— Inutile, dis-je en abaissant mon pistolet. Il était mort avant de toucher le sol. Acide prussique, je suppose.

— Vous avez raison. Il y a une nette odeur d'amandes amères. (Nemo se redressa, livide jusqu'aux lèvres.) Quel peuple ! Il a préféré s'empoisonner plutôt que...

— Se laisser interroger. Saperlipopette ! J'aurais dû m'arranger pour lui lier les mains tout de suite. Ma foi, je saurai à quoi m'en tenir la prochaine fois.

— La prochaine fois ?

Nemo porta une main tremblante à son front. Sa manche était trempée de sang. Oubliant mon dépit, je lui dis :

— Vous n'êtes pas dans votre assiette, monsieur Nemo. La perte de sang vous a affaibli, et nous devons soigner vos blessures sans tarder.

Hébété, sous le choc, Nemo me laissa lui attacher le bras avec une bande de tissu arrachée à l'ourlet de sa djellaba.

— Cela vous empêchera de saigner, repris-je. Mais il faut nettoyer la blessure et vous bander le bras. Retournons immédiatement à la maison.

— Et... commença Nemo en faisant un geste.

Je regardai le mort. Ses yeux vides paraissaient fixer attentivement la voûte céleste qui s'assombrissait. Déjà les vautours se rassemblaient.

— Retournez-le, fis-je avec brusquerie.

Nemo jeta un coup d'œil aux oiseaux qui tournoyaient au-dessus de nos têtes. Il obtempéra en silence.

De retour à l'enclos, nous trouvâmes les portes ouvertes, et Abdullah se tenait devant.

— *Sitt*, commença-t-il dès que nous fûmes à portée de voix, Emerson a demandé...

— J'imagine.

J'entendais Emerson s'agiter dans la maison, hurlant mon nom. J'avais nourri le vain espoir qu'il pût être encore absorbé par son travail, mais à présent j'étais contrainte d'admettre au moins une partie de la vérité.

— Il y a eu un accident, expliquai-je à Abdullah, fasciné par la manche ensanglantée de Nemo. Je vous prie d'emmener avec vous Ali ou Hassan et d'aller tout de suite jusqu'au promontoire derrière les tentes. Vous trouverez là-bas un cadavre. Rapportez-le ici.

Abdullah se frappa le front.

— Non ! Pas un cadavre, *sitt*... Pas encore un cadavre... (Une lueur d'espoir illumina son visage défait.) Vous voulez parler d'une momie, *sitt* ? Du cadavre d'un homme de jadis ?

— Non, malheureusement, ce cadavre est tout frais, avouai-je. Vous feriez mieux de confectionner une litière ou quelque chose de similaire pour le transporter. Dépêchez-vous, s'il vous plaît. Je ne peux pas rester ici à bavarder avec vous. Vous ne voyez donc pas que M. Nemo a besoin d'être soigné ?

Abdullah s'éloigna d'un pas chancelant, se tordant les mains en marmonnant. Je captai quelques mots intelligibles : « Encore un cadavre... Chaque année, c'est pareil. Chaque année, encore un cadavre... »

— Dois-je comprendre que vous avez l'habitude de découvrir des cadavres ? s'enquit Nemo.

Je l'entraînai vers la maison.

— Absolument pas, monsieur Nemo. Je ne cherche pas ce genre de chose ; ce sont des choses qui m'arrivent, si je puis dire. A présent, laissez-moi fournir les explications, je vous en prie. Emerson ne va pas être content.

Avant que nous arrivions à la porte, Emerson sortit en trombe. Il se figea sur place en nous voyant. Son visage s'empourpra.

— Cela ne va pas recommencer ! cria-t-il. Je vous ai prévenue, Amelia...

— Chut. (Je posai un doigt sur ses lèvres.) Ce n'est pas la peine de faire toute une histoire, Emerson. Vous allez alarmer...

— Toute une histoire ? Toute une histoire ? (La voix d'Emerson atteignit une hauteur rarement perçue, même chez lui.) Qu'est-ce que vous avez fabriqué, bon sang ? Vous disparaissez pendant des heures, et puis vous revenez échevelée, couverte de sable, accompagnée d'un bon sang de...

— Emerson ! Surveillez votre langage !

— D'un homme en sang. Monsieur Nemo, dois-je comprendre qu'il me faut encore une fois vous remercier d'avoir sauvé de la mort un membre de ma famille ?

— Tout vous sera expliqué, Emerson, dis-je d'un ton apaisant. M. Nemo mérite en effet votre gratitude, et pour le remercier nous devons en premier lieu soigner les blessures qu'il a courageusement reçues à notre service. Auriez-vous l'amabilité d'aller me chercher ma trousse ? Je crois que je vais opérer en plein air, car j'y verrai mieux. Et puis je ne veux pas qu'il perde du sang sur mes tapis.

En silence, l'air sinistre, Emerson obtempéra, et j'emmenai Nemo derrière la maison, où j'avais aménagé un coin pour les ablutions. Le système était rudimentaire mais efficace. On pouvait même prendre un bain discret derrière des paravents tissés, grâce à un fossé qui servait d'évacuation de l'eau. Emerson et Ramsès prenaient un bain chaque jour, Emerson de son plein gré, Ramsès contraint et forcé. Mais comme l'opération nécessitait la présence d'un domestique pour verser des jarres d'eau de plus haut, je ne jugeai guère convenable pour moi de les imiter.

Lorsque Emerson me rejoignit, j'avais persuadé Nemo d'ôter sa djellaba en loques. Elle était hors d'usage, et je donnai l'ordre, à l'un des hommes qui s'étaient rassemblés autour de nous, d'aller chercher l'une des siennes ; je lui promis bien entendu de la lui remplacer. Sous sa djellaba, Nemo portait l'habituel caleçon en coton, qui lui descendait aux genoux et était noué à la taille à l'aide d'un cordon. La vive rougeur d'embarras qui empourpra jusqu'à sa poitrine nue me prouva qu'il n'avait pas perdu autant de sang que je le craignais.

Je m'empressai de le mettre à l'aise.

— Je vous assure, monsieur Nemo, que la peau nue n'est pas une nouveauté pour moi. J'ai pansé de nombreuses blessures et vu de nombreuses poitrines nues — or vous n'avez aucune raison d'avoir honte de la vôtre. A vrai dire, vos pectoraux sont admirables. (Un grognement me rappela la présence de mon époux courroucé, et je me hâtai d'ajouter :) Certes pas aussi admirables que ceux d'Emerson ! Maintenant, Emerson, tout en opérant, je vais vous expliquer ce qui vient de se passer...

Mais cela dut attendre. Fendant le cercle des spectateurs intéressés surgit une silhouette frêle, très agitée, les yeux hagards. Nemo eut un violent mouvement comme pour se tourner, mais s'immobilisa. L'espace d'un instant ils se firent face en silence, avec émotion, arborant tous deux un visage d'une pâleur neigeuse. Enid porta une main délicate à sa gorge.

— Vous... s'étrangla-t-elle. Vous...

— Qu'il ne vous prenne pas la fantaisie de tourner de l'œil, Enid, lui dis-je sèchement. Je ne peux pas m'occuper de vous deux.

— De tourner de l'œil ? (Le sang lui afflua au visage. Elle se rua en avant. Elle leva la main... et gifla Nemo en pleine figure !) Bougre de crétin ! s'écria-t-elle.

Même moi, je fus décontenancée. Un tel comportement et une telle grossièreté de la part d'une jeune demoiselle me laissèrent momentanément sans voix. C'est mon cher Emerson qui se montra à la hauteur de la situation, comme lui seul en est capable. Enid fit demi-tour et partit en courant, les mains sur le visage. Les hommes s'effacèrent devant elle, mais pas Emerson. Il tendit son bras vigoureux, lequel s'enroula autour de la taille de la jeune fille, avant de la soulever de terre carrément. Tandis qu'elle restait ainsi suspendue dans les airs, donnant des coups de pied et — j'ai le regret de le dire — jurant, il observa calmement :

— Cela suffit comme ça. Je me suis résigné à être le pion de ces grandes puissances impersonnelles qui président au destin de l'humanité, mais je veux bien être pendu si je dois me laisser manipuler par de simples mortels, et me voir tenu dans l'ignorance par celle-là même que je croyais unie à moi par les liens les plus solides de la foi, de l'affection, et *a fortiori* de la confiance !

L'éloquence de son discours — ainsi que le bien-fondé de ses récriminations, je dois le dire — me firent rougir, ce qui n'est pas dans mes habitudes. Avant que je puisse répondre, Emerson poursuivit dans une veine moins littéraire :

— Asseyez-vous, beugla-t-il. Vous aussi, jeune demoiselle... (Et il déposa Enid sur le tabouret le plus proche avec si peu de ménagements que cela en fit sauter deux peignes et bon nombre d'épingles à cheveux.) Personne ne sortira d'ici tant qu'on ne m'aura pas fait un compte rendu détaillé de cette étonnante affaire.

— Vous avez parfaitement raison, Emerson, murmurai-je. Et je vais m'asseoir — je vous assure — dès que j'aurai fini de laver...

— Vous pouvez le laver tout aussi facilement en position assise, tonna Emerson.

Je m'assis.

Apaisé par ce geste de complaisance, Emerson fit redescendre sa voix jusqu'à un niveau à peu près acceptable.

— Veuillez vous en tenir exclusivement à la blessure de ce jeune homme, Amelia. Si le reste de sa personne a besoin d'être lavé, il pourra s'en charger lui-même.

— Oh, parfaitement, Emerson. C'est seulement que...

— Cela suffit, Amelia.

Emerson croisa les bras et nous considéra d'un air autoritaire. Les hommes s'étaient affalés par terre lorsqu'il avait jeté son ordre, et formaient à présent un auditoire captivé, la bouche entrouverte et les yeux écarquillés. Enid agrippa les bords du tabouret à deux mains, comme si elle eût craint d'en être délogée. Nemo était assis, tête baissée, arborant à la joue la marque cramoisie des doigts de la jeune fille.

— Ha, fit Emerson, satisfait. Voilà qui est mieux. A présent, jeune fille, vous feriez mieux de commencer. Je m'adresse à vous ainsi, étant certain que vous ne vous appelez pas Marshall.

Je ne pus qu'admirer l'habileté de mon mari, car en disant cela il ne laissait pas soupçonner — comme j'en étais convaincue, et en reste convaincue à ce jour — qu'il ignorait encore la véritable identité de la jeune fille. Admirable ! Seul un imperceptible battement de cils trahit sa surprise quand elle avoua qui elle était et refit le récit qu'elle m'avait fait.

— Très intéressant, commenta Emerson. Bien sûr, je vous ai reconnue immédiatement, Miss Debenham. Je... euh, j'attendais seulement le moment propice pour vous mettre au pied du mur.

Il fixa sur moi, qui étais assise à côté de M. Nemo, un regard sévère. J'allais parler, mais me ravisai.

— Ha, fit Emerson derechef. Cependant, Miss Debenham, vous avez oublié quelque chose dans votre récit si intéressant. Vous avez en réalité omis tout ce qui est important. Je suppose que vous connaissez intimement M. Nemo ici présent, sinon vous ne vous seriez pas adressée à lui aussi cavalièrement. Qui est-ce ? Quels sont vos rapports avec lui ?

Nemo se leva.

— Je peux répondre à ces questions ainsi qu'à

d'autres. Si je peux ainsi épargner à Enid — à Miss Debenham — la honte de narrer une histoire toute pleine de...

— Pas de rhétorique, coupa Emerson. Je suis un homme patient, mais il y a des limites à ma patience. Quel est votre nom, sacrebleu ?

— Je m'appelle Donald Fraser.

Je sursautai.

— Ronald Fraser ?

— Non, Donald Fraser.

— Mais Ronald Fraser...

Le tremblement de la fossette d'Emerson m'avertit qu'il était sur le point de rugir. Aussi m'interrompis-je, et Emerson déclara, avec la plus extrême courtoisie :

— Je vous serais reconnaissant, madame Emerson, de vous garder de tout commentaire — de vous garder même, si possible, de respirer bruyamment — avant que ce monsieur n'ait achevé. Commencez au début, monsieur Fraser — car je suis quand même à peu près certain de votre patronyme —, et allez jusqu'au bout.

Après avoir reçu une telle injonction, le jeune homme entama le récit suivant.

— Je m'appelle Donald Fraser. Ronald est mon frère cadet. Notre famille est une vieille famille honorable. Jamais, sauf ces derniers temps, une tache d'opprobre n'est venue ternir...

— Mmm, fit Emerson, sceptique, permettez-moi d'en douter. Les Ecossais du temps jadis étaient des sanguinaires. N'a-t-on pas raconté qu'un de vos ancêtres aurait servi la tête tranchée d'un ennemi à la veuve du défunt lors d'un dîner ?

Je toussai discrètement. Emerson me jeta un coup d'œil.

— Parfaitement, Amelia. Je n'avais pas l'intention d'interrompre. Poursuivez, monsieur Donald Fraser.

— Cela ne sera pas long, Professeur. L'histoire ne m'est que trop familière, malheureusement.

Se risquant à prendre une posture insouciante, le jeune homme voulut croiser les bras, mais il tressaillit et laissa retomber le membre blessé. L'espace d'un instant, le visage de la jeune fille refléta la douleur que trahit le visage de Fraser, et elle faillit se lever. Presque aussitôt, elle retomba sur le tabouret. Ha ! pensai-je, mais sans ouvrir la bouche.

Donald — je l'appellerai ainsi, afin d'éviter qu'on ne le confonde avec son frère — poursuivit :

— Etant l'aîné, je fus l'héritier de la fortune à la mort de nos parents voici quelques années. Notre famille n'était pas riche, mais grâce à la gestion prudente de mon père, il nous restait suffisamment pour vivre dans une relative aisance. Je dis nous, parce que, moralement sinon juridiquement, la moitié de ce que j'avais hérité appartenait à Ronald.

« Mon père m'avait acheté un brevet dans... dans un régiment d'infanterie... Je pense qu'il est inutile de préciser lequel. Après sa mort mon frère a noblement proposé de se charger de l'administration de la fortune afin que je puisse poursuivre ma carrière militaire. J'avais... j'ai fait des dettes. Permettez-moi de rester vague quant à leur nature. C'était... Ce n'est pas le genre de dettes dont on aime parler, surtout devant...

Il fixa les yeux sur Enid. J'étais aussi intriguée par l'échange muet entre eux deux que par son discours entrecoupé. Elle ne le regardait absolument pas alors que lui ne la quittait pas des yeux un seul instant. L'air entre eux était presque électrique. Quand il s'interrompit, elle se leva brusquement. Elle avait le visage en feu.

— Tu mens ! s'écria-t-elle. Lamentablement, stupidement...

Emerson posa une grande main brune sur son épaule et lui fit regagner son siège doucement, mais fermement.

— Taisez-vous, Miss Debenham. Vous aurez l'occasion de faire vos commentaires. Monsieur... Finissez votre histoire.

— Cela sera rapide, marmotta Donald. Le régiment a été envoyé en Egypte. Ayant besoin d'argent, j'avais contrefait une signature sur une lettre de change. Mon forfait a été découvert. L'homme que j'avais tenté d'escroquer, officier comme moi, s'est montré généreux. On m'a laissé la possibilité de donner ma démission et... de disparaître. C'est ce que j'ai fait. Et voilà tout.

Il avait achevé son récit si brusquement qu'Emerson et moi restions là à le regarder fixement. Supposant que l'interdiction de mon mari cessait de prendre effet en cet instant, je m'exclamai :

— Ma parole, monsieur Fraser, votre récit est un brin sommaire. Je crois toutefois pouvoir en combler les lacunes. Votre frère est en Egypte...

— Je sais. Je l'ai vu hier.

— Je suppose qu'il est venu pour vous voir et vous tendre une main fraternelle en signe de pardon et d'affection.

Nemo baissa encore plus la tête. Enid, gigotant sous la main d'Emerson, partit d'un éclat de rire méprisant. Je me tournai vers elle.

— Et vous, Miss Debenham, êtes également venue ici, animée d'un sentiment de pitié rédemptrice, afin de sauver votre vieux compagnon de jeu ?

— Je suis venue lui dire ce que je pensais de lui, s'écria la jeune fille.

Se tortillant, elle s'échappa des mains d'Emerson et se leva d'un bond.

— C'est un imbécile qui mérite tout ce qui lui est arrivé !

— Sans doute, dit Emerson en l'examinant avec intérêt. Mais, si vous voulez bien me pardonner, Miss Debenham, je suis décidé — et je n'en démordrai pas — à comprendre les faits eux-mêmes, malgré l'opposition de toutes les personnes ici présentes. Est-ce ainsi que vous êtes entrée en rapport avec Kalenischeff ? Car, à votre décharge, j'imagine que votre bon goût ne vous aurait pas amenée à vous acoquiner avec un tel gredin pour ses beaux yeux.

— Vous avez parfaitement raison, acquiesça Enid.

J'étais au Caire depuis à peine deux jours quand Kalenischeff m'a abordée. Il m'a proposé son aide — contre rémunération, s'entend — pour retrouver Donald, qui, d'après Kalenischeff, avait filé comme un chien battu et était allé se terrer dans les ignobles bas-fonds du Caire.

Donald tressaillit et se cacha le visage entre les mains. Enid poursuivit impitoyablement :

— Seule, je n'aurais eu aucune chance de pénétrer dans ce milieu répugnant ni d'en approcher les membres. Kalenischeff m'a persuadée que nous devions feindre d'être... de nous intéresser l'un à l'autre afin de cacher mes véritables intentions et ne pas alerter Donald ainsi que ses compagnons d'ignominie.

— Vous avez fait preuve d'une certaine crédulité, observa Emerson avec sévérité. Mais peu importe. Je suppose qu'en fait vous n'avez pas assassiné cette canaille dans un accès de dépit ou pour défendre votre vertu, n'est-ce pas ? Non, non, ne vous énervez pas. Un simple signe de tête suffira. Je n'ai jamais pensé qu'une femme aurait pu porter un coup pareil, qui a traversé les muscles de la poitrine et atteint le cœur...

— Emerson, comment osez-vous ! m'écriai-je, outrée. Vous m'avez dit...

— Vous m'avez mal compris, protesta Emerson avec un tel sublime mépris de la vérité que j'en restai muette d'indignation. (Il aggrava son cas en poursuivant :) Eh bien, ma foi, la situation est confuse, mais cela n'a rien de nouveau. Et, au moins, l'histoire que nous ont racontée ces deux jeunes idiots — excusez-moi, jeunes gens — détruit l'hypothèse selon laquelle Sethos serait responsable de la mort de Kalenischeff. Il n'y a aucune preuve...

— Mais il y en aura bientôt une, l'assurai-je. Abdullah et Hassan la rapportent — le corps de l'un des acolytes du Maître criminel, qui a lui-même mis fin à ses jours après avoir failli à la mission que lui avait confiée son redoutable maître : m'enlever. Enfin, il ne savait pas que c'était moi. Je m'étais déguisée afin de passer pour Enid, et il...

— Vous vouliez passer pour Miss Debenham ? répéta lentement Emerson.

J'expliquai. Emerson m'écouta sans m'interrompre une seule fois. Puis il se tourna vers Nemo — ou plutôt Donald, comme il me faut l'appeler.

— Vous, monsieur, étiez présent, lorsque ces remarquables événements ont eu lieu ?

— Emerson, doutez-vous de ma parole ? lui demandai-je avec irritation.

— Nullement, Amelia. La seule chose qui m'étonne, c'est que quiconque ait pu vous prendre pour Miss Debenham.

— Donald m'a prise pour elle, déclarai-je triomphalement. N'est-ce pas, Donald ? Vous m'avez suivie, croyant que j'étais Enid. Vous tentiez sans doute de trouver le courage de vous manifester.

Mais l'absurdité de cette hypothèse m'apparut à l'instant même où je la formulai, car Nemo était resté caché une heure et demie sans se manifester. La rougeur de confusion qui empourpra ses joues viriles trahit son véritable motif. Il l'aimait — profondément, désespérément, follement — et sa seule joie était de vénérer de loin sa silhouette délicate (ou ce qu'il avait pris pour sa silhouette).

Je changeai de sujet avec tact.

— Vous aurez bientôt la preuve sous les yeux, Emerson. Il me semble entendre Abdullah revenir.

C'était en effet Abdullah, suivi de près par Hassan.

— Où avez-vous mis le corps ? m'enquis-je.

Abdullah secoua la tête.

— Il n'y avait pas de corps, *sitt*. Nous avons bien trouvé l'endroit que vous nous avez indiqué. Il y avait bien des traces de lutte, ainsi que des taches de sang sur le sol. Nous avons cherché de tous les côtés, pensant que l'homme avait repris ses esprits et réussi à partir en se traînant...

— Avait repris ses esprits alors qu'il était mort ?

m'exclamai-je. Abdullah, croyez-vous que je ne sache pas reconnaître un cadavre quand j'en trouve un ?

— Non, *sitt*. Mais mort ou vif, il avait disparu. Il était sans doute mort, comme vous dites, car nous avons entendu son esprit qui appelait d'une voix faible et haut perchée, à la manière des esprits.

Hassan renchérit en hochant la tête.

— Alors nous avons filé à toutes jambes, *sitt*, car nous ne voulions pas que le mort nous prenne pour ses meurtriers.

— Oh, sapristi, fis-je, écœurée. Ce n'est pas un esprit que vous avez entendu, hommes sans cervelle. Cela n'existe pas. Ce devait être un oiseau, ou bien un... ou bien un...

— Peu importe, Peabody. Je vais procéder à mon exorcisme habituel, dit Emerson.

L'utilisation de ce nom au lieu d'« Amelia » me fit comprendre qu'il avait oublié son ressentiment à mon égard à l'idée de ce rituel qu'il affectionnait. Emerson a souvent été appelé à pratiquer des exorcismes, l'Egypte étant, de l'avis même de ses habitants, un pays infesté de démons. Emerson possède une réputation bien établie de magicien et en éprouve une légitime fierté.

— Emerson, fis-je en interrompant ses explications sur la façon dont il allait s'y prendre, Emerson... *Où est Ramsès ?*

Nous regardâmes dans la chambre de Ramsès, par pur acquit de conscience. Je savais, tout comme Emerson, que s'il avait été dans les parages, il serait venu voir ce qui avait occasionné tout ce remue-ménage, parlant, interrompant, posant des questions, faisant des commentaires...

Nous partîmes en masse pour la Pyramide Rhomboïdale. Emerson nous dépassa bientôt tous, mais Donald n'était pas loin derrière lui. L'air hagard du jeune homme contrit était si poignant que je n'eus pas le cœur de lui reprocher d'avoir négligé ses devoirs.

L'amour, me dis-je avec philosophie, exerce un effet corrosif sur le cerveau et les organes de la responsabilité morale.

Vu que je n'avais pas parlé à Emerson de l'effondrement de la pyramide annexe, il ne savait absolument pas par où commencer ses recherches. Lorsque j'arrivai sur les lieux, il courait partout comme un chien sur une piste et troublait la sérénité de la soirée en répétant le nom de Ramsès de sa voix de stentor.

— Taisez-vous un instant, l'implorai-je. Comment pourrez-vous l'entendre répondre si vous criez tout le temps ?

Emerson hocha la tête. Puis il se tourna comme un lion vers ce pauvre Abdullah et l'empoigna par l'encolure de sa djellaba.

— D'où venait le cri que vous avez entendu ?

Abdullah fit un geste d'impuissance et roula les yeux, incapable de parler tant le tissu lui serrait la gorge.

— Si vous voulez bien me pardonner, Emerson, c'est une question stupide, dis-je. Vous savez à quel point il est difficile de déterminer l'origine d'un faible son étouffé dans cette région désertique. J'aurai, je crois, des informations plus pertinentes à vous communiquer dès que vous serez suffisamment calme pour pouvoir les écouter. Regardez là-bas, Emerson. Regardez la petite pyramide.

Son œil exercé n'eut besoin de regarder qu'une fois. Horrifié, il retira sa main flasque de la gorge de notre dévoué raïs. Ses yeux parcoururent, avec un mélange de crainte et de circonspection, l'éboulis à la base de la petite construction. Personne mieux que lui ne savait comme il était dangereux de s'attaquer imprudemment à cet amas de décombres.

C'est le jeune Selim qui poussa un cri déchirant avant de se jeter sur les décombres, dans lesquels il se mit à creuser frénétiquement. Emerson évita une pluie battante de pierres cassées et souleva Selim par la peau du cou.

— Ce n'est pas comme ça qu'il faut s'y prendre, mon garçon, lui dit-il gentiment. Si tu ne fais pas attention, tout le reste va te dégringoler sur la tête.

Contrairement aux idées reçues, les Arabes ont le cœur très tendre et n'ont nullement honte d'extérioriser leurs sentiments. Le visage de Selim était mouillé de larmes, ce qui faisait un horrible masque boueux avec le sable. Je lui tapotai l'épaule et lui offris mon mouchoir.

— Je ne crois pas qu'il soit là-dessous, Selim. Emerson, appelez encore une fois. Juste une fois, mon chéri, et puis attendez la réponse.

A peine l'écho du cri poignant d'Emerson était-il retombé qu'il y eut une réponse, d'une voix faible, aiguë, lointaine, que les gens superstitieux pouvaient facilement prendre pour le gémissement d'une âme en peine. Abdullah tressaillit.

— C'était ça, ô Maître des Imprécations. C'est la voix que nous avons entendue !

— Ramsès, fis-je en soupirant. Il a trouvé l'entrée, malédiction ! Je veux dire, Dieu soit loué ! Emerson, voyez-vous cette zone d'ombre à trois mètres au-dessus des décombres, légèrement sur la droite ?

Une brève, et de ma part rationnelle, discussion pour faire le point nous amena à la conclusion que cette ouverture pouvait fort bien être l'entrée dissimulée depuis longtemps, et que nous pourrions l'atteindre en prenant un minimum de précautions. Emerson ne cessait de m'interrompre en criant « Ramsès ! », et ce dernier ne cessait d'émettre son étrange gémissement en guise de réponse. Je mis un terme à ce petit jeu en rappelant à Emerson que crier demandait de l'oxygène, denrée qui faisait peut-être défaut à Ramsès si, comme on pouvait le supposer, il était enfermé dans un endroit dont il ne pouvait s'extraire sans aide extérieure. Emerson en convint aussitôt, et je dois dire qu'il me fut beaucoup plus facile de réfléchir sans l'entendre beugler.

A l'instar des grandes pyramides de pierre, ce spécimen plus petit était formé de blocs qui montaient comme un escalier géant à quatre côtés. Cependant, cette construction était — nous en avions la preuve — beaucoup moins stable que sa voisine. Il nous faudrait l'escalader avec une extrême prudence, et nous assurer de chaque bloc avant de lui faire supporter notre poids. Emerson insista pour passer en premier. Comme il le fit remarquer à juste titre (bien que ce ne fût guère encourageant, pensai-je), si le bloc ne supportait pas son poids, j'en déduirais qu'il n'était pas prudent de monter dessus...

Nous parvînmes enfin au niveau de l'ouverture et découvrîmes qu'il s'agissait bien de l'entrée — ou, du moins, d'une entrée — menant vers l'intérieur. Lequel était plongé dans une obscurité totale. Emerson inspira profondément. Je l'arrêtai en le mettant discrètement en garde.

— Même les vibrations d'un cri poussé trop fort...

— Mmm, fit Emerson. Exact, Peabody. Croyez-vous qu'il soit là-dedans ?

— J'en suis certaine.

— Alors, j'entre.

Mais il en fut incapable. Il eut beau se contorsionner dans tous les sens, la largeur de ses épaules l'empêchait de pénétrer par l'étroite ouverture. J'attendis qu'il fût épuisé avant d'énoncer l'évidence :

— A mon tour, Emerson.

— Bah, fit seulement ce dernier.

J'entendis alors un cri de détresse, provenant d'une autre source. Donald nous avait suivis. J'avais remarqué l'agilité avec laquelle il avait négocié ce terrain accidenté, et en avais déduit qu'il avait dû faire de l'escalade.

— Professeur, dit-il, vous n'avez sûrement pas l'intention de la laisser...

— De la laisser ? répéta Emerson. Je ne *laisse* jamais Mme Emerson faire quoi que ce soit, jeune homme. Je tente parfois de l'empêcher de mettre à exécution ses suggestions les plus insensées, mais je n'y suis encore jamais parvenu.

— Je suis moins large d'épaules que vous, insista Donald. C'est manifestement moi...

— Balivernes, repartit Emerson avec brusquerie. Vous n'avez pas d'expérience. Mme Emerson a un goût prononcé pour les pyramides.

Tandis qu'ils discutaient, j'ôtai mon manteau et allumai une chandelle. Après avoir découvert que Ramsès n'était pas dans sa chambre (et avant de quitter la maison), je m'étais précipitée sur le toit pour y récupérer ma ceinture et mon ombrelle. J'avais été forcée de laisser en bas cette dernière, mais la ceinture et ses accessoires s'étaient une nouvelle fois avérés utiles.

— A bientôt, Emerson, dis-je avant de me faufiler dans le trou tête la première.

Il n'y eut pas de réponse, mais une caresse furtive sur la partie de mon anatomie encore exposée me donna la mesure de son émotion.

Je me retrouvai dans un étroit couloir de pierre. Il était assez haut sous plafond pour que je puisse me tenir debout, mais comme il descendait fortement, je jugeai préférable de continuer en rampant. Très vite, je vis quelque chose d'insolite. L'obscurité devant moi était trouée par une tache irrégulière de lumière. La lumière s'intensifiait à mesure que je progressais, et je constatai qu'elle sortait d'un trou étroit dans un énorme éboulis de pierres et de briques qui bloquait le passage. Je me relevai avec précaution et j'appliquai mon œil contre le trou.

Assis sur un gros bloc de pierre, dos tourné au mur du couloir, se trouvait Ramsès. Il avait fixé une chandelle sur la pierre à l'aide de cire fondue, et il griffonnait fébrilement sur un bloc-notes. J'étais sûre qu'il avait entendu le soupir de soulagement que j'avais poussé malgré moi en le trouvant sain et sauf, et pourtant il ne cessa d'écrire qu'une fois achevée la phrase qu'il ponctua d'un moulinet ostentatoire de son stylo. Puis il leva les yeux.

— Bonsoir, Maman. Est-ce que Papa est avec vous, ou bien êtes-vous seule ?

Non, cher Lecteur, cette interruption de mon récit n'est pas destinée à vous empêcher d'entendre (ou de lire) ce que j'ai dit à mon fils. Je n'osai pas crier de peur de compromettre le délicat équilibre des pierres qui m'entouraient. En fait, ce fut Ramsès qui prit la parole, exposant fastidieusement et par le menu la méthode que nous devions utiliser pour déblayer l'éboulis afin de le sortir de là. Il parlait toujours quand je partis.

A peine ma tête venait-elle d'émerger de l'entrée qu'elle fut empoignée par Emerson. Il me couvrit le visage d'une pluie de baisers, et entre deux baisers me posa des questions que je n'entendais pas vu que ses mains me couvraient les oreilles.

Cela me faisait plaisir, mais j'étais étonnée. Les démonstrations d'affection de la part d'Emerson, quoique extravagantes en privé, n'ont jamais lieu en public. Et du reste, s'il avait vu le sourire de Donald Fraser, il aurait cessé tout de suite.

Ayant résolu le problème auditif, je lui expliquai la situation.

— Je ne peux pas déplacer les pierres, Emerson. Elles sont trop lourdes pour moi. Je crois que nous allons finalement accepter la proposition de M. Fraser.

— Ramsès va-t-il bien ? Mon cher enfant est-il blessé ? questionna Emerson avec anxiété.

— Il travaille à un manuscrit... Sa grammaire égyptienne, je présume, expliquai-je brièvement. Monsieur Fraser, je vous en prie.

Donald me suivit dans le couloir. Lorsqu'il aperçut l'obstruction, il émit un léger sifflement. A la faible flamme de la chandelle que je tenais, il ressemblait à l'un de ces ouvriers de l'Antiquité, à quatre pattes devant la chambre funéraire dans laquelle il venait de cacher son royal maître pour l'éternité (selon ses vains espoirs).

— Etudiez la situation, monsieur Fraser, je vous prie, avant de toucher à la moindre pierre. Un geste imprudent...

— Je comprends, acquiesça Donald.

Puis nous entendîmes une petite voix flûtée.

— Je vous suggère, monsieur Nemo — ou peut-être plutôt monsieur Fraser —, d'essayer de découvrir le point central sur lequel repose la masse relative de l'éboulis, car d'après mes calculs le poids total de la partie de la pyramide au-dessus de nos têtes est d'environ dix-huit tonnes un tiers, à quelques quintaux près...

Je suis absolument incapable de rapporter la suite du laïus de Ramsès. Laïus ponctué d'un chapelet monotone de jurons de la part de Donald Fraser, ce que je ne pouvais guère lui reprocher, je dois l'admettre. Il se débrouilla fort bien, tout particulièrement dans ces conditions assez exaspérantes, et réussit bientôt à agrandir le trou par lequel j'avais entrevu la lumière de la chandelle de Ramsès. Dès qu'il fut assez grand, le visage de Ramsès apparut par l'ouverture, les traits horriblement accusés par la chandelle qu'il tenait à la main. Son visage maigre ressemblait de façon inquiétante à celui de la momie dont il portait le nom, et il poursuivait ses suggestions :

— Monsieur Nemo — si vous me permettez de continuer à utiliser ce pseudonyme jusqu'à ce que vous me soyez officiellement présenté sous votre vrai nom —, je vous demande instamment de ne rien enlever sur la gauche — c'est-à-dire à votre droite — du trou pour le moment. Après avoir fait le point de la situation, je...

Ce discours se termina par un son étranglé lorsque Donald, à bout, saisit son protégé à la gorge et le tira à travers l'ouverture. L'entreprise était risquée, mais elle n'eut aucune conséquence néfaste. Seule la partie inférieure de l'anatomie de Ramsès fut, comme je le découvris plus tard, vilainement écorchée par les bords rugueux des pierres à l'instant où il passa rapidement dessous.

— Précède-moi, Ramsès, s'il te plaît, lui enjoignis-je froidement.

— Oui, Maman. Je préfère ça de toute façon, car j'ai l'impression très nette, à en juger par la vigueur avec laquelle m'a empoigné M. Nemo, qu'il est dans un état de nerfs tel qu'il vaut mieux qu'il y ait un obstacle entre moi et son...

Je poussai Ramsès. Il prétendit ultérieurement que je l'avais frappé, mais c'est inexact. Je l'ai simplement poussé pour qu'il aille plus vite. Ce qui eut l'effet escompté.

Nous regagnâmes la maison dans le plus grand silence. Lorsque nous arrivâmes, il faisait nuit noire, et Hamid, le cusinier, nous informa avec indignation que le dîner était carbonisé, parce que nous ne lui avions pas dit que nous serions en retard.

Après nous être remis et changés, et après avoir dîné très médiocrement, nous nous retrouvâmes dans le salon pour un conseil de guerre.

Sentant que nous avions également besoin de calmer nos nerfs mis à rude épreuve, j'offris du whisky à la ronde, sauf à Ramsès, bien entendu. Lui et la chatte prirent du lait ; quant à Enid, elle choisit une tasse de thé. La boisson bienfaitrice (je veux parler du whisky) produisit l'effet recherché. Certes, dans le cas d'Emerson, l'amélioration de son humeur fut en grande partie due au soulagement d'avoir retrouvé son fils à peu près indemne ainsi qu'au fait de savoir que j'allais tout lui confier. Comme il me le dit au cours d'un bref instant d'intimité, pendant que j'enlevais ma tenue froissée (ou plutôt celle d'Enid) :

— J'ai beau déplorer vos escapades insensées, Peabody, je déteste encore plus en être exclu.

Pourtant, comme je l'expliquai une fois que nous fûmes tous installés autour de la table au salon, il savait presque tout, maintenant que l'identité des deux jeunes gens avait été révélée. Il ne pouvait me reprocher de ne pas l'avoir informé du véritable nom d'Enid, puisqu'il prétendait l'avoir reconnue depuis le début.

Ramsès, bien entendu, prétendit également avoir compris qu'Enid s'était déguisée.

— L'ossature est un signe auquel on ne se trompe pas. Un adepte de la physionomie ne se laisse pas induire en erreur par les changements superficiels de l'aspect physique qu'occasionnent l'habillement, les ornements ou la cosmétique. A propos, Miss Debenham, j'aimerais un jour prochain discuter avec vous des artifices auxquels recourent les dames pour modifier leur aspect extérieur — pour l'améliorer, comme elles le pensent sans doute, sinon elles ne se serviraient pas de tels moyens. La coloration des lèvres et des joues me rappelle le peuple des Amazoulous, qui peignent souvent de larges bandes...

Nous dûmes faire taire Ramsès. Donald, quant à lui, donnait l'impression d'avoir envie de l'étrangler. Il m'avait déjà expliqué qu'il commençait à comprendre mes mises en garde concernant Ramsès. « Ce garçon n'a pas besoin d'un garde du corps, madame Emerson ; c'est un ange gardien qu'il lui faut, voire toute une escouade d'anges gardiens. »

Le jeune homme portait sa nouvelle chemise et son nouveau pantalon, et pour la première fois ressemblait au gentleman anglais qu'il était, je n'en doutais point. Il était assis, les yeux baissés et les lèvres serrées. Enid gardait également le silence. Les efforts concertés que tous deux faisaient pour éviter de se toucher ou de se regarder étaient à mon avis des plus significatifs.

Emerson fut le premier à rompre le silence.

— Apparemment, que je le veuille ou non, je me retrouve impliqué dans la petite affaire du meurtre de Kalenischeff. Je dois d'abord dire que je ne peux m'empêcher de penser qu'il y a un rapport entre cet événement et les ennuis domestiques évoqués par M. Fraser. Ce serait vraiment une coïncidence qu'une tierce personne ait décidé d'expédier ce gredin *ad patres* - même s'il le méritait — au moment même où Miss Debenham l'avait engagé pour l'aider à retrouver son parent disparu.

— Les coïncidences, cela existe, Emerson, observai-je. Je sais que vous ne voulez pas entendre parler de cet individu dont je m'abstiens de mentionner le nom...

— Oh, crénom, gronda Emerson. Vous ne pouvez mentionner son nom, Amelia, car vous l'ignorez. Appelez-le comme vous voudrez, tant que le surnom sera péjoratif.

— Quel que soit son nom, il serait stupide de nier qu'il est impliqué. Il s'est manifesté à nous en pas moins de quatre occasions. D'abord, la tentative d'enlèvement de Ramsès ; deuxièmement, le retour des calices volés ; troisièmement, les fleurs et la bague qui m'ont été offertes ; enfin, l'agression d'aujourd'hui. Seul un esprit aux idées désespérément et irrévocablement préconçues (je me gardai bien de regarder Emerson, mais je l'entendis rugir) nierait que ces quatre incidents portent la signature de Sethos.

— Je vous demande pardon, Maman, intervint Ramsès. Je partage vos conclusions quant à ces trois derniers incidents, mais dans le premier cas...

— Qui d'autre aurait cherché à t'enlever, Ramsès ?

— Beaucoup de monde, à mon avis, répondit Emerson. Normalement, j'aurais tendance à penser comme vous, Peabody — à savoir qu'il ne peut guère y avoir beaucoup de gens en Egypte qui cherchent à enlever Ramsès —, mais, comme je l'ai appris à mon grand chagrin, il semblerait que nous attirions les criminels comme un chien attire les puces. Je serais vexé si nous avions moins de cinq ou six meurtriers à nos trousses.

— Il parle ironiquement, expliquai-je à Donald, dont l'expression éberluée montrait clairement qu'il ne comprenait pas. Toutefois, il y a du vrai dans ce qu'il dit. Nous attirons effectivement les criminels, pour la simple raison que nous menaçons de les éliminer et de mettre fin à leurs odieux agissements...

— Oui, mais bon sang, nous ne menaçons personne pour le moment, s'écria Emerson. Du moins... Ramsès ! Regarde Papa droit dans les yeux et réponds-moi honnêtement. Menaces-tu un quelconque criminel en ce moment ?

— A ma connaissance, Papa...

— Réponds simplement par oui ou par non.

— Non, Papa.

— As-tu déniché des antiquités ou des trésors enfouis dont tu n'aurais pas parlé à ta maman ni à moi-même ?

— Non, Papa. Si vous me permettez...

— Non, Ramsès, je ne te permets pas de développer. Pour une fois dans ma vie j'ai l'intention de mener moi-même une discussion familiale et de décider d'une ligne de conduite sensée. Pour en revenir donc au sujet du meurtre, j'ai du mal à croire que la police soupçonne véritablement Miss Debenham. Si elle devait se rendre...

Donald se leva d'un bond de sa chaise.

— Jamais ! s'écria-t-il. Même si elle devait être disculpée, la honte... l'opprobre...

— Taisez-vous un instant, dis-je. Emerson, je crois que vous sous-estimez la portée des présomptions qui pèsent contre elle. Je vais me faire l'avocat du diable et énoncer les faits tels qu'ils apparaîtront à la police. C'est-à-dire : Miss Debenham et Kalenischeff étaient intimement liés — étaient amants, pour dire les choses crûment. (Donald, je vous demande instamment de vous taire.) Ils se sont disputés la nuit du meurtre. Il a été retrouvé sans vie dans le lit de Miss Debenham, et elle était avec lui dans la chambre quand ce lâche forfait a été perpétré. Seule avec lui, écoutez bien, et habillée pour la nuit. La police ne croira pas à son histoire d'un intrus qui l'aurait droguée vers minuit, et estimera qu'il s'agit d'une invention sans grande finesse. Vous pouvez être certains que personne d'autre n'aura vu trace de l'individu.

— La réputation douteuse de Kalenischeff... Ses liens avec le milieu du crime... commença Emerson.

— Ses liens avec le milieu du crime ne sont que des soupçons du point de vue de la police. Quant à sa réputation... Ne voyez-vous pas, Emerson, que cela pourrait jouer contre Miss Debenham ? Pour le dire le plus délicatement possible, Kalenischeff était un homme à femmes. La jalousie n'est-elle pas un mobile suffisant pour un meurtre ?

— N'y a-t-il pas un autre suspect ? demanda Emerson, l'air grave.

— Euh... si, répondis-je. En réalité, il y en a deux.

Le visage d'Emerson s'éclaira.

— Qui ?

— Tous deux, répondis-je, se trouvent dans cette pièce.

Le regard d'Emerson se dirigea — involontairement, j'en suis sûre — vers Ramsès.

— Oh, allons, Emerson, fis-je impatiemment. Si une femme n'a pu porter un tel coup, comment voulez-vous qu'un garçon de huit ans en ait été capable ? Non ! Qui est l'homme aux muscles d'acier et au caractère redoutable, que l'on a entendu à de nombreuses reprises traiter Kalenischeff de scélérat, de gredin, et préciser que sa présence même était un affront pour toute femme respectable ?

Emerson arbora un sourire modeste.

— Moi, répondit-il.

— Vous avez raison. C'est bien à vous que je pensais.

— Oh, ma parole, Peabody, voilà qui est ingénieux, sacrebleu, s'exclama Emerson. Si je ne savais pas que je ne suis pas coupable, je me soupçonnerais. Bien, mais qui est l'autre suspect ?

— Elle veut parler de moi, Professeur, dit Donald. J'étais à l'hôtel cette nuit-là. Vous m'y aviez donné rendez-vous...

— Mais vous ne vous y êtes pas présenté, dit Emerson.

— Non, je... j'étais dans un étrange état d'esprit. J'appréciais votre confiance et cependant j'étais agacé de votre ingérence... J'ai erré la moitié de la nuit pour essayer de prendre une décision.

— Je crois que je comprends, monsieur Fraser. Mais le fait que vous vous trouviez dans la foule disparate devant l'hôtel ne fait pas de vous un suspect. Vous étiez là d'autres soirs, vous ainsi que des douzaines d'autres Egyptiens sans la moindre particularité. Je présume que vous n'êtes pas entré dans l'hôtel ?

— Comment l'aurais-je pu ? repartit Donald avec un sourire désabusé. On ne laisserait pas entrer un mendiant en loques tel que moi dans un endroit pareil.

— En ce cas je ne vois pas comment l'on pourrait vous soupçonner.

Ramsès essayait depuis quelque temps de placer un mot.

— Papa... Si l'identité de M. Fraser était connue...

— C'est exactement ce que j'allais dire, observai-je en regardant Ramsès avec agacement. M. Donald Fraser pouvait avoir un mobile pour tuer Kalenischeff, que n'aurait pas eu un mendiant en loques. De plus, je sais de façon certaine qu'il est soupçonné.

— Qui vous l'a dit ? me demanda Emerson sévèrement. Baehler ?

— Non, c'était...

— Vous êtes allée au commissariat le jour où vous étiez au Caire, reprit Emerson sur un ton de reproche. Vous m'avez abusée, Amelia. Vous aviez promis....

— Je n'avais rien promis, Emerson. Et en fait la police ne m'a pas été d'une grande aide. Je ne comprends pas comment notre ami Sir Eldon a pour assistants des gens aussi incompétents. Le major Ramsay est un parfait imbécile, et, de surcroît, il n'est pas bien élevé. La personne que j'étais sur le point de mentionner, c'est un détective privé bien connu. J'ai commencé à vous parler de lui hier soir avant que vous... avant que nous...

— Veuillez poursuivre votre récit, Amelia, dit Emerson, avec un regard noir.

— Bien sûr, Emerson. J'ai simplement évoqué cette... euh... interruption parce que je ne veux pas que vous me reprochiez de vous dissimuler des informations.

— Je prends bonne note de votre explication et je l'accepte, Peabody.

— Merci, Emerson. Comme je vous le disais, j'ai rencontré par hasard ce monsieur devant le Bâtiment de l'Administration. Il m'a reconnue et m'a abordée, très courtoisement, je dois dire. C'est lui qui m'a informée que certain mendiant portant un turban safran était soupçonné. Il s'appelle Tobias Gregson. Il a tiré au clair des affaires célèbres comme l'affaire d'empoisonnement Camberwell...

Je ne pus continuer. Toutes les personnes présentes — à l'exception de Bastet qui se contenta de plisser ses grands yeux dorés — se levèrent d'un bond et tentèrent de prendre la parole. « Ronald est derrière tout ça ! Comment a-t-il pu... », s'écria Enid. Donald déclara son intention de se livrer sur-le-champ. Emerson fit quelques commentaires incohérents sur la dépravation des détectives privés et me dit que je devrais me garder de parler à des inconnus. Ramsès ne cessait de crier « Mais, Maman... mais, Maman... Gregson est... Gregson est... », tel un perroquet qui ne connaît que quelques locutions.

Comme tout le monde parlait en même temps, personne ne parvenait à se faire entendre, et lors d'une accalmie, j'en profitai pour continuer :

— Peu importe M. Gregson. Ne parlons plus de lui vu qu'il déchaîne une telle tempête. Il est hors de question que Donald et Enid se livrent. La situation de Donald est aussi désespérée que celle d'Enid — en fait peut-être plus, parce que je suis sûre que les autorités préféreraient arrêter un homme plutôt qu'une jeune demoiselle. Non, nous devons nous tenir à carreau, selon l'expression d'un de mes amis américains — qui faisait allusion, je suppose, à quelque jeu de cartes. Nous jouons un jeu dangereux, et nous devons jouer serré. J'ai tenté une fois d'attirer Sethos en terrain découvert. J'ai l'intention d'utiliser à nouveau cette méthode demain...

Un autre tollé me fit taire, ponctué par la litanie de Ramsès « Mais, Maman », tel le tintement monotone d'une cloche. Emerson l'emporta sur les autres cette fois-ci, par le seul volume de sa voix.

— Plutôt que de vous laisser tenter à nouveau cette expérience idiote et dangereuse, Amelia, je vous attacherai les pieds et les mains. Pourquoi faut-il que vous vous chargiez vous-même de ces choses-là ? Ne pouvez-vous donc me laisser le soin de débusquer cette canaille ?

— Non, parce que je suis la seule à pouvoir passer pour Enid. Ou bien avez-vous l'intention de vous déguiser en femme et de marcher à petits pas délicats et sautillants ?

L'idée même rendit Emerson si furieux qu'il en perdit momentanément l'usage de la parole. Ce fut Enid qui intervint craintivement :

— Mais, Amelia... Etes-vous absolument certaine que c'était à moi qu'en voulait cet individu ? C'était peut-être vous qui étiez visée depuis le début.

— Sapristi, s'exclama Emerson. C'est de la bouche des enfants que... Mmm, excusez-moi, Miss Debenham. C'est très précisément ce que j'aurais dit si je n'avais pas été constamment interrompu.

— Sottises, dis-je. Mon déguisement était parfait. Donald s'y est laissé prendre...

— Pas moi, s'empressa de dire Ramsès. Je savais que c'était vous. Maman, il y a quelque chose que je dois...

— Voilà, vous voyez, s'exclama Emerson triomphalement.

— On ne peut abuser les yeux de l'amour, dit Enid.

Donald lui jeta un coup d'œil, puis détourna rapidement le regard.

Emerson pinça les lèvres.

— Voilà ce que je craignais, dit-il.

Emerson refusa d'expliquer cette remarque énigmatique ; personne, du reste, ne le lui demanda, car nous avions des affaires plus importantes à régler. Nous décidâmes finalement d'attendre la suite des événements un jour ou deux, dans l'espoir qu'il se produise quelque chose. Je devrais dire « Emerson décida » car j'étais opposée à cette idée. Il me promit, cependant, que si rien ne se passait dans les deux jours, nous irions ensemble au Caire afin d'obtenir des renseignements.

— Laissez-moi travailler un petit moment sans être dérangé, grommela-t-il pitoyablement. La stratification de l'édifice à côté de la pyramide n'est pas encore claire dans mon esprit.

Je savais ce que manigançait Emerson. Il n'avait pas plus l'intention que moi de rester les bras croisés à attendre la prochaine manifestation de Sethos. Il me racontait des histoires, le rusé lascar, essayant de me devancer dans l'une de nos amicales joutes de criminologie. Ma foi, me dis-je, souriant pour moi-même, on peut être deux à jouer à ce jeu-là, professeur Radcliffe Emerson ! J'avais quelques cartes en réserve.

— Très bien, dis-je plaisamment. Cela me donnera l'occasion d'explorer l'intérieur de la pyramide annexe.

— Cela ne vous servira à rien, Maman, dit Ramsès. La chambre funéraire est vide. En réalité, je soupçonne que la chambre n'a jamais été utilisée comme chambre funéraire, vu que ses dimensions sont seulement de deux mètres dix sur...

— Ramsès, fis-je.

— Oui, Maman ?

— Ne t'ai-je pas déjà interdit de pénétrer dans une pyramide sans autorisation.

Ramsès pinça les lèvres pensivement.

— Effectivement, Maman, et je vous assure que je ne l'ai pas oublié. Je pourrais prétendre que, comme vous étiez présente, à quelque distance certes, je n'ai pas désobéi à votre ordre dans son sens littéral. Cependant, cela serait fourbe de ma part. En fait, je me trouvais au bord même de l'entrée — à proprement parler je n'étais ni à l'intérieur ni à l'extérieur —, et j'avais fermement l'intention de rester là, mais j'ai eu un mouvement imprudent, ce qui m'a fait perdre l'équilibre. J'ai dévalé le couloir qui, si vous vous rappelez, avait une pente de peut-être quarante-cinq degrés quinze minutes. C'est l'impact de mon corps contre le mur qui a rompu le délicat équilibre de la structure, dont les pierres avaient déjà été...

— Ramsès !

— Oui, Maman. Je vais tenter d'être bref. Lorsque j'ai vu que le couloir était obstrué et compris que je n'aurais pas la force nécessaire pour sortir de là, j'ai profité de ma situation pour explorer le reste de l'intérieur de la pyramide, sachant qu'il faudrait du temps avant que l'on ne s'avise de mon absence et que des secours...

— Je crois, mon fils, intervint Emerson mal à l'aise, que ta maman va t'excuser à présent. Tu ferais bien d'aller te coucher.

— Oui, Papa. Mais d'abord il y a quelque chose que je dois porter à l'attention de maman. Gregson est...

— Je ne veux plus rien entendre, petit vaurien, m'exclamai-je en me levant. Je suis très fâchée contre toi, Ramsès. Allez, ouste.

— Mais, Maman...

Je me dirigeai vers Ramsès, bras levé — nullement dans le dessein de le frapper, car je ne crois pas aux châtiments corporels pour les jeunes gens sauf dans les cas de provocation extrême — mais pour l'attraper et le conduire à sa chambre à bras-le-corps. Se méprenant sur mes intentions, Bastet se leva lestement et s'enroula de son corps pesant autour de mon avant-bras, enfonçant ses dents et ses griffes dans ma manche. Emerson convainquit la chatte de son erreur et me l'enleva — griffe par griffe —, mais au lieu de se faire pardonner, elle se vexa. Côte à côte, elle et Ramsès sortirent, furieux, arborant un air de dignité offensée, la chatte avançant avec raideur et agitant la queue, Ramsès négligeant de nous souhaiter bonne nuit comme à l'accoutumée. Je crois bien qu'ils auraient claqué la porte s'il y avait eu une porte à claquer.

Sur ce, Emerson proposa que nous nous retirions pour la nuit.

— Après une telle journée, Peabody, vous devez être épuisée.

— Pas du tout, répliquai-je. Je suis prête à continuer de parler pendant des heures si vous le voulez.

Cependant Emerson refusa ma proposition, et après avoir pris nos affaires nous partîmes pour nos tentes. Cela ne me plaisait guère de laisser les autres, mais nous nous étions entourés de toutes les précautions possibles, demandant à Abdullah de refermer les portes et de mettre les barres, puis de poster un garde. J'étais sûre que je pouvais compter sur Donald, non seulement pour qu'il surveille ses deux protégés, mais aussi pour qu'il garde une distance respectueuse avec Enid. Le pauvre, il craignait tellement la jeune fille qu'il osait à peine lui parler, et encore moins l'aborder.

Je me dis qu'il faudrait que j'aie avec lui une petite conversation sur le sujet. Car à mon avis (lequel repose sur une grande expérience), il n'y a rien qui agace plus une femme que la dévotion servile. Cela fait sortir ce qu'il y a de plus mauvais chez les femmes — et chez les hommes, j'ajoute, car la propension à martyriser les doux n'est pas uniquement l'apanage de mon sexe, malgré ce que prétendent les misogynes. Si quelqu'un s'allonge par terre et vous invite à le piétiner, il faut être soi-même quelqu'un de remarquable pour décliner l'invitation.

J'expliquai tout cela à Emerson tandis que nous marchions côte à côte dans la nuit éclairée par les étoiles. Je m'attendais à moitié à le voir ricaner, car il comprend mal que je m'intéresse aux idylles des jeunes gens. Mais il observa pensivement :

— Vous recommandez donc la solution néanderthalienne ?

— Pas vraiment. Ce que je recommande à tous les

couples, c'est qu'ils suivent notre exemple d'égalité conjugale.

Je lui pris la main. Elle resta flasque dans la mienne l'espace d'un moment, puis ses doigts musclés s'enroulèrent autour des miens et il reprit :

— Pourtant vous semblez dire qu'un certain degré de force physique et morale...

— Vous rappelez-vous m'avoir dit une fois que vous aviez été tenté de m'enlever à cheval et de vous enfuir avec moi dans le désert ?

Je me mis à rire. Sans m'imiter, Emerson me répondit, le regard étrangement mélancolique :

— Je m'en souviens très bien. Voulez-vous dire que j'aurais dû le faire ?

— Non, car j'aurais résisté de toutes mes forces, repartis-je gaiement. Aucune femme ne veut être enlevée contre son gré ; elle veut seulement qu'un homme ait envie de le faire ! Bien entendu, pour un vieux couple comme nous, de telles extravagances seraient déplacées.

— Sans doute, acquiesça Emerson, morose.

— J'admets que l'équilibre entre le tendre dévouement et la force virile est délicat. Mais Donald est allé trop loin dans un sens et j'ai l'intention de le lui dire à la première occasion. Il l'adore et je crois bien qu'elle éprouve — ou éprouverait — un sentiment égal, s'il se décidait à la courtiser comme il faut. Elle ne lui lancerait pas de remarques aussi blessantes et cruelles si elle ne...

Nous étions parvenus à la tente. Emerson me prit dans ses bras et me porta à l'intérieur.

[illegible] pour exemple d'égalité conjugale.

Je lui pris la main. Elle resta [illegible] dans la mienne [illegible]

[illegible]

[illegible]

[illegible]

[illegible]

[illegible]

[illegible]

## CHAPITRE 9

Aucun de nous deux ne dormit bien cette nuit-là. Mon laïus avait manifestement fait forte impression sur Emerson, en un sens que je n'avais nullement prévu, mais contre lequel je n'avais aucune objection.

Même après que l'heure de dormir eut sonné, Emerson fit preuve d'une agitation inhabituelle. Il ne cessait de sursauter au moindre bruit ; je fus réveillée à plusieurs reprises par son départ précipité de la couche nuptiale, et je le voyais accroupi devant l'entrée de la tente, tenant entre les mains un lourd gourdin.

Tous les bruits étaient de fausses alertes — les cris lointains des chacals rôdant dans le désert, ou les déplacements subreptices des petits animaux de nuit qui quittaient leurs repaires à la faveur de l'obscurité pour aller se rafraîchir ou se dégourdir les pattes à leurs risques et périls. Je n'étais moi-même pas dérangée par ces bruits, que j'avais appris depuis longtemps à connaître et reconnaître. Mais je rêvai beaucoup, ce qui n'est pas dans mes habitudes. Les détails des rêves s'estompèrent dès que je me réveillai, me laissant seulement un vague malaise.

Malgré sa nuit agitée, Emerson était d'excellente humeur le lendemain matin. Il s'étirait et bâillait devant la tente ; sa robuste silhouette se détacha magnifiquement dans les premiers rayons de l'aube. Nous avions apporté une lampe à huile et de quoi nous restaurer ; nous pûmes donc faire un petit déjeuner frugal. Tandis que nous attendions l'arrivée des ouvriers, Emerson observa :

— Vous avez eu un sommeil agité cette nuit, Peabody.

— Il vous serait arrivé la même chose, si vous aviez été constamment réveillé, comme moi, par quelqu'un rôdant autour de la tente.

— Vous avez parlé dans votre sommeil.

— Sottises, Emerson. Je ne parle jamais dans mon sommeil. C'est un signe d'instabilité mentale. Qu'ai-je dit ?

— Je n'ai pas très bien compris les mots, Peabody.

L'arrivée de l'équipe de travail mit fin à la discussion, et je n'y pensai plus. Ramsès était là, bien entendu, suivi de près par Donald. Le jeune homme m'assura qu'il n'y avait pas eu d'incident pendant la nuit.

— Seulement, ajouta-t-il en adressant un regard noir à Ramsès, qui lui rendit un regard encore plus noir, j'ai surpris ce jeune homme dans l'escalier en train de grimper jusqu'au toit peu après minuit. Il a refusé de me dire où il allait.

— Je ne pouvais pas sortir parce que Hassan montait la garde à la porte, se défendit Ramsès comme si cela eût été une excuse valable pour expliquer pourquoi il avait essayé de s'échapper de la maison.

— Peu importe, fis-je en souriant. Ramsès, au cas où j'aurais oublié de te le dire, je t'interdis de quitter la maison la nuit.

— Est-ce une interdiction qui ne souffre aucune exception, Maman ? Par exemple, si la maison prenait feu, ou était envahie par des cambrioleurs, ou bien encore si le toit de ma chambre semblait sur le point de s'effondrer...

— De toute évidence, il te faudra faire preuve de jugeote dans des cas pareils, intervint Emerson.

J'interrompis là le sermon. Ramsès sait toujours

trouver le moyen de n'en faire qu'à sa tête, même s'il doit brûler la maison pour justifier la chose.

— Où est Enid ? m'enquis-je.

Je l'aperçus alors à quelque distance de là, nous tournant le dos.

— Elle voulait rester à la maison, dit Donald. Mais j'ai insisté pour qu'elle vienne avec nous.

— Parfait. Il ne faut pas la laisser seule un instant.

— De plus, j'ai besoin de tous les bras disponibles, déclara Emerson. Ecoutez-moi tous. J'ai l'intention de travailler aujourd'hui sans être interrompu. Si toutes les puissances infernales choisissaient cet endroit pour y livrer la bataille finale de l'Armageddon, je ne me laisserais pas distraire. Si l'un de vous se sent atteint d'une maladie mortelle, je le prie instamment d'aller rendre l'âme un peu plus loin. Viens, Ramsès. Venez aussi, Fraser.

Et il partit d'un air furieux, appelant Abdullah à force cris.

— Eh bien ! dis-je à Enid qui s'était approchée de moi. Il est vraiment de mauvaise humeur aujourd'hui ! Il vaut mieux lui obéir, ma chère. J'ai une agréable surprise pour vous : nous allons explorer l'intérieur de la pyramide !

Au lieu de manifester l'enthousiasme que j'escomptais, le visage de la jeune fille s'allongea.

— Mais Ramsès a dit...

— Ma chère enfant, j'espère que vous ne voulez pas me dire qu'un simple enfant possède mes compétences en archéologie ? Il y a peut-être une foule de signes importants qui ont échappé à Ramsès.

Je chargeai les hommes de déblayer les décombres et d'élargir l'entrée. Un examen plus attentif du plafond du couloir en pente descendante me convainquit qu'il n'y avait aucun effondrement sauf dans la partie jouxtant celle qui venait de s'affaisser. On disposa quelques solides poutres afin de soutenir l'ensemble ; l'éboulis fut déblayé. Et je m'offris le plaisir d'être la première à pénétrer à l'intérieur. Nous dérangeâmes le nombre habituel de chauves-souris, et l'apparition de ces créatures inoffensives, couinant et battant des ailes, eut un effet délétère sur les nerfs d'Enid. Elle refusa catégoriquement de m'accompagner plus loin. Aussi poursuivis-je seule.

Après toute une série de couloirs et de corridors, je découvris une petite chambre d'un peu plus de deux mètres carrés, dotée d'un beau plafond en encorbellement. Elle était entièrement vide. Je fouillai rapidement les débris qui jonchaient le sol, mais ne découvris rien d'intéressant. Je laissai Selim continuer à passer au tamis la poussière pour s'assurer que rien ne m'avait échappé, puis je retournai à l'air libre, dissimulant héroïquement ma déception.

Je trouvai Enid juchée sur l'un des blocs sur le côté de la pyramide. Menton dans les mains, la brise ébouriffant ses cheveux, elle regardait les autres se rassembler et s'apprêter à interrompre momentanément le travail en ce milieu de matinée. Je leur fis comprendre que j'étais disposée à les rejoindre, et, tandis que nous descendions les blocs de pierre en degrés, je m'adressai à Enid :

— Cela ne va pas, vous savez. Vous ne pouvez pas continuer éternellement à le traiter comme un lépreux.

— Si, et c'est bien mon intention, repartit-elle avec vivacité. A moins qu'il ne recouvre ses esprits et ne confesse la vérité.

— Il a déjà avoué un tel chapelet de péchés que je ne vois pas ce qu'il pourrait cacher, dis-je. Sauf si vous pensez que c'est lui le meurtrier.

— Vous m'avez mal comprise. (Nous parvînmes au niveau du sol et elle se tourna vers moi.) Tout vient de Ronald, lâcha-t-elle. Nullement de Donald. Il s'est laissé accuser à la place de Ronald, comme il l'a toujours fait.

— Renonçant à son brevet, à son honneur, et à sa fortune ? Allons, Enid, je n'arrive pas à croire qu'un homme (oui, même un homme) puisse être aussi stupide. La noblesse et le sacrifice de soi sont les plus hautes qualités dont l'humanité soit capable, mais, lorsqu'elles sont portées à l'excès, elles ne sont pas tant admirables qu'idiotes.

— Je suis tout à fait d'accord, acquiesça Enid avec un rire amer. Mais vous ne connaissez pas Donald. Dire qu'il s'agit de donquichottisme serait encore trop faible. Ronald a toujours été le chéri de sa mère... Le plus jeune, le plus petit, le plus faible des deux.

— L'avorton de la portée, fis-je pensivement.

— Je vous demande pardon ?

— C'est une expression imagée. Combien souvent ai-je vu une mère chérir un pauvre nouveau-né infirme, au détriment des autres enfants de la famille. La faiblesse fait sortir ce qu'il y a de meilleur chez nous, Enid, et je dois dire...

— Oui, je ne doute pas que dans l'absolu ce soit une noble qualité. Mais dans le cas présent, cela a causé un tort considérable aux deux frères. Ronald n'était jamais en faute, n'était jamais puni. Au lieu de s'offusquer de ce traitement injuste, Donald essayait de gagner l'approbation de sa mère en se faisant le défenseur et le souffre-douleur de Ronald. Lorsque Ronald faisait quelque chose de mal, il accusait Donald, et c'est Donald qui se faisait corriger. Lorsque Ronald se moquait d'une grosse brute, c'est Donald qui se bagarrait. Les derniers mots de leur mère à Donald furent : « Aime toujours et protège ton frère. » Et c'est exactement ce qu'il a fait.

— Durant leur enfance, peut-être. Mais comment pouvez-vous être certaine que Donald se soit laissé accuser à la place de son frère cette fois-ci ? Une correction, c'est une chose. Reconnaître une dette que l'on n'a pas contractée...

— Cela ne serait pas la première fois, dit Enid. Donald a payé un certain nombre des dettes de Ronald dans le passé. Cette fois-ci la situation était plus sérieuse. Ronald aurait été publiquement déshonoré, voire envoyé en prison si le monsieur dont la signature avait été contrefaite avait décidé de pousser l'affaire plus loin. Il a bien voulu se montrer plus clément envers Donald en raison du respect et de l'affection que tous ceux qui le connaissent éprouvent pour lui — considération qui n'aurait assurément pas joué dans le cas de Ronald. C'est pour cette raison que Donald a accepté de prendre l'indélicatesse à son compte. Je suis aussi certaine de cela que je le suis d'être ici, mais je ne peux pas en apporter la preuve. Les seuls qui sachent la vérité sont les frères eux-mêmes. Ronald ne se trahira pas, et si Donald est prêt à jouer les martyrs... Voilà pourquoi je suis venue en Egypte. Ronald était déjà parti, prétendument pour retrouver Donald et le ramener à la maison. Je savais qu'il ne pousserait guère les recherches, et bien sûr j'avais raison. Une fois au Caire, j'ai appris que Ronald avait entrepris un voyage d'agrément. C'était à moi de retrouver Donald et de le supplier... le menacer...

— L'acheter ? demandai-je avec délicatesse.

Les joues rondes de la jeune fille s'empourprèrent.

— Rien n'a jamais laissé supposer qu'il puisse être influencé par une offre de cet ordre.

— Je vois. Ma foi, les hommes sont des créatures étranges, Enid. Il faut une expérience comme la mienne, qui s'étend à de nombreux pays ainsi qu'à deux continents, pour comprendre leurs faiblesses. Ne vous est-il jamais venu à l'esprit que Ronald aurait pu essayer de vous empêcher de retrouver Donald ?

— J'ai eu en effet ce soupçon, murmura Enid. Je me suis même demandé si Kalenischeff n'avait pas été chargé de me mettre sur une fausse piste. Mais je ne peux croire cela, même de la part de Ronald...

— Croyez-le, dis-je fermement. Kalenischeff mijotait quelque chose. Il m'a dit qu'il avait l'intention de quitter l'Egypte, et il n'aurait jamais renoncé à une manigance lucrative avant d'en avoir tiré jusqu'au dernier sou. Il se disposait à trahir quelqu'un, j'en suis convaincue. Mais qui ? Eh bien, ma chère, vous avez évoqué plusieurs points qui ouvrent des perspectives intéressantes. Il me faut y réfléchir. Maintenant nous ferions mieux de rejoindre les autres. Il me semble entendre Emerson m'appeler.

Cela ne faisait aucun doute, à vrai dire. La voix d'Emerson — comme j'ai déjà eu l'occasion de le préciser — a une portée remarquable.

Ramsès fut le premier à nous accueillir. Il me demanda si j'avais trouvé quelque chose d'intéressant à l'intérieur de la pyramide.

Je changeai de sujet.

Nous avions presque achevé notre repas quand des éclats de voix venus de loin nous avertirent de l'approche d'un nouveau groupe de touristes. La petite caravane grotesque se dirigeait vers nous au trot. Ayant jeté un coup d'œil à la redoutable silhouette conduisant la procession, Emerson plongea tête la première dans la tranchée qui avait été creusée. Après l'incident avec l'impératrice, il se méfiait des vieilles dames.

Je renvoyai les autres au travail et m'avançai vers les intrus, espérant pouvoir m'en débarrasser et épargner ainsi mon pauvre Emerson. La personne juchée sur le premier âne m'était connue, et je reconnus en effet l'Américaine d'un certain âge que j'avais vue au *Shepheard's*. Ses jupes noires volumineuses enveloppaient presque entièrement le petit âne. Il avançait néanmoins à vive allure, ce qui faisait dangereusement osciller la vieille dame tantôt d'un côté tantôt de l'autre. A tour de rôle deux âniers la remettaient d'aplomb sur la selle.

Lorsqu'elle m'aperçut, elle changea de cap.

— Je vous connais, lança-t-elle d'une voix nasillarde et stridente. Je vous ai vue à l'hôtel. Amie de Baehler ? Très inconvenant, une dame dînant seule.

— Je ne dînais pas, je déjeunais, lui rappelai-je avant de me présenter.

— Mmm, fit la vieille dame. Et qui est-ce, celui-là ?

Elle pointa son ombrelle. Je me retournai.

— Permettez-moi de vous présenter mon fils, répondis-je. Ramsès, retourne...

— Ramsès ? claironna la vieille dame. Vous parlez d'un nom ! Il me paraît maladif, cet enfant. Il ne fera pas de vieux os.

— Je vous remercie de votre sollicitude, madame, repartis-je avec une politesse glaciale. Je vous assure qu'elle ne se justifie pas. Ramsès, veux-tu, je te prie...

La vieille dame détourna mon attention en mettant pied à terre. L'opération aurait eu de quoi alarmer quelqu'un de tempérament nerveux, car elle s'accompagna de cris furieux et de moulinets désordonnés de l'ombrelle. Je crus que la vieille dame allait s'effondrer sur l'un des petits âniers et l'écraser. Elle parvint toutefois à se rétablir et, rajustant ses jupes et son voile noir, m'adressa de nouveau la parole.

— Faites-moi visiter la pyramide, madame. Je suis venue de loin pour la voir, et je la verrai. Mme Axhammer de Des Moines, Iowa, ne fait pas les choses à moitié. J'ai une liste... (Elle l'extirpa de sa poche et l'agita comme un drapeau.) Et je n'ai pas l'intention de rentrer chez moi avant d'avoir vu tout ce qui est inscrit là-dessus.

— Et vos compagnons ? m'enquis-je.

Tous deux avaient mis pied à terre. Le pâle jeune homme s'appuyait faiblement contre son âne, s'épongeant le front. La femme s'était effondrée par terre, le visage aussi vert que les palmiers à l'arrière-plan.

Mme Axhammer de Des Moines, Iowa — mais où se trouve donc cet endroit barbare ? —, lâcha le rire le plus désagréable que j'aie jamais entendu.

— Qu'ils restent assis. Les petites natures, incapables de me suivre... Et j'ai soixante-huit ans, madame, pas un jour de moins. Voici mon neveu — il s'appelle Josiah. Je l'ai amené pour qu'il s'occupe de l'intendance, mais il n'est bon à rien. Il croit que je vais le rayer de mon testament s'il n'est pas gentil avec moi. Il ne sait pas que je l'ai déjà rayé. Quant à cette gourde, je l'ai engagée comme compagne, mais elle tient pas plus le coup. Cependant, une dame doit avoir un chaperon. Pourquoi me dévisage-t-il comme ça, ce garçon ? Vous ne lui avez pas appris les bonnes manières ?

— Je me permets de dire, intervint Ramsès de son ton le plus pédant, que la plupart des gens oublieraient leur savoir-vivre s'ils étaient confrontés à quelqu'un d'allure aussi remarquable que la vôtre. Toutefois, je ne veux pas que ma maman soit accablée d'opprobre. Elle a essayé de corriger mon comportement, et si le résultat n'est pas ce qu'il devrait être, c'est ma faute, et non la sienne.

Il fut difficile de juger l'effet de ce discours sur Mme Axhammer, car le voile rendait ses traits indistincts. Personnellement, je trouvai l'intervention de Ramsès plutôt réussie. Ramsès s'avança et tendit la main.

— Puis-je vous escorter, madame ? s'enquit-il.

La vieille dame brandit son ombrelle.

— Va-t'en, va-t'en, jeune fripouille, je connais les garçons. Ils vous font des crocs-en-jambe et vous collent des araignées dans le dos, c'est ça, les garçons.

— Madame, commença Ramsès, rassurez-vous, je n'avais nullement l'intention...

— Mais comment pourrais-tu m'être d'une aide quelconque ? rétorqua la vieille dame avec irritation. Un petit bonhomme chétif comme toi... Allons, madame, je vais vous prendre le bras. Vous n'êtes pas grande, mais vous avez l'air forte.

Elle me saisit par l'épaule. Elle portait de délicates mitaines de soie noire, mais sa main, aussi robuste que celle d'un homme, n'avait rien de délicat. Je lui permis cette liberté, cependant. La courtoisie envers les personnes âgées est une qualité que j'essaie d'inculquer à mon fils — et la dame serrait trop fort pour que je puisse déloger sa main facilement.

Tandis que nous nous dirigions lentement vers la pyramide, Mme Axhammer me soumit à une série de questions indiscrètes et impertinentes. Elle me demanda quel âge j'avais, depuis combien de temps j'étais mariée, combien j'avais d'enfants, si j'appréciais mon mari. Dès que je pus placer un mot, je lui retournai le compliment en lui demandant si elle appréciait l'Egypte.

Après une diatribe tonitruante contre les coutumes païennes et les habitudes peu hygiéniques de l'Egyptien moderne, elle ajouta sur un ton tout aussi venimeux :

— Ce n'est pas que les gens civilisés vaillent mieux, madame. Les scandales que j'ai entendus au Caire feraient rougir une dame, je vous assure. Imaginez-vous qu'il y a une jeune Anglaise qui a assassiné son amant voici quelques jours. Elle lui a coupé la gorge d'une oreille à l'autre, d'après ce qu'on dit, dans sa propre chambre à elle.

— J'en ai entendu parler, dis-je. Je n'arrive pas à croire qu'une jeune demoiselle ait pu faire une chose pareille.

Un coup de vent écarta le voile de Mme Axhammer, à l'instant même où elle dévoilait un râtelier de grandes dents blanches dont la perfection trahissait la fausseté.

— Cela ne fait pas l'ombre d'un doute dans mon esprit, répliqua-t-elle sèchement. Les femmes sont dangereuses, madame, beaucoup plus dangereuses que les hommes. Je vois qu'il y en a une ici. Je ne trouve pas normal que les femmes prennent le travail des hommes. Elles devraient rester chez elles et s'occuper de la maison.

Comprenant que je ne tirerais de cette vieille harpie que des récriminations malveillantes sur son propre sexe, je décidai de mettre un terme à mes obligations et de me débarrasser d'elle. Elle ne fit aucune attention à ma conférence, laquelle, si je puis me permettre de le dire, était admirable, et elle résista à mes tentatives pour l'éloigner du site des fouilles.

— Il y a un homme blanc là-dedans avec tous ces indigènes, s'exclama-t-elle avec indignation. C'est votre mari ? N'a-t-il aucune dignité ? Hé, là, vous...

Et elle s'apprêta à donner un coup de la pointe de son ombrelle à Emerson, qui avait le dos tourné.

Rapide comme l'éclair, je jouai moi aussi de mon ombrelle et frappai le manche de celle de Mme Axhammer avec une dextérité digne d'un maître d'escrime. Le cliquetis de l'acier fit sursauter Emerson, mais il ne se retourna pas.

La vieille dame éclata de rire et ferrailla avec moi pour s'amuser.

— Utiles, ces instruments, hein ? Je ne voyage jamais sans. Hé, là...

Elle fit volte-face, et, une fois que ses jupes eurent cessé de tourbillonner, j'aperçus, à ma grande consternation, que s'y cachait derrière une petite silhouette accroupie.

— Ramsès ! m'écriai-je. Qu'est-ce que tu fais ?

— Il regarde sous mes jupes, hurla la vieille dame. Laissez-moi le corriger, madame, laissez-moi corriger ce petit vaurien. Vous avez été trop coulante avec lui, madame. Il a besoin d'une bonne correction, et c'est Mme Axhammer de Des Moines, Iowa, qui va la lui donner.

Tandis que je continuais à tirer vigoureusement l'épée contre cette vieille personne en émoi, Ramsès s'esquiva lestement.

— J'examinais seulement vos pieds, madame, se défendit-il, outré. Vous avez de très grands pieds, vous savez.

Cette remarque était peut-être destinée à apaiser la colère de Mme Axhammer, mais comme on pouvait s'y attendre, elle eut précisément l'effet inverse. La dame s'éloigna en direction de Ramsès, et, voyant qu'il n'avait aucun mal à garder ses distances, je suivis à une allure plus modérée. L'épouvantable impolitesse de Ramsès avait eu au moins le mérite d'éloigner Mme Axhammer d'Emerson, et j'espérais naïvement qu'une fois partie elle ne reviendrait pas.

Ce qui fut le cas. Tremblant d'indignation, Mme Axhammer monta sur son âne et la caravane repartit au petit trot.

Une fois de retour à la maison cet après-midi-là, Emerson s'estima satisfait du travail de la matinée.

— Je crois que la chose est claire dans mon esprit à présent, Peabody. Il y a des traces d'au moins trois niveaux d'occupation, le dernier remontant sans doute à l'époque ptolémaïque. Le plan est complexe, cependant, et j'apprécierais votre aide, si vous avez fini de vous amuser avec votre pyramide.

Sans relever son ton ironique, je l'assurai que j'étais à sa disposition.

— Il n'y a rien à l'intérieur, Emerson. Je doute qu'elle ait été utilisée comme sépulture.

— C'est bien ce que j'avais dit, Maman, observa Ramsès.

Après le déjeuner, Enid se retira dans sa chambre avec son livre d'histoires policières. Elle n'avait pas dit un mot à Donald, et la mine sombre de ce dernier indiquait assez son degré d'abattement. J'étais sur le point de lui proposer que nous ayons une petite conversation quand Emerson suggéra :

— Que diriez-vous d'une excursion à Mazghunah cet après-midi, Peabody ? Il faudrait rendre les calices à l'église.

— Excellente idée, Emerson, répondis-je en me demandant ce qui se cachait derrière cette suggestion.

— Emmenons-nous Ramsès ?

— Non, de préférence, dis-je sincèrement.

— Et moi, dit Ramsès, je préférerais faire un peu d'exercice, par exemple une petite promenade dans le village et ses environs.

— Un peu d'exercice, en vérité ! m'exclamai-je. Tu t'es déjà pas mal démené, à te faire poursuivre par une vieille dame folle de rage. Reste ici, et travaille à ta grammaire.

— Peu importe, Peabody, dit Emerson en souriant. On ne peut pas demander à un garçon actif comme Ramsès de rester enfermé dans la maison tout le temps. Il n'y a pas de mal à ce qu'il fasse une promenade dans la mesure où M. Fraser l'accompagne.

Ni Ramsès ni Donald ne semblèrent enchantés de l'idée.

— La jeune demoiselle se retrouverait sans protection, protesta Ramsès.

Donald acquiesça en hochant la tête vigoureusement.

— Elle est protégée par des murs épais et des hommes robustes, repartit Emerson. On est en plein jour, et nous ne serons pas absents longtemps. Mazghunah n'est qu'à dix kilomètres d'ici, et notre affaire sera vite conclue.

Il en fut décidé ainsi. Emerson et moi prîmes deux ânes et nous partîmes vers le sud. Nous ne vîmes personne, car à cette heure de la journée les touristes tout comme les autochtones se mettent à l'ombre. Inutile de préciser qu'Emerson et moi-même ne nous laissons jamais détourner de notre devoir par les conditions climatiques, et, quant à moi, je pris plaisir à ce petit voyage.

Le chemin, qui n'était repérable que pour un œil exercé, traversait l'étendue rocheuse du plateau, passait devant les ruines des trois pyramides de brique de Dahchoûr. Celles-ci avaient été construites mille ans après leurs grandes voisines de pierre, mais malgré cela le passage du temps ne leur avait été guère clément. Jadis revêtues de pierre, à l'instar des tombeaux plus anciens et plus grands, elles s'étaient effondrées dès qu'avaient disparu les revêtements et n'étaient plus que des amas informes de briques.

Dominant les autres ruines se dressait l'imposante masse de la Pyramide Noire, tombeau d'Amenemhat de la XIIIe Dynastie. En raison de son emplacement sur la partie la plus élevée du plateau, elle paraît de certains endroits être encore plus haute que ses voisines de pierre au nord, et sa sinistre réputation est justifiée par son aspect. Je ne connaissais que trop bien l'intérieur de cet édifice monstrueux, car c'est dans sa chambre funéraire inondée qu'Emerson et moi avions été jetés par le scélérat qui pensait que nous n'en sortirions jamais vivants. Seuls les exploits les plus héroïques de notre part (avec un peu d'aide de la part de Ramsès) nous avaient permis d'échapper à des périls qui auraient causé la perte d'êtres moins valeureux.

J'aurais certes aimé explorer à nouveau la Pyramide Noire et visiter le monastère en ruine que nous avions occupé l'année précédente, mais nous n'avions pas aujourd'hui le temps de sacrifier à la nostalgie. Nous nous rendîmes directement au village.

Par rapport à Mazghunah, Menyat Dahchoûr est une véritable métropole. Le village est avant tout habité par des coptes, mais à part les turbans indigo caractéristiques, rien ne distingue l'aspect des habitants de celui des autres Egyptiens, et les misérables petites maisons sont comme celles de tout village musulman. L'ancien copte, le dernier vestige de la langue des pharaons, n'est plus parlé, sauf dans quelques hameaux reculés du Sud, mais il survit dans le rituel de l'Eglise copte.

Le village était désert. Même les chiens s'étaient abrités du soleil, et rien ne bougeait à l'exception de quelques poulets picorant des insectes. Les étrangers sont tellement rares dans ces endroits primitifs que notre arrivée ne passa pas inaperçue, et les gens commencèrent à sortir peu à peu de leurs maisons. Nous fîmes halte près du puits, centre de l'activité communale. En face de nous se dressait l'église, que jouxtait la maison du prêtre.

Les hommes se rassemblèrent autour d'Emerson, le saluant et le questionnant. Les femmes s'approchèrent de moi, beaucoup portant dans leurs bras des enfants maladifs. M'attendant à cela, je n'étais pas venue démunie. J'ouvris ma trousse médicale et commençai de distribuer ipecacuana et collyres.

Le cheik El Beled (maire du village) avait bien entendu remarqué notre arrivée en même temps que les autres, mais la dignité exigeait qu'il attendît un peu avant de se présenter. Il finit par faire son apparition. Lorsque Emerson l'informa que les calices perdus allaient lui être restitués, les yeux du petit bonhomme se mouillèrent, et il tomba à genoux, embrassant les pieds d'Emerson et balbutiant des remerciements.

— Mmm, fit Emerson sans me regarder. (L'honnêteté exigeait que nous nous gardions de nous attribuer le mérite de ce qui ne tenait pas à nous, mais d'un autre côté ce n'était pas la peine d'expliquer une situation qui était inexplicable même pour nous.)

Lorsque la nouvelle se répandit, ce fut carrément le pandémonium. Les gens pleuraient, criaient, chantaient, tombaient dans les bras les uns des autres. Ils serrèrent également Emerson dans leurs bras, faveur qu'il toléra sans enthousiasme.

— Ridicule, grogna-t-il en me regardant par-dessus la tête d'une dame obèse, dont le visage voilé était collé contre sa poitrine. (Elle couvrait, me sembla-t-il, cette partie de son anatomie de baisers, agrippée à lui si fort qu'il ne pouvait se dégager.)

— Vous constatez, poursuivit-il, l'effet dégradant de la superstition. Ces gens se conduisent comme si nous leur avions fait le don de la santé et de l'immortalité, alors que nous leur avons rendu quelques pots ternis. Je ne comprendrai jamais... euh... ah...

Il s'interrompit, bredouillant, au moment où la dame, sur la pointe des pieds, lui déposait avec ferveur un baiser sur le menton.

Nous réussîmes enfin à calmer la foule et, escortés par le maire, nous nous rendîmes à l'église. Sur le seuil, les mains levées en signe de remerciement, se tenait le prêtre. Cela faisait tout drôle de contempler cette silhouette corpulente et ce visage avenant à la place du grand (dans tous les sens sauf le sens moral) père Girgis. Tout le monde s'engouffra dans l'église, même les ânes, et une fois que les précieux calices eurent été replacés sur l'autel, une telle acclamation retentit que les poutres mêmes en tremblèrent — ce qui n'était guère surprenant vu qu'elles étaient extrêmement vieilles et fragiles. Des larmes de joie ruisselant sur son visage, le prêtre annonça qu'il y aurait un office d'action de grâces le lendemain. Puis il nous invita, ainsi que le maire, à le rejoindre chez lui.

Et c'est ainsi que nous pénétrâmes dans l'édifice où nous avions naguère été accueillis par le Maître criminel en personne. La présence et le souvenir de ce grand homme malfaisant étaient si forts que je m'attendais presque à le voir tapi dans l'ombre, en train de caresser son énorme barbe noire, souriant de son air énigmatique. Le mal peut quelquefois prendre un aspect plus impressionnant que la vertu, c'est là un fait étrange et troublant. Assurément le Maître criminel avait paru un homme de Dieu plus imposant que ne l'était son successeur. Le père Todorus était plus petit de quelque trente centimètres et plus large de taille de quelque quatre-vingt dix centimètres. Sa barbe était clairsemée et striée de gris.

Mais c'était un hôte agréable. Nous nous assîmes sur le divan aux coussins de chintz décolorés, et le prêtre nous offrit à boire, ce que bien sûr nous acceptâmes, car refuser eût été extrêmement impoli. Je m'attendais à voir l'épais café sucré, que l'on boit ordinairement. Imaginez donc ma surprise quand le prêtre revint d'une pièce intérieure en portant un plateau sur lequel étaient posées une bouteille en verre et plusieurs tasses d'argile. Avec circonspection, Emerson prit une gorgée du breuvage, puis haussa les sourcils.

Je fis de même.

— C'est du cognac français, m'exclamai-je.

— Et du meilleur, approuva Emerson. Mon père, comment vous êtes-vous procuré ceci ?

Le prêtre avait déjà vidé sa tasse. Il se versa une autre généreuse mesure avant de répondre innocemment :

— J'ai trouvé ça en rentrant à la maison.

— Nous avons hâte d'entendre ce qui vous est arrivé, mon père, dit Emerson. Comme je me rappelle la colère de ma première épouse honorée, la *Sitt Hakim* ici présente, quand elle a appris que le prêtre de Dronkeh n'était pas celui qui prétendait l'être... « Qu'avez-vous fait du véritable prêtre, fils de chameau ? s'est-elle écriée. Si vous avez fait du mal à ce bon, à cet excellent homme, je vous arracherai le cœur ! »

La version d'Emerson ne rendait pas très fidèlement ce que j'avais dit, mais j'avais effectivement demandé ce qu'était devenu le prêtre disparu, et je me rappelle fort bien la réponse cynique du Maître criminel : « Il jouit des plaisirs terrestres qu'il a fuis, et seule son âme est en danger. »

Après m'avoir remerciée de ma sollicitude, le père Todorus se lança dans son histoire. Il était clair qu'il n'attendait que ça, et qu'à force de la raconter il en avait fait un récit bien rodé, du genre de ceux que les Egyptiens peuvent écouter et réécouter à maintes et maintes reprises. Malheureusement, ce long récit décousu était moins riche en informations qu'en fioritures de style. Débarrassé du verbiage inutile, il aurait pu tenir en quelques phrases.

Le père Todorus était allé se coucher un soir comme d'habitude, et s'était réveillé dans un endroit inconnu, sans savoir le moins du monde comment il était arrivé là. La pièce était élégamment, voire luxueusement, meublée. (La description de ses rideaux de soie, de son moelleux sofa, de sa fontaine gazouillante et de ses sols de marbre occupa la plus grande partie du récit.) Mais il n'avait vu personne à part les domestiques qui lui avaient servi des mets riches et des alcools rares à intervalles réguliers. Et comme les fenêtres étaient obstruées par des barres et des volets, rien n'avait pu lui fournir la moindre indication de l'endroit où il se trouvait.

Il revint chez lui de la même façon mystérieuse. Il se réveilla un matin dans le même petit lit étroit dont il avait été tiré par enchantement, et au début il eut du mal à croire que cet épisode n'avait pas été un long rêve criant de vérité. Les exclamations stupéfaites de ses paroissiens lorsqu'il réapparut, et les récits qu'ils lui firent de ce qui s'était passé durant son absence lui prouvèrent qu'il avait réellement vécu cet épisode. Mais l'innocent homme avoua franchement qu'il tendait à attribuer toute cette histoire à des esprits malfaisants, lesquels, c'est bien connu, torturent les saints hommes en les induisant en tentation avec les bonnes choses de ce monde.

— Vous avez donc été induit en tentation ? questionna Emerson. Avec des mets riches, des vins et des alcools fins...

— Notre foi ne nous l'interdit pas, s'empressa d'observer le père Todorus.

— Non, mais d'autres tentations sont interdites, du moins au clergé. Est-ce que ce sont des hommes ou des femmes qui vous ont servi, mon père ?

La culpabilité qui se lut sur le visage du pauvre homme répondait clairement à la question. Emerson, ricanant, aurait volontiers poursuivi si je n'étais intervenue.

— Il serait plus utile, Emerson, de demander au père Todorus une description plus détaillée de l'endroit où il a été emprisonné. Il a peut-être entendu ou vu quelque chose qui pourrait nous donner une idée de l'emplacement.

J'avais parlé anglais, et Emerson me répondit dans la même langue.

— Si ce saligaud de Sethos est aussi malin que vous semblez le penser, il aura abandonné cet endroit depuis longtemps. Oh, très bien, cela ne coûte rien de demander.

Le père Todorus fut manifestement soulagé quand, au lieu de revenir au sujet délicat de ses tentations, Emerson lui posa des questions sur sa prison. Comme tant de gens, le prêtre n'avait pas le sens de l'observation. Les questions précises mirent en lumière des faits qu'il avait omis, pas intentionnellement, mais parce qu'il n'y avait jamais pensé. Il n'avait pas pu voir par les fenêtres, mais il avait entendu des bruits, bien que lointains et étouffés. Une fois rapprochés les uns des autres, les bruits qu'il mentionna n'évoquaient ni un village ni une villa isolée, mais le cœur d'une cité.

— Le Caire, Emerson, m'écriai-je.

— Je m'en doutais depuis le début, dit Emerson péremptoire. Mais où dans cette ruche grouillante ?

Nous eûmes beau interroger le père, cette question importante resta sans réponse. Lorsque nous nous levâmes pour prendre congé, nous n'étions guère plus avancés qu'en arrivant. Le père Todorus, qui avait avalé deux tasses de cognac, nous raccompagna à la porte, réitérant ses remerciements et nous assurant qu'il nous mentionnerait dans ses prières — compliment qu'Emerson accueillit par une grimace et un grognement.

Tandis que nous nous dirigions vers les ânes, je lui fis remarquer :

— Le père Todorus sert généreusement son cognac. Sethos a dû décamper si précipitamment qu'il n'a pas pu emporter tout ce dont il s'était muni pour son confort personnel, mais à en juger par l'allure à laquelle file le cognac, il a dû en laisser une belle cargaison.

Emerson s'arrêta.

— Ha ! s'écria-t-il. Je savais qu'un détail me turlupinait, mais je n'arrivais pas à savoir ce que c'était. Bien raisonné, Peabody.

Là-dessus, il repartit en courant vers la maison du prêtre, et je le suivis, inutile de le préciser. Quand le père Todorus répondit au coup frappé d'un doigt autoritaire, il tenait toujours sa tasse à la main. En voyant Emerson, il sourit avec béatitude.

— Vous êtes revenu, ô Maître des Imprécations. Entrez avec l'honorable *sitt* votre épouse, et prenez encore, hic ! du cognac.

— Je ne voudrais pas vous en priver, mon père, dit Emerson avec un sourire. Car votre réserve doit être limitée.

Le visage du petit homme s'allongea. On aurait pu

croire qu'Emerson venait de l'accuser de vol, voire pis, et Emerson me dit en anglais :

— Il n'est vraiment pas difficile, Peabody, de désarçonner le bonhomme. Il n'est pas plus doué pour la dissimulation qu'un enfant.

— Moins, dis-je d'un air entendu, que certains enfants.

— Mmm, fit Emerson. (Il s'adressa de nouveau en arabe au prêtre :) Votre réserve a été reconstituée, mon père, n'est-ce pas ? Combien de fois et de quelle façon ?

Le prêtre poussa un grognement. Il se mit à se tordre les mains ; s'avisant qu'il tenait encore la tasse, il l'éclusa rapidement. Jetant un coup d'œil aux curieux, il marmotta :

— Ce sont les démons, ô Maître des Imprécations. Je vous supplie de ne rien dire à ces gens-là. Ils seraient capables de faire appel au patriarche pour se protéger des pouvoirs du mal, et je vous assure, je vous jure, que je peux vaincre ces démons, je suis constamment en prière...

Emerson le rassura et le petit bonhomme trouva le courage de parler. Les démons avaient effectué deux livraisons de cognac depuis qu'il avait été miraculeusement libéré. Les deux fois, il avait trouvé les cartons au chevet de son lit quand il s'était réveillé le matin. Il n'avait pas cherché à relever des traces d'effraction, vu que les démons, c'est bien connu, ne laissent pas d'empreintes de pas, étant désincarnés.

L'assurant derechef de notre bonne volonté, nous prîmes congé. Le prêtre disparut dans la maison, sans doute pour se débarrasser du cadeau démoniaque de la façon la plus appropriée.

— Comme c'est curieux, m'exclamai-je tandis que nous quittions le village au petit trot. Cet homme, ce génie inconnu du crime, est un étrange mélange de cruauté et de compassion. Je n'aurais pas l'idée d'offrir des caisses de bon cognac français pour me faire pardonner d'avoir traité quelqu'un de manière aussi grossière, mais...

— Oh, faites marcher vos méninges, Peabody, cria Emerson, son visage s'empourprant. Pour vous faire pardonner, voyez-vous ça ! Je n'ai jamais entendu pareilles sornettes.

— Alors pourquoi aurait-il...

— Pour achever de corrompre le prêtre, bien entendu. Un bizarre et malveillant sens de l'humour, nullement de la compassion ! Voilà la raison de ces cadeaux.

— Oh, fis-je. Je n'avais pas pensé à cela, Emerson. Sapristi, rien d'étonnant à cela. De tels abîmes de dépravation dépassent l'entendement des gens normaux.

— Mais pas le mien, repartit Emerson en faisant claquer ses dents avec férocité. Une agression banale, un enlèvement, une tentative de meurtre, admettons. Mais ce scélérat est allé trop loin.

— Je suis tout à fait d'accord, Emerson. Jouer un tour pareil à ce pauvre père Todorus.

— Grrr, fit Emerson, Peabody, vous m'étonnez.

— Je ne sais pas ce que vous voulez dire, Emerson. Croyez-vous que l'on puisse espérer intercepter les livreurs de cognac ?

— Non. Sethos peut se lasser de sa plaisanterie et cesser les livraisons. Et même s'il continue, nous ignorons quand aura lieu la prochaine visite. Ce serait une perte de temps de mettre sous surveillance la maison du prêtre, si c'est ce que vous alliez proposer.

— Non. J'en étais arrivée à la même conclusion.

— Je suis ravi de l'entendre, Peabody.

Nous arrivâmes à la maison à l'heure du thé, et je me mis aussitôt en devoir de le préparer, aidée d'Enid. Ramsès et Donald n'étaient pas rentrés. Je me surpris à guetter des bruits d'émeute et de folle poursuite, lesquels accompagnaient souvent le départ de Ramsès de la maison. A part les sons normaux de la vie villageoise qui s'éveillait, les seuls bruits fâcheux étaient ceux de lointains coups de feu. Et même cela n'était pas insolite, car la chasse est le passe-temps favori des touristes les plus ignorants. Or les étendues marécageuses entre le canal et le fleuve abritent de grandes volées de malheureux oiseaux que ces « chasseurs » prennent plaisir à massacrer.

Les ombres s'allongeaient, et les promeneurs n'étaient toujours pas rentrés. Emerson faisait les cent pas dans la cour, regardant tour à tour sa montre et les portes closes, lorsque enfin un cri annonça l'événement tant attendu. Abdullah ouvrit les portes et ils pénétrèrent dans l'enclos, Donald juste derrière Ramsès.

Ramsès glissa aussitôt à bas de son âne et se dirigea vers l'arrière de la maison, essayant, je suppose, de donner l'impression qu'il avait envie de se laver. Donald tendit brusquement la main et l'attrapa par le col. Le tenant de cette façon inconfortable mais commode, il entraîna le garçon vers nous d'un pas décidé.

— Professeur et madame Emerson, je vous rends votre fils. Il a réussi à se salir jusqu'à un point que j'aurais cru impossible autrefois, même après mes expériences de jeunesse dans ce domaine. Mais il est entier, en l'état où l'on me l'a remis. Je vous assure que le garder en cet état n'a pas été un mince exploit.

Il était évident qu'ils étaient allés du côté du fleuve, car la substance qui recouvrait Ramsès était de la boue séchée. Des plaques s'en étaient détachées, donnant au garçon un singulier aspect d'antiquité. Il ressemblait à une momie pourrie.

— Je vais me laver immédiatement, Maman, dit-il d'une voix rauque. Si vous vouliez bien ordonner à cette... cette personne de me lâcher.

Mais j'avais déjà remarqué le petit détail que Ramsès tenait tant à me cacher. C'était en effet un petit trou d'environ un centimètre de diamètre qui avait transpercé le côté de son casque colonial. Je fis un pas de côté et aperçus un second trou, légèrement plus grand, en face du premier.

Emerson remarqua tout cela au même instant, et, avec un cri consterné, arracha le casque de la tête de Ramsès. Il le jeta par terre et passa les doigts dans les cheveux du garçon, achevant de le décoiffer complètement.

— C'est la marque d'une balle, Peabody, s'écria-t-il. Une balle a transpercé le casque de Ramsès de part en part ! Ramsès, mon chéri, où es-tu blessé ?

— Oh, arrêtez, Emerson, dis-je. Si Ramsès avait porté ce casque quand le coup a été tiré, la balle lui aurait carrément traversé le crâne et vous n'auriez aucune difficulté à voir le résultat.

— Il ne portait pas son casque, dit Donald. Il le tenait à la main. Cela pourra apaiser vos craintes, Professeur, mais à mon avis cela mérite malgré tout une punition. Si ce jeune homme était mon fils, je le prendrais sur les genoux et je lui donnerais une bonne correction.

Ramsès tourna lentement la tête et décocha à Donald un regard qui aurait fait ravaler sa menace à un homme plus avisé. Les boucles noires du garçon se dressaient en bataille comme celles d'un guerrier massaï, et son expression n'était guère plus aimable.

Emerson ne prêta aucune attention à la remarque de Donald — ce n'était pas la première fois qu'il entendait des suggestions de ce type —, mais Enid poussa un cri indigné.

— Cela ne m'étonne pas d'entendre une remarque aussi cruelle de la part de *cet individu*, s'exclama-t-elle en passant un bras protecteur autour des épaules de Ramsès. Pauvre enfant ! Après une aventure aussi effrayante, se faire malmener et accabler de jurons...

— Sapristi, Enid, je n'ai pas juré, protesta Donald. J'en ai eu envie, mais je m'en suis abstenu.

Enid lui tourna le dos et serra Ramsès contre elle.

— Viens avec Enid, pauvre enfant. Elle va te débarbouiller et te protéger de cette brute.

Le visage de Ramsès était collé contre le chemisier impeccable d'Enid — impeccable, du moins, jusque-là —, mais je distinguais sa joue ainsi qu'un coin de sa bouche. Et ce dernier était tordu en un rictus insupportable. Ramsès se laissa emmener, donnant l'impression d'apprécier d'être tenu ainsi, chose contre laquelle il aurait regimbé en temps ordinaire.

Donald, qui avait les mains pratiquement aussi dégoûtantes que celles de Ramsès, partit lui aussi se laver. S'il avait espéré plaider sa cause auprès d'Enid, il n'en eut pas le loisir, car elle revint presque aussitôt, serrant la main de Ramsès. Son visage et ses mains au moins étaient propres, et comprenant que seule une immersion totale lui redonnerait un aspect convenable, je lui permis de prendre le thé avec nous, pourvu qu'il restât assis à quelque distance de la table. En raison des substances nutritives qu'elle contient, la boue du Nil a une odeur particulièrement âcre et insistante.

Donald non plus ne passa pas trop de temps à sa toilette. Comme il avait porté un vêtement arabe par-dessus sa chemise et son pantalon, le fait même d'ôter cette grande robe avait fait disparaître la plus grosse partie de la boue. Et il avait pris la peine de passer une brosse dans ses mèches ondulées. Après qu'il nous eut rejoints, je l'invitai à nous dire ce qui s'était passé et à nous révéler le nom de la personne qui avait tenté d'assassiner Ramsès.

— Comme vous avez dû le deviner, à en juger par votre ton calme, madame Emerson, c'était un accident, répondit-il. Provoqué en grande partie par maître Ramsès lui-même. Nous étions descendus jusqu'au canal et nous parlions avec les femmes qui lavaient les vêtements — du moins, c'est Ramsès qui parlait. A propos, votre fils possède une connaissance stupéfiante de certains idiomes arabes... C'est alors que nous avons entendu des coups de feu non loin de là. Avant que je puisse l'arrrêter, Ramsès avait enfourché son âne et se dirigeait à toute biture — je vous demande pardon —, à toute allure vers l'endroit d'où les coups étaient partis. Je l'ai rattrapé au bout d'un moment et je lui ai expliqué qu'il n'était guère conseillé de se précipiter sans prévenir vers un affût. Nous avons eu une petite discussion. Il m'a persuadé — quel imbécile j'ai été ! — de m'approcher, afin de regarder la partie de chasse. Nous avions, euh, fait beaucoup de bruit, et j'étais sûr que les chasseurs savaient que nous étions là, mais pour que nous ne courions aucun risque, j'ai appelé encore une fois. Une grande volée de pigeons tournoyaient, s'apprêtant à se poser. Il était clair que les fusils devaient pointer dans cette direction, et comme nous approchions depuis l'ouest, j'ai estimé avoir pris toutes les précautions possibles...

— Oui, apparemment, observai-je en lui servant une autre tasse de thé. Je présume que Ramsès s'est mis dans la ligne de tir.

Donald hocha la tête.

— En criant à tue-tête et en agitant son casque. Naturellement, les oiseaux ont pris peur et se sont éloignés à tire-d'aile...

— Ce qui était exactement mon intention, s'exclama Ramsès. Vous connaissez mes sentiments sur les sports sanguinaires, Maman. Tuer pour se nourrir ou pour se défendre, c'est une chose, mais massacrer la faune sans défense pour s'amuser à compter le nombre d'animaux tués est une activité que je ne peux pas...

— Je connais ton opinion sur la question, Ramsès, dit Emerson. Mais, mon cher enfant...

— Ne le réprimandez pas, implora Enid. Votre courageux petit bonhomme n'a pas songé un seul instant à sa propre sécurité. Il a agi imprudemment, mais noblement ! J'aurais peut-être agi pareillement si j'avais été là, car je partage son dégoût pour les hommes qui prennent un plaisir pervers à tuer.

Cette déclaration visait manifestement Donald, qui piqua un fard pitoyablement. Il n'eut pas la possibilité de se défendre, car Enid continua à chanter les louanges de Ramsès, dont l'expression suffisante aurait fait perdre patience à un saint. Afin de la remercier de l'avoir défendu avec une telle ardeur, Ramsès lui proposa — typique de sa part, car c'était là le plus grand compliment qu'il pût lui faire — de lui donner une leçon de hiéroglyphes, et ils rentrèrent dans la maison, main dans la main.

Donald reposa sa tasse sur sa soucoupe avec une telle violence qu'elle se fêla.

— Je démissionne, madame Emerson. J'ai affronté des ennemis armés et des sauvages féroces, mais Ramsès a eu raison de moi.

— Ramsès ? Vous voulez parler d'Enid, n'est-ce pas ? Reprenez du pain et du beurre, Donald.

— Je ne veux pas de fichu... Pardonnez-moi, madame Emerson. Je veux seulement qu'on me laisse tranquille.

— Avec votre pipe et votre opium ? intervint Emerson. N'y comptez pas, mon garçon. Vous n'échapperez pas à Mme Emerson. Elle s'est mis en tête de vous réformer, et elle vous réformera, que cela vous plaise ou non. Excusez-moi, je crois que je vais rentrer pour travailler sur mes notes.

— Emerson a beaucoup de tact, expliquai-je tandis que la robuste silhouette de mon mari disparaissait dans la maison. Il sait que je voulais avoir avec vous une conversation confidentielle, Ronald, pardon, Donald. Non, ne partez pas, car sinon, je demanderai à Abdullah de vous ramener et de vous faire tenir tranquille jusqu'à ce que j'aie achevé. Bonté divine, quel entêtement chez les hommes ! Enid m'a tout dit, Donald.

Le jeune homme se laissa retomber sur sa chaise.

— Tout ?

— Ma foi, presque tout. Elle ne m'a pas expressément dit qu'elle vous aimait, mais je n'ai pas eu de mal à le voir. Je suis toujours stupéfaite...

Donald se leva d'un bond.

— Qu'elle m'aimait ?

— ... de l'incapacité des hommes à voir ce qui leur crève les yeux. Et vous l'aimez...

— Je l'aime ? Je l'aime !

— On dirait un perroquet. Asseyez-vous et cessez de crier, ou tout le monde va venir voir ce qui se passe.

Donald se rassit lentement sur sa chaise, comme un homme dont les membres ne le soutiennent plus. Ses yeux, aussi gros que des soucoupes et du plus beau bleu turquoise égyptien, étaient fixés sur mon visage.

— Pour quelle autre raison vous poursuivrait-elle et tenterait-elle de vous persuader de vous défendre ? continuai-je. Pourquoi aurait-elle enduré les attentions révoltantes d'un homme tel que Kalenischeff, sinon pour vous aider ? Pourquoi est-elle si furieuse contre vous ? Ecoutez-moi, une femme ne va pas aussi loin simplement en souvenir d'une vieille amitié. Elle vous aime ! Mais elle vous méprise aussi, et à juste titre. Vous ne rendez pas service à votre frère en vous laissant punir à sa place, et si vous êtes assez stupide pour essuyer honte et déshonneur en raison de je ne sais quelle conception absurde du courage, vous n'avez pas le droit de faire souffrir ceux qui vous aiment. Proclamez votre innocence et révélez la faute de votre frère. Reprenez la place qui vous revient légitimement, et briguez le droit d'épouser Enid !

— Je ne vous crois pas, marmonna Donald. Elle me méprise. Elle...

— Ma foi, bien sûr qu'elle vous méprise. Cela n'a rien à voir avec le fait qu'elle vous aime. Maintenant, écoutez-moi, Donald. Vous ne pouvez pas nous abandonner. Je suis incapable de l'expliquer à Emerson, mais le Maître criminel le met dans un tel état qu'entendre ne serait-ce que son nom le fait hurler. Seulement, vous, vous comprendrez, j'ose espérer. Enid court un grand danger, non pas à cause de la police, mais de ce mystérieux génie du crime. Il voulait qu'elle soit inculpée et reconnue coupable du meurtre de Kalenischeff. Sinon pourquoi aurait-il choisi la chambre d'Enid pour perpétrer son crime ?

— Peut-être, admit Donald, parce que Kalenischeff était sur ses gardes à tout autre moment et ne devenait vulnérable que s'il croyait avoir un rendez-vous galant.

— C'était une question rhétorique, fis-je sèchement. Croyez-moi sur parole, Enid n'est pas en sécurité. Qui sait, elle a peut-être vu ou entendu quelque chose au cours de cette terrible nuit qui pourrait mettre Sethos en péril, si seulement elle parvenait à s'en souvenir. Laissez-la vous agonir d'injures, mais ne l'abandonnez pas quand elle aura besoin de vous. Et, pendant que j'en suis au chapitre des insultes, permettez-moi de vous dire que votre acceptation abjecte du mépris d'Enid ne va pas améliorer l'opinion qu'elle a de vous. Je serais ravie de vous faire une ou deux suggestions...

Une fois encore Donald se releva avec une telle impétuosité qu'il en renversa sa chaise.

— Je vous en supplie, madame Emerson... Epargnez-moi. Vos arguments m'ont convaincu. Je n'abandonnerai jamais Miss Debenham tant qu'elle aura besoin de protection. Mais je ne peux pas supporter... Je ne peux pas supporter... oh, mon Dieu !

Ce sur quoi, il rentra précipitamment dans la maison.

## CHAPITRE 10

Abdullah n'avait pas pris la peine de fermer les portes. Assise, je jouissais d'une rare et agréable solitude, écoutant les voix lointaines de Ramsès et d'Enid discutant d'égyptien ancien (ou plutôt, la voix de Ramsès faisant à Enid un cours d'égyptien ancien), et savourant la splendeur du coucher de soleil. La grandiose palette du ciel était striée de couleurs qu'aucun peintre n'aurait pu rendre : des bronzes à l'éclat sauvage, des cramoisis à l'éclat terne, de l'indigo, du rose, un doux bleu-gris. Je n'ignorais pas que la beauté sanglante du ciel tient à la quantité de sable contenue dans l'atmosphère, et j'espérais qu'un orage ne se préparait pas.

L'un des chemins venant du village passait devant les portes ; aussi eus-je en outre le plaisir d'observer les silhouettes des fellahs qui rentraient des champs à la maison, d'ânes chargés de bois pour le feu, de femmes emmitouflées de noir et portant de lourdes cruches d'eau sur la tête. La procession de l'Egypte éternelle, pensai-je — car il me vient des songeries poétiques en de tels instants.

Une forme étrangère apparut soudain au milieu de ce lent défilé, se mouvant à une allure insolite. La forme était celle d'un homme à cheval. Il franchit sans hésitation les portes ouvertes. M'apercevant, il mit pied à terre, et ôta son chapeau d'un grand geste.

— Madame Emerson, je suis Ronald Fraser. Nous nous sommes rencontrés l'autre jour...

— Je sais, dis-je. Seriez-vous par hasard la personne qui a transpercé d'une balle le casque de mon fils cet après-midi ?

— Ah, non ! Du moins, j'espère que non. (Lorsqu'il sourit, la ressemblance avec son frère fut frappante. Je jetai machinalement un coup d'œil par-dessus mon épaule. Donald restait invisible, mais Emerson était là. Ses larges épaules occupaient l'embrasure de la porte ouverte et un froncement de sourcils assombrissait son visage.)

— Vous espérez que non, répéta-t-il ironiquement. J'espère que non, moi aussi. Car si c'était vous qui aviez commis cette petite erreur, vous auriez à m'en répondre personnellement.

— C'est pour expliquer cet incident et vous présenter mes excuses que j'ai l'honneur de vous rendre visite, à vous ainsi qu'à votre charmante épouse, déclara suavement Ronald. Puis-je...

— Vous pouvez, dis-je en indiquant la chaise que Donald avait renversée lors de son départ précipité. Je vous offrirais bien une tasse de thé, mais malheureusement il est froid.

Ronald remit la chaise d'aplomb et s'assit. C'était un être gracieux, plus élégant et moins viril que son frère. Les connaissant comme je les connaissais à présent, je n'aurais jamais pu les confondre l'un avec l'autre. L'expression du cadet trahissait la faiblesse de son caractère. Il avait les lèvres minces, le menton hésitant, le front étroit et fuyant. Même ses yeux, eux aussi bleus comme la mer, étaient de teinte plus pâle. Ils croisèrent les miens avec une franchise désarmante que je ne pus m'empêcher de trouver fort suspecte.

De la façon la plus charmante, il affirma qu'il ne voulait en aucun cas me déranger, même pour me demander une tasse de thé.

— Je suis seulement venu, enchaîna-t-il, pour m'assurer qu'il n'était rien arrivé à votre garçon. Il s'est mis à courir devant les fusils, Professeur et madame Emerson, je vous assure. Honnêtement j'ignore par qui a été tirée la balle qui lui a arraché le casque de la main. Il l'avait récupéré et avait battu en retraite avant que nous ne puissions le suivre. Nous avons eu beau chercher quelque temps, nous n'avons trouvé aucune trace de lui, ni de personne d'autre. Pourtant, il m'a semblé entrevoir quelqu'un d'autre, un Arabe d'après sa tenue...

Il acheva sur une note interrogative, mais je n'avais pas la moindre envie de l'informer que l'autre personne était son frère. Emerson non plus. La réponse de mon mari fut directe, confinant à l'impolitesse. D'après ce que je me rappelle, il y était question de jeunes idiots qui ne trouvent rien de mieux à faire que de tirer sur des oiseaux incapables de se défendre, et de son espoir sincère (l'espoir d'Emerson, s'entend) que les chasseurs finiraient par se tirer dessus ou les uns sur les autres.

Le sourire fixe de Ronald demeura inchangé.

— Je ne vous en veux pas, Professeur. A votre place je dirais à peu près la même chose.

— J'en doute, repartit Emerson avec hauteur. Si vous croyez que vos capacités d'invective égalent les miennes, vous vous trompez lourdement.

— Je suis prêt à faire réparation dans la mesure de mes possibilités, insista le jeune homme. Un cadeau pour votre petit bonhomme... des excuses sincères...

Je me demandais pourquoi Ramsès n'avait pas fait son apparition. Cela ne lui ressemblait décidément pas de s'abstenir de venir mettre son grain de sel. Pourtant, même cette proposition tentante de conciliation ne le fit pas sortir de la maison. Le silence le plus profond régnait dans la bâtisse ; même le murmure de la conférence de Ramsès avait cessé.

— Ce n'est pas nécessaire, dis-je. Mais merci d'être passé.

Je n'avais pas l'intention de le laisser déjà repartir, mais il n'était guère facile d'aborder le sujet sur lequel je voulais l'interroger. « Avez-vous contrefait la signature de votre frère ? » ou bien « Croyez-vous que Miss Debenham soit une meurtrière ? » paraissaient un peu brutales, d'autant plus que je n'étais pas censée connaître les personnes en question. Cependant, le jeune homme m'évita ces tracas en posant une question presque aussi directe que celles auxquelles je venais de renoncer.

— J'avais une autre raison de venir, déclara-t-il gravement. Puis-je dire un mot, je vous prie, à Miss Debenham ?

Je me ressaisis aussitôt sans trahir, j'en suis sûre, mon ébahissement devant cette question.

— Miss Debenham ? Je ne crois pas savoir...

— Je ne peux pas croire qu'elle ait réussi à vous abuser, madame Emerson, quel que soit le nom qu'elle ait pu prendre. Vous êtes trop astucieuse pour vous être laissée duper. Votre cœur généreux et votre tendre sollicitude sont célèbres ; tout le monde en parle ; il est impossible de passer quelques jours en Egypte sans connaître votre réputation — ainsi, bien entendu, que celle de votre distingué mari. Vous avez recueilli Miss Debenham, elle était en fuite, ne savait plus que faire, et pour cela vous aurez éternellement droit à ma reconnaissance. Pensez-vous que je la trahirais ? Moi qui la mets au-dessus de tous les êtres vivants ? Je veux seulement la voir, lui parler, m'assurer qu'elle va bien, apprendre ce que je peux faire pour l'aider...

Impressionnée malgré moi par son éloquence, je l'écoutais sans confirmer ni infirmer ce qu'il affirmait. Combien de temps aurait-il continué, je ne saurais dire, mais son discours fut interrompu par Enid elle-même. Elle dut écarter Emerson de son passage, lequel avait écouté avec une expression de dégoût incrédule.

— Tu me vois, dit-elle d'un ton glacial. Je vais bien. Tu sais ce que tu peux faire pour me rendre service. J'ai répondu à toutes tes questions, me semble-t-il.

— Enid ! (Il se précipita vers elle, renversant la

chaise pour la seconde fois de l'après-midi. J'entendis un craquement à l'instant où l'un des pieds céda.)

Enid attendit qu'il fût presque sur elle, puis leva une main avec une dignité solennelle qui le fit stopper net.

— Enid, répéta-t-il sur un ton de doux reproche. Comment as-tu pu faire ça ? Si tu savais comme j'ai souffert, ignorant où tu étais et ce que tu devenais...

— Toujours à te plaindre de ce que, *toi*, tu as enduré, le coupa-t-elle avec une moue méprisante. Je ne sais pas comment tu m'as retrouvée, mais nous n'avons rien à nous dire. A moins que tu n'aies décidé de te conduire en homme et d'avouer ce que tu as fait.

— Mais je t'ai répété maintes et maintes fois, Enid, que je confesserais volontiers n'importe quoi si cela pouvait le sortir de l'ornière où il se trouve, le pauvre. Dieu sait qu'il s'est laissé suffisamment accuser à ma place quand nous étions enfants. Le moins que je puisse faire...

— Serait de confesser noblement un forfait que tu n'as pas commis ? Ronald, tu es... il n'y a pas de mots pour dire ce que tu es.

Avec un geste de dégoût, elle se détourna comme pour rentrer dans la maison.

— Attends, Enid. Ne me laisse pas comme ça. Que puis-je faire d'autre ?

Elle fit volte-face, les yeux étincelants.

— Va trouver le supérieur hiérarchique de Donald, et avoue-lui tout. Mais il faudra que tu te montres convaincant, Ronald.

— Ma chère enfant...

— Et ne m'appelle pas chère enfant !

— Je te demande pardon. Il est dur de ne pas exprimer les sentiments qui vous emplissent le cœur. Enid, je ferai ce que tu me demandes, je te le jure. Mais il faut d'abord que je retrouve mon cher frère. Je l'ai cherché nuit et jour, Enid, dans des endroits que je n'oserais mentionner en ta présence. Mais il a toujours fui devant moi. Je suis terrorisé à l'idée qu'il puisse avoir un geste désespéré... qu'un jour ou l'autre j'entende parler d'un corps repêché dans le Nil, ou retrouvé dans quelque bouge immonde...

Sa voix se brisa. Il s'enfouit le visage entre les mains.

— N'aie pas peur de ça, dit froidement Enid sans se laisser émouvoir. Et n'espère pas ça non plus, devrais-je ajouter. Fais ce que tu as promis, puis reviens me voir avec les papiers prouvant l'innocence de ton frère.

— Et après ? (Il releva la tête, les larmes aux yeux.) Et après, Enid ?

Le visage de cette dernière devint blanc comme un linge.

— Je ne promets rien, dit-elle en se troublant. Mais... viens me voir alors.

Les couleurs affluèrent au contraire au visage du jeune homme.

— Enid, s'écria-t-il. Je n'y manquerai pas ! Oh, ma chérie...

Elle s'enfuit devant lui, entra dans la maison et referma la porte. Ronald l'aurait suivie si Emerson ne s'était interposé.

— Non, non, fit-il avec le grognement cordial qui amène parfois les personnes insensibles à croire qu'il est d'humeur aimable. Au cas où cela vous aurait échappé, monsieur Fraser, un gentleman n'impose pas sa présence à une dame quand celle-ci rejette ses attentions.

— Non, elle ne rejette pas mes attentions, répliqua Ronald. Vous ne la connaissez pas, Professeur. Elle m'a toujours réprimandé et insulté. Nous avons cette habitude depuis que nous sommes enfants. C'est simplement sa façon à elle de témoigner son affection.

— Une façon bien singulière, je dois dire, observa Emerson avec scepticisme. Je n'ai jamais entendu parler d'une chose pareille.

— J'en appelle à Mme Emerson, riposta Ronald avec un sourire. (C'était assurément un jeune homme d'humeur versatile. Toute trace de chagrin avait disparu pour laisser la place à un air de satisfaction éclairant maintenant son beau visage.) N'est-il pas vrai, madame Emerson, que certaines demoiselles prennent plaisir à tourmenter ceux qu'elles aiment ? Elle traite Donald de la même façon, vous avez dû le remarquer.

— Si j'avais eu l'occasion de les voir ensemble, j'aurais peut-être pu le remarquer en effet, répliquai-je sèchement, car je lui en voulais d'avoir ostensiblement tenté de me faire admettre ce que je lui cachais. Sans vouloir paraître inhospitalière, monsieur Fraser, je vous conseille de vous en aller.

Ronald fixa sur moi son regard sérieux.

— Maintenant que je suis assuré qu'Enid ne court aucun danger, je n'ai qu'un seul souci. Mon frère, madame Emerson... Mon pauvre frère qui souffre. Enid a toujours pris son parti. Elle a pour lui l'affection d'une sœur. Il a mal agi, mais il a été suffisamment puni. Je veux le retrouver et le ramener à la maison. Ensemble nous affronterons l'adversité. Si je pouvais seulement lui dire..., seulement lui parler ! Je lui rappellerais les jours heureux de l'enfance, les heures que nous passions à des jeux innocents, les roseaux près du canal, là où nous restions étendus à observer le vol des petits oiseaux...

— Oh, décidément, je n'y tiens plus, dit Emerson, à moitié pour lui-même. D'abord, il se répand en jérémiades devant la jeune fille, et voilà maintenant qu'il pérore sur son enfance... en recourant de surcroît aux clichés les plus insipides, les plus sentimentaux ! Bonsoir, monsieur Fraser. Allez-vous-en, monsieur Fraser.

Même Ronald ne pouvait pas interpréter cela comme une formule d'adieux conventionnelle et courtoise, mais il fit de son mieux. Il s'inclina en me prenant la main, et me remercia derechef de protéger sa pauvre chérie délicate, pour reprendre ses propres termes. L'expression fut malheureuse, car elle poussa Emerson à agir avec brusquerie. Je pense qu'il avait seulement l'intention de saisir M. Fraser à bras-le-corps et de le jeter sur son cheval, mais M. Fraser le devança. Après qu'il se fut éloigné au galop, Emerson cria à Abdullah de fermer les portes et de mettre les barres.

— Si qui que ce soit essaie d'entrer, beugla-t-il, abattez-le. (Puis il se tourna vers moi.) Il reste combien de temps avant le dîner, Peabody ? Je meurs de faim.

— La journée a été bien remplie, acquiesçai-je. Asseyez-vous, Emerson, et prenez une autre tasse de thé. Je peux faire bouillir de l'eau en un instant.

— Je crois que je vais plutôt prendre un whisky. Voulez-vous m'accompagner, Peabody ?

— Oui, merci. Où sont tous les autres ?

— Fraser — notre Fraser — doit probablement se terrer quelque part au fond de la maison. (Emerson ramassa la chaise et l'examina d'un œil critique.) L'un des pieds est cassé. Saperlotte, ces jeunes gens ne respectent vraiment pas le mobilier, Peabody.

— En effet, Emerson.

— Quant à la jeune femme, reprit Emerson, elle est en train — si tant est que je connaisse bien les jeunes femmes — de pleurer dans sa chambre toutes les larmes de son corps. C'est ce que font les jeunes femmes quand elles sont dans tous leurs états. Vous ai-je dit, Peabody, que l'une des raisons pour lesquelles je vous adorais, c'était que vous étiez plus encline à frapper les gens à coups d'ombrelle qu'à vous affaler sur votre lit pour pleurer ? Cette dernière habitude est exaspérante.

— Je partage entièrement votre avis, Emerson. Nous voilà donc fixés quant à Enid. Reste à savoir où se trouve Ramsès, avant de déguster tranquillement...

— Je suis là, Maman, annonça Ramsès en sortant de la maison avec la bouteille de whisky et les verres sur un plateau. (Emerson bondit pour le lui prendre des mains, et Ramsès poursuivit :) Par la fente dans la porte j'ai entendu tout ce qui s'est dit. J'ai estimé que mon apparition risquait de faire dévier la conversation, que j'ai trouvée fort intéressante et fort stimulante. Maintenant que je suis là, nous pouvons évoquer les implications éventuelles de ce que nous venons d'apprendre et les incidences sur le problème principal qui nous occupe. Je veux bien sûr parler de...

— Sapristi, Ramsès, en plus tu écoutes aux portes ? lui lançai-je sévèrement. Ecouter aux portes, ce n'est pas convenable.

— Mais c'est très utile, répliqua Ramsès tendant un verre tandis qu'Emerson servait le whisky. (Il vivait dans l'espoir que son père le remplirait sans faire attention et que moi-même ne m'en apercevrais pas. Les deux choses n'avaient pratiquement aucune chance de se produire, mais, comme Ramsès me l'avait un jour expliqué, cela ne coûtait rien de tenter le coup.)

Cela s'avéra inefficace cette fois-ci. Emerson me tendit mon verre.

— Je me demande, dit-il pensivement, comment M. Ronald Fraser savait que la demoiselle était avec nous. Il ne m'éblouit pas par ses capacités intellectuelles.

— Il l'a peut-être entrevue hier, suggérai-je.

— Peut-être. Eh bien, Peabody, qu'en pensez-vous ? Le coupable est-il Donald ou Ronald ?

— Comment pouvez-vous avoir des doutes, Emerson ? Enid nous a dit...

— Oui, mais c'est la parole d'une jeune fille qui reconnaît ignorer les faits contre celle des deux frères. Ils sont certainement mieux placés qu'elle pour savoir.

Logiquement il avait raison. A tous les autres points de vue il avait tort. Je n'avais pas d'arguments rationnels à avancer, je n'avais que ma profonde connaissance de la nature humaine, qui est bien plus sûre dans des cas de ce genre que la logique. Mais je savais quelle serait la réaction d'Emerson si je lui disais cela.

— Les histoires personnelles de ces jeunes gens ont beau être intéressantes et touchantes, il est plus important de continuer à rechercher le Maître criminel. Les révélations du père Todorus contiennent peut-être un indice après tout. Ou peut-être l'un des villageois en sait-il plus qu'il veut bien l'admettre.

Ramsès exigea aussitôt de savoir de quoi je parlais.

Satisfaisant la curiosité de notre fils, Emerson lui parla des tentations auxquelles avait été soumis le père Todorus — omettant toute allusion, il va sans dire, aux tentations autres que bachiques.

— Mmm, fit Ramsès en pinçant les lèvres. Cet incident éclaire d'un jour très intrigant la personnalité du gentleman que nous recherchons, mais je ne crois pas qu'il nous fournisse des renseignements utiles. Peut-être que si j'interrogeais le prêtre...

— Tu n'en apprendrais pas plus que nous, l'interrompis-je sèchement. En réalité, le père Todorus serait même encore moins disposé à se confier à un enfant d'un âge aussi tendre. Ton père a raison, ce génie du crime...

Le visage d'Emerson se contracta.

— Faut-il vraiment que vous l'appeliez par ce nom flatteur ?

— Je ne vois pas en quoi il est flatteur, Emerson. Cependant, s'il vous dérange, je veux bien me borner à l'appeler Sethos. Une bien curieuse appellation. Je me demande ce qui l'a poussé à la choisir.

— Je m'en moque éperdument, observa Emerson.

— Mais Maman a soulevé un point digne d'intérêt, intervint Ramsès de sa voix flûtée. Nous savons que ce monsieur a un sens de l'humour très particulier et qu'il aime provoquer ses adversaires. Et si ce pseudonyme était en soi une plaisanterie et un défi ?

— Je ne pense pas, Ramsès, dis-je. Il est beaucoup plus probable que ce nom exprime l'imagination et le talent poétique de cet homme. La momie de Sethos Ier est remarquablement belle (pour une momie) et l'expression qui décrit Seth comme un lion dans la vallée...

— Bah, fit Emerson. Quelles sornettes, Peabody.

— Je serais tenté de partager l'avis de Papa, mais sans me servir des mêmes termes, car je ne ferais guère preuve de respect filial si j'appliquais un tel mot aux processus cognitifs de mon père ou de ma mère, tout particulièrement...

— Ramsès, fis-je.

— Oui, Maman. J'étais sur le point de suggérer que la bague en or ornée du cartouche royal était peut-être une indication. Où Sethos a-t-il trouvé une telle rareté ? Peut-on imaginer qu'elle faisait partie du butin raflé dans la première tombe qu'il a pillée, et lui a-t-elle suggéré le nom sous lequel il a choisi de se faire connaître ?

— Mmm, fit Emerson pensivement. Tout à fait possible, mon garçon. Mais même si tu as raison, cette information ne nous sert à rien. Il me semble que ma suggestion initiale est plus proche de la vérité. Bon sang : et les cheveux roux ? Nous sommes en présence non pas d'*un* mais de *deux* hommes roux. L'un d'eux doit être Sethos.

La nuit était tombée. La lune décroissante inondait la cour d'une pâle lueur. Dans le silence qui suivit la déclaration d'Emerson, les voix enjouées des hommes réunis autour du feu résonnèrent étrangement à nos oreilles.

— Certainement pas, dis-je. En réalité, Emerson, c'est vous-même qui m'avez dit, quand j'ai fait la même suggestion, que Donald ne pouvait en aucun cas être l'homme en question.

— Il pourrait s'agir aussi bien de l'un que de l'autre, reprit Emerson. De Donald ou de son frère.

— La même objection tient toujours, Papa, dit Ramsès. La couleur de leurs yeux...

— Oh, peu importe, nous écriâmes-nous en même temps, Emerson et moi.

— Nous pourrions peut-être interroger Enid, ajoutai-je, pour savoir si l'un des deux frères n'était pas en Angleterre l'hiver dernier ou bien si tous deux en étaient absents.

— Je vais aller le lui demander tout de suite, annonça Ramsès en se levant.

— Il ne vaut mieux pas, mon garçon.

— Mais, Papa, elle est dans un terrible état d'abattement. Je voulais déjà aller la voir avant.

Emerson secoua la tête.

— Tes intentions t'honorent, mon garçon, mais crois Papa sur parole : il est préférable de laisser tranquilles les jeunes demoiselles qui sont dans un terrible état d'abattement, sauf si l'on est celui qui est la cause de cet abattement.

— Est-ce vrai, Maman ? demanda Ramsès en se tournant vers moi pour confirmation.

— Je suis entièrement de l'avis de ton papa, Ramsès.

— Et pourtant je pense, insista Ramsès, qu'un témoignage de tendre sollicitude, ainsi peut-être qu'un bref exposé sur l'inutilité d'une émotion excessive auraient un effet positif.

Un hideux pressentiment s'empara de tout mon être. Je n'avais pas manqué de remarquer avec quelle indulgence Ramsès avait laissé Enid lui faire des mamours. Il ne laisse pas d'inconnus prendre de telles libertés sans avoir quelque arrière-pensée, et j'avais naturellement présumé qu'il avait effectivement une arrière-pensée en ce qui concernait Enid — à savoir, en un mot, qu'il espérait gagner sa confiance en feignant d'être un garçon de huit ans ordinaire. A présent, en entendant les accents sérieux et inquiets de sa voix, je commençais d'entretenir d'horribles doutes. Il était sûrement bien trop tôt... Mais si Ramsès s'avérait aussi précoce dans ce domaine qu'il l'avait été dans d'autres... Les perspectives étaient affolantes. J'éprouvai une lâche réticence à continuer de poser les questions que je devais poser, comme je le savais, mais la force d'âme traditionnelle des Peabody vint au secours de ma volonté défaillante.

— Pourquoi as-tu laissé Enid te prendre dans ses bras aujourd'hui ? m'enquis-je.

— Je suis heureux que vous me posiez la question, Maman, car cela me permet d'aborder un sujet dont je veux discuter avec vous. J'ai éprouvé aujourd'hui une sensation très insolite lorsque Miss Debenham m'a pris dans ses bras. Par certains côtés cela ressemblait aux sentiments d'affection que j'ai pour vous et, dans une moindre mesure, pour tante Evelyn. Toutefois, il y avait autre chose. Je n'ai pas réussi à qualifier ce je-ne-sais-quoi avant de me rappeler certains vers de M. Keats — je pense en particulièr à son poème lyrique, *La Vigile de la Sainte-Agnès*, qui a éveillé...

— Crénom ! m'écriai-je, affolée.

Emerson, pauvre naïf, se mit à ricaner.

— Mon cher enfant, tes sentiments sont tout à fait normaux, je t'assure. Ce sont les premiers émois enfantins de sensations qui s'épanouiront ultérieurement pour devenir les sentiments les plus nobles que connaisse l'humanité.

— Je m'en doutais, dit Ramsès. Et c'est pourquoi je souhaitais parler de cette question avec vous. Puisqu'il s'agit de sensations normales, naturelles, il faudrait que j'en sache davantage.

— Mais, Ramsès... commença son père, qui s'avisait sur le tard du tour que prenait la conversation.

— Je crois avoir entendu Maman dire à plusieurs reprises que notre société prude faisait un tort considérable aux relations entre les sexes, et que les jeunes gens devaient être informés des faits.

— Tu m'as effectivement entendu dire cela, reconnus-je en me demandant ce qui avait bien pu me passer par la tête pour dire cela en sa présence.

— Je suis prêt à être informé, déclara Ramsès, les coudes sur la table, le menton entre les mains, et ses grands yeux fixés sur moi.

— Je ne peux nier le bien-fondé de la demande, dis-je. Emerson...

— Quoi ? (Emerson sursauta violemment.) Voyons, Peabody...

— Assurément, c'est un sujet qui est davantage du ressort d'un père que d'une mère.

— Oui, mais...

— Je vais donc vous laisser expliquer, dis-je en me levant.

— Un moment, Papa, dit Ramsès avec empressement. Laissez-moi aller chercher du papier et un crayon. J'aimerais prendre quelques notes.

Tandis que je me dirigeais vers la cuisine, j'entendis Emerson se mettre à parler. Il parlait trop bas pour que je saisisse les mots, mais je crus distinguer le mot « amibe ».

La cuisine n'était qu'un feu de cuisson entre un cercle de pierres. Les pots, les casseroles et les cruches du cuisinier étaient éparpillés çà et là en un désordre apparent. Mais Hamid savait où tout se trouvait. C'était un cousin d'Abdullah, et je dois dire que sa mine n'aurait pas inspiré confiance à un éventuel employeur, car il était d'une maigreur cadavéreuse et arborait de tristes moustaches en berne. En l'occurrence l'éventuel employeur se serait trompé, car Hamid cuisinait admirablement. Il leva les yeux du pot dans lequel il touillait et m'annonça que le dîner était prêt. Je réussis à le persuader de patienter un peu. Si Emerson débutait par les formes de vie unicellulaire, il lui faudrait sans doute un bon bout de temps pour en arriver aux hominidés. Ravis de ma visite, les hommes s'agglutinèrent autour de moi et nous échangeâmes quelques potins intéressants.

Mais, bien vite, les moustaches de Hamid prirent un air encore plus pitoyable, ses commentaires se firent brusques et maussades. J'en conclus que, comme tous les grands chefs, même ceux qui portent un turban et non une toque blanche, il allait se venger sur la cuisine si celle-ci n'était pas servie à temps. Aussi lui dis-je que nous allions passer à table, et je partis à la recherche des convives.

Emerson avait disparu. Ramsès griffonnait fébrilement à la lumière d'une chandelle.

— L'exposé est-il terminé ? m'enquis-je.

Ramsès hocha la tête.

— Pour le moment, oui. J'avais encore des questions à poser, mais Papa m'a affirmé qu'il n'avait plus rien à dire sur la question.

— Ta curiosité a-t-elle été satisfaite ?

— J'avoue, dit Ramsès, que je suis incapable de visualiser certaines opérations. Elles me paraissent, sinon impossibles physiquement, du moins très fatigantes. J'ai demandé à Papa s'il pouvait me faire un graphique ou deux, mais il a dit non, qu'il ne pouvait pas. Peut-être pourriez-vous...

— Non, tranchai-je.

— Papa a bien précisé qu'il fallait éviter le sujet dans la conversation et que celui-ci était tabou selon nos habitudes culturelles. Je trouve cela plutôt curieux, vu qu'à ma connaissance d'autres sociétés ne partagent pas cette attitude. La relativité des valeurs culturelles...

— Ramsès, l'interrompis-je, considère pour l'instant la question de la relativité des valeurs culturelles comme une digression. Ne pourrais-tu te tourner vers des questions plus immédiates ?

— Par exemple, Maman ?

— Par exemple, le dîner. Hamid est en train de le servir, et il va être très fâché si nous le laissons refroidir. Va chercher M. Fraser et Miss Debenham, s'il te plaît, et je vais appeler ton papa.

Je trouvai Emerson sur le toit, broyant du noir en silence au clair de lune, tel un sphinx grandeur nature. Je le félicitai de la façon efficace dont il avait traité ce sujet complexe, ce à quoi il répliqua :

— Je vous demande instamment de ne plus me parler de ça. Les mauvaises langues pourraient y voir le plaisir de retourner le couteau dans la plaie.

Le dîner ne fut guère agréable. Ramsès ne cessait de consulter ses notes et d'y ajouter un mot ou deux de temps à autre, manège qui rendit Emerson extrêmement nerveux. Enid battait froid à Donald, et s'adressait presque exclusivement à Ramsès. Le *kawurmeh* était excellent, quoique un soupçon trop relevé.

Je demandai à Donald pourquoi il ne s'était pas manifesté auprès de son frère.

— Car, ajoutai-je, vous l'avez sûrement entendu ?

— Je l'ai entendu, répondit Donald sèchement.

— Comment avez-vous pu résister à un appel aussi affectueux ?

— Vous ne pouvez quand même pas imaginer que j'aurais fait tant d'efforts pour l'éviter et puis que je change brusquement d'avis.

S'adressant ostensiblement à Ramsès, Enid déclara :

— La lâcheté, vois-tu, n'est pas toujours synonyme de lâcheté physique. Refuser de voir la vérité en face est une forme de lâcheté morale, laquelle, à mes yeux, est encore pire.

Des déclaration de cette nature n'avaient guère de chances d'améliorer le climat de la soirée.

Quant à Emerson, il ne fut d'aucune aide. En général, après une journée de fouilles réussie, il parle gaiement de ce qu'il a fait et de ses propres projets. Je mis son silence sur le compte du ressentiment — fort injustifié et injuste, puisque c'était Ramsès qui avait abordé le sujet en premier, et que j'avais seulement agi comme toute mère l'aurait fait. Mes tentatives pour dissiper la mauvaise humeur d'Emerson en le questionnant sur les ruines du temple se soldèrent par des échecs.

Comme il fallait s'y attendre, Ramsès était tout disposé à parler, lui, et je dois dire que sa conversation mêlait curieusement ses préoccupations égyptologiques ordinaires à sa nouvelle passion. Il ne cessait de réclamer à Enid de venir dans sa chambre pour qu'il lui montre sa grammaire égyptienne.

A la fin du repas Emerson annonça brusquement qu'il avait l'intention d'aller au Caire le lendemain.

— Comme c'est le jour de repos des hommes, je ne perdrai pas plus de temps qu'en restant ici de toute façon. Je compte sur vous, monsieur Fraser, pour surveiller Ramsès et les dames...

— Les dames ! m'écriai-je. J'espère que vous ne m'incluez pas dans cette catégorie, Emerson. Naturellement j'ai l'intention de vous accompagner.

— Je me suis mal exprimé, Peabody. Pardonnez-moi, je vous prie. J'avais espéré que vous resteriez ici vous aussi. Vous valez une centaine d'hommes, vous le savez bien.

Cette marque éhontée de flagornerie ressemblait si peu à Emerson que je restai à le dévisager, interloquée.

— A cet égard, Professeur, dit Donald, soyez sûr que je ferai mon devoir avec ou sans l'aide de Mme Emerson. Même un lâche sur le plan moral peut être prêt à mourir pour défendre les faibles sans défense.

Cette déclaration fit enrager à la fois Enid et Ramsès. Enid proposa qu'ils se retirent pour examiner la grammaire, et ils partirent ensemble. Bastet les suivit, mais pas avant d'avoir prouvé sa loyauté envers son jeune maître en mordant Donald à la jambe.

Il fut décidé que nous passerions la nuit à la maison afin de pouvoir prendre le train de bonne heure. Emerson se mit en devoir d'écrire son journal professionnel, tandis que j'étiquetais et classais les objets que nous avions trouvés. Mais de temps à autre, quand je relevais la tête, je voyais Emerson fixant des yeux le papier devant lui, les mains immobiles, comme si son esprit eût vagabondé bien loin de son travail. J'allai me coucher de bonne heure. Emerson ne vint pas avec moi, et il ne me réveilla pas non plus, comme il le fait d'ordinaire, lorsqu'il me rejoignit plus tard.

La voûte céleste était encore sombre quand je fus réveillée par un bruit subreptice venant d'en bas, mais la pâle clarté du ciel à l'est m'indiqua que l'aube n'était pas loin. Je rampai avec précaution jusqu'au bord du toit et regardai en bas. Le bruit que j'avais entendu était celui d'une porte qu'on ouvre et qu'on referme doucement. Je m'attendais à voir une minuscule silhouette se faufiler dehors pour partir faire Dieu sait quelle course, mais l'ombre qui gagnait furtivement le portail d'entrée était celle d'un homme. Je n'eus aucun mal à comprendre que ce devait être celle de Donald.

Je ne réveillai pas Emerson. Lorsqu'il est tiré brusquement d'un sommeil profond, il fait beaucoup de bruit et frappe les gens. Il ne me fallut qu'un instant pour enfiler les vêtements que j'avais préparés pour le matin, et pour m'emparer de ma fidèle ombrelle. Je n'emportai pas ma ceinture munie de ses ustensiles, craignant que le cliquetis n'éveille Emerson et ne rende impossible la poursuite discrète que j'envisageais. Il fallut que l'ombrelle se prenne dans mon pied tandis que je descendais le long du mur et je tombai assez lourdement. Heureusement, le sol en terre étouffa le bruit de ma chute. Je me dis qu'à l'avenir, si j'avais besoin de redescendre ainsi, j'aurais intérêt à jeter en bas l'ombrelle avant de descendre moi-même.

Donald avait laissé le portail légèrement entrouvert. Je me glissai par l'entrebâillement et le cherchai en vain, craignant qu'il ne m'eût échappé. J'avais une vague idée de l'endroit où il pouvait aller. En m'habillant je m'étais souvenu de quelque chose qu'avait dit son frère la veille. Son discours décousu et sentimental n'avait pas été aussi dénué de sens que je l'avais cru. Car, en évoquant son enfance, Ronald avait suggéré un rendez-vous, espérant que Donald l'entendrait. De toute évidence il savait que Donald était avec nous, tout comme il était au courant de la présence d'Enid. Comment il avait appris cela donnait ample matière à réflexion, mais je ne perdis pas de temps à spéculer. Avec un peu de chance, je serais bientôt en mesure de lui poser la question de but en blanc, car j'étais sûre que Donald allait retrouver son frère sur la berge du canal couverte de roseaux, non loin de l'endroit où ce dernier avait chassé.

Le ciel s'éclaircit et le bord du soleil levant se profila par-dessus la crête des collines. Je suivis le chemin de la digue qui longeait le village, car je supposais que Donald ne tenait pas à être vu. On entendait déjà des villageois vaquer à leurs activités et l'on sentait l'odeur âcre du feu de bois pour le repas, car, comme tous les peuples primitifs, les villageois se lèvent avec le soleil.

Je n'étais pas allée loin lorsque je vis le jeune

homme devant moi. Plusieurs habitants du village étaient déjà sortis, et à première vue on aurait pu le prendre pour un fermier industrieux se dirigeant vers les champs. Il était évident qu'il pensait avoir quitté la maison sans être vu, car il ne regardait pas derrière lui. Cependant, je pris la précaution de me dissimuler derrière un petit âne chargé de canne à sucre, qui allait dans la même direction.

Finalement Donald quitta le chemin et plongea dans la végétation verte et luxuriante, entre le canal et le fleuve. Je dus abandonner mon âne, mais j'étais protégée par des roseaux et des herbes folles tant que je marchais courbée en deux. Donald s'arrêta enfin. J'avançai en rampant et me tapis derrière un buisson de mauvaises herbes.

Donald ne cherchait pas à se cacher. Au contraire, il se redressa de toute sa taille et ôta son turban. Le disque cuivré du soleil s'élevait bien haut à l'horizon et ses rayons soulignaient la silhouette de Donald d'un halo doré. Son corps vigoureux, son profil qui se découpait bien nettement, et surtout l'éclat roux doré de ses cheveux attiraient les regards.

Je ne pus m'empêcher de me rappeler l'insistance d'Emerson sur les cheveux roux du dieu Seth. Me serais-je laissée abuser par un acteur à l'art consommé jouant le rôle d'un jeune Anglais innocent, victime d'une injustice ? Impossible ! Pourtant... Et si Sethos n'était pas un des frères, mais les deux à la fois ? Ses aptitudes apparemment surnaturelles, dépassant celles d'un simple mortel, se seraient alors expliquées.

Cependant l'autre moitié du personnage (si tout au moins ma dernière théorie était juste) ne fit pas son apparition. Donald était aussi étonné que moi de l'absence de son frère. Il se gratta la tête, regardant à droite et à gauche.

Une violente agitation parmi les roseaux lui fit tourner la tête. Ce n'était pas moi qui en étais la cause ; cela venait de quelque part derrière moi. Toutefois, cela eut pour malencontreux effet de lui faire tourner les yeux dans ma direction, et l'écran bien frêle du buisson ne parvint pas à me dissimuler. En deux grandes enjambées il avait atteint ma cachette et m'en avait tirée. Il ne s'attendait pas à me voir. La stupéfaction déforma ses traits, et sa main lâcha mon col.

— Madame Emerson ! Que diable faites-vous là ?

— Je pourrais vous poser la même question, répliquai-je en rajustant ma jupe. Du moins je le ferais si je ne connaissais pas la réponse. J'ai entendu et compris le message de votre frère. Cependant, il me semble qu'il a été retardé. Quelle était l'heure du rendez-vous ?

— Le lever du soleil, répondit Donald. C'était l'heure à laquelle nous avions l'habitude d'aller au marais pour chasser. Retournez à la maison, je vous prie, madame Emerson. S'il veut me parler en privé, il ne se manifestera pas tant que vous serez là.

J'étais sur le point d'acquiescer, ou de feindre d'acquiescer — car, bien sûr, je n'avais pas l'intention de partir sans avoir entendu ce que les frères avaient à se dire. Avant que je puisse seulement hocher la tête, il se produisit un incident déconcertant. Quelque chose fendit l'air en sifflant hargneusement à quelques centimètres au-dessus de ma tête. Un quart de seconde plus tard, j'entendis l'explosion. Suivie d'un deuxième, puis d'un troisième coup.

Avec un cri étouffé, Donald plaqua la main contre sa tête et s'écroula. Je fus si saisie par ce funeste événement que je restai un instant sans réagir, et le poids du corps de Donald m'entraîna au sol.

Le sol était meuble, mais le choc me coupa la respiration, et lorsque je tentai de me dégager de sous le poids mort qui m'écrasait, je fus incapable de bouger. J'espérais qu'il ne s'agissait là que d'une figure de style et que l'expression ne devait pas être prise dans son sens littéral, mais l'inertie totale de ses membres m'inspira les plus vives craintes. Et mon appréhension ne fut pas non plus apaisée lorsque je sentis quelque chose de mouillé et de visqueux coulant le long de ma joue. Comme je ne souffrais de nulle part, je compris qu'il devait s'agir du sang de Donald.

J'étais en train d'essayer de le retourner quand j'entendis un bruissement de feuillage. Quelqu'un approchait ! Je craignis que ce fût le meurtrier, venant voir si son acte infâme avait bien été perpétré, et je m'efforçai de me dégager. Le poids qui me retenait disparut alors, et j'entendis s'écrier une voix affolée :

— Donald ! Mon très cher... mon chéri... parle-moi ! Oh, mon Dieu, il est mort, il a été tué !

Je me redressai. Enid était assise par terre, sans se préoccuper de la boue dont était maculée sa jupe. Avec la force donnée par l'amour et le désespoir, elle avait soulevé l'homme sans connaissance, dont la tête reposait maintenant sur son sein. Son chemisier et ses petites mains étaient tachés du sang de Donald, qui coulait abondamment d'une blessure au front.

— Reposez-le tout de suite, petite sotte, dis-je.

C'était comme si j'avais flûté dans le désert. Elle continua à gémir et à couvrir de baisers ses cheveux emmêlés.

J'étais encore essoufflée, mais je me forçai à me traîner vers eux.

— Baissez-lui la tête, Enid, ordonnai-je. Vous n'auriez pas dû le soulever.

— Il est mort, ne cessait de crier Enid. Mort... et c'est entièrement ma faute. A présent il ne saura jamais comme je l'aimais !

Les yeux de Donald s'ouvrirent brusquement.

— Dis-le encore, Enid !

La joie et le soulagement, la honte et la confusion illuminèrent comme un soleil son visage ruisselant de larmes.

— Je... je... commença-t-elle.

— N'en dis pas plus, s'exclama Donald.

Avec une agilité contrastant avec son visage ensanglanté, il se dégagea des bras d'Enid, et la prit dans les siens. Elle ne fit qu'une faible tentative pour résister. La manière impérieuse de Donald vainquit les scrupules d'Enid, et lorsque je les quittai — ce que je fis presque aussitôt —, j'étais sûre qu'il aurait gain de cause. J'étais également sûre que mon laïus sur la fermeté avait eu l'effet escompté, et je me félicitai que ce méli-mélo romanesque ait trouvé grâce à moi une conclusion satisfaisante.

Je n'étais pas allée bien loin quand j'entendis le bruit de quelqu'un de corpulent qui se frayait un chemin d'un pas rapide à travers les roseaux ; une voix bien-aimée criait à tue-tête, affolée, et la puissance de cette voix est remarquable, comme j'ai déjà eu l'occasion de le dire.

Je répondis, et me retrouvai bientôt nez à nez avec Emerson. Il s'était habillé si vite que sa chemise était boutonnée de travers et sortait de son pantalon. Il me reconnut, se rua en avant, se prenant les pieds dans ses lacets défaits, et me souleva dans ses bras.

— Peabody ! Crénom, c'est ce que je craignais... Vous êtes blessée, vous êtes couverte de sang ! N'essayez pas de parler, Peabody. Je vais vous porter jusqu'à la maison. Un médecin... un chirurgien...

— Je ne suis pas blessée, Emerson. Ce n'est pas mon sang que vous voyez, mais celui de Donald.

Emerson me remit sur mes pieds avec une telle vigueur que mes dents s'entrechoquèrent douloureusement.

— En ce cas, dit-il, vous pouvez marcher, bon sang ! Comment osez-vous, Peabody ?

Sa voix courroucée et sa mine furieuse ne me touchèrent pas moins que sa tendre sollicitude un instant plus tôt, car je savais que dans les deux cas la même affection en était la cause. Je le pris par le bras.

— Autant retourner à la maison, dis-je. Donald et Enid nous suivront quand il leur plaira.

— Donald ? Ah oui. Je suppose qu'il n'est pas gravement blessé, sinon vous seriez en train de le bander et de lui administrer vos remèdes, de quoi le rendre à moitié fou.

— Je suppose que vous avez suivi Enid. Qui m'a

suivie, pendant que je suivais Donald... Nous devions avoir l'air vraiment ridicules !

— Vous jugez peut-être cela ridicule, grommela Emerson en serrant ma main dans la sienne. Je formulerais ça autrement, mais je n'arrive pas à trouver de mots assez forts pour vous dire ce que je pense de votre négligence grossière de tous les devoirs conjugaux élémentaires. Imaginez ma réaction quand j'ai constaté en me réveillant que vous n'étiez plus là, et quand j'ai vu une silhouette féminine sortir furtivement par le portail ! J'ai pensé que c'était vous. Je ne comprenais vraiment pas pourquoi vous m'aviez quitté aussi discrètement sinon... sinon...

L'émotion eut raison de lui. Il se mit à jurer.

— Vous avez bien dû comprendre que seul un motif des plus graves avait pu me forcer à agir ainsi, Emerson. J'aurais bien écrit un mot, mais je n'en avais pas le temps.

— Mais vous aviez le temps de me réveiller.

— Non, car alors des explications auraient été nécessaires, ce qui m'aurait retardée encore plus.

Je lui fournis les explications. Le visage d'Emerson s'éclaira un peu tandis qu'il écoutait, mais il secoua la tête.

— C'était extrêmement imprudent de votre part, Peabody. Vous pouviez très bien tomber au beau milieu d'un rendez-vous de criminels prêts à tout. Vous n'avez même pas emporté votre ceinture à outils.

— J'avais mon ombrelle, Emerson.

— Une ombrelle a beau être une arme admirable — comme j'ai eu le privilège de le remarquer —, elle ne sert pas à grand-chose contre un pistolet, Peabody. Ce sont des coups de pistolet que j'ai entendus.

— En effet, Emerson. Comme vous le savez, le bruit est fort différent de la détonation d'une carabine ou d'un fusil de chasse. Et Donald peut remercier le Ciel que ç'ait été une arme de poing, car de si près seul un très mauvais tireur aurait pu rater son coup avec une carabine.

Emerson s'arrêta et regarda derrière lui.

— Les voici... Enlacés sans vergogne, ma parole. Je suppose qu'ils se sont réconciliés.

— C'était particulièrement touchant, Emerson. Le croyant mort ou mortellement blessé, Enid a avoué le profond attachement qu'elle avait dissimulé jusque-là, sauf à moi, inutile de le préciser. C'est un grand soulagement que tout soit réglé.

— Mais, à mon avis, tout est loin d'être réglé, observa Emerson. Si vous n'arrivez pas à disculper la jeune demoiselle d'une accusation de meurtre et le jeune homme de détournement de fonds, d'escroquerie, de falsification, ou de Dieu sait quoi, leurs espoirs de passer une longue vie heureuse ensemble ne me paraissent guère prometteurs.

— C'est précisément la raison pour laquelle nous allons au Caire aujourd'hui. Dépêchez-vous donc, Emerson, ou nous allons manquer le train.

Grâce à mes talents pour l'organisation, nous ne manquâmes point le train, mais ce fut juste, et ce n'est pas avant d'être installés dans le wagon que nous eûmes enfin le loisir de discuter des événements intéressants de la matinée. A mon grand étonnement, j'appris qu'Emerson ne partageait pas ma conviction quant à l'identité du tireur inconnu.

— Mais il n'y a pas d'autre explication possible, insistai-je. Le Maître criminel cherche toujours un bouc émissaire pour le meurtre de Kalenischeff. En outre, Donald a fait échouer à plusieurs reprises ses agressions contre nous. Et, bien sûr, les interventions de Donald ont dû exaspérer Sethos. Ou bien — voici une autre idée séduisante — ce n'était peut-être pas Donald mais mon humble personne que visait la balle.

— Si c'est là votre notion d'une idée... séduisante, je frémis en songeant à ce que vous pourriez qualifier d'idée horrible, grommela Emerson. Vous n'étiez pas la cible de l'assassin, Amelia. En fait, toute cette histoire est incompréhensible. Elle n'a ni queue ni tête.

— Ah, m'exclamai-je. Vous avez une théorie, Emerson.

— Naturellement, Peabody.

— Parfait. Nous allons avoir une de nos agréables petites joutes, afin de voir qui va deviner — déduire, je voulais dire —, la solution de ce mystère des plus étonnants. Car je suis certaine, ajoutai-je avec un sourire affectueux, que nos opinions divergent.

— Comme toujours, Peabody.

— Auriez-vous l'obligeance de me livrer votre interprétation de l'affaire jusqu'ici ?

— Non.

Emerson se mit à ruminer en silence. Son profil taillé à coups de serpe me rappelait les héros byroniens si populaires dans un certain type de littérature. Les cheveux bruns qui lui tombaient sur le front, ses sourcils froncés, ses mâchoires serrées, sa mine sombre, étaient extrêmement troublants. Du moins ils me troublaient, moi, et s'il n'y avait pas eu une vieille dame austère dans le compartiment avec nous, j'aurais bien pu extérioriser mes sentiments. En l'occurrence, je dus me contenter de regarder Emerson.

Il continuait à broyer du noir et je décidai finalement de rompre le silence, lequel devenait monotone.

— Je ne comprends pas pourquoi vous trouvez si compliqués les événements de ce matin, Emerson. Il est clair pour l'intelligence la plus obtuse que le... que Sethos s'est servi d'un pistolet et non d'une carabine parce qu'il espérait faire passer la mort de Donald pour un suicide. On aurait retrouvé Donald son arme à la main, et une lettre dans l'autre — car je suis convaincue que ce génie du crime aurait su imiter son écriture.

— Oh oui, commenta Emerson amèrement. Vous ne seriez pas surprise de lui voir pousser des ailes de chauve-souris et qu'il se mette à survoler Le Caire en déclamant de la poésie lyrique.

— De la poésie lyrique ? répétai-je, assurément perplexe.

— Pur produit de mon imagination, Amelia. Votre

théorie d'un faux suicide s'effondre en raison d'un simple fait. Vous étiez là.

— Suicide et meurtre, alors, répliquai-je promptement. Sethos n'aurait pas reculé devant une telle broutille, et je suis sûre que mon décès ne lui aurait pas fait verser de larmes.

De nouveau, Emerson secoua la tête.

— Vous m'étonnez, Peabody. Est-il possible que vous ne compreniez pas... Mais, ma foi, si la vérité ne vous est pas apparue, je ne veux pas vous mettre des idées en tête.

Et j'eus beau le questionner, il ne voulut pas en dire plus.

# CHAPITRE 11

Emerson se montra plus loquace quand je lui demandai ce qu'il avait précisément l'intention de faire au Caire.

— En effet, c'est bien beau, ajoutai-je, de parler vaguement de suivre la piste de Sethos, mais sans savoir d'où partir, il sera difficile de trouver une piste, et encore plus de la suivre.

J'avais parlé d'un ton un peu acerbe, car le refus d'Emerson de se confier à moi m'avait profondément blessée. Il parut ne pas remarquer mon agacement, mais répondit aimablement :

— Je suis heureux que vous abordiez cette question, Peabody. J'envisage deux façons de procéder. D'abord, nous devons demander aux autorités ce qu'elles savent de ce scélérat. Nous avons une raison légitime d'exiger ces informations, vu que nous sommes en droit de nous estimer menacés par lui. Mais j'espère plus de ma seconde source de renseignements, c'est-à-dire de mes relations dans les bas-fonds du Caire. Je ne serais pas surpris d'apprendre que même les principaux lieutenants de Sethos ignorent sa véritable identité. Toutefois, en faisant des recoupements, nous pourrions peut-être relever un indice.

— Parfait, Emerson. C'est exactement ainsi que j'allais proposer de procéder.

— Mmm, dit Emerson. Avez-vous d'autres suggestions, Peabody ?

— Je ne vois guère comment faire mieux, Emerson. Cependant, j'ai eu aussi l'idée de prendre le problème par l'autre bout, si je puis dire.

— Je ne vous suis pas, Peabody.

— Je veux dire qu'au lieu de recueillir d'autres informations, nous devrions examiner de plus près les quelques faits déjà en notre possession. Je suis convaincue que c'est Sethos lui-même qui a porté les calices à notre chambre. Et nous savons que lui ou l'un de ses tueurs à gages était dans l'hôtel la nuit de l'assassinat de Kalenischeff. J'ai l'intention d'interroger et, si nécessaire, d'acheter ou de menacer les employés qui étaient de service à ces moments-là.

— Vous savez bien sûr que la police les a déjà questionnés.

— Oh oui, mais ils n'auront pas tout dit à la police. Ces gens-là rechignent souvent à coopérer avec la police. C'est la même chose dans tous les pays.

— Exact. Rien d'autre ?

— Si. Vous est-il venu à l'esprit que, même si Ronald Fraser n'est pas Sethos lui-même, il peut avoir partie liée avec la bande ?

— Etrangement, oui, cette idée m'était venue à l'esprit, répondit Emerson en caressant sa fossette au menton. Ou bien, s'il ne s'agit pas de Ronald, alors Donald. Qu'ils aillent au diable tous les deux, ajouta-t-il. Pourquoi ont-ils des prénoms quasi identiques ? Je ne cesse de les confondre.

— Je suis sûre que nous pouvons éliminer Donald, Emerson. Il était avec moi ce matin, et c'est un miracle qu'il n'ait pas été tué.

— Quel meilleur alibi ? s'écria Emerson. Si c'est lui Sethos, il pouvait demander à un complice de lui tirer dessus et de le rater — ce qui s'est du reste produit.

— Il ne pouvait pas savoir que je me réveillerais et le suivrais, Emerson.

— Ce n'est pas pour ça que vous voulez l'éliminer, Peabody, grogna Emerson. Vous avez un faible pour les jeunes amoureux. Pitoyable.

— Ridicule, Emerson. J'élimine Donald par simple logique. Nous avons tous deux entendu Ronald Fraser donner rendez-vous à son frère. Comme Donald me l'a expliqué, il a fait allusion à un endroit où ils avaient l'habitude de se retrouver quand ils étaient enfants. Comment Ronald a-t-il appris où se cachaient son frère et Enid, à moins qu'il ne soit en rapport avec ce mystérieux personnage qui sait tout et voit tout ? Et comment Sethos a-t-il su que Donald se trouverait à l'aube près du fleuve, à moins que Ronald ne l'en ait averti ?

— Bon sang, Peabody, vous avez vraiment le chic pour ne pas voir ce qui crève les yeux ! C'est parce que vous êtes obsédée par ce gredin. Vous le voyez partout et vous lui attribuez des pouvoirs quasi surnaturels !

— Vraiment, Emerson...

— L'explication la plus simple et la plus évidente, poursuivit Emerson avec humeur, c'est que Ronald a tenté de tuer son frère. Cette atroce tentative d'homicide était d'ordre strictement privé, sans rapport avec le moindre Maître criminel ! Pourquoi Ronald hait Donald, je n'en sais rien, mais il y a plusieurs possibilités — un héritage, ou bien la rivalité pour obtenir la main de la jeune fille, par exemple. Les gens se tuent entre eux pour les raisons les plus ridicules.

— Dans un cas comme dans l'autre, rétorquai-je aussi vivement, il faut que nous en apprenions davantage sur Ronald Fraser. Je peux du moins essayer de savoir s'il était bien en Egypte l'hiver dernier. En ce cas il a dû entrer dans le pays sous son vrai nom, et il a sans doute séjourné un certain temps au *Shepheard's*. M. Baehler pourra me dire si c'était ou non le cas.

— Vos généralisations hâtives sont, comme d'habitude, sans fondement, mais cela ne coûte rien de demander, grogna Emerson. Nous sommes arrivés, Peabody, rassemblez vos bagages.

Le train pénétra dans la gare principale. Emerson ouvrit la portière du wagon et se retourna avec un sourire bienveillant pour aider la vieille dame qui avait été notre seule compagne durant le voyage. Elle était assise tout au bout de la banquette, nous observant de ses grands yeux, et quand Emerson lui tendit la main, elle poussa un cri.

— Allez-vous-en ! hurla-t-elle. Meurtriers... Assassins... Chauves-souris... Laissez-moi, monstres !

Mes efforts pour la rassurer la firent enrager encore davantage, et nous fûmes forcés de la laisser là. Elle semblait, la pauvre, ne pas avoir toute sa raison.

Nous nous rendîmes en premier lieu au commissariat de police, place Bab el-Khalk. Le major Ramsay eut l'impolitesse de nous faire attendre dix bonnes minutes, et je présume que c'eût duré plus longtemps si Emerson, avec son habituelle impétuosité, n'avait écarté l'employé, malgré ses protestations, et n'avait ouvert à la volée la porte d'un bureau intérieur. Un échange vif s'ensuivit, auquel je me gardai de prendre part, car j'estimais les critiques d'Emerson parfaitement justifiées. Au cours de la discussion, Emerson m'offrit une chaise et s'assit lui-même. Aussi Ramsay finit-il par se résigner à l'inévitable.

Emerson ne perdit pas plus de temps en politesses.

— Bien entendu, vous connaissez, Ramsay, l'affaire des pilleurs de tombes que Mme Emerson et moi-même avons appréhendés au cours de la dernière saison.

— J'ai là votre dossier devant moi, répondit Ramsay avec humeur en indiquant une chemise. J'étais en train de le parcourir quand vous avez fait irruption. Si vous m'aviez laissé le loisir de l'examiner...

— Enfin quoi, mon vieux, combien de temps vous faut-il pour lire une douzaine de pages ? s'écria Emerson. Vous devriez le connaître par cœur de toute façon.

Je jugeai opportun de calmer le débat par une remarque apaisante.

— Puis-je vous suggérer, Emerson, que nous gagnions un temps précieux en évitant les reproches ? Nous sommes venus, major Ramsay, parce que nous voulons que vous nous disiez tout ce que vous savez du Maître criminel.

— De qui ? s'exclama Ramsay.

— Vous le connaissez peut-être sous l'appellation de « Maître », l'un des noms utilisés par ses acolytes. Il est connu aussi sous le nom de Sethos.

Ramsay continua de me dévisager avec une expression parfaitement idiote. Je tentai ma chance à nouveau :

— Le chef de cette bande de voleurs d'antiquités. Si vous avez bien lu le rapport, vous savez qu'il nous a malheureusement échappé.

— Oh ! Ah oui. (Avec une lenteur désespérante Ramsay tourna les pages.) Oui, tout est là. Félicitations de la part de M. de Morgan du Département des Antiquités, de la part de Sir Evelyn Baring...

— Eh bien, dis-je, la police a sans doute tout mis en œuvre pour tenter d'identifier et de retrouver ce maître du crime. Où en sont vos investigations ?

— Madame Emerson. (Ramsay referma le dossier et joignit les mains.) L'administration et la police vous sont reconnaissantes de vos efforts pour mettre fin aux activités d'une bande de voleurs du cru. Toutes ces histoires à propos de maîtres criminels aux pseudonymes saugrenus sont absurdes.

Je posai la main sur le bras d'Emerson pour le calmer.

— Tout le monde a entendu parler de Sethos dans les bazars, dis-je. On évoque en chuchotant le Maître et la terrible vengeance qu'il réserve à ceux qui trahissent sa cause scandaleuse.

Ramsay porta la main à la bouche pour dissimuler un sourire.

— Nous ne prêtons pas attention aux commérages des indigènes, madame Emerson. Ce sont des gens si superstitieux, si ignorants. Ma parole, si nous écoutions toutes ces rumeurs sans fondement, nous n'aurions plus le temps de faire autre chose.

D'entre les lèvres entrouvertes d'Emerson sortit une espèce de gargouillis, faisant penser à une bouilloire proche de l'ébullition.

— Je vous en prie, ne dites pas de choses pareilles, Major, l'implorai-je. Je ne saurais garantir votre sécurité si vous poursuivez dans cette voie. Depuis que nous sommes arrivés en Egypte il y a moins d'une semaine, nous avons été attaqués à plusieurs reprises par cet homme dont vous niez l'existence. On a tenté d'enlever notre fils et, pas plus tard que ce matin, une balle tirée par un tireur embusqué m'a manquée de justesse, blessant pour de bon Don..., euh, l'un de nos assistants.

Ramsay était trop obtus pour s'aviser de mon lapsus. Le sourire avait disparu de son visage.

— Avez-vous signalé ces agressions, madame Emerson ?

— Ma foi, non. Vous voyez...

— Et pourquoi ?

Emerson se leva d'un bond.

— Parce que, beugla-t-il, la police est un ramassis de fieffés crétins, voilà pourquoi. Venez, Amelia. Cet abruti en sait moins que nous. Venez, je vous en supplie, avant que je ne défonce son bureau à coups de pied et ne me livre sur sa personne à des violences que je pourrais regretter par la suite.

Emerson écumait toujours comme nous sortions dans la rue.

— Pas étonnant que rien ne soit fait pour mettre un terme à ce trafic illégal d'antiquités, gronda-t-il. Avec un imbécile pareil en poste...

— Voyons, Emerson, calmez-vous. Le major n'a rien à voir avec les antiquités. Vous avez dit vous-même que vous n'espériez guère apprendre grand-chose de lui.

— C'est exact. (Emerson essuya son front en sueur.)

— Je regrette que vous ayez été si prompt, Emerson. Je voulais lui demander comment avançait l'enquête sur la mort de Kalenischeff.

— Parfaitement, Peabody. Tout ça est la faute de ce bougre d'idiot ! C'est lui qui m'a fait oublier ça. Retournons le lui demander.

— Emerson, commençai-je, je ne crois pas...

Mais Emerson était déjà reparti. Je ne pus que lui emboîter le pas. En courant à toutes jambes, je le rattrapai devant le bureau de Ramsay.

— Ah, vous voilà, Peabody, dit-il gaiement. Faites donc un effort pour me suivre, voulez-vous ? Nous avons un programme chargé.

A la vue d'Emerson, l'employé fila par une autre porte, et Emerson pénétra dans le bureau intérieur. Ramsay se leva d'un bond et adopta une posture défensive, dos au mur.

— Asseyez-vous, asseyez-vous, dit Emerson avec bonhomie. Inutile de faire des manières. Cela ne va pas prendre longtemps, Ramsay. Où en est l'enquête sur le meurtre de ce gredin de Kalenischeff ?

— Euh... quoi ? bredouilla Ramsay.

— Cet individu est vraiment lent, m'expliqua Emerson. Il faut être patient avec de pareils malheureux. (Il éleva la voix et parla très lentement, comme on fait lorsqu'on s'adresse à quelqu'un qui est dur d'oreille.) Où - en - est -

— J'avais compris, Professeur, dit Ramsay, tiquant.

— Parlez clair, alors. Je n'ai pas toute la journée. La jeune demoiselle est-elle toujours soupçonnée ?

Je pense que Ramsay en était arrivé à la conclusion qu'Emerson était une espèce de fou, qu'il valait mieux ne pas contrarier de peur qu'il ne devienne violent.

— Non, dit-il avec un sourire forcé. Je ne l'ai jamais crue coupable. Il est impensable qu'une dame si bien élevée ait commis un tel crime.

— Ce n'est pas ce que vous avez dit à ma femme, déclara Emerson.

— Euh... Ah bon ? (Ramsay adressa son sourire figé

à la femme du fou.) Je vous demande pardon. Peut-être m'a-t-elle mal compris.

— Peu importe, Major, dis-je. Qui suspectez-vous, en ce cas ?

— Un certain mendiant, que l'on voyait souvent devant le *Shepheard's*. L'un des garçons d'étage prétend l'avoir vu à l'intérieur de l'hôtel ce soir-là.

— Et le mobile ? m'enquis-je calmement.

Ramsay haussa les épaules.

— Le vol, sans doute. Je n'ai guère d'espoir de retrouver le bonhomme. Ils se ressemblent tous, vous savez.

— Seulement aux yeux des idiots et des ignorants, lâcha Emerson.

— Bien sûr, bien sûr, Professeur. Euh... Je voulais dire, ils se tiennent tous les coudes, vous savez. Il ne faut pas compter sur les autres mendiants pour l'identifier. L'un d'eux a même eu le toupet de me dire que l'individu en question était anglais. (Ramsay se mit à rire.) Vous imaginez un peu !

Emerson et moi échangeâmes un coup d'œil. Il haussa les épaules, méprisant.

— Et Miss Debenham ? questionnai-je. Avez-vous retrouvé sa trace ?

Ramsay secoua la tête.

— Je crains le pire, répondit-il avec solennité.

— Qu'elle soit morte ?

— Pire.

— Je ne vois pas ce qui pourrait être pire, observa Emerson.

— Oh, Emerson, ne soyez pas ironique, dis-je. Il fait allusion au sort qui est ordinairement tenu pour pire que la mort — jugement, inutile de le préciser, porté par les hommes. Major, avez-vous vraiment la naïveté de croire que Miss Debenham ait été vendue pour alimenter la traite des blanches ?

— L'esclavage n'a pas disparu, insista Ramsay. Malgré nos efforts.

— Je le sais, bien entendu. Mais les malheureux qui

subissent ce sort — et, j'en conviens, c'est un sort épouvantable — sont de pauvres enfants des deux sexes, dont beaucoup ont été vendus par leurs familles. Ces odieux trafiquants n'oseraient pas enlever une Anglaise dans l'enceinte même du *Shepheard's*.

— Alors, qu'est-elle devenue ? demanda Ramsay. Elle n'a pas pu rester cachée bien longtemps. Une femme sans connaissance de la langue, des coutumes...

— Vous sous-estimez notre sexe, monsieur, repartis-je en fronçant les sourcils. La prochaine fois que nous nous rencontrerons, vous aurez peut-être lieu de revoir votre jugement, et j'attendrai de vous des excuses.

Une fois que nous fûmes sortis du bureau, j'entendis la clef tourner dans la serrure.

— Et voilà, commenta Emerson comme nous ressortions dans la rue. Pas très utile, n'est-ce pas ?

— Non. Eh bien, Emerson, que faisons-nous maintenant ?

Emerson héla une voiture et m'aida à monter dedans.

— Je vous retrouverai plus tard au *Shepheard's*, dit-il. Attendez-moi sur la terrasse si vous avez terminé vos interrogatoires avant que je sois de retour.

— Et où allez-vous ?

— Dans les bazars, pour explorer la piste dont je vous ai parlé.

— Je vais avec vous.

— Ce ne serait pas judicieux, Peabody. Les négociations que j'ai l'intention de mener sont de la nature la plus délicate. Mes informateurs rechigneront déjà à me parler ; la présence d'une tierce personne, fût-ce vous, pourrait les empêcher de se confier.

L'argument était irréfutable. Emerson entretient des relations rares, je pourrais même dire uniques, avec des Egyptiens de toutes sortes et de toutes classes sociales. Cela est dû à son éloquence dans l'invective, à sa force redoutable, à sa maîtrise de la langue familière, et — il me coûte de l'admettre — à son mépris complet pour la religion chrétienne. Certes, Emerson fait preuve de tolérance en ceci qu'il méprise tout autant la religion musulmane, le bouddhisme, le judaïsme et toutes les autres confessions, mais ses amis égyptiens ne voient que la religion qu'ils assimilent à la domination étrangère sur leur pays. D'autres archéologues prétendent avoir de bonnes relations avec leurs ouvriers — Petrie, je suis désolé de le dire, s'en targue toujours —, mais leur attitude est mâtinée de la condescendance propre à la « race supérieure » pour une race inférieure. Emerson n'établit pas de telles distinctions. Pour lui, un homme n'est pas un Anglais ou un « indigène », mais seulement un homme.

Je m'aperçois que j'ai digressé. Je ne m'en repens pas. La noblesse complexe du caractère d'Emerson serait même digne d'une digression encore plus longue.

Cependant, j'étais certaine qu'il y avait une autre raison pour laquelle il préférait que je ne l'accompagne pas. Lorsqu'il était célibataire, avant que je ne le rencontre et ne le civilise, Emerson avait des accointances très nombreuses dans certains milieux et ne tenait pas à ce que je les connaisse. Respectant ses scrupules et son droit à sa part de secret, je n'ai jamais tenté de m'immiscer dans ce domaine de son passé.

Estimant que j'avais droit à la même considération de sa part, je ne jugeai pas utile de l'informer que j'avais moi-même à faire dans le vieux quartier, et que, s'il s'attendait à me voir patienter sagement à la terrasse du *Shepheard's* jusqu'à ce qu'il daigne réapparaître, il se trompait lourdement. Mais d'abord il me fallait procéder à mes interrogatoires à l'hôtel. Aussi laissai-je le cocher suivre l'ordre d'Emerson.

Toutefois, Baehler se révéla très décevant. Il refusa catégoriquement de me permettre de consulter les registres de l'hôtel concernant l'hiver précédent. Devant mon insistance, il accepta finalement de les consulter lui-même et il m'assura que Ronald Fraser n'était pas descendu à l'hôtel au cours de cette période.

Je fus désappointée, mais non découragée ; Ronald était peut-être descendu dans un autre hôtel.

Je lui demandai ensuite le nom du garçon d'étage qui avait été de service au moment du meurtre de Kalenischeff. Comme je m'y attendais de la part d'un homme aussi efficace que M. Baehler, il connaissait les noms et les fonctions de chacun des employés de l'hôtel, mais une fois encore je me heurtai à un obstacle. L'employé en question, qui avait été affecté à l'aile du troisième étage, ne travaillait plus à l'hôtel.

— Il a eu une chance inespérée, dit Baehler avec un sourire. Un parent âgé, qui est décédé, lui a laissé une grosse somme d'argent. Il est retourné dans son village et j'ai appris qu'il vivait comme un pacha.

— Et de quel village s'agit-il ? demandai-je.

Baehler haussa les épaules.

— Je ne m'en souviens pas. C'est loin au sud, près d'Assouan. Mais vraiment, madame Emerson, si ce sont des informations concernant le meurtre que vous voulez, vous perdez votre temps à le rechercher. La police l'a longuement interrogé.

— Je vois. Je crois savoir que pour la police le meurtrier présumé serait un mendiant anonyme, et que Miss Debenham n'est plus soupçonnée.

— C'est ce que j'ai cru comprendre. Si vous voulez bien m'excuser, madame Emerson, j'attends beaucoup de monde...

— Une chose encore, monsieur Baehler, et je ne vous retiendrai pas plus. Le nom du garçon d'étage qui était de service dans notre partie de l'hôtel quand nous étions là.

— J'espère que vous ne le soupçonnez pas de quelque forfait, s'exclama M. Baehler. C'est un homme responsable qui est avec nous depuis des années.

Je le rassurai, et, apprenant que l'homme en question était en ce moment même à son poste, je libérai M. Baehler avec force remerciements, puis montai. Je me souvenais bien de cet employé. C'était un homme maigre, grisonnant, d'âge mûr. Il avait une voix douce et des traits avenants. Mais quand il souriait, ses dents brunes et cassées gâtaient l'ensemble.

Cependant le sourire du bonhomme était sans malice, et il répondit spontanément à mes questions. Hélas, il ne se rappelait rien d'insolite sur les livreurs qui avaient apporté nos paquets. Il y avait eu un certain nombre de livraisons en provenance de plusieurs boutiques différentes. Quelques-uns des hommes lui étaient connus, d'autres pas.

Je le remerciai, le récompensai et le laissai poursuivre le paisible somme que ma visite avait interrompu. J'étais convaincue qu'il ne cachait rien. Il avait le comportement d'un homme innocent, et, du reste, s'il avait connu l'identité du livreur en question, il aurait été acheté, à l'instar de l'autre garçon d'étage — celui-là même, j'en étais sûre, qui avait prétendu avoir vu Donald à l'intérieur de l'hôtel. Sethos récompensait généreusement ceux qui le servaient fidèlement.

Vu que plusieurs de mes interrogatoires avaient tourné court, il me restait largement le temps de vaquer à mes autres affaires, et je décidai de m'y mettre tout de suite au lieu d'aller déjeuner. Emerson serait encore occupé quelques heures, et si je me dépêchais, je pourrais être de retour à l'hôtel avant qu'il ne revienne.

Au moment où je traversais le hall d'entrée, le concierge m'arrêta.

— Madame Emerson ! On a laissé cette lettre pour vous.

— Comme c'est extraordinaire, dis-je en examinant l'écriture qui m'était inconnue. (Toutefois, il ne pouvait y avoir d'erreur, car c'était bien mon nom, et au complet : Amelia Peabody Emerson.) Qui vous l'a remise ?

— Je n'ai pas reconnu le monsieur, madame. Ce n'est pas un client de l'hôtel.

Je remerciai le concierge et me hâtai de décacheter l'enveloppe. Le message à l'intérieur était bref, et les quelques lignes accélérèrent mon rythme cardiaque.

« Possède informations importantes. Serai au *Café Oriental* entre une heure trente et deux heures. » Signé : « T. Gregson. »

J'avais presque oublié ce célèbre détective privé — peut-être tout comme vous, cher Lecteur. Apparemment il m'avait vue entrer dans l'hôtel. Mais pourquoi avait-il écrit un mot au lieu de s'adresser à moi directement ?

Je consultai ma montre. L'heure du rendez-vous tombait à point nommé. Je pouvais me rendre à la boutique d'Aziz avant de retrouver Gregson.

N'imaginez pas, Lecteur, que la bizarrerie de ce rendez-vous m'échappât. Je risquais de tomber dans un piège. M. Gregson ne pouvait être Sethos ; ses yeux n'étaient pas noirs, mais d'un marron à l'éclat de velours. Cela dit, ce pouvait être un complice de cette mystérieuse canaille, ou bien quelqu'un d'autre avait pu se servir de son nom afin de m'attirer dans ses rets.

Somme toute, cela paraissait improbable. Je connaissais le *Café Oriental*. Il se trouvait au Mouski, quartier respectable très fréquenté par la communauté étrangère. Et si mes soupçons étaient fondés — c'est-à-dire si Sethos m'avait tendu une embuscade —, j'étais parée. J'étais sur le qui-vive. J'avais mon ombrelle et ma ceinture à outils.

Cependant, je jugeai préférable de prendre une précaution. Je me rendis au salon et écrivis un petit mot à Emerson. Je lui expliquai où j'allais et je l'assurai, à la fin, que si je ne revenais pas, il devait se consoler en sachant que notre profond et tendre amour avait enrichi ma vie et, je l'espérais, la sienne.

A la relecture, je trouvai le mot un peu pessimiste. Aussi ajoutai-je un post-scriptum : « Mon cher Emerson, je ne pense pas que le Maître criminel me tuera d'emblée. Cela lui ressemblerait plus de me garder prisonnière pour vous torturer quant à l'incertitude de mon sort. Je suis sûre que si je ne parviens pas à m'évader par mes propres moyens, vous finirez par me retrouver et me délivrer. Je ne vous dis donc pas adieu, mais au revoir. Votre femme dévouée, etc. »

Je laissai l'enveloppe à la réception, avec ordre de ne la remettre à Emerson qu'à partir de cinq heures, si je ne l'avais pas reprise moi-même avant cette heure-là.

Eprouvant le besoin de faire un peu d'exercice afin de calmer l'impatience qui bouillonnait dans mes veines, je ne pris pas de voiture, mais partis à pied pour la boutique. Aziz était un homme singulièrement déplaisant, mais c'était le seul survivant d'une famille qui avait eu des rapports étroits avec le Maître criminel. Son père et son frère avaient été impliqués dans le trafic illégal d'antiquités. Tous deux avaient connu des fins atroces l'année précédente, mais assurément pas de la main même de Sethos. Aziz avait hérité du stock d'antiquités de son père et peut-être (ainsi que je l'espérais) des relations entretenues par son père avec le génie du crime. De toute façon, cela valait la peine d'essayer.

Aziz était dehors devant sa boutique, hélant les passants pour qu'ils entrent jeter un coup d'œil sur ses marchandises. Il me reconnut immédiatement et s'engouffra dans la boutique.

C'était un souk miteux. Les vitrines et les rayonnages étaient remplis d'antiquités fausses, dont beaucoup avaient été fabriquées à Birmingham. Aziz était invisible. L'employé derrière la vitrine regardait fixement le rideau en mouvement que venait sans doute d'écarter son maître pour s'enfuir. Il n'y avait pas de clients. La plupart des touristes déjeunaient, et la boutique allait bientôt fermer pour l'après-midi.

— Dites à M. Aziz que je souhaite le voir, dis-je d'une voix forte. Comme je ne partirai pas avant qu'il sorte de là, il ferait mieux de se montrer tout de suite.

Je savais qu'Aziz était dans la pièce du fond et entendait tout ce que je disais. Il lui fallut quelques minutes pour se décider, lâche comme il était, mais il finit par apparaître, souriant de toutes ses dents. Les rides de son visage ressemblaient à des craquelures dans du plâtre ; on avait l'impression que, si le sourire s'élargissait encore, toute la façade allait s'effriter et s'écrouler.

Il m'accueillit avec force courbettes et cris de ravissement. Il était si heureux que j'honore son établissement. Que pouvait-il me montrer ? Il venait de recevoir un lot de brocarts de Damas, tissés de fils d'or...

N'appréciant guère M. Aziz, je ne fis aucun effort pour l'épargner.

— Je veux vous parler de Sethos, déclarai-je.

M. Aziz pâlit.

— Non, *sitt*, chuchota-t-il. Non, je vous en prie, *sitt*...

— Vous me connaissez, monsieur Aziz. Je n'ai rien d'autre à faire cet après-midi. Je peux attendre.

Avec une expression hargneuse, Aziz se tourna vers l'employé qui regardait, bouche bée. Il claqua des mains.

— Dehors, lança-t-il sèchement.

Une fois l'employé sorti, Aziz ferma la porte à clef et tira le rideau.

— Que vous ai-je fait, *sitt*, pour que vous souhaitiez ma mort ? s'exclama-t-il avec un air tragique. Ceux qui trahissent ce... cet individu... meurent. Si je savais quoi que ce soit de ce... cet individu... — ce qui n'est pas le cas, je le jure sur la tombe de mon père —, le simple fait qu'on vous ait entendue prononcer son nom dans ma boutique causerait ma perte.

— Mais si vous ne savez rien de lui, vous ne courez aucun danger, observai-je.

Le visage d'Aziz s'éclaira un peu.

— C'est exact.

— Que dit-on de lui dans les bazars ? Vous ne prenez aucun risque en répétant ce que sait tout le monde.

D'après Aziz, personne ne savait grand-chose, au fond, car les hommes de Sethos ne se répandaient pas en commérages sur son compte. Il n'était connu que par ses actes, mais même ceux-ci restaient obscurs, sa réputation étant telle que tous les crimes perpétrés au Caire étaient mis sur son compte. Aziz était persuadé que ce n'était nullement un être humain, mais un éfrit. On disait que même ses propres hommes ne connaissaient pas sa véritable identité. Il communiquait avec eux par le biais de messages laissés en des endroits convenus. Et les rares personnes qui l'avaient vu face à face savaient bien que le visage qu'il arborait ce jour-là n'était pas celui qu'il aurait le lendemain.

Une fois lancé, Aziz se laissa entraîner par le sujet et devint intarissable, répétant les légendes qui entouraient ce mystérieux personnage. De fait, il s'agissait presque exclusivement de légendes — fables extravagantes qui ne tardaient pas à enrichir le folklore du milieu criminel.

— Très bien, dis-je en jetant un coup d'œil à ma montre. Je crois, monsieur Aziz, que vous m'avez dit tout ce que vous saviez. Sethos n'engagerait jamais un homme comme vous. Vous êtes trop lâche et vous parlez trop.

Il me fit sortir et ferma la porte à clef derrière moi. Je me retournai et vis son visage, luisant de sueur, qui m'observait d'un œil apeuré par une fente dans le rideau.

J'espérais qu'Emerson aurait obtenu de meilleurs résultats que moi, mais je craignis qu'il n'en fût rien. Grâce à un dosage d'habileté et de terreur, Sethos semblait avoir parfaitement réussi à brouiller les pistes. Si je n'avais pas eu la perspective du rendez-vous avec M. Gregson, j'aurais été quelque peu découragée.

J'arrivai au *Café Oriental* à une heure trente-cinq. Ne voyant pas M. Gregson, je m'assis à une table près de la porte, sans me soucier des regards curieux des autres clients. C'étaient tous des hommes. Je crois qu'une convention absurde veut que les femmes ne fréquentent pas les cafés. Soit M. Gregson ignorait cette règle tacite, soit il me faisait le compliment de comprendre que j'étais suprêmement indifférente à de tels usages.

J'appelai le garçon en frappant de mon ombrelle et en jetant un ordre bref en arabe, puis je commandai un café. M. Gregson arriva avant le café. J'avais oublié à quel point il était bel homme. Le sourire qui illuminait son visage adoucissait ses traits austères.

— Vous êtes venue ! s'exclama-t-il.

— Vous me l'avez demandé, n'est-ce pas ?

— Oui, mais j'osais à peine espérer... Non, ce n'est pas vrai, je sais quelle énergie vous anime. Je savais que vous vous précipiteriez là où des femmes de moindre valeur craindraient d'aller.

— Je ne me suis pas précipitée, monsieur Gregson. J'ai marché, et je suis entrée dans un café respectable plein de monde. Le seul danger auquel je me suis exposée, c'est celui de l'ostracisme social, et cela ne m'a jamais inquiétée.

— Ah, fit M. Gregson, mais je vais vous demander de m'accompagner dans un quartier qui n'est pas sans périls. Je vous dis franchement, madame Emerson...

Il s'interrompit au moment où le garçon apportait ma commande.

— *Kahweh mingheir sukkar*, commanda-t-il avec brusquerie.

— Vous parlez arabe ? m'enquis-je.

— Juste pour commander au restaurant et me plaindre des prix trop élevés.

Le garçon revint. M. Gregson leva sa tasse.

— A l'esprit d'aventure, dit-il avec gravité.

— A votre santé, répondis-je en levant ma tasse. Et maintenant, monsieur Gregson, vous me disiez franchement...

— Que vous seriez en droit de refuser de m'accompagner pour la mission dont je vais vous parler. Mais je crois avoir persuadé, dirons-nous, l'un des acolytes de Sethos de nous parler. J'ignore ce que sait cet individu, mais il a la réputation d'être extrêmement proche de ce génie du crime, et je crois que c'est une occasion à ne pas manquer. Je ne vous aurais pas entraînée là-dedans, mais l'homme a insisté pour que vous soyez présente. Il semble avoir confiance en vous pour le protéger...

— N'en dites pas plus, m'exclamai-je en me levant. Partons tout de suite !

— Vous n'hésitez pas, dit Gregson en me regardant avec curiosité. Je confesse qu'à votre place je me méfierais grandement d'une telle proposition.

— Ma foi, à cet égard, il est tout à fait compréhensible que cet individu me choisisse pour confidente. Vous êtes un inconnu, alors que, si je puis dire, ma réputation de droiture est célèbre. Il se peut même que cet homme soit quelqu'un que je connaisse personnellement ! Venez, monsieur Gregson, nous n'avons pas un instant à perdre.

A mesure que nous nous enfoncions dans le cœur de la vieille ville, les rues étroites et sinueuses se transformaient en un véritable labyrinthe, aux murs croulants et aux fenêtres brisées. Les balcons treillagés qui faisaient saillie tout en haut des vieilles maisons élevées masquaient la lumière du soleil, si bien que nous marchions dans une pénombre poussiéreuse. Il y avait peu d'Européens ou d'Anglais parmi les piétons. Certains d'entre eux trébuchaient, les yeux dans le vague, avec des regards fixes de drogués.

Comme les rues (si tant est que le terme soit le terme approprié) tournicotaient, je pouvais jeter des coups d'œil furtifs derrière moi. M. Gregson s'en aperçut.

— Vous n'êtes pas tranquille, dit-il sérieusement. Je n'aurais pas dû vous emmener. Si vous préférez retourner...

— Continuez de marcher, sifflai-je.

— Qu'est-ce qu'il y a ?

— Nous sommes suivis.

— Quoi ?

— Continuez de marcher, vous dis-je. Ne tournez pas la tête.

— Vous vous trompez sûrement.

— Non. Il y a un homme derrière nous que j'ai déjà vu deux fois — une fois devant le *Shepheard's*, et une autre fois traînant à proximité du café. Un individu maigre vêtu d'une *gibbeh* blanche et d'un turban bleu.

— Mais, madame Emerson, cette description s'appliquerait à la moitié des habitants du Caire.

— Il a bien veillé à se dissimuler le bas du visage à l'aide des manches de sa *gibbeh*. Je suis certaine qu'il nous suit. Et j'ai l'intention de le capturer. Suivez-moi !

Je me retournai brusquement et me ruai sur l'espion, brandissant mon ombrelle.

Ma soudaine attaque prit les deux hommes par surprise. Gregson lâcha un grognement alarmé, et notre poursuivant s'arrêta net, levant les bras pour tenter de se protéger la tête. En vain... Je fus trop rapide pour lui ! Je lui assenai un grand coup d'ombrelle sur le sommet du crâne. Il riboula des yeux et plia les genoux avant de s'effondrer dans un tourbillon de cotonnades blanches.

— Je le tiens, m'écriai-je en m'asseyant sur la poitrine de l'homme à terre. Ici, monsieur Gregson... Venez tout de suite, j'ai capturé l'espion !

La rue s'était vidée comme par enchantement. Je savais que des spectateurs nous épiaient, cachés dans l'embrasure des portes ou derrière les volets fermés, s'étant prudemment mis à l'abri. Gregson s'approcha de moi, sans me prodiguer les compliments enthousiastes auxquels je m'attendais.

Une voix étouffée murmura alors, pathétique :

— *Sitt Hakim*... Oh, *sitt*, j'ai l'impression que vous m'avez cassé la tête.

Je connaissais cette voix. D'une main tremblante, j'écartai les plis de tissu qui dissimulaient le visage de mon captif.

C'était Selim, le fils d'Abdullah — le jeune cadet chéri de cette fidèle famille. Et je l'avais assommé !

— Que diable fais-tu ici, Selim ? m'écriai-je. Non, ne me dis rien. C'est Emerson qui t'a envoyé. Tu es venu avec nous par le même train, dans une autre voiture... Tu m'espionnes depuis qu'Emerson et moi-même nous sommes séparés devant le Bâtiment de l'Administration !

— Je ne vous ai pas espionnée, *sitt*, protesta le garçon. J'ai veillé sur vous, je vous ai protégée ! Le Maître des Imprécations m'a fait l'honneur de me confier cette mission, et j'ai failli à la tâche... Je suis déshonoré... J'ai le cœur brisé... et la tête également, *sitt*. Je meurs. Faites mes adieux au Maître des Imprécations et à mon honorable père, à mes frères Ali, Hassan, et...

Je me remis debout et tendis une main à Selim.

— Relève-toi, petit sot. Tu n'es pas blessé. Les plis de ton turban ont amorti le coup et je crois que la peau n'est même pas entamée. Laisse-moi jeter un coup d'œil.

En réalité, la blessure de Selim n'était rien d'autre qu'une bosse en formation sur son crâne. Je pris une boîte de pommade dans la trousse à pharmacie accompagnant mes ustensiles et en enduisis la bosse. Après quoi j'emmaillotai la tête de Selim de bandages avant de lui remettre son turban. Celui-ci se dressait assez haut à cause des bandages, mais c'était inévitable.

M. Gregson nous observait sans dire le moindre mot. Son visage était curieusement inexpressif.

— Je vous demande pardon, monsieur Gregson, lui dis-je. Nous pouvons continuer à présent. Cela vous dérange-t-il que Selim nous suive, ou préférez-vous que je le renvoie ?

Gregson hésita. Avant qu'il ne puisse répondre, Selim poussa un hurlement de détresse.

— Non, *sitt*, non. Ne me renvoyez pas ! Je ne retournerai pas auprès du Maître des Imprécations sans vous. J'aimerais mieux m'enfuir. J'aimerais mieux m'enrôler dans l'armée. J'aimerais mieux prendre du poison et mourir !

— Tais-toi, dis-je avec colère. Monsieur Gregson ?

— Je crains que ce contretemps ne nous ait fait rater le rendez-vous, répondit Gregson. Vous feriez mieux de ramener à son maître votre garde du corps éploré.

— Je vous en prie, *sitt*, je vous en prie. (Selim, qui pleurait en effet toutes les larmes de son corps, me prit par le bras.) Emerson Effendi va me maudire et me prendre l'âme. Venez avec moi, ou je me couperai la langue avec mon couteau pour ne pas avoir à confesser mon échec. Je me crèverai les yeux pour ne pas voir sa mine terrible. Je me...

— Sapristi, m'exclamai-je. Il n'y a rien à faire, monsieur Gregson. Ne voulez-vous pas venir avec moi pour que je vous présente mon mari ? Il sera fort intéressé par tous les renseignements que vous pourrez lui communiquer.

— Pas aujourd'hui, repartit Gregson calmement. Si je pars tout de suite je pourrai peut-être voir la personne dont j'ai parlé afin de fixer un autre rendez-vous. Je pourrai peut-être aussi la persuader de laisser le Professeur nous accompagner la prochaine fois.

— Parfait, dis-je. Comment nous préviendrez-vous ?

— Je vous enverrai un coursier. Vous pouvez me laisser un message au *Shepheard's* si vous avez des nouvelles. J'y passe presque chaque jour pour prendre mon courrier.

— Très bien.

Je tendis la main. Gregson la prit dans les siennes. C'étaient des mains blanches et soignées, mais les callosités de ses paumes et la force de ses longs doigts prouvaient que j'étais en présence d'un homme d'action autant que d'un gentleman.

— Nous nous reverrons, dit-il.

— Je l'espère. Et j'espère que j'aurai cette fois-là le plaisir de vous présenter mon mari.

— Oui, naturellement. A bientôt.

Il s'éloigna à grandes enjambées, puis, tournant le coin de la rue, il disparut de ma vue. Je commençai de rebrousser chemin, traînant Selim dans mon sillage, inconsolable.

En fait, nous dûmes tous deux unir nos efforts pour retrouver notre route. Je ne me souvenais pas des divers tournants et zigzags, vu que je pensais que M. Gregson nous aurait raccompagnés ; quant à Selim, il avait été trop occupé à ne pas nous perdre de vue pour prêter attention au chemin. Nous finîmes toutefois par atteindre un quartier de la ville qui m'était familier, et de là le Mouski n'était pas loin. Je louai une voiture et ordonnai à Selim de s'asseoir à côté de moi.

— Maintenant, Selim, commençai-je, je ne veux pas te mettre dans une situation délicate vis-à-vis du professeur, mais je ne vois pas comment nous allons pouvoir passer sous silence ce qui s'est passé si nous disons la vérité.

Le garçon releva la tête.

— Oh, *sitt*, dit-il d'une voix tremblante. Je ferai tout ce que vous voudrez.

— Je ne mens jamais au professeur, Selim. (Selim eut un air accablé.) Cependant, rien ne nous empêche d'arranger un petit peu la vérité. Nous allons être obligés d'expliquer ta bosse à la tête.

— Je pourrais enlever les bandages, suggéra Selim avec empressement. Vous avez été très généreuse avec les bandages. Je n'en ai pas besoin.

— Non, il ne faut pas. Voici ce que je propose. Tu raconteras au professeur Emerson tout ce qui s'est passé jusqu'au moment où je t'ai découvert. Puis tu diras simplement que quelqu'un t'est tombé dessus et t'a agressé en te frappant avec un objet lourd.

— Quelqu'un m'a effectivement agressé, dit Selim.

— Précisément. Ce n'est pas faux. Omets le nom de ton agresseur. Laisse croire au professeur qu'il s'agissait d'un banal voleur. Entendant l'altercation, je me suis précipitée à ta rescousse.

— C'est parfait, s'exclama Selim.

— A cause de ta blessure, j'ai estimé nécessaire de revenir avec toi, poursuivis-je. Le coup à la tête t'a laissé groggy et les idées embrouillées. Si le professeur te pose des questions embarrassantes, tu pourras toujours dire que tu ne te rappelle plus.

L'admiration illumina les doux yeux marron du garçon.

— *Sitt*, vous êtes ma mère et mon père ! Vous êtes la femme la plus généreuse et la plus avisée !

— Tu sais à quel point je déteste la flagornerie, Selim. Tes louanges sont inutiles. Contente-toi de faire ce que je te dis et tout se passera bien. Euh... tu pourrais peut-être mettre la tête en arrière et tâcher d'avoir l'air à moitié évanoui. Voici l'hôtel, et je vois Emerson qui arpente la terrasse à grandes enjambées.

Selim s'affala en gémissant avec une telle conviction qu'en le voyant Emerson en oublia les remontrances qu'il avait l'intention de m'adresser.

— Crénom, cria-t-il en scrutant l'intérieur de la voiture. Que s'est-il passé ? Est-il mort ? Selim, mon garçon...

— Je ne suis pas mort, mais je suis mourant, grogna Selim. Honoré Maître des Imprécations, présentez mes respects à mon père, à ma mère, à mes frères Ali et Hassan, ainsi qu'à...

Je lui donnai subrepticement un petit coup de la pointe de mon ombrelle. Selim se redressa brusquement.

— Peut-être que je ne suis pas en train de mourir. Je crois que je vais me remettre.

Emerson monta dans la voiture et claqua la portière.

— A la gare, ordonna-t-il au cocher.

— Mais, Emerson, commençai-je. Ne voulez-vous pas savoir....

— Si, Peabody. Vous pourrez me raconter tout ça en chemin. Nous allons pouvoir prendre l'express de l'après-midi si nous nous dépêchons.

Il ôta prestement le turban de Selim. Le garçon poussa un épouvantable hurlement.

— Je reconnais là votre œuvre, Peabody. Tous ces insupportables bandages pour une malheureuse goutte de sang, hein ? Racontez-moi tout depuis le début.

L'histoire fut longue à raconter, car je dus commencer par ma rencontre avec M. Gregson, et au début Emerson m'interrompit tous les deux mots.

— Mais, Peabody, vous avez été folle, brailla-t-il, de suivre cet individu dans le cœur de la vieille ville sur la foi d'une histoire à dormir debout. Qui est-ce, du reste, ce bonhomme ? Vous ne le connaissez même pas !

Je persévérai, et lorsque nous arrivâmes à la gare, j'avais exposé la version arrangée de la vérité dont Selim et moi étions convenus. Emerson lâcha « Mmm » avec humeur pour tout commentaire. Jetant quelques pièces au cocher, il aida Selim à descendre de la voiture avec une douceur qui contrastait avec sa mine renfrognée et il nous entraîna vers le train au pas de gymnastique. Il y eut une petite altercation lorsque nous prîmes Selim avec nous dans une voiture de première classe. Mais Emerson fit taire le contrôleur avec une poignée de monnaie et quelques commentaires bien sentis, ce sur quoi les autres passagers s'éloignèrent en maugréant, mais pas très fort.

— Ah, fit Emerson d'une voix satisfaite. Très bien. Nous avons la voiture pour nous. Nous allons pouvoir discuter de votre histoire remarquable tout à loisir.

— D'abord, dis-je, espérant faire dévier la conversation, racontez-moi ce que vous avez appris au souk.

Il en avait appris — à l'en croire — plus que moi. L'une de ses connaissances, qu'Emerson préféra ne pas nommer, avait prétendu connaître l'assassin de Kalenischeff. Il s'agissait d'un tueur à gages. On disait qu'il effectuait parfois des missions pour Sethos, mais ce n'était pas un membre officiel de la bande. L'homme avait quitté Le Caire peu après la mort de Kalenischeff, et personne ne savait où le trouver.

— Mais, dit Emerson en plissant les yeux, je suis sur sa trace, Peabody. Il finira par revenir, car c'est au Caire qu'il sévit. Et l'on me préviendra alors.

— Mais cela peut prendre des semaines... des mois, m'exclamai-je.

— Si vous pensez pouvoir faire mieux, Peabody, je

vous donne la permission d'essayer, repartit Emerson. (Puis il plaqua la main sur sa bouche.) Non ! Non ! Ce n'est pas ce que j'ai voulu dire. Je voulais dire...

— Peu importe, mon cher Emerson. Je n'avais nulle intention de critiquer. Seul vous pouviez en apprendre autant.

— Mmm, fit Emerson. Qu'avez-vous fabriqué, Peabody ? Vous ne me flattez que lorsque vous avez quelque chose à cacher.

— C'est injuste, Emerson. J'ai souvent...

— Vraiment ? Je ne me rappelle pas quand...

— J'ai le plus grand respect...

— Vous racontez constamment des histoires et...

— Je...

— Vous...

Selim poussa un gémissement et s'affala contre la large épaule d'Emerson. Je pris une flasque à ma ceinture, lui administrai une gorgée de brandy, et Selim déclara qu'il se sentait beaucoup mieux.

Je tendis la flasque à Emerson, qui but une gorgée d'un air distrait.

— Et maintenant, Peabody, dit-il aimablement, qu'avez-vous appris d'autre ?

Je lui parlai des garçons d'étage et lui racontai ma visite chez M. Aziz. Emerson secoua la tête.

— C'était une perte de temps, Peabody. J'aurais su vous dire qu'Aziz ne faisait pas partie de la bande. Il n'a pas l'intelligence requise ni... euh... l'estomac qu'il faut pour ça.

— C'est exactement ce que j'ai dit à Aziz, Emerson. Apparemment nous ne sommes guère plus avancés.

— C'est quand même un début. Je n'ai jamais pensé que nous mènerions à bien notre enquête en un jour.

— En effet, Emerson. Vous allez toujours droit à l'essentiel. Et, ajoutai-je avec espoir, peut-être, durant notre absence, Sethos a-t-il fait quelque chose qui nous en apprendra davantage. Il a peut-être attaqué l'enclos...

## CHAPITRE 12

A la demande d'Emerson, le train fit halte assez longtemps pour nous permettre de descendre. Nous empruntâmes le chemin, marchant avec difficulté. Emerson soutenait Selim avec une telle vigueur que les pieds du garçon touchaient à peine le sol. Au bout d'un petit moment, Selim déclara, hors d'haleine, qu'il avait pleinement récupéré et était capable de marcher tout seul.

— Bravo, mon garçon, lui dit Emerson avec une grande claque dans le dos.

Se frottant tour à tour le dos et la tête, Selim nous suivit.

— Il vous a peut-être sauvé la vie, Amelia, observa Emerson. Vous n'avez pas vu l'homme qui l'a attaqué, par hasard ?

— Tout s'est passé trop vite, dis-je avec conviction.

— L'agresseur était peut-être un vulgaire voleur, vous savez. Il ne faut pas voir partout des émissaires de Sethos.

— Vous avez sans doute raison, Emerson.

Avant même d'atteindre la maison, nous comprîmes qu'il se passait quelque chose. Les portes étaient grandes ouvertes, et la maison bourdonnait comme une ruche. Les hommes s'étaient regroupés et parlaient tous en même temps. Enid était assise sur une chaise près de la porte, le visage enfoui entre les mains.

Donald faisait les cent pas, tapotant l'épaule de la jeune femme chaque fois qu'il passait à côté d'elle.

— Mais que diable... commença Emerson.

— C'est Ramsès, bien entendu, dis-je. J'imagine qu'il a dû repartir.

Dès que nous fîmes notre apparition, une douzaine de personnes se précipitèrent vers nous et ce fut à celle qui nous dirait la première ce qui s'était passé.

— Silence ! hurla Emerson. (Le silence se fit aussitôt.) Eh bien ? questionna-t-il en regardant Donald.

— C'est ma faute, s'écria Enid. Le pauvre petit chéri voulait me donner une leçon d'égyptien, mais j'ai... (Elle envoya à Donald un coup d'œil éloquent.)

— Non, c'est ma faute, dit Donald. Il était sous ma responsabilité, mais j'ai... (Il regarda Enid.)

Emerson se tourna vers moi et agita le doigt sous mon nez.

— Vous voyez, Amelia, le beau résultat de toutes ces sottises dues à l'amour. Les gens qui sont affligés de cette maladie n'ont plus aucun sens des responsabilités, plus aucun sens du devoir...

— Calmez-vous, Emerson, l'implorai-je. Laissez parler Donald.

— Il est parti, voilà tout, fit Donald en haussant les épaules d'un air impuissant. Nous avons remarqué son absence il y a environ une heure, mais je ne saurais dire avec précision quand il est parti.

— Est-il parti à pied ou à dos d'âne ? m'enquis-je.

— Ni l'un ni l'autre, répondit Donald sombrement. Votre petit... euh... bonhomme a emprunté un cheval — et pas n'importe quel cheval, mais la monture chérie du maire, celle-là même que vous avez empruntée l'autre jour. Je dis « emprunté », mais je dois préciser que le maire n'est pas au courant de l'emprunt. Il a menacé de clouer Ramsès à la porte de sa maison si quoi que ce soit arrivait à cet animal.

— Il est incapable de maîtriser un aussi grand cheval, s'exclama Enid en se tordant les mains. Comment il a réussi à monter en selle et à s'en aller sans être vu...

— Ramsès sait y faire avec les animaux, observai-je. Peu importe. Je suppose que personne ne l'a vu partir et que nous ne savons donc absolument pas quelle direction il a prise.

— C'est exact, acquiesça Donald.

Emerson porta la main à son front.

— Comment a-t-il pu faire ça ? Il n'a pas laissé de message, de lettre ?

— Oh si, dit Donald. Il a laissé une lettre.

— Alors pourquoi ne vous êtes-vous pas lancé à sa poursuite ? s'écria Emerson en s'emparant du papier crasseux que tendait Donald.

— Parce que, dit Donald, la lettre est écrite en hiéroglyphes.

Et c'était effectivement le cas. Je me mis sur la pointe des pieds pour lire par-dessus l'épaule d'Emerson. Les hiéroglyphes de Ramsès étaient extrêmement élégants, et formaient un contraste frappant avec son écriture en anglais, pratiquement illisible. Mais je doutais que ce fût pour cette raison qu'il avait décidé de recourir aux hiéroglyphes.

— Mazghunah, s'exclama Emerson. Il est allé à Mazghunah ! « Afin de parler au prêtre... » L'emploi de cet infinitif n'est guère orthodoxe, je dois dire.

— Vous pouvez être sûr que Ramsès pourra justifer et justifiera cet emploi si vous êtes assez bête pour lui poser la question, dis-je. Eh bien, Emerson, partons-nous à sa recherche ?

— Comment pouvez-vous le demander, Amelia ? Bien sûr que nous partons à sa recherche, et aussi vite que possible. Quand je pense à ce qui a pu lui arriver, seul dans le désert... Un petit enfant sur un cheval qu'il ne peut maîtriser, poursuivi par des ennemis inconnus... Oh, bon sang !

Emerson partit en courant vers l'écurie.

Un coucher de soleil sanglant empourprait le ciel. Nos patients petits ânes trottinaient en direction du sud le long du chemin que nous connaissions si bien. Emerson était aussi incapable que moi de fouetter un animal, mais il encourageait son coursier par ses exhortations passionnées.

— Jusqu'ici tout va bien, observai-je dans l'espoir de le rassurer. Ramsès a dû emprunter le même chemin. Comme nous n'avons pas vu son corps allongé par terre, nous pouvons en conclure sans grand risque qu'il a réussi à maîtriser son cheval.

— Oh, crénom, répondit seulement Emerson.

Nous entrâmes dans le village par le nord, passant devant les ruines de la mission américaine, qui avait été le théâtre des aventures les plus palpitantes l'année précédente. Elle était plongée dans le silence, abandonnée. La flèche de fortune de l'église s'était écroulée et les maisons alentour étaient inhabitées. J'étais sûre que les villageois devaient éviter l'endroit, le jugeant maudit et hanté.

Comme nous approchions du puits, nous vîmes un attroupement. Tous se tenaient debout en silence, fascinés, devant la maison du prêtre, la tête inclinée, écoutant. Faibles, lointaines, et pourtant bien distinctes, s'entendaient les notes tremblantes qui montaient et descendaient — le cri du muezzin récitant l'appel à la prière. Son étrange dans un village chrétien, sans même une mosquée en vue ! Le plus curieux était que la voix sortait de l'intérieur de la maison du prêtre.

Il y eut un bref instant de silence. Puis l'*adan* fut répété, mais plus fort, par une voix différente. La précédente était une voix de ténor, celle-ci une voix rauque de baryton. Elle s'interrompit au bout de quelques mots et fut aussitôt remplacée par une troisième voix, caractérisée par un très net zézaiement. On aurait dit que le prêtre de Dronkeh recevait, ou interviewait, tous les muezzins du coin.

La foule s'écarta comme la mer Rouge devant l'irruption impétueuse d'Emerson. Sans prendre la peine de frapper, il ouvrit la porte à la volée.

Les derniers rayons du soleil couchant transperçaient comme une épée flamboyante l'obscurité qui régnait à l'intérieur. Ils dardèrent droit sur la silhouette de Walter « Ramsès » Peabody Emerson, assis jambes croisées sur le divan, la tête rejetée en arrière, la pomme d'Adam en mouvement alors que sortaient d'entre ses lèvres entrouvertes les notes plaintives, ascendantes et descendantes, de l'appel à la prière.

Le prêtre, assis dans l'ombre, se leva brusquement. Ramsès — étant Ramsès — acheva de réciter les quatre entrées en matière du rituel (« Dieu est très grand, etc. ») avant de s'adresser à nous :

— Bonsoir, Maman. Bonsoir, Papa. Votre journée au Caire a-t-elle été fructueuse ?

Emerson accepta la tasse de cognac que lui offrit le père Todorus. Je déclinai l'offre ; il me fallait tous mes esprits pour m'occuper de Ramsès.

— Puis-je te demander, m'enquis-je en m'asseyant à côté de lui, ce que tu es en train de faire ?

J'étais furieuse d'avoir à le lui demander, car j'étais sûre qu'il allait me donner des explications à n'en plus finir. Mais stupéfiée par le mystérieux spectacle, je n'étais plus tout à fait moi-même. Il était évident que non seulement le dernier appel à la prière mais tous les autres appels étaient sortis de la gorge décharnée de mon fils. Emerson continuait à siroter son cognac, ses yeux protubérants rivés sur la pomme d'Adam de Ramsès.

Ramsès se racla la gorge.

— Quand vous et Papa avez discuté de la triste captivité du père Todorus, j'ai entièrement approuvé votre conclusion selon laquelle il avait été emprisonné quelque part dans les environs du Caire. Mais lorsque vous en avez déduit qu'il était impossible de déterminer l'endroit avec plus de précision, j'ai été forcé, à contrecœur, de ne pas partager votre opinion. Car à mon avis...

— Ramsès.
— Oui, Maman.
— Je te serais reconnaissante d'essayer de restreindre ton utilisation de cette expression.
— Quelle expression, Maman ?
— « A mon avis »...

Le cognac avait rendu à Emerson la fonction de la parole.

— Je serais porté, intervint-il d'une voix enrouée, à approuver ta mère, Ramsès, mais laissons cela pour le moment. Poursuis tes explications, je te prie.

— Oui, Papa. Car à mon... Enfin, j'avais l'impression que, même si le père Todorus n'avait pu voir par les fenêtres, il avait sans doute pu entendre à travers. En effet, l'une de vos propres déclarations corroborait cette hypothèse. Or, si l'ensemble de sons qu'on pourrait appeler la « voix de la ville » est généralement indistinct — je veux parler de bruits tels que le braiement des ânes, les cris des vendeurs d'eau et des marchands, les supplications plaintives des mendiants... les...

— Je constate avec inquiétude, Ramsès, que tu sembles avoir pris l'habitude de t'exprimer de manière littéraire, pour ne pas dire, poétique. Ecrire des vers et tenir un journal sont d'excellentes méthodes pour donner libre cours à ces tendances. S'en servir pour fournir des explications, c'est autre chose.

— Ah, fit Ramsès pensivement.

— Continue, je t'en prie, Ramsès, dit son père. Et, mon très cher fils... sois bref !

— Oui, Papa. Il y a une catégorie de phénomènes auditifs qui sont — par rapport à ceux que j'ai mentionnés (et d'autres qu'on m'a interdit de mentionner) — distincts et différenciés. Je veux bien sûr parler des appels des muezzins des mosquées du Caire. Il m'est venu à l'idée que le père Todorus, qui avait sans doute entendu ces appels *ad nauseam*, si je puis dire, jour après jour, serait peut-être en mesure de les distinguer et même de se remémorer leur volume sonore. Je suis donc venu ici pour tenter l'expérience. En reproduisant...

— Oh, sapristi ! m'écriai-je. Ramsès... Veux-tu dire que tu es assis ici depuis plus de trois heures à répéter l'*adan* avec des voix et des intonations différentes ? Emerson — comme vous le savez, je suis rarement prise de faiblesse — mais je dois avouer que je me sens... que je me sens prête à défaillir.

— Prenez du cognac, me dit Emerson en me tendant la tasse. L'expérience a-t-elle été concluante, mon fils ?

— Dans une certaine mesure, Papa. Je crois avoir circonscrit la zone à un périmètre de quelque cinq cents mètres de côté.

— Je n'arrive pas à le croire, murmurai-je, à moitié pour moi-même. (En fait, totalement pour moi-même car aucun des autres ne m'écoutait.)

— C'était très intéressant, commenta le père Todorus, hochant la tête comme un jouet qu'on remonte mécaniquement. Lorsque je fermais les yeux, je me voyais dans cette maison de Satan en train d'écouter, comme je l'avais fait si souvent, l'appel des païens.

— Je n'arrive pas à le croire, répétai-je. Ramsès, comment as-tu appris à différencier ces appels ? Il y a trois cents mosquées au Caire !

— Mais seulement trente ou quarante dans la zone que j'ai estimée la plus probable, repartit Ramsès. A savoir : la vieille ville avec ses passages secrets et sombres, ses vieilles demeures en ruine et ses... (Il croisa mon regard.) Je me suis intéressé à la question au printemps dernier, reprit-il plus prosaïquement. Quand nous étions au Caire avant de partir pour l'Angleterre. Nous sommes restés là-bas plusieurs semaines, et j'ai eu maintes fois l'occasion de...

— Je comprends, dit Emerson. Idée fort ingénieuse, ma parole. Vous ne trouvez pas, Peabody ?

Ma tasse était vide. J'eus envie d'en demander une autre, mais ma volonté de fer triompha de mon agacement et de mon incrédulité.

— Je crois que nous devrions rentrer à présent, déclarai-je. Le père Todorus doit être fatigué.

Le père Todorus protesta poliment, mais de toute évidence il était content de nous voir partir. Son attitude envers Ramsès quand il lui fit ses adieux était un mélange de respect et de terreur.

Comme nous sortions de la maison du prêtre, l'un des villageois s'approcha en menant la jument et, avec une grande courbette, tendit les rênes à Ramsès.

J'avais momentanément oublié que Ramsès s'était rendu coupable de vol caractérisé. Je me souvins d'avoir lu qu'au Far West on pendait d'ordinaire les voleurs de chevaux.

Peut-être Ramsès s'en souvint-il lui aussi. Au moment de monter en selle, il hésita et se tourna vers moi.

— Voulez-vous monter Mazeppa, Maman ? proposa-t-il de son sourire le plus enjôleur.

— Voilà une pensée qui t'honore, Ramsès, approuva Emerson. Je suis heureux que tu témoignes à ta chère maman la considération qu'elle mérite.

Le maire partageait l'avis du cow-boy américain quant aux voleurs de chevaux. Je fus obligée de le calmer en lui louant la jument, à un prix exorbitant, pour la durée de notre séjour à Dahchoûr. Avant de retourner à la maison nous confiâmes la jument à son maître, car nous n'avions pas d'écurie digne d'une telle merveille.

Mon humeur ne s'améliora guère quand je vis Ramsès et son père plongés dans l'étude d'un plan du Caire, qui était étalé sur la table, dressée pour le dîner. Un coin de la carte trempait dans la sauce. Ramsès, tapotant le papier de son index, était en train de dire :

— Le muezzin le plus audible était le monsieur de la mosquée de Gâmia 'Seiyidna Hosein. Par élimination et grâce aux répétitions, je crois que nous pouvons exclure tout ce qui n'est pas dans une zone d'environ sept cent cinquante...

Très fermement et calmement je conseillai d'ôter la

carte et de remettre en place les couverts. Nous nous assîmes pour manger le repas excellent (mais tiède) préparé par Hamid. Une très nette impression de gêne se fit sentir, et pendant un moment tout le monde mangea en silence. Puis Emerson, dont les motivations sont toujours admirables mais qui a une conception du tact assez particulière, claironna :

— Je pense que l'histoire de la jument a été réglée à votre entière satisfaction, Peabody.

— Elle a été réglée à l'entière satisfaction du maire, Emerson. Nous avons loué la jument pour la saison, au prix de cent shekels.

Emerson s'étrangla en avalant une bouchée de ragoût et dut se réfugier derrière une serviette de table. Toutefois, il ne se plaignit pas du prix. Il proposa même :

— Peut-être devrions-nous carrément acheter cet animal. Pour vous, Peabody, je veux dire. Ne seriez-vous pas heureuse de l'avoir pour vous toute seule ? C'est une belle bête...

— Non, merci, Emerson. Après ça, Ramsès nous réclamerait de la ramener en Angleterre avec nous.

— Vous vous trompez du tout au tout, Maman. Une telle idée ne m'était pas venue à l'idée. Il serait plus commode de laisser ici Mazeppa, pour que je puisse la monter quand nous venons chaque...

La phrase fut interrompue par une exclamation entrecoupée et un brusque mouvement, au moment où Emerson, qui avait compris que toute autre allusion à la jument, surtout de la part de son fils, n'améliorerait guère mon humeur, donna à Ramsès un coup de pied dans le tibia. Tout le monde garda le silence un instant. Donald n'avait pas ouvert la bouche depuis le début. J'attribuai son silence au remords d'avoir failli à sa tâche, mais, j'allais bientôt m'en rendre compte, il y avait une autre raison. Il avait réfléchi. Comme Emerson a coutume de le dire — quelque peu injustement, me semble-t-il —, l'opération est difficile pour un Anglais, et lui demande toute sa concentration.

C'est seulement après que nous nous fûmes rassasiés quelque peu et alors que nous étions en train de grignoter des rondelles de fruits que le jeune homme se leva de sa chaise et se racla la gorge.

— J'ai pris une décision, annonça-t-il. Enfin, Enid et moi avons pris une décision.

Il saisit la main que lui tendait la jeune fille, redressa les épaules, et poursuivit :

— Nous souhaitons nous marier sur-le-champ. Professeur, accepteriez-vous de nous marier ce soir ?

Je fus tellement éberluée par l'extravagance même de la requête que j'en lâchai ma serviette. Laquelle tomba sur Bastet, recroquevillée sous la table, espérant (à juste titre) que Ramsès lui glisserait quelques bouchées friandes. La chose la perturba grandement, et le reste de la conversation fut ponctué de miaulements furieux et de coups sourds, Bastet se battant avec la serviette.

Emerson en resta bouche bée. Il faillit parler, ou peut-être rire. Puis il parut avoir une idée, car son œil se plissa et sa main se glissa vers son menton.

— Certes, cela résoudrait certaines de nos difficultés, fit-il, songeur, caressant sa fossette. Mme Emerson qui veut absolument respecter les convenances et vous faire chaperonner...

— Emerson ! m'écriai-je. Comment pouvez-vous envisager la chose un seul instant ? Mon cher Ronald — excusez-moi, Donald —, ma chère Enid, qu'est-ce qui a pu vous faire croire que le professeur Emerson était habilité à procéder à un mariage ?

— Ma foi, je n'en sais rien, répondit Donald, l'air confus. Le capitaine d'un bateau jouit bien de ce privilège... Je pensais que le chef d'une expédition en terre étrangère...

— Vous faites erreur, dis-je.

Enid baissa les yeux. Pourtant j'eus l'impression qu'elle savait à quoi s'en tenir depuis le début — et qu'elle s'en moquait. Je ne voudrais pas qu'on croie que j'approuve l'immoralité, mais je dois avouer que la jeune fille monta dans mon estime.

— Asseyez-vous, Donald, dis-je. Vous avez l'air si indécis, à rester planté là en vous grattant la tête. Discutons rationnellement. J'approuve entièrement votre décision, qui devra, bien sûr, attendre les formalités adéquates. Puis-je vous demander ce qui vous a amenés à la prendre ?

Donald continuait à tenir Enid par la main. Elle lui sourit avec (je ne pus m'empêcher de penser) l'attitude bonasse qu'adopte un professeur pour encourager un enfant qui a du retard.

— Enid m'a convaincu, dit Donald. Nous ne pouvons continuer à nous cacher comme des criminels qui ont à rougir de quelque chose. Elle n'a sûrement rien à craindre de la police. Seul un fou pourrait s'imaginer qu'elle est coupable.

— C'est en effet le cas, dis-je. Nous avons appris aujourd'hui que la police ne la croyait plus coupable du meurtre de Kalenischeff. Vous, en revanche...

— Moi, coupa Donald en relevant le menton, j'affronterai mes accusateurs comme un homme. Ils ne peuvent pas prouver que j'ai tué cet individu. Et pourtant j'ai souvent eu envie de l'assommer quand je les suivais au Caire, Enid et lui, et que je le voyais la lorgner avec un sourire narquois.

— C'est le genre de déclaration que je vous conseille fortement de ne faire à personne, dit Emerson. Certes, je suis d'accord avec vous, il n'y a guère de présomptions contre vous. Mais vous n'avez pas expliqué ce soudain accès de galanterie. Est-ce l'amour, cette noble émotion, qui vous a donné du courage ?

Donald ne remarqua pas le ton satirique, et dit simplement :

— Oui, monsieur. D'autre part, j'ai beau rechigner à voir la vérité en face, Enid m'a convaincu que c'était Ronald qui avait essayé de me tuer ce matin.

— Ma foi, bien sûr, s'exclama Emerson. Il est évident depuis le début que les difficultés que vous avez rencontrées tous deux sont d'ordre purement domestique. Votre frère, monsieur Fraser, paraît ne pas avoir le moindre principe. C'est lui, n'est-ce pas, qui a contrefait la signature et vous a persuadé de vous faire accuser à sa place ? Stupide, monsieur Fraser, vraiment stupide. Car cet acte a eu des conséquences bien plus dangereuses pour vous que le simple déshonneur. Votre frère espérait que le désespoir causerait votre mort par accident ou par suicide, et qu'il deviendrait ainsi maître de votre fortune. Je le soupçonne d'avoir un autre mobile, en rapport avec les sentiments de Miss Debenham ici présente. Je soupçonne également que si Miss Debenham s'était contentée d'accepter le déshonneur et la disparition de Donald, sans parler de la demande en mariage de Ronald, Donald (malédiction ! je m'y perds dans ces prénoms), Ronald, je veux dire, en serait resté là. Mais vu qu'elle a poursuivi avec opiniâtreté ses recherches pour retrouver Donald et qu'elle a refusé de croire en sa culpabilité, Enid a mis Ronald dans une situation dangereuse et celui-ci a été forcé de prendre des mesures plus énergiques.

« Il a engagé Kalenischeff, non pas pour aider Miss Debenham à retrouver Donald, mais pour la mettre sur de fausses pistes. Seulement, Kalenischeff aurait trahi Ronald contre rémunération, et Ronald a été obligé de le neutraliser. Il n'est pas difficile de louer les services de tueurs à gages au Caire. Kalenischeff a été attiré dans la chambre de Miss Debenham, non seulement parce qu'il était plus facile de l'attaquer là, mais aussi parce que Ronald espérait compromettre sa "délicate chérie", comme il a eu l'audace de l'appeler, et l'empêcher de poursuivre ses recherches. Je suppose, Miss Debenham, qu'il n'a guère apprécié la façon méprisante dont vous l'avez traité et dont vous avez fait fi de sa demande en mariage. Et vous pouvez vous féliciter de ne pas avoir changé d'avis, car, une fois sous sa coupe, vous auriez payé votre mépris par des larmes et des tourments. C'est un homme méchant et vindicatif.

— Stupéfiant, Professeur, s'exclama Donald. Vous avez raison sur tous les points ; vous m'avez même fait voir des vérités pénibles que je refusais d'admettre. Comment avez-vous compris tout cela ?

— Seul un idiot ne l'aurait pas vu, grogna Emerson.

— Ou bien un frère, aveuglé par l'amour fraternel, corrigeai-je charitablement.

— Ou bien, rétorqua Emerson en me fixant avec un épouvantable froncement de sourcils, quelqu'un d'obsédé par les Maîtres criminels.

Lorsque nous gagnâmes notre couche dans le désert, nous n'étions pas seuls. A la grande fureur (mal dissimulée) d'Emerson, Donald avait absolument tenu à ce qu'Enid occupât l'autre tente.

— C'est surtout maintenant, avait-il dit en serrant la main de la jeune fille, qu'Enid doit être à l'abri de tout reproche.

— Mmm, avait commenté Emerson.

J'étais moi-même opposée à cette idée mais pas tout à fait pour la même raison. L'analyse de la situation par Emerson avait été convaincante, comme ses analyses le sont toujours, mais cela ne signifiait pas qu'elle fût juste. Je sentais par toutes les fibres de mon corps que mes deux jeunes amis étaient pris dans les fils invisibles de l'ignoble toile d'araignée tissée par Sethos. Mes arguments eurent peu d'effet, toutefois. Donald soutint Emerson (les hommes font toujours cause commune), et Enid soutint Donald. Le seul qui fit preuve d'une once de bon sens, ce fut Ramsès. Sa proposition de monter la garde devant la tente d'Enid fut unanimement rejetée, mais lorsqu'il proposa Bastet à sa place, Enid se mit à rire et dit qu'elle serait ravie de sentir une gentille chatte câline pelotonnée contre elle.

Je regardai la grande chatte mouchetée. Ses yeux topaze étaient aussi étroits que des fentes et elle avait les babines retroussées comme si elle eût souri avec mépris de cette description ridicule et inappropriée. Mais le plus ridicule, ce fut quand Ramsès l'emmena dans un coin, s'accroupit en face d'elle, et se mit à lui marmonner quelque chose. Les voir se dévisager les yeux dans les yeux — la chatte silencieuse et attentive, la tête penchée et la queue en mouvement — était un spectacle à glacer le sang.

J'ignore ce que dit Ramsès, cela produisit l'effet escompté. Bastet nous accompagna quand nous quittâmes la maison. Donald avait annoncé son intention d'escorter sa bien-aimée et de la conduire sans encombre jusqu'à sa tente. Ils nous suivaient à bonne distance, chuchotant au clair de lune. C'était une nuit idéale pour les amoureux — comme le sont en fait presque toutes les nuits en Egypte —, et j'aurais aimé marcher dans un silence recueilli, la main dans celle d'Emerson. Mais Emerson se montrait têtu.

— S'ils sont décidés à aller au Caire pour se livrer demain, il est indispensable que quelqu'un de responsable les accompagne, insistai-je.

— Absolument pas, Peabody. Nous serons déjà en sous-effectif quand ils seront partis — certes, elle n'a jamais été d'une grande aide, et lui était trop occupé d'elle pour faire son travail. Je ne comprends pas pourquoi vous ne cessez d'encourager les gens comme ça. Vous traînez toujours à vos basques une poignée de jeunes gens ahuris, qui nous dérangent dans notre travail et nous compliquent la vie. Je n'ai rien contre eux, et je leur souhaite bonne chance, mais je serai content de les voir partir.

Je laissai Emerson tempêter, et il ne s'en priva pas, s'interrompant tout juste pour reprendre souffle avant que nous n'arrivions à notre tente. Je m'arrêtai afin de souhaiter bonne nuit aux deux silhouettes indistinctes derrière nous. Emerson me prit par la main et m'entraîna à l'intérieur. Ensuite, durant un long moment, les seuls sons qui rompirent le silence furent les cris distants des chacals.

Lorsque je me réveillai dans la pénombre précédant l'aube, ce n'était pas, pour une fois, un cambrioleur ou un assassin qui m'avait troublé dans mon sommeil. J'avais de nouveau fait un rêve — un rêve si net et si criant de vérité que je dus tendre la main vers Emerson pour me convaincre que j'étais bien dans la tente à côté de mon mari. Les contours de ces traits familiers sous mes doigts tâtonnants m'apportèrent un grand soulagement. Emerson renâcla et marmonna, mais sans se réveiller.

J'aurais vraiment souhaité qu'il ne dormît pas si profondément en cet instant. J'éprouvais le besoin ridicule de parler, voire — bien que je ne l'avoue qu'à contrecœur — le besoin de me faire réconforter. Ce n'était pas tant le scénario du rêve qui me faisait trembler dans la pénombre, mais, si je puis l'exprimer ainsi, l'atmosphère surnaturelle dans laquelle il avait baigné. Tous ceux qui ont déjà émergé d'un rêve en hurlant comprendront ce que je veux dire, car en rêve les objets les plus innocents peuvent provoquer des sensations extraordinaires de peur. J'aspirais à discuter de mes sensations avec Emerson et à entendre son commentaire rassurant : « Sornettes, Peabody. »

Ma forte nature l'emporta — comme c'est toujours le cas, je l'espère — et, me serrant contre Emerson, je tentai une nouvelle fois de courtiser Morphée. Mais le dieu inconstant ne se laissa point séduire, et ce ne fut pourtant pas faute d'essayer diverses positions pour dormir. Tandis que je me retournais et remuais en tous sens, Emerson demeura allongé comme une bûche, bras croisés sur la poitrine.

Je finis par renoncer. Jusque-là aucune lumière ne perçait la toile épaisse des parois, mais une fraîcheur indéfinissable m'avertit que l'aube ne pouvait être loin. Je me levai, allumai une lampe et m'habillai. Comme peuvent en témoigner ceux qui ont essayé de pratiquer ce tour de force dans l'espace confiné d'une tente, il est impossible d'y parvenir avec élégance ou en silence, ce qui n'empêchait pas Emerson de continuer à dormir, sans être dérangé par la lampe, ni par mes pieds quand je trébuchais contre ses membres par inadvertance, ni même par le cliquetis de ma ceinture à outils que je bouclai autour de ma taille. Il fallut que je lui martèle doucement la poitrine, que je stimule divers endroits de son visage et de sa personne avant que sa respiration régulière ne change de rythme. Un sourire s'esquissa à la commissure de ses lèvres. Sans ouvrir les yeux il tendit le bras et m'attira sur lui.

Comme je crois l'avoir mentionné, Emerson déteste la gêne occasionnée par les vêtements de nuit. La vigueur de son geste amena ma ceinture et sa ribambelle d'objets durs et tranchants en contact avec une partie vulnérable de son anatomie, et sa mine aimable subit une terrible transformation. Je plaquai la main sur sa bouche avant que le hurlement qui se préparait ne sorte de sa gorge.

— Ne criez pas, Emerson. Vous allez réveiller Enid et lui faire une peur bleue.

Au bout d'un moment, la poitrine musclée d'Emerson se décrispa, et ses yeux protubérants reprirent leur aspect normal. Je jugeai prudent d'ôter ma main.

— Peabody, fit-il.

— Oui, mon cher Emerson ?

— Sommes-nous cernés par des bédouins hostiles sur le point de lancer un assaut meurtrier ?

— Ma foi, non, Emerson. Pas à ma connaissance.

— Une silhouette indistincte est-elle entrée dans la tente en brandissant un couteau ?

— Non.

— Une main momifiée, peut-être ? Se glissant entre le sol et la paroi de la tente, cherchant votre gorge ?

— Emerson, vous êtes particulièrement agaçant quand vous vous voulez sarcastique. Il n'y a rien. Du moins rien de ce que vous évoquez. C'est presque le matin, et je... je n'arrivais pas à dormir.

Je retirai mes coudes de sa poitrine et me redressai. Je ne dis plus rien. Mais Emerson fit alors montre des qualités remarquables qui lui ont valu toute l'affection d'une femme, laquelle, je me permets de le dire, place la barre très haut en matière d'époux.

Une fois encore il tendit ses bras nerveux et me serra fort — mais pas trop fort et avec une certaine circonspection.

— Racontez-moi ça, Peabody, dit-il.

— C'est bête à raconter, murmurai-je, posant la tête contre sa poitrine.

— Je vous aime quand vous êtes bête, Peabody. La chose est rare — si par bête vous entendez douce et accommodante, craintive et vulnérable...

— Arrêtez, Emerson, dis-je fermement en lui prenant la main. Je ne me sens pas vulnérable, je suis seulement perplexe. J'ai fait le plus singulier des rêves.

— Voilà qui est également rare. Poursuivez.

— Je me trouvais dans une pièce inconnue, Emerson. Elle était décorée de la façon la plus luxueuse et voluptueuse — des tentures roses aux murs et aux fenêtres, un canapé moelleux parsemé de coussins de soie, des tapis anciens, et une minuscule fontaine gazouillante. Sur une table basse d'ébène et de nacre se trouvait un plateau avec des fruits et du vin, des bols en argent et des verres en cristal. Un silence onirique régnait dans la chambre, que rompait seulement le murmure mélodieux de la fontaine.

« J'étais allongée sur le canapé. Je me sentais complètement réveillée, et, bien que ce fût un rêve, j'étais aussi éberluée que je l'aurais été en état de veille. Mes yeux furent attirés par un rideau brodé à franges qui dissimulait une porte. J'ignore comment je savais cela, mais je le savais, et je savais aussi que quelque chose approchait... que la porte s'ouvrirait bientôt, que le rideau allait s'écarter... que je verrais...

— Continuez, Peabody.

— C'est alors que je me suis réveillée, Emerson. Je me suis réveillée avec des sueurs froides de terreur, et je tremblais dc tous mes membres. Vous savez, mon chéri, que je ne supporte pas cette superstition qui veut que les rêves soient des présages de l'avenir, mais je ne peux m'empêcher de croire que ce rêve possède un sens caché.

Je ne distinguais pas le visage d'Emerson, mais je sentis se raidir les bras qui me tenaient enlacée.

— Etes-vous sûre, demanda-t-il, que c'est bien de la terreur que vous avez éprouvée ?

— C'est une étrange question, Emerson.

— C'était aussi un rêve étrange, Peabody. (Il se redressa et m'écarta doucement de lui, me tenant par les épaules et me regardant droit dans les yeux.) Qui était-ce, Peabody ? Qui approchait de cette porte ?

— Je ne sais pas.

— Mmmm. (Il me fixait toujours avec une singulière intensité. Puis il dit tranquillement :) Je crois pouvoir identifier l'origine de votre rêve, Peabody. Votre description ressemble à celle que le père Todorus a faite de sa prison.

— Ma foi, bien sûr ! m'exclamai-je. Vous avez parfaitement raison. C'est sans doute l'explication. Même ce que j'éprouvais était semblable à ce qu'a dû ressentir le pauvre homme.

— Je suis ravi d'avoir calmé votre angoisse. Ai-je réussi ?

— Oui, Emerson, et merci. Seulement... Seulement, j'ai toujours la sensation qu'un malheur se profile à l'horizon... que quelque chose nous guette...

— C'est une sensation à laquelle vous devriez être habituée, observa Emerson de son ton sardonique habituel. Peu importe, Peabody, nous affronterons le danger ensemble, vous et moi — côte à côte, dos à dos, épaule contre épaule...

— Pendant que Ramsès courra de tous les côtés en mettant son grain de sel, dis-je pour imiter son ton léger. Emerson, je suis désolée de vous avoir dérangé avec mes bêtises. Habillez-vous maintenant. Moi, je vais sortir, allumer le réchaud et faire du thé.

Je lui tendis son pantalon, sachant qu'il ne le trouverait jamais sans devoir le chercher un bon moment avec force jurons. Emerson haussa ses larges épaules, puis accepta le pantalon.

Je rampai jusqu'à l'entrée de la tente. Le rabat était fixé par un simple nœud coulant, qui passait par un anneau dans la toile au sol. Je le défis et entrevis un rai de lumière dehors. C'était le matin, bien qu'il fût encore très tôt. Je me levai, écartai le rabat et sortis.

Je me sentis aussitôt tomber. J'avais trébuché contre un objet qui se trouvait devant la tente. Mes mains tendues heurtèrent le sol dur, mais j'avais les tibias bloqués par quelque chose. Ce n'est qu'en me relevant péniblement que je vis ce dont il s'agissait.

Donald Fraser était étendu par terre. Ses membres étaient soigneusement allongés, ses mains croisées sur la poitrine. Un trou noir, tel un troisième œil, marquait le centre de son front. Ses yeux bleus étaient grands ouverts et leur surface était ternie par une légère pellicule de sable.

Je ne hurlai pas, comme une femme ordinaire aurait pu le faire, mais un grand cri strident de surprise m'échappa. Emerson émergea de la tente en coup de vent, tellement précipitamment qu'il me fallut faire tous mes efforts pour éviter que nous ne tombions tous deux sur le cadavre. Emerson lâcha un juron, mais avant qu'il ne puisse développer le sujet, son attention fut détournée par une tierce personne qui courait vers nous.

— L'assassin, s'exclama Emerson en se dégageant et brandissant le poing.

Lorsqu'il reconnut le nouveau venu, son bras retomba mollement le long de son corps ; quant à moi, je chancelai sous le choc. Mon regard passa tour à tour de Donald debout devant moi, bien vivant, à Donald étendu par terre, tué. C'est alors, avec un certain retard, que je compris la vérité.

— C'est Ronald, pas Donald, m'écriai-je. Que fait-il là ? Que font-ils là tous les deux ?

Donald avait vu son frère. Les rayons du soleil prêtaient au visage du mort les couleurs fallacieuses de la vie, mais personne ne pouvait douter un seul instant qu'il fût mort. Avec un cri qui me fit trembler de compassion pour lui, Donald tomba à genoux à côté du corps.

— Ne le touchez pas, lança Emerson sèchement. Plus personne ne peut rien pour lui à présent. Cela fait des heures qu'il est mort. La rigidité des membres est bien avancée.

Donald n'aurait peut-être pas écouté ce conseil

avisé, mais le bruit de quelqu'un qui approchait lui rappela un devoir plus important. Il se releva et courut à la rencontre d'Enid, la prit dans ses bras et posa la tête de la jeune fille contre sa poitrine.

— Ne regarde pas, fit-il d'une voix brisée. C'est Ronald... Mon pauvre frère, mort, perfidement tué !

Bastet était sur les talons d'Enid. Après avoir inspecté le corps sommairement mais avec curiosité, elle s'assit et se mit à se lécher. Je fus tentée de lui reprocher avec sévérité son incurie en tant que chatte de garde, mais à la réflexion je me dis qu'on ne pouvait lui reprocher de ne pas nous avoir avertis de la présence de l'assassin, si, comme je le supposais, elle avait été enfermée dans la tente d'Enid. Nous l'avions avant tout chargée de veiller sur la jeune fille, et elle n'avait pas failli à sa tâche, même si elle (la chatte) et le Ciel seuls savaient quelle part en revenait à elle, Bastet.

Emerson rentra dans la tente et en ressortit avec une couverture, qu'il jeta sur le cadavre.

— Il y a en effet suspicion de meurtre, déclara-t-il sombrement. Outre le fait qu'il n'a pas d'arme à la main, il a dû être transporté jusqu'ici après le crime. J'ai le sommeil lourd, mais je crois quand même qu'un coup de pistolet tiré à un mètre cinquante de mon oreille m'aurait réveillé. Allons, allons, Donald, reprenez-vous. Votre chagrin a quelque chose d'absurde, vu que votre frère a tout fait pour causer votre perte. Expliquez-nous pourquoi vous êtes là.

Donald se tourna, Enid appuyée à son bras. De sa main libre il s'essuya les yeux.

— Je ne cherche pas à excuser ma faiblesse de femme, marmotta-t-il. En un moment pareil tout ressentiment est oublié et mille tendres souvenirs de l'enfance font oublier le passé récent. Professeur, la mort de mon frère remet décidément en cause sa culpabilité.

— Précisément, lâcha Emerson.

Enid, plus vive que son bien-aimé, comprit instantanément ce qu'Emerson voulait dire.

— Comment osez-vous, Professeur ! Laisseriez-vous entendre que Donald a assassiné son frère ?

— Quoi ? s'écria Donald. Enid, ma chérie, tu ne crois pas...

— Non, mon chéri, bien sûr que non. Mais il...

Emerson poussa un rugissement.

— Si j'entends encore un de ces mots doux à l'eau de rose, je vous abandonne à votre sort ! Vous êtes dans un beau pétrin, monsieur Fraser, et j'ai le sentiment qu'il ne nous reste guère de temps. Répondez-moi sans détour. Qu'est-ce qui vous a amené ici à cette heure-ci ?

— Je suis resté ici toute la nuit, repartit Donald.

— Je vois. (L'expression sévère d'Emerson s'adoucit.) Ma foi, monsieur Fraser, je dois reconnaître que cela dénote chez vous plus de bon sens que je ne vous en aurais cru capable. Miss Debenham pourra témoigner que vous étiez avec elle...

— Monsieur, s'exclama Donald, les joues rouges d'indignation. Vous calomniez la jeune fille la plus noble, la plus pure qui ait jamais...

Le visage d'Enid était aussi rose que le sien.

— Oh, Donald, mon chéri, adorable idiot... Il était bien avec moi, Professeur. Je serais prête à le jurer dans n'importe quel prétoire.

Naturellement Donald protesta, et il fallut plusieurs rugissements de la part d'Emerson pour faire taire le couple. Pour résumer les déclarations confuses et passionnées qui furent enfin faites, il apparut que Donald avait passé la nuit étendu sur un tapis devant l'entrée de la tente de sa bien-aimée. Elle ne s'était pas avisée de sa présence, et ni l'un ni l'autre n'avait entendu quoi que ce fût d'anormal.

Emerson décocha au jeune homme un regard de mépris cinglant.

— C'est ce maudit esprit *public school*, marmonna-t-il. Quelle attitude pernicieuse et stupide... Et qu'est devenu Ramsès dans tout ça, jeune irresponsable ?

— Il m'a promis solennellement qu'il ne quitterait

pas la maison de la nuit. J'ai estimé que je pouvais le croire sur parole...

— Oh oui, fis-je platement. Mais, Donald, la nuit est terminée.

Traversant le désert, comme émanant du soleil levant, fonçait vers nous un splendide cheval au galop, sur lequel était juchée une petite silhouette.

Ramsès aurait bien voulu que le cheval se cabre de manière spectaculaire pour s'arrêter, mais l'exploit dépassait bien entendu ses forces. Il glissa à bas du dos de l'animal et heurta le sol avec un bruit sourd. A quatre pattes, il commença :

— Bonjour, Maman. Bonjour, Papa. Bonj...

Emerson le remit debout.

— Je te dispense des politesses, mon fils.

— Oui, Papa. Merci de me rappeler que le temps nous est compté. Des fonctionnaires de l'Administration viennent de débarquer d'un vapeur officiel. Il ne leur faudra pas longtemps pour apprendre où nous nous trouvons, et d'après la constitution du groupe et le caractère solennel du comportement de ses membres, j'en déduis que quelque affaire sérieuse...

— Sapristi, m'exclamai-je. Nous aurions dû nous y attendre. Le meurtrier — dont il est inutile de mentionner le nom, ou le surnom — veut que Donald soit appréhendé pour le meurtre de son frère. Et bien sûr il a prévenu la police.

Cette dernière catastrophe avait frappé Donald de mutisme. Il écarquillait les yeux, l'air impuissant, tandis qu'Emerson passait les mains le long du corps du jeune homme.

— Il n'a pas d'arme, observa-t-il.

— L'arme, m'écriai-je. Sans arme, la police ne peut pas prouver...

— Ce n'est pas forcément vrai, Maman, fit la voix de Ramsès quelque part dans les parages.

Sur le moment je ne sus dire où il était passé. Me retournant, je découvris qu'il s'était approché discrètement du corps recouvert et avait soulevé la couverture.

Après un bref examen impassible, il la laissa retomber et se releva.

— La situation est telle que je l'imaginais, déclara-t-il. Papa, le fait qu'on ne retrouve pas le pistolet ne sauvera peut-être pas M. Donald Fraser, car l'avocat général prétendra qu'on pouvait aisément le cacher dans le sable. Cependant, cela ne m'étonnerait pas qu'on le retrouve non loin d'ici, dans un endroit très facile à découvrir.

Avec un cri, Enid partit en courant vers sa tente. Je savais ce qu'elle avait en tête et je me hâtai d'aller l'aider. Car, bien que Ramsès eût raison (le diable l'emporte) de dire que l'*absence* d'arme ne disculperait pas Donald, la *découverte* d'une arme n'arrangerait certainement pas ses affaires.

Lorsque je la rejoignis, Enid était à quatre pattes et cherchait comme une folle, ratissant le sable, écartant les cailloux. Mais ce fut Ramsès qui découvrit le pistolet, dissimulé dans une crevasse à environ six mètres de la tente. Emerson le lui prit vivement des mains.

— Normalement nous devrions le remettre aux autorités, déclara-t-il.

— Donnez-le-moi, dis-je. Je vais le cacher dans ma trousse de toilette.

— Faites ce que vous devez faire le plus vite possible, commenta Ramsès. Car ils arrivent.

La délégation était imposante — plusieurs gendarmes, le major Ramsay, ainsi que Sir Eldon Gorst en personne, le Conseiller pour les affaires policières au Ministère de l'Intérieur. Ce dernier fut le premier à parler. Il descendit de son âne, puis s'approcha de moi, le visage grave.

— Madame Emerson ! C'est toujours un plaisir de vous voir. Je regrette que notre rencontre n'ait pas lieu dans des circonstances plus agréables. Professeur...

— Bonjour, Gorst, dit Emerson. Finissez-en, voulez-vous ? J'ai beaucoup de travail. Le corps est là-bas.

— Ainsi donc, c'est vrai, dit Sir Eldon d'une voix

accablée. Je n'arrivais pas à croire... Vous connaissez le major Ramsay, je crois ?

— Oui, répondis-je, en adressant un hochement de tête glacial au major. Nous venons nous-mêmes de faire la tragique découverte. Puis-je vous demander par quel hasard vous avez été avertis — il y a des heures de ça, je suppose, vu qu'il vous aura fallu un certain temps pour arriver jusqu'ici ?

Sir Eldon s'apprêtait à répondre, mais il fut devancé par le major.

— Nous avons appris la chose de source sûre, déclara-t-il avec un regard mauvais.

— Je l'imagine, pour que vous vous déplaciez jusqu'ici, peut-être pour rien, répliqua Emerson. Crénom, j'insiste pour savoir qui a déposé un cadavre sur le pas de ma porte. Je n'aime pas que l'on se moque de moi, Ramsay.

— Bon Dieu, Professeur... commença Ramsay.

— Mon cher, il y a ici des dames, s'exclama Sir Eldon. A propos de dames... mademoiselle, vous êtes bien Miss Enid Debenham, dont l'absence prolongée a si fortement inquiété mon service, n'est-ce pas ?

— C'est exact.

— Et moi, intervint Donald, je suis Donald Fraser. Je suppose, Sir Eldon, que vous me recherchiez également.

Sir Eldon s'inclina. Il était clair que son informateur inconnu l'avait non seulement averti de la mort de Ronald, mais également de la présence de Donald.

— Il est de mon devoir de vous informer... commença-t-il.

— Pour une fois je suis d'accord avec le professeur Emerson, gronda le major. Finissons-en.

Il fit un geste. L'un des gendarmes s'approcha. Il y eut un cliquetis, un faible gémissement de la part d'Enid, et Donald se retrouva devant nous menottes aux poignets.

## CHAPITRE 13

Enid insista pour accompagner Donald au Caire. Sir Eldon essaya de l'en dissuader, mais le major Ramsay, qui n'avait pas la sensibilité d'un gentleman, dit qu'elle pouvait très bien venir, vu qu'elle aurait à faire une déposition et qu'il avait beaucoup de questions à lui poser. Je l'assurai bien entendu que je suivrais dès que possible. Au lieu de protester, comme je m'y attendais, Emerson me lança un drôle de regard, sans mot dire.

Un des gendarmes fut laissé sur place pour rechercher l'arme. Au moment où je quittai ma tente, ma trousse de toilette passée autour du bras, je le vis contempler d'un air découragé la vaste étendue d'éboulis.

Il nous fallut nous dépêcher pour prendre le train du matin. Je dis nous, car à ma grande surprise, je m'aperçus qu'Emerson avait l'intention de venir avec moi. J'étais sur le point de lui exprimer mon approbation et ma joie, mais Emerson y coupa court en précisant que nous devions également emmener Ramsès. Il avait parfaitement raison. Laisser Ramsès à Dahchoûr était trop dangereux pour que l'on pût l'envisager. Abdullah et les autres hommes étaient entièrement sous sa coupe. Inutile d'ajouter que Bastet nous accompagna aussi, car Ramsès refusait de se séparer d'elle un seul instant.

Je ne pus découvrir ce que projetait Emerson. Pour lui, abandonner son travail, c'était quasiment du jamais vu, et pourtant il n'avait même pas laissé d'instructions à Abdullah quant à ce qu'il fallait faire ; il lui avait seulement dit de donner campos aux hommes.

Dès que nous fûmes assis dans le train, j'entamai mon enquête. Je jugeai préférable de ne pas demander à Emerson de but en blanc ce qu'il avait en tête, mais je tentai d'aborder le sujet de manière subtile et détournée.

— J'imagine, commençai-je, que les événements de ce matin ont modifié votre analyse de la situation et vous ont amené à partager mon point de vue.

— Cela m'étonnerait, répondit Emerson avec brusquerie.

— Votre idée selon laquelle les mésaventures de Donald sont d'ordre purement domestique — je crois que c'est l'expression que vous aviez utilisée — est manifestement erronée. A moins que vous ne pensiez que Donald ait tué son frère !

— Cela semble improbable, intervint Ramsès, qui avait repris souffle après avoir été tiré dans le compartiment et jeté sur un siège. M. Donald Fraser ne se distingue pas par de grandes capacités intellectuelles, — du reste, je me demande ce qu'une demoiselle aux éminentes qualités comme Miss Debenham peut lui trouver —, mais il n'y a aucune raison pour qu'il se soit donné le mal de transporter le corps sur une longue distance depuis le lieu du crime pour le déposer ostensiblement devant votre tente.

— Mmm, fit Emerson, reconnaissant implicitement la justesse de l'analyse de Ramsès.

— Qui plus est, poursuivit Ramsès, si le pistolet était le sien, il aurait dû forcément se le procurer au cours des deux derniers jours, et je ne vois pas comment...

— As-tu eu l'effronterie de fouiller les affaires du jeune homme ? m'écriai-je avec indignation.

— Il n'avait pas d'affaires, repartit Ramsès calmement. A part l'opium et la pipe que vous lui avez pris. Et il n'y avait aucune cachette dans sa chambre, sauf sous le lit de camp, que j'ai fouillé lors d'une précédente...

— Peu importe, s'interposa Emerson, prévenant mes protestations. Nous admettrons que Donald n'a pas tué son frère. Quelqu'un d'autre... Oh, bon sang, autant le reconnaître. Nous revoilà confrontés à votre ami Sethos, Amelia.

— Je le savais depuis le début, Emerson.

— Bah, fit Emerson. Voici quelque chose que vous ne savez pas, je serais prêt à le parier. J'en suis venu à la conclusion que Sethos nous a joué le même tour que celui qu'il nous a déjà joué : à un certain moment il s'est présenté à nous pour de vrai. Déguisé, il va sans dire...

— Exact, Papa, s'écria Ramsès. Vous m'avez devancé. Et je sais de qui il s'agit. C'est le monsieur que Maman a rencontré au Caire, le soi-disant détective privé !

— Ne sois pas sot, Ramsès, dis-je. Tu n'as pas rencontré M. Gregson.

Ramsès en devint rouge d'exaspération.

— Mais, Maman, j'ai essayé maintes et maintes fois de vous le dire : Tobias Gregson est le nom de l'officier de police dans les romans policiers d'Arthur Conan Doyle. Je pense qu'il serait bien dans le style de l'homme connu sous le nom de Sethos de choisir pour pseudonyme, avec son étrange sens de l'humour, le nom du personnage que M. Sherlock Holmes — le plus célèbre détective privé de la littérature d'aujourd'hui — considérait avec mépris comme un imbécile incompétent. Que savez-vous de cet homme, à vrai dire ? Vous a-t-il montré ses papiers ? Vous a-t-il dit de vérifier auprès de la police son statut semi-officiel ? Vous a-t-il...

— Je ne tolérerai pas ce ton accusateur, Ramsès ! m'exclamai-je. Je t'interdis de me parler comme un maître d'école faisant la leçon à un étudiant obtus. M. Gregson travaille sous une fausse identité. De plus... euh, de plus, il a les yeux marron.

Emerson tressaillit comme s'il eût été piqué.

— Je suis choqué, Amelia, que vous passiez votre temps à regarder des inconnus droit dans les yeux.

— J'ai de bonnes raisons d'observer la couleur des yeux d'un suspect, répliquai-je fermement. Quant à M. Gregson, j'espère et je crois que vous ferez sa connaissance sous peu. Ce n'est pas Sethos. Mais je sais qui est ce dernier. C'est Mme Axhammer, l'Américaine âgée qui nous a rendu visite à Dahchoûr !

Je m'attendais qu'Emerson dise « Bah » ou « sornettes », ou bien quelque chose d'aussi insultant. Sa réaction fut encore plus offensante. Il partit d'un grand éclat de rire.

— Allons, voyons, Peabody, c'est absurde. Pour quelle raison...

— Plusieurs. Elle avait pris la précaution de porter un voile, mais il ne dissimulait pas l'éclat vif de ses yeux noirs. Lorsque d'aventure le voile s'est écarté, j'ai remarqué que ses dents étaient fermes et blanches, et que son menton, rasé de près certes, laissait deviner des poils !

— J'ai connu de vieilles dames à barbe et grandes moustaches, repartit Emerson en souriant. Vous vous trompez tous deux. Je sais qui est vraiment Sethos. Le lord. Le vicomte Everly.

Il ne me laissa pas le temps de le contredire, mais poursuivit :

— Ronald était dans son entourage. C'est pendant que le soi-disant vicomte et ses amis chassaient à Dahchoûr que se sont produits les deux incidents avec des armes à feu. C'est son cheval qui s'est échappé et qui a mis en péril la vie de Ramsès..

— Pure coïncidence, dis-je. Sethos n'est pas le vicomte, c'est impossible. C'est Mme Axhammer.

— Le vicomte, grommela Emerson.

— M. Gregson, fit Ramsès de sa voix flûtée.

La voix haut perchée de Ramsès contrastait si étrangement avec la voix grincheuse de baryton de son père qu'Emerson et moi éclatâmes de rire. Ramsès nous considéra d'un air hautain.

— Je ne vois pas ce que la situation a de drôle, déclara-t-il.

— Tu as parfaitement raison, mon garçon, dit Emerson en souriant. Je suppose qu'il va nous falloir accepter nos divergences de vues. Le temps nous dira qui de nous avait raison.

— Si tant est que nous n'ayons pas tous tort, observai-je plus sérieusement. Je ne peux pas oublier, Emerson, ce que vous nous avez rappelé : le dieu Sethos était un dieu roux. Mais je suis prête à parier que je serai la première à me retrouver nez à nez avec son malfaisant émissaire.

— Bon Dieu, j'espère bien que non ! dit Emerson, qui refusa de me présenter ses excuses, bien qu'il m'eût promis d'essayer de ne pas jurer en présence de Ramsès.

Lorsque nous pénétrâmes dans le hall du *Shepheard's*, la première personne que nous vîmes fut Enid. Elle était assise en train de lire un journal, apparemment sans se soucier des regards de curiosité et des chuchotements des autres clients, mais dès qu'elle nous aperçut, elle se leva d'un bond et se précipita à notre rencontre.

— Vous êtes là, chuchota-t-elle en me saisissant la main. J'avais peur que vous ne veniez pas. Merci, merci !

— J'avais dit que je viendrais, repartis-je. Quand je dis que je ferai quelque chose, Enid, vous pouvez être certaine que je le fais.

Ramsès examinait Enid, les yeux mi-clos. En effet, elle ne ressemblait plus guère à l'archéologue timide de Dahchoûr. Elle portait une robe extravagante, toute en dentelles et en fanfreluches ; ses lèvres et ses joues étaient fardées. Je suppose qu'elle n'était pas plus fardée que d'habitude, mais en raison de la pâleur de son visage, les taches rouges étaient d'autant plus voyantes.

Tout en continuant à me serrer la main, elle tendit l'autre main à Ramsès.

— Tu ne reconnais plus ta vieille amie habillée ainsi ? lui demanda-t-elle en s'efforçant courageusement de sourire.

— Vous n'imaginez pas, j'espère, qu'une transformation superficielle de cette nature saurait tromper mon œil exercé, repartit Ramsès, manifestement dépité. Je tentais seulement de décider si je préférais ce personnage à l'autre. Somme toute...

Il n'avait fallu que quelques jours pour apprendre à Enid que si quelqu'un n'interrompait pas Ramsès, il continuait à pérorer indéfiniment.

— Quelle que soit mon apparence extérieure, Ramsès, mes sentiments ne changeront jamais. Je suis ton amie sincère, et j'espère pouvoir tenir la réciproque pour vraie.

Ramsès était ému. Un œil inattentif ne s'en serait peut-être pas avisé, car la seule manifestation extérieure de ses sentiments fut un rapide clignement des paupières. Il répondit de sa façon la plus digne :

— Merci. Vous pouvez effectivement compter sur mon amitié, et si un jour vous avez besoin de mes services, je serai à votre disposition, bien que j'espère sincèrement que vous ne regretterez jamais votre décision d'accepter la main de quelqu'un qui, même s'il n'est pas absolument dénué d'admirables qualités, n'est pas...

Je fis taire Ramsès. Au moins il avait réussi à faire sourire Enid. Se tournant vers moi, elle dit :

— Peut-être me trouvez-vous téméraire de rester assise là, m'exposant à tous les commérages. Mais je n'ai aucune envie de me morfondre dans ma chambre comme si j'avais fait quelque chose dont j'aie à rougir. Donald et moi sommes des victimes, non des scélérats.

— Je suis entièrement de votre avis, l'assurai-je chaleureusement. M. Baehler vous a redonné votre appartement ?

La question me turlupinait, vu que la saison battait son plein et que le *Shepheard's* est toujours bondé.

— Je l'avais réservé pour un mois et j'avais réglé d'avance. D'autre part, ajouta Enid avec un sourire désabusé, j'imagine qu'il aurait du mal à trouver quelqu'un qui soit prêt à l'occuper pour le moment. J'avoue que cela ne m'enchante guère de dormir dans ce lit. Si vous restez au Caire quelques jours, peut-être Ramsès...

— Je serais ravi, déclara Ramsès.

J'échangeai un coup d'œil avec Emerson.

— Nous y réfléchirons, Enid. En attendant...

— En attendant, j'espère que vous accepterez d'être mes invités pour le déjeuner, dit Enid. Je ne me sens guère le courage d'entrer seule dans la salle de restaurant.

Naturellement nous acceptâmes. Je m'absentai le temps de récupérer et de détruire la lettre que j'avais laissée à l'attention d'Emerson la veille, puis rejoignis les autres. A peine nous étions-nous assis que M. Baehler s'approcha de notre table. Il nous pria de l'excuser de nous déranger.

— Mais on vient de laisser ce message pour vous, et vu qu'il est marqué « Urgent », j'ai pensé...

— Ah, fis-je en tendant la main vers la lettre. Vous avez eu parfaitement raison de l'apporter tout de suite, monsieur Baehler.

— Il est adressé au professeur Emerson, dit Baehler.

— Comme c'est extraordinaire, m'exclamai-je.

— Comment ça, extraordinaire ? protesta Emerson. J'ai de nombreuses connaissances au Caire qui... (Il parcourut la lettre.) Extraordinaire, marmonna-t-il.

Baehler nous quitta, et Emerson me tendit la lettre. Elle était, comme je m'en doutais, de M. Gregson. « Professeur, pus-je lire, je serai au *Café Oriental* à midi juste. Je compte sur vous. Nous approchons du dénouement, et si vous voulez écarter le danger menaçant une personne proche qui vous est chère, vous devez entendre ce que j'ai appris. »

— Je le savais, triomphai-je. Cela prouve que tu te trompes, Ramsès. Si M. Gregson me voulait du mal, il n'inviterait pas ton père à être présent. Nous devons partir tout de suite. Il est presque midi.

Emerson me rassit de force.

— Vous n'êtes pas invitée, Amelia, déclara-t-il.

— Mais, Emerson...

— C'est un piège, glapit Ramsès. Il y a là-dessous je ne sais quel mystère diabolique. Je vous supplie, Maman...

— Je vous en prie, Amelia, ne m'abandonnez pas, renchérit Enid. Je comptais sur votre soutien cet après-midi, lorsque je vais me rendre au commissariat pour faire ma déposition.

— Je vous répète, Maman, que c'est un piège, insista Ramsès.

— Si c'est le cas, je suis prévenu et ne me laisserai pas prendre au dépourvu, déclara Emerson. Amelia, vous devez veiller sur Miss Debenham. Elle sera tout particulièrement exposée quand elle quittera l'hôtel. Il pourrait s'agir d'une ruse pour nous éloigner et la laisser sans protection.

— Je n'avais pas pensé à cela, admis-je. Très bien, Emerson, votre argument m'a convaincue.

— Cela ne m'étonne pas, dit Emerson en se levant.

— N'y allez pas seul, Emerson, l'implorai-je.

— Bien sûr que non. Ramsès va m'accompagner.

Ce n'était pas ce à quoi j'avais songé, mais avant que je puisse le dire, Ramsès et son père nous avaient quittées.

— Je serais vraiment désolée que mes exigences égoïstes vous détournent d'un devoir plus important, observa Enid avec anxiété. Croyez-vous qu'ils aillent au-devant d'un danger ?

— Non. Si c'était le cas, je dois avouer que je ne vous accorderais pas la priorité. Car vous savez, Enid, que mon cher Emerson et moi-même sommes unis par les liens de l'affection la plus forte. Je serais la première à voler à son secours si un danger le menaçait.

— Ou menaçait Ramsès.

— Oh oui, ou menaçait Ramsès, bien sûr. Le fait que je puisse rester tranquillement ici à manger mon potage (que j'attaquai, le garçon ayant servi le premier plat tandis que nous conversions) prouve ma totale confiance en M. Gregson. Songez-vous, Enid, que, quand Emerson reviendra, il se peut qu'il ait en main la preuve qui disculpera Donald ?

Les questions pressantes d'Enid m'amenèrent à mieux expliquer l'implication de M. Gregson dans l'affaire. Elle ne connaissait pas toute l'histoire, et à mesure qu'elle écoutait, son air se fit grave.

— Bien sûr, je ne suis qu'une jeune fille ignorante, qui a peu l'expérience d'affaires semblables, dit-elle avec hésitation. Mais je n'ai jamais entendu parler de ce M. Gregson. C'est donc un célèbre détective, d'après ce qu'il a dit ?

— Célèbre dans son propre milieu, je suppose, expliquai-je. Les gens qui font ce métier ont intérêt à rester discrets.

— C'est sans doute vrai, admit Enid.

La salle de restaurant se remplissait rapidement. Nous avions été parmi les premiers à nous y trouver, car Enid avait rendez-vous au commissariat à une heure. J'observais les clients qui entraient, me demandant si « Mme Axhammer » oserait se montrer. Cela ne se produisit pas, mais j'aperçus bientôt une autre silhouette familière, celle du vicomte Everly. Il était seul, et pour la première fois depuis que je l'avais rencontré, il était vêtu correctement, d'une jaquette avec pantalon rayé et non de son bizarre accoutrement. Son regard croisa le mien, et après un moment d'hésitation, il redressa les épaules et s'approcha.

— Euh... commença-t-il.

— Lancez-vous hardiment, jeune homme, fis-je. Si vous avez quelque remarque sensée à faire, faites-la.

— Ma foi, madame, c'est rudement difficile en vous voyant me regarder comme si je vous avais volé votre sac à main, se défendit le vicomte d'une voix plaintive. Cela met mal à l'aise, voyez-vous.

— J'essaie, milord, de déterminer la couleur de vos yeux.

Le jeune homme recula, mais j'avais eu le temps de vérifier ce que je voulais savoir. Ses yeux étaient d'une teinte indéterminée, d'un gris-brun boueux, mouchetés de vert... Il aurait été difficile de dire de quelle couleur ils étaient, mais en tout cas j'étais certaine qu'ils n'étaient pas noirs.

Enid me dévisagea, éberluée, mais je ne lui fournis aucune explication. Je dois avouer que j'apprécie de temps à autre ce genre de petite mystification.

— Asseyez-vous, milord, dis-je. Je présume que vous souhaitez présenter vos condoléances à Miss Debenham pour le décès de son parent ?

— Il a dit qu'il était son fiancé, déclara Everly en prenant une chaise.

— Il se trompait, fit Enid sèchement.

— Ma foi... euh... de toute façon... Je suis sacrément désolé, vous savez. C'était un gars rudement bien... Un merveilleux tireur... Il tenait bien le whisky... Pardon, je n'ai rien dit.

— Vous le connaissiez depuis longtemps ? m'enquis-je.

— Je ne l'avais jamais rencontré avant de venir au Caire. Il me paraissait être un pékin comme il faut. Je suis tombé par hasard sur lui au *Turf Club*.

— Et comment avez-vous appris qu'il était mort ?

Je voulais le prendre au dépourvu, mais il répliqua aussitôt avec une franchise ingénue :

— Bah, tout le monde en parle, vous savez. Et puis, c'est moi qui ai dit hier à Gorst qu'il avait disparu et que j'avais peur d'une sale histoire.

— Vous ! m'exclamai-je.

— Ma foi, oui. (Le vicomte se pencha en avant et posa ses coudes sur la table, tirant la nappe de travers, ce qui fit osciller mon verre de vin. Quelques gouttes s'étaient déjà répandues et il le rattrapa avant que le contenu tout entier ne se renverse.) Vous voyez ? s'exclama-t-il fièrement. Aussi rapide qu'un prestidigitateur ! De quoi étais-je en train de parler ?

— Vous avez informé la police hier...

— Ah oui. C'est hier soir qu'il a disparu, voyez-vous. Il s'est volatilisé de sa chambre à *Mena House*, alors que nous l'attendions pour le dîner. Comme il n'arrivait pas, on a fait monter un garçon à sa chambre pour aller le chercher. La chambre était en pagaille, les tables étaient retournées, les tiroirs déboîtés — rudement surexcitant ! Bon, il y avait eu de la bagarre, c'était certain, et puis il n'est pas revenu. Là-dessus... je tombe par hasard sur Sir Eldon plus tard, et je lui ai raconté ça. Je me suis dit que c'était la moindre des choses.

Tandis que j'écoutais ces propos à demi cohérents en examinant ses traits mous sans distinction, je ne pus imaginer ce qui avait amené Emerson à le soupçonner d'être un génie du crime. Et Emerson ne m'aurait pas reproché de lui parler. Car que pouvait donc me faire un criminel aux abois, tout brillant qu'il fût, dans la salle de restaurant noire de monde de l'hôtel le plus connu du Caire ?

Je devais vite le découvrir.

Il n'y eut pas de symptômes préliminaires, tels que vertige ou nausée. La seule chose dont je me souvienne, c'est d'avoir vu le vicomte, toujours assis, s'éloigner de moi à la vitesse d'un express, jusqu'à n'être pas plus gros qu'un bourdon. Je sentis mon menton heurter la table. Puis plus rien.

Je fis le même rêve étrange. Tous les détails correspondaient à ceux du premier : le canapé moelleux sur lequel je reposais, les murs tendus de soie rose, le sol de marbre, la fontaine gazouillante. Sachant que je me réveillerais bientôt à côté d'Emerson, je savourai dans un demi-sommeil la beauté du voluptueux décor qui m'entourait.

Le plafond était dissimulé derrière les plis d'une étoffe veloutée, comme celui de la tente d'un sultan.

Des lampes d'argent y étaient accrochées, diffusant une douce lumière. Je tournai paresseusement la tête. Tout était là, comme la première fois : la table basse d'ébène et de nacre, le bol rempli d'oranges et de nectarines, de raisins et de prunes. Seuls la carafe de vin et les gobelets de cristal ne s'y trouvaient pas.

Je réfléchis à l'éventuelle signification de ce rêve qui se répétait. J'eus l'idée d'approfondir la question. Je résolus de profiter du fait que la vision se prolongeait pour explorer la pièce plus en détail. J'ôtai brusquement les pieds du canapé et me mis debout.

Le vertige me fit retomber sur les coussins. Mais ce n'est pas tant cette sensation désagréable que le marbre froid sous mes pieds nus qui me révéla cette vérité consternante : ce n'était pas un rêve. J'étais bien là en chair et en os — et quelqu'un avait eu l'audace de m'enlever mes bottes !

Et mes ustensiles ! Ce furent les premiers objets vers lesquels je tendis la main. L'étourdissement s'était dissipé ; j'étais totalement réveillée et capable de raisonner logiquement. La logique me fit rapidement appréhender toute l'horreur de la situation. J'ignorais comment il avait pu m'enlever en plein jour dans un hôtel bondé, mais je n'avais aucun doute quant à son identité. Seul Sethos pouvait être aussi téméraire, seul lui pouvait mener à bien une machination aussi osée. Et c'était — ce ne pouvait être que — cet insipide vicomte ! Le petit truc du verre de vin, si prestement accompli, lui avait permis de glisser un narcotique dans mon verre. C'était Emerson qui avait dit vrai, et moi qui m'étais trompée. La seule consolation, c'était de savoir que Ramsès s'était trompé lui aussi.

Mon cœur battait plus rapidement qu'il ne seyait, mais le sentiment qui m'envahit ne fut pas tant la peur qu'une farouche détermination, mâtinée, j'en conviens, d'une intense curiosité. Allais-je enfin me retrouver en face de ce personnage énigmatique dont les exploits avaient éveillé en moi tant la répugnance qu'une certaine admiration involontaire ? Tous les critiques s'accordent à dire que le Satan de Milton possède une grandeur ténébreuse. Son émissaire local ne pouvait qu'inspirer un certain respect de même nature.

Sans bouger, je fis le point de la situation. A présent je comprenais l'absence des verres et de la carafe en cristal que j'avais vus en rêve. Il n'y avait pas un seul objet dans la pièce qui pût servir d'arme. Mes outils et mon ombrelle m'avaient été pris, mon pistolet avait été retiré de son étui, même mes grosses bottes m'avaient été ôtées. Je ne vis ni miroirs, ni vases, ni objets en verre d'aucune sorte, dont les éclats brisés auraient pu servir à frapper un ennemi ou à taillader une veine. Mes lèvres esquissèrent un sourire sinistre, digne d'Emerson en personne. Si Sethos craignait que je n'attente à ma vie afin de le frustrer de sa vengeance, il me sous-estimait.

Le narcotique m'avait donné grand soif, mais j'avais peur de goûter aux fruits ou de boire l'eau de la fontaine, bien qu'une délicate tasse en argent m'eût été fournie. Je me levai avec précaution, heureuse de ne plus souffrir de vertige. Un rapide tour de la chambre me confirma mes soupçons. Les fenêtres, masquées par des rideaux vaporeux, étaient obstruées par des volets et cadenassées. Les volets en bois étaient admirablement sculptés, percés de motifs délicats pour laisser entrer l'air, mais lorsque j'appliquai l'œil contre l'une des plus grandes ouvertures, je n'entrevis qu'un étroit rai de lumière, en raison de l'astucieuse courbure de l'ouverture. Je ne vis pas de gonds ; ils se trouvaient de toute évidence à l'extérieur des volets.

La seule autre issue, c'était une lourde porte derrière un rideau de damas à franges. Ni gonds, ni serrure, ni poignée, n'étaient visibles. Je la poussai de l'épaule : elle ne bougea pas d'un millimètre.

Je retournai au canapé et réfléchis à ce que je venais de constater. Je fus forcée d'en conclure que tout cela ne laissait guère d'espoir. La pièce était faite pour accueillir une prisonnière, et je savais très bien de quel genre de prisonnière il s'agissait. Que ce scélérat m'insulte en m'enfermant dans une chambre du harem me faisait grincer les dents de rage. Et ma colère redoubla quand je découvris, disposés sur le canapé, le costume porté par les favorites des riches débauchés — le *shintiyan* flottant et quasi transparent, ou pantalon, ainsi que l'*antaree*, ou guimpe, qui laisse la poitrine à demi découverte. Une femme respectable porte une robe pardessus ces effets même dans l'intimité de sa maison, mais il n'y en avait pas. Je jetai par terre avec mépris le *shintiyan* et l'*antaree*.

Pour le moment je ne voyais guère que faire d'autre. Les lampes étaient trop hautes pour que je puisse les atteindre, la porte et les fenêtres étaient inviolables. J'aurais sans doute pu tordre le fin pantalon pour en faire une corde, mais une corde ne m'aurait servi qu'à me pendre. Pourtant la situation n'était pas entièrement désespérée. Avec son arrogance suprême, Sethos n'avait pas pris la peine de changer de quartier général. Ce n'est pas que j'attendais quoi que ce fût de l'idée ridicule de Ramsès consistant à localiser l'endroit grâce aux appels des muezzins, mais je savais qu'Emerson raserait la cité du Caire jusqu'à ses fondations avant d'abandonner ses recherches. Il y avait également un certain espoir dans les informations que M. Gregson avait recueillies. Peut-être lui et Emerson étaient-ils en chemin en ce moment même pour venir me délivrer.

Je ne peux pas dire que le temps passât lentement, car j'étais entièrement occupée à envisager et à rejeter des idées d'évasion (surtout, je dois dire, à les rejeter). Je n'avais pas l'intention d'attendre passivement qu'on vienne me délivrer. Lorsque j'entendis le léger bruit à la porte masquée d'un rideau, je me mis debout instantanément et traversai vivement la pièce. Je n'espérais guère que ma tentative réussisse, n'ayant que mes mains nues pour frapper la personne qui était sur le point d'entrer, et je ne savais pas non plus si la porte ouvrait vers l'intérieur ou vers l'extérieur, sur la droite ou sur la gauche. Mais il faut faire de son mieux. Joignant les mains comme me l'avait montré un voyou arabe de ma connaissance, je pris position près de la porte.

Je ne vis pas la porte s'ouvrir, et je n'entendis rien car les gonds étaient bien huilés. Un léger courant d'air fut le seul avertissement. Puis le lourd rideau s'écarta brusquement à l'instant où un homme franchissait le seuil. J'étais prête. J'assenai de toute la force de mes mains jointes un coup terrible sur la nuque de l'homme.

Du moins, c'était là que j'avais eu l'intention de le frapper. Mes poings atterrirent au milieu de son dos et retombèrent mollement le long de mon corps, parcourus de fourmillements. L'homme mesurait près de deux mètres dix, et ses muscles étaient durs comme du granit.

C'était une silhouette impressionnante, qui aurait pu sortir tout droit des *Mille et Une Nuits*. Le seul vêtement de l'homme était un caleçon qui lui descendait aux genoux, attaché à la taille par une large ceinture cramoisie, sous laquelle il avait passé deux longues épées recourbées, une de chaque côté. Sinon, son corps était nu, du sommet de son crâne rasé jusqu'au ventre, et de ses genoux jusqu'à la plante de ses énormes pieds. Chaque centimètre de sa peau dénudée était luisant d'huile. Il avait des muscles saillants et la circonférence de ses bras équivalait à mon tour de taille.

Il me jeta un coup d'œil empreint d'une vague curiosité. Je suppose que mon coup avait dû lui faire l'effet du frôlement d'une aile de papillon. Il avança lentement vers moi et je reculai, pas à pas, jusqu'à ce que l'arrière de mes mollets touche le canapé. Je m'assis, plus brusquement que je ne l'aurais souhaité. Cela semblait être ce que l'apparition désirait que je fisse. L'homme s'arrêta, puis adopta une attitude militaire, au moment où le rideau s'écartait de nouveau pour laisser passer son maître.

Je le connaissais — et pourtant je ne l'avais jamais vu. Une barbe et une moustache noires masquaient la partie inférieure de son visage. Mais à la différence des poils surabondants qu'il avait arborés lorsqu'il s'était fait passer pour le père Girgis, sa barbe était courte et bien taillée. Il avait les yeux dissimulés derrière des verres teintés, et j'étais sûre que ses boucles noires et ondulées étaient fausses. Il portait des bottes et un pantalon de cheval, ainsi qu'une chemise de soie blanche à manches longues, tenue qui mettait en valeur sa taille fine et ses larges épaules. Je me demandai comment il pouvait avoir joué le rôle du jeune noble à la poitrine étroite et à l'air maladif.

D'un geste péremptoire il congédia le garde. Le géant salua jusqu'à terre, puis sortit.

— Bonjour, Amelia, dit Sethos. J'espère que vous me permettrez de vous appeler ainsi.

— Non, je ne vous le permets pas, répliquai-je.

— Aussi rebelle que jamais, murmura-t-il. Je ne suis guère surpris que vous ne vous laissiez pas abattre et fassiez preuve d'un beau courage. Mais n'êtes-vous pas un tant soit peu curieuse de savoir comment je vous ai amenée ici ?

— La curiosité est une qualité que je conserverai toujours, je l'espère, repartis-je. Mais pour le moment apprendre comment je suis arrivée ici m'intéresse moins que la question, plus importante, de savoir comment je vais m'échapper.

— Laissez-moi alors répondre à la première question, dit-il suavement. Mais d'abord, mettons-nous à l'aise.

Il frappa dans ses mains. Le géant réapparut, tenant un plateau qui ressemblait à un petit plateau de poupée dans ses énormes mains. Il le posa sur la table et se retira. Sethos servit le vin dans les verres en cristal.

— Je sais que vous devez avoir soif, observa-t-il, car la drogue que j'ai été forcé d'utiliser possède cet effet, et je remarque que vous n'avez pas touché aux fruits ni utilisé la tasse. J'admire votre prudence, mais elle était inutile. L'eau et les fruits ne sont pas empoisonnés. Pas plus que le vin.

— Je m'attendais à du cognac, fis-je ironiquement.

Sethos éclata de rire, découvrant une rangée de belles dents blanches.

— Ainsi donc, vous avez apprécié ma petite plaisanterie avec ce bon père ? Vu que certaines personnes ignorantes persistent à tenir mon divin patron pour le Satan égyptien, je sens qu'il me faut être à la hauteur de la réputation dont il jouit. Induire en tentation les êtres fats et pieux, puis voir avec quel empressement ridicule ils se précipitent vers le vice me donne beaucoup d'innocent plaisir.

— Cela ne m'amuse pas, l'assurai-je. C'était un geste puéril et indigne.

— Un jour, ma chère, vous apprendrez à rire avec moi des sottises de l'humanité. Mais je vous implore d'étancher votre soif.

J'eus la gorge plus sèche que jamais en voyant le liquide pâle dans le verre qu'il me tendait, mais je croisai les bras et secouai la tête.

— Non, merci. Je ne bois jamais avec des assassins et des ravisseurs.

— Vous n'avez pas confiance en moi ? Regardez.

Il porta le verre à ses lèvres et but abondamment avant de me le tendre derechef. Je le pris, le fis tourner ostensiblement pour que mes lèvres ne touchent pas l'endroit que les siennes avaient touché. J'étanchai ma soif. La sensation de picotement du vin sec fut particulièrement rafraîchissante.

— Maintenant, poursuivit Sethos en s'asseyant sur un coussin, voulez-vous que je vous raconte comment je vous ai enlevée ?

— C'est évident, dis-je en haussant les épaules. Vous avez glissé quelque chose dans mon verre de vin quand vous l'avez rattrapé pour l'empêcher de se renverser. Mon évanouissement a alarmé ma compagne. Aidée de vous, elle m'a portée jusqu'à sa chambre. Son balcon donne sur une cour. De là, il ne devait pas être difficile de transporter une malle ou un sac de linge sale jusqu'à une voiture qui attendait. Miss

Debenham est-elle également prisonnière, ou bien avez-vous ajouté un autre meurtre à votre longue liste ?

— Je n'assassine pas les femmes, s'offusqua-t-il d'un air hautain.

— Vous vous contentez de les enlever, de les faire accuser de meurtre...

— Cette jeune femme n'a jamais couru le moindre risque d'être exécutée ni même emprisonnée, dit Sethos. Et je ne lui ai fait aucun mal. Une bouffée de chloroforme, dont elle s'est remise depuis longtemps...

— Elle doit donc savoir que vous êtes le vicomte — que vous l'étiez —, ou peut-être devrais-je dire que le vicomte, c'était vous...

— Peu importe. Ce personnage ne m'est plus d'aucune utilité à présent. Je l'ai abandonné. Vous ne m'avez jamais soupçonné ?

— Emerson vous a soupçonné, m'écriai-je. Vous ne pouvez pas tromper Emerson. Il est sur vos traces, et vous n'échapperez pas à sa vengeance !

— Emerson, répéta Sethos avec un sourire sardonique. Oublions-le. Et vous ?

— Je pensais que vous étiez Mme Axhammer, admis-je. Et Ramsès... Vous vous souvenez de Ramsès ?

— Je ne m'en souviens que trop bien.

— Ramsès — après tout, ce n'est qu'un petit garçon — soupçonnait le détective, M. Gregson.

— Gregson, c'était moi.

— Quoi ?

— Mme Axhammer, c'était moi aussi. J'étais les trois personnages !

Lorsque je saisis le sens de ses paroles, j'en fus accablée. Je frôlai le désespoir comme cela ne m'est jamais arrivé, même lorsque je me suis crue enterrée vive dans la Pyramide Noire. Car j'avais compté sur Gregson pour aider Emerson à traquer Sethos jusqu'à son repaire.

Galvanisée, je me levai d'un bond.

— Emerson ! hurlai-je. Il avait rendez-vous avec vous... avec Gregson. Qu'avez-vous fait de mon mari ?

— Le diable emporte Emerson, répliqua-t-il avec irritation. Pourquoi faut-il que vous ne cessiez de parler de lui ? Je ne lui ai rien fait. Le rendez-vous n'était qu'une ruse pour l'écarter. Je n'ai pas mis les pieds au *Café Oriental*, et j'espère qu'il est toujours assis là-bas à boire du café, soûlé par l'effrayante logorrhée de votre rejeton.

— Je ne vois pas pourquoi je vous croirais.

— Je ne vois pas pourquoi vous ne me croiriez pas. (Sethos se leva. Il reprit, lentement et pensivement :) Radcliffe Emerson est l'un des rares hommes au monde qui pourraient être une menace sérieuse pour moi. Un scélérat ordinaire, dénué d'imagination, l'aurait exterminé, mais ce n'est pas dans mes habitudes. D'autre part, j'aime assez les défis, et j'apprécie un adversaire digne de moi. Les deux seuls avantages que j'aie sur Emerson sont les suivants : d'abord, son intérêt pour les recherches archéologiques, dont on ne le détourne pas facilement, et deuxièmement, son caractère épouvantable, qui le conduit à agir sans réfléchir.

— Pourtant, dis-je, étonnée, vous avez perdu le premier de ces avantages en m'enlevant. Car si Emerson ne me retrouve pas saine et sauve, il consacrera la moindre parcelle de son énergie et de son intelligence remarquables à vous débusquer. Quant à son caractère, il est terrible de s'y frotter lorsqu'il est en colère. Et vous, monsieur, avez provoqué sa colère.

— Très juste. N'allez pas croire que j'en ignorais les risques. Et si je n'ai pas abandonné mon plan, c'est, croyez-le, que j'ai estimé le résultat à la hauteur de ces risques.

Tout en parlant, il avançait lentement vers moi. Je reculai, faisant le tour du canapé, jusqu'à ce que je ne puisse aller plus loin. Sethos continuait d'avancer, aussi légèrement qu'une panthère traquant sa proie.

Je m'appuyai dos au mur, m'apprêtant à me défendre jusqu'au bout.

— Déchaînez-vous, monstre, m'écriai-je. Vous m'avez pris mon ombrelle et mes outils, mais ne croyez pas que vous pourrez briser une Peabody ! Torturez-moi, assassinez-moi...

— Torturer ? Assassiner ? (Le souffle court, il desserrait fébrilement le col ouvert de sa chemise.) Madame ! Amelia ! Vous vous méprenez du tout au tout. Enfin quoi, j'ai tué hier un homme et je l'ai abandonné devant votre tente pour la simple raison qu'il avait osé mettre votre vie en danger en tirant sur l'homme qui était avec vous !

Avant que je ne puisse saisir la portée de ce remarquable discours, et *a fortiori* y répondre, Sethos s'était jeté — non pas à ma gorge — mais à mes pieds.

— Femme admirable, je vous adore de tout mon cœur et de toute mon âme ! Je ne vous ai pas amenée ici pour vous faire du mal, mais pour vous prodiguer les attentions ardentes d'une âme irrémédiablement victime de vos sortilèges !

Et il enfouit son visage en feu dans les plis de mon pantalon.

## CHAPITRE 14

Bien que l'étonnante tournure des événements me surprît fort, elle ne me rassura guère quant à leur suite, et ma volonté indomptable eut rapidement raison de mon ahurissement. Sethos continuait à souffler comme un phoque contre mon genou gauche. Le col de sa chemise avait glissé vers l'arrière, exposant sa nuque. Le truc avait raté la première fois. Raison de plus pour l'essayer une autre fois. Je joignis les mains, serrant fort, et frappai.

Le résultat fut tout à fait satisfaisant. Sethos poussa un grognement et lâcha prise. Ses genoux glissèrent sur le marbre poli et sa tête heurta le sol lorsqu'il s'effondra en avant. Sa tête aurait heurté mes pieds si j'étais restée immobile, mais au moment même où il basculait, je courais déjà vers la porte.

J'avais oublié que cette satanée porte n'avait pas de poignée. Je tentai de la pousser, mais en vain. Me retournant, aux abois, je vis Sethos qui s'avançait vers moi. Ses lunettes teintées étaient tombées. Ses yeux noirs — ses yeux marron ? ou bien étaient-ils gris ? —, bref, ses yeux brillaient d'une rage meurtrière, ou peut-être, vu la déclaration qu'il venait de faire, brillaient-ils de concupiscence. Pour parler franc, je n'en avais cure. Désespérée, je passai les mains le long de mon pantalon, espérant contre tout espoir qu'il me restât un petit objet — mon canif, mes ciseaux, voire une boîte d'allumettes. Il était presque sur moi quand une soudaine inspiration illumina les ténèbres du désespoir. La ceinture elle-même ! Elle avait cinq centimètres de large, était d'un cuir épais mais souple, et se terminait par une lourde boucle d'acier. Je l'arrachai et la fis tournoyer vigoureusement.

— Arrière ! criai-je. Reculez, ou je vous marque de telle façon que vous porterez à vie un stigmate indélébile qu'aucun déguisement ne pourra dissimuler !

Sethos bondit en arrière avec grâce et agilité. Les commissures de ses lèvres esquissèrent un sourire.

— C'est cela, Amelia, dit-il, qui m'a fait tomber amoureux de vous. Ce mépris souverain du bon sens et de la sagesse. L'homme qui partage votre vie ne doit jamais s'ennuyer. Posez cela, je vous en prie, et montrez-vous raisonnable. Même si vous parveniez à m'assommer, vous ne pourriez quitter la maison.

— Je pourrais toujours essayer, rétorquai-je en continuant à faire tournoyer ma ceinture, qui sifflait comme un insecte en furie.

— Vous pourriez essayer, mais vous ne réussiriez pas. Et si mes hommes pensaient que vous m'aviez tué ou grièvement blessé, ils pourraient vous faire du mal. Vous montrerez-vous plus docile si je fais le serment solennel de ne pas vous toucher ni m'approcher de vous de nouveau tant que vous ne me l'aurez pas demandé ?

— Cela ne se produira jamais, l'assurai-je.

— Qui sait ? La vie est pleine de surprises, c'est ce qui la rend supportable. Si vous ne voulez pas me croire sur parole, écoutez ceci. Vous savez que je ne suis, ma foi, pas vaniteux, mais disons que j'ai une bonne opinion de moi-même. Ne vous semble-t-il pas plus conforme à ce que vous connaissez de mon caractère que je trouve un plaisir tout particulier à gagner votre affection, à transformer la haine en amour, le mépris en admiration, au lieu de recourir à la force brutale, que des hommes de moindre valeur pourraient utiliser ? Je méprise une telle grossièreté. Et, ajouta-t-il avec un autre sourire, je suis sûr que votre bras doit commencer à se fatiguer.

— Nullement, répliquai-je fermement. Je peux continuer tout l'après-midi. Cependant, votre argument se défend.

Je m'abstins de mentionner un argument plus convaincant — et je dois dire qu'il eut l'élégance de ne pas y faire la moindre allusion, ne serait-ce qu'en hasardant un coup d'œil furtif —, à savoir que mon pantalon, qui n'était presque plus retenu, répondait à la loi inexorable de la pesanteur.

— Très bien, annonçai-je. Nous sommes apparemment dans une impasse, monsieur Sethos. Je veux bien vous croire sur parole, mais vous remarquerez que je ne vous fais aucune promesse en échange.

C'était la première fois que j'utilisais son nom. En l'entendant, il haussa les sourcils et se mit à rire.

— Vous avez donc découvert mon pseudonyme préféré ! Mais renoncez aux titres honorifiques, je vous prie. Cela paraît un peu absurde et nuit aux rapports plus intimes que je voudrais voir s'instaurer entre nous.

— Non, merci, repartis-je. Je préfère maintenir entre nous autant de formalisme que les circonstances le permettent.

— Mais, saperlipopette, s'écria-t-il, mi-rieur, mi- en colère, comment voulez-vous que je commence à faire ma cour avec de tendres phrases et des mots doux si je dois vous appeler madame Emerson ?

— Je suis certaine qu'une petite difficulté de cette nature ne sera pour vous qu'un défi de plus.

Il tendit la main. Avec un haussement d'épaules, je lui donnai la ceinture.

— Merci, madame Emerson, dit-il gravement. Et maintenant, je me vois obligé de vous demander de passer les effets que je vous ai préparés.

— Comment osez-vous, monsieur !

— Par simple précaution, madame Emerson. Dieu seul sait quels autres objets durs ou pointus vous avez cachés sur vous. Il y a de la place pour tout un jeu de couteaux à découper dans ce pantalon. (Interprétant correctement mon expression mutine, il ajouta :) Nous vous avons certes retiré l'arsenal que vous portiez accroché à votre ceinture, ainsi que vos bottes, mais ni moi ni mes assistants ne vous avons fouillée. Cela prouve le respect tout particulier que j'ai pour vous. Seulement si vous me forcez...

— Une fois encore vos arguments portent, monsieur. J'espère que vous aurez la courtoisie de me laisser seule pour que j'exécute votre ordre ?

— Certainement. Tapez à la porte quand vous serez prête. Mais ne me faites pas attendre trop longtemps. (Puis il ajouta, dans une langue qui me parut être du français, bien qu'il fût mal articulé et bizarrement accentué :) Dénouez ces tresses, oh ma bien-aimée, afin que leur splendeur parfumée ne soit que la seule barrière entre votre extase et la mienne.

Je crois que je parvins à dissimuler ma surprise suscitée par ce commentaire éminemment personnel, car je jugeai préférable de feindre de ne pas avoir compris. Pourtant une étrange sensation s'empara de moi — une sorte de fourmillement brûlant, si tant est que cela puisse se produire. Les pouvoirs extraordinaires de cet homme ne se limitaient pas à ceux de l'esprit. Son corps était celui d'un athlète, et sa voix, ce remarquable instrument, souple et puissant, pouvait changer aussi soudainement et complètement que son aspect physique.

Il me quitta alors, et je me mis en devoir d'exécuter ses ordres promptement. Ne croyez pas, cher Lecteur, que j'aurais obtempéré si docilement si je n'avais pas eu quelque arrière-pensée. Le gredin ne se doutait guère qu'il faisait mon jeu ! Il était dommage que je ne puisse parvenir à mon but que par un stratagème aussi douteux, mais en me demandant d'ôter mes vêtements, il m'avait fourni un prétexte pour me débarrasser de certains de ces vêtements d'une façon à laquelle il n'avait pas songé. Il m'avait dit qu'il ne reviendrait pas tant que je ne l'aurais pas rappelé, mais ne sachant s'il tiendrait parole, il fallait que j'agisse vite.

Après avoir ôté mon pantalon, je défis la ceinture de flanelle que je porte toujours quand je suis en Egypte et en arrachai une bande. Que de fois mon cher Emerson m'a-t-il taquinée à propos de ce vêtement ! C'est une protection inestimable contre le catarrhe, comme le prouve le fait que je n'ai jamais souffert de cette affection. (A vrai dire, Emerson n'en a jamais souffert non plus, bien qu'il refuse catégoriquement de porter une ceinture de flanelle. Mais Emerson est un cas.) La ceinture s'était révélée utile en maintes occasions. A présent, il se pouvait qu'elle me sauve la vie. Heureusement j'en avais acheté tout un lot avant de quitter l'Angleterre, et sa couleur rose vif n'avait pas perdu de son éclat à la suite de fréquents lavages.

Ce fut à contrecœur que j'ôtai de mon cou la chaîne où était accroché mon scarabée en lapis-lazuli orné du cartouche de Touthmôsis III. C'était le cadeau de mariage d'Emerson. M'en séparer à présent, alors que c'était mon seul souvenir de lui, était fort pénible assurément. Mais c'est sans trembler que j'attachai la chaîne à l'extrémité de la bande de flanelle. Quelle heureuse coïncidence que ce cadeau dû à l'amour conjugal puisse m'éviter un sort qui est (censé être) pire que la mort.

Je regagnai la fenêtre avec mon bout de flanelle, et je pris une de mes épingles à cheveux. Bien qu'elles mesurent près de dix centimètres, ces épingles ne peuvent servir d'armes en raison de leur flexibilité. Cependant, cette qualité même était ce qui m'intéressait à présent. Je choisis la plus grande des ouvertures dans le volet et y introduisis la flanelle, à laquelle était attaché le scarabée, aussi loin que possible à l'aide de mon doigt. C'est alors que l'épingle à cheveux entra en jeu. Il y eut un instant d'incertitude quand la flanelle se coinça dans l'ouverture extérieure et ne voulut plus bouger. Après avoir poussé et titillé le morceau d'étoffe, je le sentis céder enfin, et je triomphai quand je réussis à faire passer le reste de la bande et à en nouer l'extrémité pour éviter que la flanelle ne tombe de l'autre côté.

J'étais certaine que les volets masquaient une fenêtre qui donnait sur l'extérieur. A ce volet était maintenant accroché un bout de flanelle rose vif auquel était attaché un scarabée en lapis-lazuli. Si, comme je l'espérais, la fenêtre donnait sur une voie publique, quelqu'un finirait bien par apercevoir mon signal.

Je déchirai en bandes le reste de la flanelle et en nouai ensemble les extrémités. Même Sethos ne verrait pas qu'il en manquait un bout, et il pourrait s'amuser à se demander ce que je comptais faire de ce morceau d'étoffe.

Maintenant que j'étais en combinaison-culotte — vêtement d'une pièce en coton, orné de dentelles et de petits nœuds roses, qui me descendait jusqu'aux genoux —, je m'emparai des effets vaporeux que m'avait fournis Sethos. Ils n'étaient pas aussi indécents que je l'avais cru. Le corsage était échancré et sans manches, mais pas transparent, car le tissu était orné d'épaisses broderies et d'une garniture de perles. Mais le pantalon ! Il y avait suffisamment de tissu pour garnir les hautes fenêtres de mon salon à la maison, mais il ne cachait pas grand-chose. Je l'enfilai par-dessus ma combinaison-culotte.

« Dénouez vos cheveux, oh, ma bien-aimée... » Ils étaient déjà à demi dénoués. J'ai des cheveux épais, et le rude traitement que j'avais subi n'avait pas arrangé ma coiffure. Je n'avais pas l'intention de paraître céder à la requête insolente de Sethos, d'autant plus que je comptais garder mes épingles à cheveux si possible. Une épingle à cheveux, cela peut toujours être utile. Cependant, il n'était pas facile d'arranger mes tresses sans l'aide d'un peigne ou d'une brosse, et j'étais toujours en train de me battre avec quand on frappa à la porte.

« Oh, bon sang, » fis-je, exactement comme Emerson l'eût fait.

La porte s'ouvrit, et Sethos passa la tête par le rideau. Il s'effaça pour laisser entrer le géant chauve, qui portait un autre plateau, chargé cette fois-ci d'assiettes et de plats.

Sethos m'examina, puis lâcha froidement :

— J'espère que vous ne m'en voudrez pas, madame Emerson, mais l'effet n'est pas tout à fait celui que j'escomptais. Peu importe, c'est un début. L'étrange vêtement que vous portez est suffisamment près du corps pour m'assurer que vous ne cachez ni pistolet ni poignard.

Après avoir disposé les plats sur la table, le géant se retira. A peine avait-il disparu derrière le rideau que j'entendis une série de martèlements et de coups sourds.

— Ne vous faites pas d'illusions, dit Sethos en souriant. On ne vient pas vous délivrer ; c'est seulement mon domestique qui fait un peu de menuiserie. Je lui ai donné l'ordre de poser une barre de ce côté-ci de la porte, comme preuve de mes intentions respectueuses et de mon estime. Ne me remerciez-vous pas ?

— Quoi ? Remercier mon geôlier de s'abstenir de me sauter dessus ?

Sethos secoua la tête en riant.

— Vous êtes incomparable, ma chère... madame Emerson. Asseyez-vous, je vous prie, et dînons.

Il souleva un couvercle d'argent. Un délicieux arôme de poulet et d'épices me rappela que j'avais extrêmement faim, mon déjeuner ayant été grossièrement interrompu. J'aurais besoin de toutes mes forces dans les heures à venir. Aussi m'assis-je sur un coussin pour me servir. Mais je refusai le vin.

— Ne vous inquiétez pas, dit Sethos avec son singulier sourire. Je n'ai pas l'intention d'affaiblir votre résistance en vous enivrant. Cela pourra prendre des semaines, voire des mois, mais vous apprendrez à m'aimer pour moi-même.

— Des mois ! Vous ne pouvez pas me garder enfermée dans une pièce aussi longtemps. Il me faut de l'exercice, de l'air frais...

— N'ayez crainte. Il ne s'agit ici que d'une étape. Demain nous partons pour l'une de mes propriétés à la campagne. Je l'ai apprêtée tout spécialement pour vous et je crois que vous l'apprécierez. Il y a des jardins pleins d'arbres ombreux, de fleurs exotiques, de sentiers sinueux et de fontaines cristallines, où vous pourrez vous promener à loisir.

Ça, c'était une nouvelle. Certes, j'aurais dû m'y attendre, mais cela réduisait très nettement mes espoirs d'évasion. Je savais qu'Emerson me retrouverait tôt ou tard si je restais au Caire. Mais même Emerson aurait du mal à me chercher dans toute l'Egypte. Et puis, Sethos n'avait pas dit que nous devions rester en Egypte. Sa propriété pouvait très bien se trouver n'importe où au Moyen-Orient — voire dans le monde !

Plus je pourrais retarder le départ, mieux cela vaudrait pour moi, mais je ne voyais pas comment faire. Feindre d'être malade ne tromperait pas Sethos ; simuler soudain de bonnes dispositions à son égard serait encore moins convaincant, à supposer que je puisse y parvenir. Cependant, cela ne me coûterait rien d'affecter au minimum une certaine tolérance, et de l'encourager à parler, dans l'espoir qu'il puisse me livrer par inadvertance quelque information exploitable.

— Qui êtes-vous en réalité ? questionnai-je. Est-ce là votre vrai visage ?

Sethos sourit.

— Voilà une autre des qualités que j'aime chez vous, Amelia — je vous demande pardon, madame Emerson. Vous n'êtes pas subtile. Malgré toute l'envie que j'aie de me confier à vous, malgré le désir dont je brûle de me montrer à vous tel que je suis, la prudence me force à garder mon incognito jusqu'à ce que nous soyons unis pour de bon. Le visage que vous voyez n'est qu'un visage parmi les mille autres que je peux prendre si je le souhaite. Je suis passé maître, si je puis dire, dans l'art du déguisement. Accordez-moi le plaisir de me vanter un peu, de me faire valoir aux yeux de quelqu'un que j'adore...

— Continuez, je vous prie, le coupai-je en me servant de salade. Le sujet m'intéresse énormément.

— Mais ce n'est pas une discipline dans laquelle vous excelleriez. Vous êtes mon antithèse : directe alors que je suis subtil, sans détour alors que je suis rusé et louvoyant. Vous allez droit au but, vous donnez aux gens des coups d'ombrelle sur la tête, et moi j'emprunte un chemin sinueux en glissant comme un serpent. L'art du déguisement est essentiel dans mon métier, non seulement pour des raisons pratiques, mais aussi parce qu'il pare toutes mes actions d'une aura surnaturelle. Beaucoup de mes subordonnés ignorants croient que je change d'aspect par des moyens magiques. Alors qu'en réalité ce n'est qu'une question de maquillage, de teinture de cheveux, de perruques, de barbes, de costumes, et aussi — ce qui est à la fois plus subtil et tout aussi important — de transformation du comportement. Les gestes, l'allure, la voix tout cela change l'apparence d'un homme plus efficacement que tout subterfuge physique. Je peux me grandir de plusieurs centimètres en utilisant des chaussures ou des bottes spéciales. Mais je peux aussi me rapetisser en me tenant d'une certaine façon. Si vous aviez examiné le vicomte d'un œil critique, vous auriez vu qu'il était plus grand que son attitude voûtée ne le laissait croire ; que ses épaules rentrées n'étaient pas aussi étroites qu'elles en avaient l'air ; que sa façon de parler hésitante et ses maniérismes évoquaient une fragilité que démentaient ses véritables proportions.

— Mais ses yeux, m'exclamai-je, car j'étais réellement fascinée. Le prêtre de Dronkeh avait assurément des yeux noirs, et Ramsès m'a assurée...

— Ramsès a beaucoup à apprendre, repartit Sethos. Il y a des moyens pour modifier la couleur des yeux. Certaines drogues agrandissent les pupilles. Du fard sur les paupières et les cils assombrit ou éclaircit l'iris, surtout si l'on a la chance d'avoir des yeux d'une teinte indéfinie, entre le marron et le gris. Un jour je vous montrerai mon sac à malices, Amelia. Dans chacune de mes cachettes, j'ai un laboratoire équipé de tout mon matériel, dont quelques objets que j'ai mis au point moi-même. Cela pourrait vous amuser de les essayer, bien que dans votre cas il doive être malaisé de masquer ces yeux d'un noir brillant ou d'en atténuer l'éclat...

Il plongea son regard dans mes yeux tout en parlant. Sa voix n'était plus qu'un doux murmure.

— Je préférerais entendre un discours rationnel plutôt que de vains compliments, répliquai-je, cependant que je percevais une nette accélération de mon pouls...

Il se recula.

— Pardonnez-moi. Je vais tenir parole, quoique ce soit bien difficile... Je répondrai à toutes vos questions, sauf à une seule.

— Votre véritable identité, je suppose, monsieur Sethos. J'en ai une douzaine d'autres. Pourquoi menez-vous une vie pareille ? Avec tous vos dons, vous pourriez réussir dans n'importe laquelle de nombreuses professions fort légales.

— Un jour, répondit-il pensivement, je vous raconterai l'histoire de ma vie, et vous comprendrez alors les raisons qui m'ont amené à adopter ce mode d'existence assurément curieux. Mais je peux vous en avouer une tout de suite. Ce n'est pas pour des motifs purement pécuniaires que je dépouille les vivants et les morts. Les plus beaux objets que j'acquiers ne se retrouvent jamais sur les étals sordides des marchés. Je suis un amoureux de la beauté. Et les plus beaux objets dont je m'empare, je les garde pour moi-même.

Je ne pus me méprendre sur le sens de ses paroles, car il plongea derechef son regard dans mes yeux avec une expression passionnée. J'éclatai de rire.

— Voilà un très joli discours, monsieur Sethos, mais malheureusement vous ne pouvez plus prétendre être connaisseur depuis que vous m'avez enlevée. Emerson est le seul...

— Faites-moi le plaisir, je vous prie, de ne plus mentionner cet individu toutes les deux phrases, m'interrompit-il, furieux. Toutefois, vous avez raison. Le professeur et moi-même nous ressemblons davantage qu'il ne serait prêt à l'admettre, et le fait qu'il apprécie vos charmes n'est qu'un des points communs qui nous rapprochent.

— Je ne peux m'empêcher de le mentionner, parce qu'il occupe constamment mes pensées.

Il baissa les yeux.

— Vous possédez l'art de me faire du mal, marmonna-t-il. Votre éclat de rire m'a profondément blessé.

— Je ne crois vraiment pas vous devoir des excuses, monsieur Sethos. Si j'ai blessé votre amour-propre, vous m'avez causé un tort bien plus grave. Comme c'est la première fois que je suis enlevée par un homme qui prétend que ma beauté lui fait perdre la tête, je ne sais trop quelle est la conduite à tenir.

Mon timide effort pour plaisanter ne fut guère bien accueilli. Sethos me regarda.

— Comment avez-vous fait pour ne pas remarquer les attentions que je vous ai prodiguées ? s'exclama-t-il sur un ton tragique. Comment avez-vous pu supposer, comme j'en ai le sentiment, que j'avais l'intention de vous faire du mal ? Voyons, depuis votre retour en Egypte, à peine un jour s'est-il écoulé que j'aie réussi à vous parler ou du moins à vous admirer de loin. Non seulement j'ai tenu le rôle des trois personnages que vous avez mentionnés, mais j'ai également été un touriste, un charmeur de serpents au Mouski, et même un ouvrier sur le site de vos fouilles. Tout ce que j'ai fait, c'était pour vous prouver ma profonde passion...

— Ainsi que d'enlever Ramsès au sommet de la Grande Pyramide ?

— C'est un plan qui a mal tourné, admit Sethos. J'étais — comme vous avez dû vous en douter — l'Américain qui vous a adressé la parole au sommet de la pyramide. J'avais l'intention de mettre en scène une délivrance spectaculaire de votre épouvantable fils et de vous le rendre en mains propres. Cependant, c'est Donald Fraser qui a fait échouer mon plan, le diable l'emporte !

— Je vois. Et une autre fois, quand votre cheval s'est emballé, emportant Ramsès...

— C'est encore cet individu de malheur qui a déjoué mes plans. (Sethos eut une expression mauvaise.) Il aura en tout cas lieu de regretter de s'en être mêlé. J'ai décidé de tuer sa canaille de frère quand j'ai découvert qu'il avait failli vous tuer en tirant un coup de feu. Ronald était fatigant de toute façon, et il était si têtu que j'ai craint qu'il ne continue à mettre votre vie en danger s'il attentait encore à la vie de son frère. Je l'ai donc supprimé, et, ce faisant, j'ai été ravi d'incriminer Donald. Vous avez dû sûrement comprendre pourquoi je me suis donné la peine de transporter le corps aussi loin et de le déposer à vos pieds. J'ai rendu les calices parce que, dans une interview, vous aviez condamné ce vol en particulier. Je vous ai envoyé des fleurs — vous connaissez la signification des roses rouges dans le langage des fleurs — ainsi qu'une bague en or portant mon nom ! Comment tous ces signes vous ont-ils échappé ?

— Sapristi, m'exclamai-je. Voilà donc ce qui troublait Emerson ! Mon pauvre chéri, il a dû s'imaginer...

— Encore Emerson ! lança Sethos en levant les bras au ciel.

Mon pauvre cher Emerson ! (Je poursuivis mon soliloque *in petto*, car il ne me paraissait guère raisonnable d'irriter davantage mon compagnon.) Emerson avait correctement interprété les signes qui m'avaient échappé. Qu'ils m'aient échappé n'avait rien d'étonnant, car ma modestie naturelle avait obscurci mon intelligence, lucide en temps normal. J'avais l'esprit tourneboulé, car une nouvelle idée, terrible, me faisait perdre ma sérénité. Etait-il possible qu'il crût... qu'il soupçonnât... qu'il eût le moindre doute sur la parfaite sincérité de mon attachement pour lui. Bref, était-il... jaloux ?

Impossible, s'écria mon cœur. Emerson ne pouvait certainement pas plus remettre en question mon affection que moi la sienne. Mais si c'était le cas... s'il pouvait... alors ma disparition devait attiser ses doutes... C'était une pensée plus affreuse que d'éventuelles craintes quant à ma mort imminente. Je crois que mes lèvres se mirent à trembler un instant. Mais seulement l'espace d'un instant : il devenait plus nécessaire que jamais de m'évader.

Incroyable, mais, captivée par la conversation, j'avais presque oublié ma situation, et une autre peur se fit jour dans mon esprit. Cet homme exerçait une fascination surnaturelle. J'avais devisé avec lui facilement, sans éprouver de peur. Le temps pouvait-il amener le résultat qu'il espérait avec confiance ?

Une fois encore, mon cœur répondit avec ferveur « Impossible ! » Mais un doute subsistait.

— Parlez-moi, repris-je résolument, des frères Fraser. Comment avez-vous fait connaissance de Ronald ?

— Tout simplement par mes relations professionnelles, répondit Sethos spontanément. J'ai à ma solde plusieurs des tueurs à gages les plus sûrs du Caire. Il s'est abouché avec l'un d'eux et l'on m'a rapporté, tout naturellement, ce qu'il lui avait demandé. Il avait engagé Kalenischeff (dont la réputation était connue de tous sauf des naïves autorités policières) afin de mettre sur une fausse piste Miss Debenham quand elle arriverait au Caire, décidée à retrouver Donald Fraser et à le convaincre de dire la vérité sur Ronald. Ce dernier ne pouvait laisser cela se produire. Seule la stupide loyauté de son frère lui évitait la prison, le déshonneur et la destitution. Et il avait de bonnes raisons de croire que Donald pourrait se laisser persuader par la riche jeune femme qu'il vénérait en secret. D'où le rôle de Kalenischeff, qui a égaré la jeune fille au lieu de l'aider.

« Kalenischeff, cependant, n'était guère digne de

confiance. Je m'étais passé de ses services quelques mois plus tôt pour cette raison même. Il aurait été plus sage de ma part de le faire tuer, mais je suis moins enclin à recourir au meurtre gratuit que vous ne pourriez le supposer. Il n'était pas en mesure de trahir mon identité — je fais en sorte que personne ne soit à même de le faire —, mais s'il avait raconté tout ce qu'il savait, il aurait pu me mettre des bâtons dans les roues.

« C'est pourquoi je le surveillais de près, et lorsque j'ai appris par Ronald Fraser que Kalenischeff était prêt à nous trahir tous les deux, j'ai accepté, comme il me le demandait, de supprimer Kalenischeff. Ce scélérat avait décidé de tirer un trait, de ramasser le plus d'argent possible, et de quitter l'Egypte pour de bon. Il savait que le Service des Antiquités était prêt à verser une belle somme pour avoir des renseignements sur moi.

— Et Miss Debenham lui offrait une somme encore plus coquette s'il l'aidait à retrouver Donald et révéler à Donald la traîtrise de son frère.

— Précisément. La jeune fille a résisté à la drogue que nous avons utilisée et a commis l'erreur de s'enfuir. Comme je vous l'ai dit, elle n'a jamais couru de véritable danger. Les faibles muscles d'une femme — même les vôtres, ma chère — n'auraient pu porter un coup comme celui qui a causé la mort de Kalenischeff.

— Mais Donald... Pauvre Donald ! Il faut que vous le disculpiez. Vous avez agi de manière méprisable, monsieur Sethos.

— Si cela peut vous faire plaisir, dit doucement Sethos, je m'arrangerai pour que M. Fraser soit relâché.

Il tendit la main vers la mienne. Je la retirai. Il haussa les épaules, soupira, sourit, et se laissa aller en arrière.

— Pas même une caresse de la main pour me remercier de vous avoir avoué ce meurtre. Très bien. Je vous ai dit que j'étais patient.

« Le reste de l'affaire doit être clair pour vous à

présent. Ronald n'a jamais connu ma véritable identité. Sous le masque du vicomte Everly, je l'ai encouragé à se joindre à mon petit groupe parce que je voulais le surveiller. Je savais, bien sûr, que Miss Debenham avait trouvé refuge auprès de vous, tout comme je savais que vous aviez pris Donald Fraser sous votre aile. Cela ne m'a guère surpris, puisqu'il est dans vos habitudes d'adopter tous les malheureux innocents que vous rencontrez — par force, si besoin est.

— C'est le devoir des chrétiens d'aider les malheureux.

— C'est également le devoir des musulmans. Etrange comme les religions dites grandes insistent toutes sur les mêmes vertus de faibles. Même les anciens Egyptiens se targuaient de nourrir les affamés et de vêtir ceux qui étaient nus.

— C'est une loi sublime et universelle, répliquai-je. Ce que vous tenez pour une faiblesse est la qualité qui nous fait toucher au Divin. Et la plus grande de ces qualités, c'est l'amour. Ou bien, m'empressai-je de corriger, comme on le traduit quelquefois, la charité.

— Bien faible traduction, dit doucement Sethos.

Ses yeux fixaient les miens avec une intensité hypnotique. Je me sentis engloutie dans leurs abîmes de velours. Puis il baissa les yeux, et je poussai un petit soupir involontaire. Il avait de longs cils épais, recourbés comme ceux d'une jolie fille. Je me demandai si c'étaient bien les siens.

— Je me suis toujours gardé des doux sentiments, poursuivit Sethos pensivement. Mes sentiments pour vous m'ont submergé comme un ouragan, une grande force naturelle à laquelle j'ai été incapable de résister. J'y aurais résisté si je l'avais pu. En ce moment même j'ai un étrange pressentiment...

— Vous en avez aussi ! m'exclamai-je.

Ses cils se dressèrent, une étincelle amusée éclaira ses yeux bruns — gris ? — ou semblables au caméléon, avant qu'ils ne s'assombrissent de nouveau, pensifs.

— Avant, je considérais ces prémonitions comme l'expression d'un instinct qu'acquièrent ceux qui ont lieu de craindre un danger. Mais aujourd'hui je me demande s'il n'y a pas quelque destin supérieur qui guide nos vies. Pas une divinité bienveillante ; quiconque étudie la cruauté de l'homme ne peut croire en un dieu qui permette de telles atrocités. Mais une entité omniprésente, impersonnelle, au sens de l'humour pervers ! Il serait étrange, n'est-ce pas, que cette unique faiblesse dans ma vie cause ma perte ? Je sens qu'il pourrait en être ainsi. Vous pourriez me sauver, Amelia — vous et vous seule. Imaginez un peu ce que je pourrais faire pour le monde si mes pouvoirs se consacraient au bien et non plus au mal. Aidez-moi, Amelia. Donnez-moi votre main. Faites-moi sortir des ténèbres et conduisez-moi vers la lumière...

Le moment fut intense. J'eus l'impression de comprendre enfin cet homme étrange, brillant, tourmenté. Je fus émue... que dis-je ? inspirée. Mes lèvres s'entrouvrirent. Ma poitrine se souleva. Je tendis la main...

Nos doigts s'étaient à peine touchés quand un violent tumulte nous fit sursauter tous deux. Les rideaux s'agitèrent follement au moment où la porte s'ouvrait et se rabattait avec fracas contre le mur. Je ne connaissais qu'une personne qui ouvrît les portes de cette manière-là ! J'appuyai la main sur mon sein palpitant.

C'était Emerson ! C'était lui ! Mais quel spectacle ! Il avait les cheveux hérissés, sa plus belle chemise était en lambeaux, une manche était arrachée à la couture et se ratatinait sur son avant-bras comme un gantelet déchiré. Il avait le visage défiguré par des plaques rouges, et un œil à demi fermé. Du sang dégoulinait de ses articulations écorchées, et il tenait dans chaque main une épée nue. Jamais de ma vie je n'avais contemplé un spectacle qui m'eût autant émue. Je crus que mon cœur affolé allait bondir hors de ma poitrine.

Avant que le rideau ne retombât, Emerson pivota sur lui-même. Etonné, il dit quelque chose, lâcha l'une des épées, et claqua la porte, mais une forme sinueuse, couleur fauve, eut le temps de s'introduire par l'ouverture. Emerson mit la barre en place à l'instant où les panneaux commençaient à résonner sous un assaut furieux. Puis il fit volte-face. Son regard se riva sur moi.

— Amelia, lança-t-il. Pour l'amour de Dieu, habillez-vous !

— Emerson, répliquai-je aussi passionnément. Attention !

Emerson baissa la tête et un lourd bol en argent s'écrasa contre la porte, frôlant sa tête échevelée. Bastet se dirigea nonchalamment vers Sethos. Son ronronnement rauque et sonore accompagna les échos du bol se fracassant contre la porte. Sethos chancela lorsque la chatte s'enroula affectueusement autour de ses chevilles. (C'était, comme je crois l'avoir déjà dit, un grand animal musclé.) Il s'écarta d'un bond avec agilité, et Bastet, très vexée, partit vers la table et le poulet farci.

Après avoir jeté un simple coup d'œil pour vérifier si Sethos n'avait pas d'autres missiles à portée de main, Emerson me regarda de nouveau.

— Vous a-t-il fait mal, Peabody ? A-t-il osé... A-t-il... Bon sang, Peabody, vous voir dans cette tenue scandaleuse m'a fait craindre des choses que j'ai du mal...

— N'ayez crainte, Emerson. Il n'a pas... Il n'a pas...

— Ah ! (La poitrine d'Emerson se souleva, ce qui porta le coup de grâce à sa chemise du dimanche. Il secoua le bras pour se débarrasser de sa manche en lambeaux, et fit jouer ses muscles.) En ce cas, annonça-t-il, je ne vais lui arracher qu'une seule jambe.

Il s'avança vers Sethos, qui recula, bras ballants, aussi délicatement que Bastet eût pu le faire.

— Emerson, commençai-je.

— Ne me déconcentrez pas, Peabody, je vous prie.

— Il n'est pas armé, Emerson. Votre cimeterre...

— Cimeterre ? Oh ! (Emerson fixa l'arme d'un œil

curieux.) Je l'ai pris à ce gaillard là dehors, expliqua-t-il. Jamais vu une tête d'être humain aussi dure. Il s'est relevé presque aussitôt, prêt à m'attaquer de nouveau. Mais je pense qu'ils l'ont maîtrisé à présent.

En effet, les coups contre la porte avaient cessé.

— Vous n'êtes donc pas venu seul ? m'enquis-je.

— Bien sûr que non. Ramsès...

— Emerson !

— Ainsi qu'un régiment d'officiers de police. (Il tourna ses regards vers Sethos.) Votre carrière nuisible est terminée, espèce de porc. Mais je ne ferai entrer la police que lorsque j'en aurai fini avec vous. Je me suis promis ce petit plaisir, et je crois que je le mérite.

Sethos se redressa de toute sa hauteur. Il n'était pas aussi grand qu'Emerson, pas aussi musclé, mais ils formaient à eux deux une paire magnifique, l'un en face de l'autre, animés d'une hostilité réciproque.

— Parfait, Professeur, déclara-t-il d'une voix basse et traînante. J'ai également envie de m'offrir un petit plaisir, car j'aspire à me mesurer à vous. Donnez-moi l'autre épée, et nous allons nous battre pour cette dame comme des hommes.

— Emerson, m'écriai-je avec une certaine appréhension, car je ne connaissais que trop le tempérament de mon mari. Emerson, vous ne savez pas vous battre à l'épée !

— Non, en effet, admit Emerson. Mais, Peabody, cela ne doit pas être bien sorcier. On se tape dessus tour à tour, et...

— Emerson, j'insiste... Non, non, mon cher Emerson, je vous supplie, je vous implore...

Emerson arbora un sourire satisfait.

— Ma foi, Peabody, puisque vous le prenez ainsi...

Et, à ma consternation, il jeta l'épée. Elle rebondit sur le sol de marbre lisse en produisant des sons cristallins.

Avant même qu'elle n'eût atteint le sol, Sethos avait bondi, non vers *cette épée-là*, mais vers la première, qu'Emerson avait laissée tomber près de la porte. Il s'en empara prestement et fit face à Emerson.

— Nous voilà davantage à égalité, Professeur, lança-t-il hargneusement. Je connais un peu la boxe, mais je préfère ne pas vous affronter sur ce terrain-là. Ramassez l'épée... Je vous accorde ça.

Emerson haussa les épaules.

— Elle ne me serait guère utile, repartit-il. Cependant...

Et avec la rapidité quasi féline dont il est parfois capable, il s'empara de la carafe de vin et la fracassa sur le bord de la table. Bastet, qui était en train de manger le poulet, se dressa avec un miaulement de protestation. La carafe se brisa en mille morceaux, et la table bascula, renversant plats et verre cassé. Les éclats de cristal étincelaient de tous côtés, tels des grêlons.

Emerson arracha la housse de soie du canapé et l'enroula autour de son bras gauche.

— Allons-y maintenant, lança-t-il. Venez, espèce de sal... — excusez-moi, Peabody —, espèce de crapule.

Ils tournèrent l'un autour de l'autre, muets, tendus. Sethos allongea une botte. Pivotant prestement, Emerson tenta de lui porter au visage un coup de bouteille cassée. Sethos fit un bond en arrière. Puis il fendit l'air de gauche à droite. Emerson riposta par un coup sur l'avant-bras de Sethos. La lame le frôla sur le côté en sifflant. Sethos recula encore, ce qui permit à Emerson de s'emparer du plateau en argent. Celui-ci lui servit de bouclier de fortune, et il put ainsi passer à l'offensive, repoussant l'épée chaque fois qu'elle approchait, et portant des coups à l'aide de la bouteille.

A mon sens, la violence n'est en aucun cas justifiée. C'est le dernier recours des gens et des nations qui sont trop stupides pour trouver une solution raisonnable à leurs différends. La vue de deux combattants qui se réduisent en bouillie me rend malade. L'idée de petits garçons à qui l'on apprend à « se battre comme des hommes » me révolte et me révulse. Etais-je donc remplie de dégoût en assistant à la bataille sanglante qui faisait rage entre ces deux hommes intelligents et capables ?

Non.

La vue des muscles d'Emerson bandés sous sa peau bronzée, du sourire féroce qui dévoilait ses saines dents blanches, de la grâce et de la vigueur de ses mouvements, suscita chez moi une joie féroce en retour. Ma respiration se fit saccadée, j'avais les joues en feu. Pendant quelques instants je ne fus plus une femme civilisée et sensée, mais une créature des cavernes regardant, accroupie, deux sauvages se battre pour la posséder.

C'était là une impression des plus curieuses et des plus intéressantes.

Une vilaine feinte et une riposte encore plus rapide écartèrent le bouclier de fortune. La lame de Sethos s'enfonça profondément dans le bras d'Emerson qui poussa un grognement d'exaspération plutôt que de douleur et se fendit en avant. Sethos tourna la tête de côté, ce qui seul sauva ses yeux. Le verre lui laissa une série d'entailles déchiquetées à la joue. Blessés, épuisés, les deux combattants se séparèrent. Tous deux dégoulinaient de sang, à bout de souffle, le regard mauvais.

— C'est ridicule ! m'écriai-je.

Aucun des deux hommes ne me prêta la moindre attention, mais mon accès de folie passagère était brusquement retombé lorsque je vis le sang jaillir de la blessure d'Emerson. La fierté masculine, c'est bien beau et j'espérais sincèrement qu'Emerson s'amusait bien, mais il n'était pas question que je reste plantée là à le regarder se faire tailler en pièces, simplement pour qu'il ait le plaisir de mourir en défendant mon honneur.

Je courus vers la porte. Emerson ne quitta pas Sethos des yeux, mais il me vit.

— Peabody, souffla-t-il. Si vous ouvrez... cette porte... je vais... je vais... ah !

J'entendis la lame de Sethos tinter sur le plateau

d'argent. Je m'emparai du cimeterre qu'Emerson avait jeté et me retournai pour apprécier la situation.

Elle n'était guère rassurante. Au moment même où je me retournais, le coup final fut porté. Trop tard... pensai-je, égarée. Trop tard pour faire entrer les renforts qui attendaient derrière la porte, peut-être trop tard pour porter secours, épée à la main, à mon époux blessé ! La lame de Sethos s'abattit de nouveau sur le plateau, l'arrachant des mains d'Emerson. A l'instant où, juste après le choc, l'épée resta immobilisée en l'air une fraction de seconde, Emerson lâcha la carafe et saisit le bras de son adversaire à deux mains.

Ils demeurèrent figés sur place, à forces égales, les efforts de Sethos pour dégager son bras et ceux d'Emerson pour le maintenir s'équilibrant temporairement. Lentement le bras de Sethos fléchit. L'épée trembla dans sa main crispée. La sueur perla sur le front d'Emerson. La housse de soie rose autour de son bras était écarlate à présent, mais il tenait bon.

Puis ce fut le dénouement. L'épée s'échappa des doigts de Sethos, et la main d'Emerson, que le sang avait rendue glissante, lâcha prise. Toujours rapide comme l'éclair, Emerson tendit la main vers l'épée à terre. Sethos, tout aussi rapide, bondit en arrière contre le mur. Il me regarda.

— Amelia... Adieu ! s'écria-t-il, avant de... disparaître.

Emerson effectua une série de bonds en avant en proférant une bordée de jurons qui dépassaient tout ce que j'avais pu entendre jusque-là. La dalle de marbre par laquelle Sethos avait disparu se referma sous le nez d'Emerson.

— Bon Dieu ! hurla Emerson en frappant la dalle de son cimeterre, puis de son poing. Bon Dieu, bon Dieu, bon Dieu, bon Dieu ! ! !

Au bout d'un moment, je dis :

— Emerson !

— Bon Dieu, bon Dieu... Oui, Peabody ? Bon Dieu !

— J'ouvre la porte à présent, Emerson ?

— Le diable emporte cette canaille ! beugla Emerson sur un ton différent. Un jour... un jour, je le jure... (Il cessa de donner des coups de pied contre le marbre et me dévisagea.) Qu'avez-vous dit, Peabody ? Vous ai-je bien comprise ? M'avez-vous demandé la permission d'ouvrir la porte ?

— Oui, vous m'avez bien comprise, Emerson. Mais, oh, mon cher Emerson, je crois que nous devrions les faire entrer. Vous êtes blessé, mon chéri, et...

— Vous voulez vraiment les faire entrer, Peabody ?

— Non, Emerson. Du moins... pas tout de suite.

— Comment avez-vous pu supposer, même une seconde, que je pouvais tenir à quelqu'un d'autre qu'à vous ?

— Ma foi, Peabody, si vous n'aviez cessé de parler de cet homme en termes si admiratifs...

— Je n'ai jamais cessé de penser à vous un seul instant, Emerson. J'ai toujours gardé l'espoir que vous me retrouveriez.

— Si vous n'aviez pas eu l'idée astucieuse d'accrocher à la fenêtre votre bout de flanelle, nous n'aurions pas réussi, Peabody. Nous avons commencé à fouiller la zone délimitée par les recherches de Ramsès, mais elle était assez étendue.

— Où avez-vous appris à faire ça, Emerson ?

— Ça, Peabody ?

— Non... non, pas... Oh, Emerson. Oh, mon cher Emerson !

— Je faisais allusion, il y a quelques minutes, à votre habileté pour vous battre avec une bouteille cassée, Emerson. J'ignorais que vous saviez faire ça.

— Oh, on apprend des choses, ici et là... Il y a quelque chose d'assis sur mon dos, Peabody. Ou bien est-ce vous qui...

— Non, Emerson. Je crois que c'est Bastet. Je suppose qu'elle a fini de manger le poulet et nous fait comprendre qu'elle est prête à partir. Voulez-vous que je la fasse descendre ?

— Pas si cela vous oblige à changer de position, laquelle est bien agréable, Peabody. La sensation est insolite, mais pas déplaisante... Sans Bastet, nous ne vous aurions peut-être pas retrouvée aussi vite. Apparemment votre idée selon laquelle Sethos l'a attirée par des bouchées friandes quand il a déposé les calices était parfaitement juste. Elle se souvenait bien de lui. Il avait laissé tomber son mouchoir dans la chambre de Miss Debenham, et celui-ci était imprégné de son odeur. Bastet l'a sentie tout de suite dans la rue devant la maison.

— Comme c'est intéressant. Mais sans le signal de mon bout de flanelle...

— Ç'a été le facteur décisif, Peabody.

— Vous n'avez pas quitté mes pensées, Emerson.

— Vous non plus, Peabody. Je vous imaginais dans les bras de cet individu.... J'ai cru devenir fou de rage.

— Il a été très courtois. Il m'a expliqué qu'il voulait gagner mon amour, et non pas m'imposer le sien.

— Le diable emporte cette canaille !

— Il avait assurément un certain charme, Emerson. Il n'aurait certes pas eu de succès auprès de moi, mais j'imagine que beaucoup de femmes...

— Ce sujet de conversation ne m'intéresse pas, Peabody. Cessez de parler.

Avant de faire entrer la police, qui lançait des assauts furieux contre la porte, nous dûmes nous rendre un peu présentables. Après un plongeon rafraîchissant dans la fontaine, je remis ma chère tenue familière. Heureusement il y avait pas mal de tissu à portée de main, et je pus panser la blessure au bras d'Emerson, mais je me promis de la soigner convenablement dès que nous serions de retour à l'hôtel. Nous enlevâmes enfin la barre de la porte.

L'antichambre était pleine de gendarmes, sous le commandement du major Ramsay. Son visage rayonna presque aimablement lorsqu'il nous vit sains et saufs, mais il ne fut guère enchanté d'apprendre que Sethos s'était échappé. Après que nous eûmes satisfait sa curiosité quant aux événements (quant à *la plupart* des événements, devrais-je dire) qui avaient précédé, je lui demandai avec curiosité :

— Où est Ramsès ?

— Il est dans les parages, répondit Ramsay.

Ramsès sortit en courant d'une pièce adjacente, le visage arborant une expression enthousiaste rarement vue sur ce visage sombre.

— Maman, s'écria-t-il. Regardez !

Il se passa prestement la main sur la bouche et retroussa les lèvres, dévoilant un râtelier de dents brunes et pourries, dignes d'un vieux mendiant égyptien.

— Elles sont un peu grandes, expliqua-t-il d'une voix indistincte, mais avec le temps...

— Enlève ça tout de suite, m'exclamai-je, dégoûtée.

Ramsès obtempéra, d'autant plus volontiers qu'elles étaient en fait beaucoup trop grandes pour sa bouche.

— Il y a des choses extraordinaires là-dedans, s'écria-t-il, les yeux brillants. Du maquillage pour le visage et les mains, des tampons pour rembourrer les joues, des perruques, des barbes et.... Oh, Maman, je peux les emporter ? S'il vous plaît, Maman ?

Il est dur pour une mère de décevoir un petit garçon, d'effacer de son visage cette joie rayonnante.

— Je ne pense pas, Ramsès, dis-je. La police tiendra à garder ces objets comme pièces à conviction.

(Mais, apparemment, ce ne fut pas le cas. Car, depuis que nous sommes retournés en Angleterre, les domestiques se plaignent de voir d'étranges individus errant dans la maison et à l'extérieur. Il y eut l'apparition d'une petite fille aux cheveux d'or, et Rose est convaincue que nous avons un fantôme.)

C'est ainsi que se termina notre deuxième confrontation avec cet étrange et mystérieux personnage connu sous le nom de Sethos. La deuxième, et peut-être la dernière, car plusieurs jours après cette bataille de Titans nous reçûmes une lettre. Elle nous fut remise à Dahchoûr, où nous étions retournés après avoir vu Ronald — non, plutôt, Donald — et sa fiancée, lavés de toutes les charges pesant contre eux, se réjouir à l'approche de leurs noces. Comme l'avait dit Emerson de manière savoureuse : « Maintenant que toutes ces bêtises sont terminées, Dieu merci, je vais pouvoir reprendre le travail. »

Mais était-ce terminé ? Un messager invisible avait remis la lettre, échappant à la vigilance de nos hommes, glissant comme un fantôme à travers les portes munies de barres de l'enclos. Nous la trouvâmes sur le seuil un matin à l'aube. A vrai dire, ce fut Ramsès qui la trouva, car il était d'ordinaire le premier à se lever, mais c'est la voix grave d'Emerson qui psalmodia le message.

— « Vous auriez pu me sauver », commença-t-il. (Emerson s'interrompit.) La lettre semble vous être adressée, Peabody, déclara-t-il ironiquement.

— Continuez de lire. Il n'y a pas et il n'y a jamais eu de secrets entre nous.

— Mmm, fit Emerson. (Il poursuivit :) « Dorénavant, lorsque le monde infortuné chancellera sous les coups que je vais lui porter, rappelez-vous que c'est à vous qu'il devra ses souffrances. Mon Amelia... ma bien-aimée... » Maudite soit l'insolence de cet individu ! J'ai presque envie de déchirer cette lettre en mille morceaux !

— Vous pourrez en faire ce qui vous chantera quand vous aurez fini de la lire, Emerson.

— Bah, observa Emerson. Très bien, alors... « Désormais vous et les vôtres n'aurez rien à craindre de ma main vengeresse. Vous pourrez vous abstenir d'agresser de vieilles dames si vous les soupçonnez d'être Sethos déguisé ; vous pourrez vous garder de tirer la barbe drue de messieurs suspects. Vous ne me verrez plus. Je quitte l'Egypte pour toujours. Pensez à moi quelquefois, Amelia, et moi je penserai à vous sans relâche. Que n'aurions-nous pu faire ensemble ! »

— Je me demande s'il le croit sincèrement, observai-je, alors qu'Emerson transformait méthodiquement la lettre en confettis.

— Mmm, commenta Emerson.

— Je regrette vraiment que vous ayez détruit cette lettre, Emerson. Ce n'est pas très malin.

Les mains d'Emerson s'immobilisèrent.

— Qu'avez-vous dit, Peabody ?

— Vous êtes en train de faire des saletés devant ma jolie porte bien propre, et il viendra peut-être un jour — j'espère que non, mais ce n'est pas exclu — où nous aurons besoin d'un spécimen de l'écriture de Sethos.

— Peabody, dit Emerson en me regardant d'un air étrange.

— Oui, Emerson ?

— C'est la première fois en trois jours que vous me critiquez ou me réprimandez.

— Vraiment ? Ma foi, je suis désolée, Emerson, mais si vous persistez à...

— Non, non, vous ne comprenez pas. (Emerson me saisit par les épaules et me regarda droit dans les yeux.) Je commençais à craindre que vous ne soyez devenue une de ces femmes ennuyeuses qui n'ont à la bouche que « Oui, mon chéri », ou « Comme vous voudrez, mon chéri ». Vous savez très bien, Peabody, que nos petites discussions sont le piment de la vie...

— Le poivre dans le potage du mariage.

— Très bien dit, Peabody. Si vous devenez docile et soumise, je ferai passer une petite annonce dans le *Times* pour dire à Sethos de venir vous chercher. Promettez-moi que vous ne cesserez jamais de me réprimander, Peabody.

Ramsès et la chatte nous dévoraient du regard, mais pour une fois je n'en eus cure. Je passai les bras autour du cou d'Emerson.

— Mon cher Emerson, lui dis-je. Je crois pouvoir vous promettre cela sans grand risque.

Composition réalisée par NORD COMPO

IMPRIMÉ EN FRANCE PAR BRODARD ET TAUPIN
La Flèche (Sarthe).
LIBRAIRIE GÉNÉRALE FRANÇAISE - 43, quai de Grenelle - 75015 Paris
ISBN : 2 - 253 - 14729 - X

31/4729/5